suhrkamp taschenbuch 5238

Auf einer Farm aufzuwachsen, hat August geprägt. Arbeit, die Mühe bedeutet und manchmal Euphorie. Kühe melken, Heu machen, die Geräte im Schuppen reparieren. Doch dann trifft Augusts Mutter eine Wahl. Und er muss sie nach Montana begleiten und steht unvermittelt an der Schwelle zu einem neuen Leben. Zum ersten Mal begegnet August einer majestätischen Natur, der Freiheit, der Sehnsucht. Bloß brauchen diese Geschenke Zeit und Kraft, um sich zu entfalten. Doch wie viel Geduld braucht die eigene Zukunft, und welche Gefahren übersteht sie?

Callan Wink, geboren 1984, arbeitet seit seinem neunzehnten Lebensjahr als Fly Fishing Guide auf dem Yellowstone River in Montana. Seine unverlangt eingesandte Erzählung »Hund Lauf Mond« wurde im *New Yorker* abgedruckt und machte ihn schlagartig bekannt. *Der letzte beste Ort*, sein Erzählungsband und internationales Debüt, erschien 2016.

Hannes Meyer lebt und arbeitet in der Eifel. Er hat unter anderem Bücher von Phil Klay, Anuk Arudpragasam und Tommy Orange übersetzt.

Callan Wink

BIG SKY COUNTRY

Roman

Aus dem Englischen
von Hannes Meyer

Suhrkamp

Die amerikanische Originalausgabe erschien 2020 unter dem Titel *August* bei Random House, New York.

Dieses Buch wurde klimaneutral produziert.

Erste Auflage 2022
suhrkamp taschenbuch 5238

Umschlaggestaltung: Rothfos & Gabler, Hamburg
Umschlagfoto: Eva Worobiec / Arcangel Images
Druck: CPI books GmbH, Leck
Printed in Germany
ISBN 978-3-518-47238-5

www.suhrkamp.de

BIG SKY COUNTRY

Bonnie und Dar saßen am Ende des Stegs hinter dem Ferienhaus von Bonnies Eltern. Vor ihnen erstreckte sich Torch Lake, der See schien unmöglich blau, unnatürlich, beinahe, als wäre er künstlich eingefärbt. Am Abend wollten sie zum Kirschfest nach Traverse City, und Bonnie hatte zu dem Anlass ein Sommerkleid angezogen – weiß, mit einem knallroten Kirschmuster. Sie war schlank, aber ihr Bauch zeigte die erste Rundung und fiel nun im Sitzen umso mehr auf, da sie auf dem Kleidsaum saß.

»Also«, sagte sie. »Du wolltest doch ein paar Tage darüber schlafen. Jetzt ist es schon eine Woche. Was sagst du? Augie – hat doch was, oder? Offiziell heißt er dann August, aber kurz Augie.«

Dar hatte die Socken und Schuhe ausgezogen; seine Füße waren Arbeitsstiefel gewohnt und hingen blass und haarlos über dem Wasser. »Ich hab drüber nachgedacht«, sagte er.

»Und?«

Er probierte den Namen aus. »August. Mein Sohn August.« Er löste sich von ihr und lehnte sich auf dem Steg zurück, die Finger hinter dem Kopf verschränkt. »Mein Vater hieß Alexander.«

»Ich weiß. Und?«

»Ist doch ein guter Name.«

»Du hast mir selbst erzählt, dass du dich mit deinem Vater geprügelt hast, als du fünfzehn warst. Richtig mit den Fäusten.«

»Ist trotzdem ein guter Name. Meine Mutter würde sich freuen.«

»Deine Mutter.« Bonnie schnaufte. »Na, immerhin.« Sie kniff ihn ins Bein. »Für das Fest sperren sie die Straßen, und es gibt Musik. Tanzt du mit mir?«

»Hmm.« Dar hatte die Augen geschlossen. »Mal sehen.«

»Wenn nicht, suche ich mir wen anders zum Tanzen.«

»Du weißt doch selber, dass keiner von den Ärschen so gut tanzt wie ich.«

Plötzlich stand Bonnie auf. Eine Hand hatte sie auf dem Bauch liegen, was er in der letzten Zeit oft bei ihr gesehen hatte. Sie stupste ihn mit dem nackten Fuß an und stieg über ihn, wobei sie kurz innehielt, um ihm einen flüchtigen Blick unters Kleid zu gewähren, aber als er nach ihr griff, war sie schon weg und rannte den Rasen hoch. Er lief hinterher, ihre weißen Oberschenkel blitzten auf, das Kleid wehte hin und her; zum Haus waren es hundert Meter, und sie war schnell, also erwischte er sie erst kurz vor der Veranda. Er packte sie um die Hüften, sie kreischten und rollten lachend im Gras herum, bis sie rittlings auf ihm saß.

»Das ist nicht bloß der achte Monat im Jahr. Das weißt du doch, oder? Es heißt auch geachtet, erhaben, ehrwürdig, bewundernswert.« Sie nahm seine eine Hand mit ihren beiden und schob sie sich unter das Kleid, bis sie auf ihrem warmen Bauch lag. »August«, sagte sie auf ihre Art, die keinen Widerspruch duldete.

Als das nun geregelt war, fuhren sie zum Straßentanz auf das Kirschfest. Er war sechsundzwanzig, sie einundzwanzig, und das Leben war nie besser gewesen.

I

Augusts erste Erinnerung, auf die er richtig zugreifen konnte, drehte sich um die Scheune. Er sitzt bei seinem Vater auf den Schultern, und als sie den Hang hinter dem Haus herunterkommen, sieht er das Gebäude vor sich, das Spitzdach und die langen, niedrigen Anbauten, alles in verblasstem Rot mit weißen Tür- und Fensterrahmen. An der Tür duckt sein Vater sich, damit August sich nicht stößt, die Milchpumpe grummelt dumpf vor sich hin, die Kühe kauen in ihren Ständen. Er war vielleicht fünf, sechs, eigentlich zu alt, um auf den Schultern getragen zu werden, und er wollte es auch nicht. Bei der ersten Gelegenheit wand er sich runter und kletterte hoch auf den Heuboden. Die Sprossen der Leiter waren fast zu weit auseinander, aber sein Vater passte hinter ihm auf, falls er abrutschte.

Auf dem staubigen, dunklen, warmen Heuboden brach sein Vater zwei Ballen auf, in deren loses Heu er August immer wieder warf, als sie dann kämpften, was August fast mehr liebte als alles andere. Nach einiger Zeit stiegen sie wieder die Leiter hinunter, und Augusts Vater löste und desinfizierte die Melkbecher, während August die Runde machte und jeder der Holsteinkühe die Schnauze streichelte. Nach dem Melken half August seinem Vater, die Zitzen einiger Kühe in Jodlösung zu tauchen, bis August den Dip-Becher fallen ließ und sein Vater ihn mit einem frisch aus dem Kühltank befüllten Einmachglas in die Milchkammer setzte, während er die Arbeit allein beendete. Es war sämige, schwere Rohmilch, so kalt, dass das Glas beschlug. Es roch nach Kühen und Stroh. Die Milchkammer war weiß getüncht, in den alten Querbalken hingen Spinnweben, der Edelstahltank schimmerte blitzsauber. August hielt das Einmachglas beim Trinken mit beiden Händen, und die Milch lief ihm am Kinn herunter.

Irgendwann kam sein Vater wieder und hob ihn hoch. Die Kühe waren jetzt auf der Weide und der Stall verstummt. August ließ sich ohne Protest auf den Schultern zurück zum Haus tragen, denn er war jetzt müde. Mit einer blassgrauen Rauchwolke über dem Kopf saß seine Mutter am Küchentisch. Um sie herum lagen Bücher verstreut, sie hatte ihre Brille auf und machte sich Notizen. Als er ihr auf den Schoß kletterte, rümpfte sie die Nase und zog die Blätter unter seiner dreckigen Hand weg. Von nebenan hörte man, wie der Fernseher anging und sein Vater sich ein Bier aufmachte.

Sie schlug die Bücher zu und steckte sie in ihren Rucksack. »Dann ist die Lernzeit jetzt wohl vorbei«, sagte sie. »Na vielen Dank, Dad. Und du kommst jetzt lieber mal in die Wanne.«

August war zwölf und die Scheune war voller Katzen. Ein Wurf warf den nächsten – manche der Tiere waren dürr und kränklich, weil das immer gleiche Blut zu oft vermischt worden war.

»Die Scheißviecher müssen weg«, sagte Augusts Vater. »Auf dem Heuboden stinkt's nach Pisse. Nimm dir einen Montierhebel oder eine Schaufel oder was du willst. Du quengelst doch immer nach Taschengeld. Ich gebe dir einen Dollar pro Schwanz. Du hast doch dein Taschenmesser? Ist es schön scharf? Also, du nimmst die Schwänze und nagelst sie an ein Brett, und nach ein paar Tagen rechnen wir ab. Kleine sind genauso viel wert wie große, ganz egal.«

Die Katzen – dreifarbige, getigerte, weißgraue, graue, schwarze, rote – saßen zwischen den Heuballen, kratzten sich und gähnten wie träge Affen in alten Tempelruinen. August hatte zwar noch nie eine Katze getötet, aber wie den meisten Farmjungs war ihm die Tierquälerei nicht fremd. Katzen als Spezies hatten immer etwas Wildes an sich behalten und waren deshalb nicht denselben Haltungsregeln unterworfen wie Pferde, Kühe und Hunde. August nahm an, dass die Katzen irgendwann eine Abmachung eingegangen waren – sie wussten, dass sie den Stiefel spüren würden, wenn sie einem Menschen in die Quere kamen, dafür behielten sie ihre Freiheit, und man erwartete nicht viel von ihnen.

Einen Dollar pro Stück. August stellte sich die abgeschnittenen Schwänze gepresst und getrocknet als Zahlungsmittel in der Kasse irgendeiner außerirdischen Bank vor. Mindestens fünfzig Dollar, vielleicht fünfundsiebzig oder sogar hundert, wenn er die ganz frischen Würfe fand.

Er ging in die Maschinenhalle, um sich eine Waffe zu suchen. Ein riesiger Bau, groß genug für einen Dieselmähdrescher, ein Stahlstangen-Gerippe mit einer Haut aus Wellblech. August war gerne dort drinnen, wenn es regnete. Dann kam er sich vor wie ein kleines Tier im Inneren eines Schlaginstruments: Die dicken Regentropfen hämmerten einen endlosen Trommelwirbel auf das Blech, der gelegentlich vom Becken-Krachen der Blitze und dem hohlen Wummern der Weite unterbrochen wurde.

In der Halle stand eine lange Werkbank voller verschlungener Maschineneingeweide. Kompressorschlauchspulen, Hydraulikarme, aus denen zähe Flüssigkeit leckte, kompakte, schwere Batterien, Pressengarn, das das wilde Chaos wie Gelenkband zusammenhielt, Kugelkopfkupplungen, Einmachgläser voller rostiger Bolzen, Muttern und Schrauben, ein mittelalterlich anmutender Schweißhelm, und zwischen all den Trümmern lagen wie platte Vögel verstreut dreckige Lederhandschuhe in verschiedenen Verwesungsgraden. August hob eine kurze, rostige Forstkette mit schweren Gliedern auf, schwang sie ein paarmal probeweise durch die Luft und legte sie wieder ab. Er zog zwei zu weite Handschuhe an und nahm sich ein säbelgroßes Mähermesser, mit dem er langsame Muster in die Luft schnitt, bevor er es ebenso ablegte. Dann fand er einen knapp einen Meter langen Hakenschlüssel, der einen schlanken Edelstahlgriff und am Ende einen tödlich schimmernden Halbmondkopf hatte. Mit dem schlug er sich ein paarmal in den Handschuh und hörte es satt klatschen. Er übte Schwungtechniken – den seitlichen Golf-Durchschwung, den rückgratbrechenden Überkopf-Axthieb, den kurzen, schnellen Baseball-Schlag –, und der Schlüsselkopf trieb schroffe Dellen in den gestampften Lehmboden. August kam etwas ins Schwitzen, schulterte schließlich seine Waffe, steckte sich die Handschuhe in die Gesäßtasche und ging dann seine Mutter besuchen.

Das alte Haus grenzte hinten an einen niedrigen, felsigen Hügel. Das ganze Jahr über tröpfelte eine Quelle aus dem Gestein, und die Nässe füllte das Haus mit dem Geruch feuchter Blätter und heraufziehenden Regens. Es war eine eingeschossige Ranch, die die Großeltern von Augusts Mutter eigenhändig gebaut und in der sie bis zu ihrem Tod gelebt hatten. Das alte Haus sah zu dem neuen Haus auf, das Augusts Vater ein Jahr nach Augusts Geburt fertiggestellt hatte. Das neue Haus war hoch und pseudoviktorianisch mit weißen Fensterläden und Rundumveranda. Die Eltern seiner Mutter waren gestorben, als er noch klein war, und er konnte sich nicht an sie erinnern. Nach deren Tod hatte sein Vater seine Mutter dazu überredet, das Ferienhaus am Torch Lake zu verkaufen. Von dem Geld hatte er das neue Haus gebaut und achtzig Holsteinkühe gekauft.

»Es ist ganz seins, glaubt er«, hatte Augusts Mutter ihm einmal beim Rauchen in der Küche des neuen Hauses erzählt. »Seine Leute hatten nicht viel. Alles, was wir besaßen, kam von meiner Seite. Das macht ihm zu schaffen, auch wenn er es nie im Leben zugeben würde.« An der Stelle hatte sie damals gehustet. »Es ist zu groß. Das habe ich von Anfang an gesagt. Außerdem schlecht zu heizen so hoch auf dem Hügel, wo der Wind überall reinpfeift. Mein Vater und mein Großvater hätten so etwas nie gemacht. Sie haben vernünftige Häuser für ihre Familien gebaut, solche Männer waren sie eben.«

August klopfte ein paarmal mit dem Hakenschlüssel an die Tür und ging hinein. Das alte Haus war von Leuten gebaut worden, die weniger an Landschaft als an Effizienz interessiert waren, und die wenigen Fenster waren klein. In die Küche fiel nur durch das Fenster über der Spüle ein einzelner Lichtstrahl. Es roch nach gebratenem Speck, und das Radio lief. Paul Harvey schwärmte vom Select Comfort Sleep Number Bed. *In meinem Alter schätze ich nichts so sehr wie einen erholsamen Schlaf. Kaufen Sie diese Matratze. Sie wurde von einem Wissenschaftlerteam entworfen. Sie ist bis ins Kleinste anpassbar. Ihre Träume werden es Ihnen danken.*

»Augie, mein lieber Sohn, wie ist das werte Befinden?«

Seine Mutter legte am Küchentisch Patiencen. Neben dem Aschenbecher stand eine Pfanne mit dünn geschnittenen Bratkartoffeln mit Speck und Zwiebeln. Sie rauchte Swisher-Sweet-Zigarillos, und über ihrem Kopf waberte eine dünne graue Rauchschicht wie ein weicher fliegender Teppich. August war aufgefallen, dass sie Paul Harvey vor allem einschaltete, um sich über ihn lustig zu machen, während sein Vater Paul Harvey hörte, weil er es wirklich wollte.

»Ich habe Mittagessen gekocht, und es hat herrlich geduftet, aber dann hatte ich plötzlich keinen Hunger mehr. Wer weiß, vielleicht habe ich ja endlich den Durchbruch geschafft.«

August zog einen Stuhl hervor und setzte sich seiner Mutter gegenüber. »Was für einen Durchbruch denn?«, fragte er.

»Ach, habe ich dir das noch nicht erzählt? Ich widme mich in letzter Zeit einer neuen Lehre.« Sie drückte den Zigarillo aus und schüttelte einen neuen aus der Schachtel. Sie zündete ihn an, und um ihren Mund zeichnete sich ein feines Faltennetz ab, als sie die Lippen spitzte. Ihre Nägel waren lang und grau, ihre Fingerspitzen gelb vor Nikotinflecken. »Ja«, fuhr sie fort, »ich überlege, Lichtköstlerin zu werden.«

»Was?«

»Na, Lichtköstlerin, Breatharianerin.«

»Kenn ich nicht.«

»Luftesser? Himmelstrinker? Ätherzehrer?«

»Nee.«

»Man kann Körper und Geist in Einklang bringen, Augie. Durch gesundes Leben und Meditation kann man sie so perfekt aufeinander abstimmen, dass man die Notwendigkeit zu essen vollkommen ablegt. Also, man hat nicht bloß keinen Hunger mehr – das ist ja ganz einfach. Man atmet nur noch die Luft und ist zufrieden. Man ist satt, ohne jemals zu essen. Und so kann man gesund und munter leben.« Sie trank von ihrem Kaffee, und beim Schlucken tröpfelte ihr Rauch aus der Nase. »Daran arbeite ich gerade.«

Sie schob ihm die Pfanne Kartoffeln mit Speck zu, und August aß, obwohl Lisa gesagt hatte, sie würde ihm ein Sandwich machen, wenn er aus der Scheune zurückkam. Die Kartoffeln waren fettig und lecker, aus dem Speck waren halbverbrannte Stückchen Salzigkeit geworden. Die Zwiebeln waren weich, durchsichtig und süß. August aß, wischte sich die Hände an den Jeans ab und legte den Hakenschlüssel auf den Tisch, wo seine Mutter ihn sehen konnte.

»Dad hat mir einen Job gegeben«, sagte er. »Für Geld.«

»Oh, da bin ich ja stolz auf dich. Habt ihr einen Vertrag ausgehandelt? Mit Gehaltsnachbesserungsoption bei ausgezeichneter Leistung?«

»Nein, ich hau nur ein paar Katzen tot.«

»Tatsächlich. Und das hier ist dein Excalibur?« Sie schnippte an den verchromten Griff des Werkzeugs.

»Ja. Ist ein Hakenschlüssel.«

Sie pfiff leise und hustete sich in den Handrücken.

»Ich sammle die Schwänze. Ende der Woche rechnen wir ab.«

»Diese Art Arbeit nimmt man möglicherweise abends mit nach Hause, wenn du mich verstehst.«

»Auf dem Heuboden stinkt's nach Pisse. Es wird immer schlimmer.«

»Dein Vater. Das ist selbst für ihn grausam. Herrgott.« Sie starrte ausdruckslos auf die Karten vor sich. »Ich vergesse immer, wo ich gerade war. Bei Patience komme ich immer irgendwann nicht mehr weiter. Hast du schon mal gewonnen?«

»Hab's noch nie gespielt.«

»Ist wohl ein Spiel für alte Frauen.«

»Du bist doch nicht alt.«

»Wenn ich nicht alt bin, will ich gar nicht wissen, wie sich alt sein anfühlt.«

»Kommst du irgendwann zurück ins neue Haus?«

»Du kannst nein sagen, wenn du willst. Wegen der Katzen. Du musst das nicht machen.«

»Sie übernachtet jetzt hier.«

»Ich habe Omas alte Quilts gefunden. Die lagen in einer

Kiste hinten im Schrank. Wunderschöne Stücke. Die sind alle von ihr; für manche hat sie Monate gebraucht. Alles von Hand. Dafür hatte ich nie die Geduld. Ich musste immer stundenlang neben ihr sitzen und die Stiche lernen. Ich zeig sie dir, wenn du willst.«

»Klar. Aber jetzt muss ich erst mal an die Arbeit.«

»Dann nächstes Mal.«

August aß noch ein paar Kartoffeln und stand auf.

»Gehabe dich wohl«, sagte seine Mutter und zog mit den Lippen noch einen Zigarillo aus der Schachtel. »Mögen deine Pfeile ihr Ziel finden.«

»Ich hab gar keine Pfeile.«

»Ich weiß. Das ist nur so ein alter Indianerspruch.« Sie blies ihm Rauch entgegen. »Das mit den Katzen stört mich nicht«, sagte sie. »Wenn ich dich ansehe, weiß ich genau, dass er nicht gewonnen hat.«

Die Scheune war leer. Sein Vater und Lisa trieben draußen die Kühe zum Melken zusammen. August zog sich die Handschuhe an, schob den Hakenschlüssel unter den Gürtel und stieg die Holzleiter hoch auf den Heuboden.

Halb blind in der Dunkelheit, die Nase zugehalten wegen des stechenden Ammoniakgestanks, zertrümmerte August der ersten blassen Form, die sich auf ihn zu schlich, den Schädel. In schneller Abfolge erwischte er noch zwei – aber dann hörte er es nur noch aus dem Gebälk fauchen und sah hier und da grün-goldene Augen zwischen den Strohballen aufleuchten. August jagte hinterher. Er krabbelte über die riesigen Ballen, zerkratzte sich die Arme und hatte schnell Augen, Ohren und Nase voller altem Heustaub. Aber die Katzen waren immer außer Reichweite, huschten und sprangen von einem Ballen zum nächsten und kletterten die Balken hoch auf die Dachsparren, wo sie in der Dunkelheit verschwanden. August stellte sie sich da oben vor, eine wutentbrannte Fellmasse, ein dreckiger Clan scharfzähniger, flügelloser Fledermäuse, die unter der Höhlendecke hingen. Es würde schwieriger werden als gedacht.

August begutachtete seine Beute. Eine ausgewachsene dreifarbige und zwei dürre graue mit kahlen Stellen im verfilzten Fell. Er warf sie durch die Heuluke und stieg hinterher. Am Boden holte er tief Luft, die dort vergleichsweise angenehm nach Mist roch, und zog sein Messer aus der Tasche. Er hob die erste Katze am Schwanz hoch und schnitt ihn am Ansatz ab, sodass der Kadaver feucht auf den Betonboden klatschte. Mit den anderen beiden tat er das Gleiche, warf alle drei auf die Mistförderanlage und ging einen Hammer suchen. Als er zurück in die Scheune kam, hatten sein Vater und Lisa die Kühe schon hereingetrieben und in ihre Melkstände gebracht. Das Radio lief so laut, dass Paul Harveys körperlose Stimme auch über dem Schnaufen der Kühe und dem Dröhnen des Kompressors zu hören war. *Ich weiß nicht, wie es Ihnen geht, aber ich für meinen Teil habe noch nie ein Denkmal für einen Pessimisten gesehen.*

August nagelte die drei Schwänze auf ein langes Kiefernbrett und lehnte es in eine Ecke der Scheune, wo die Kühe es beim Rein- und Rausgehen nicht umwerfen würden. Auf dem Weg nach draußen kam er an Lisa vorbei. Sie lehnte auf einer Schaufel und spuckte Schalen von Sonnenblumenkernen in den Dreck. Sie trug einen blauen Overall und Arbeitsstiefel, und ihre krausen blonden Haare waren zu einem Pferdeschwanz gezähmt, der hinten aus dem Loch ihrer SeedCo-Mütze hervorragte.

»Hi, August«, sagte sie. »Du bist ja gar nicht zum Mittagessen gekommen.«

»Nee. Ich hab im alten Haus bei meiner Mom gegessen.«

»Ah, okay. Ich bleibe später da. Ich würde sagen, ich mache euch heute Abend mal Tacos. Hört sich das gut an?«

August sah ihr ins Gesicht und starrte ihre dauerroten Wangen an. Sie nannte das Rosazea, eine Hautkrankheit. Damit sah sie aus, als wäre ihr immer irgendetwas schrecklich peinlich. Er fragte sich, ob sie deswegen in der Schule gehänselt worden war.

Sie war nur sieben Jahre älter als er und hatte letzten Mai die Highschool abgeschlossen. In ihrem letzten Jahr hatte Augusts Vater sie fürs Melken angeheuert, und sie war vor der Schule, nach der Schule und auch am Wochenende gekommen. Augusts Vater hatte gesagt, sie arbeite härter als jeder Mann, den er jemals angestellt hatte. Jetzt war sie mit der Schule fertig und arbeitete Vollzeit. Sie konnte einen Traktor mit Egge fahren, sie konnte ausmisten, sie konnte den Kühen Antibiotika spritzen, und wenn es ans Kalben ging, konnte sie fast den ganzen Arm reinschieben, um einem schwierigen Jungtier auf die Welt zu helfen.

»Knusprige oder weiche Tortilla?«, fragte August und klopfte sich mit dem Hakenschlüssel an die Stiefelspitzen.

»Weiche?«

»Ich mag lieber knusprige.«

»Tja, ich guck mal, was ihr in den Küchenschränken habt, aber ich habe schon weiche gekauft.«

»Weizen- oder Maismehl?«

»Weizen, glaube ich.«

»Ich mag Mais lieber.« August spuckte sich vor die Füße, aber sein Mund war zu trocken, also blieb es ihm am Kinn hängen. Er wischte es sich mit dem Ärmel ab.

»Ich habe deinen Dad gefragt, und er hat gesagt, es ist ihm egal.«

»Der findet die knusprigen auch besser. Das kannst du mir glauben. Machst du die mit Bohnen oder ohne?«

Lisa zögerte und zog am Schirm ihrer Mütze. »Was ist dir denn lieber?«

»Das kommt drauf an.«

»Ich hab schwarze Bohnen gekauft. Die nehme ich meistens. Muss ich aber nicht.«

»Ich mag Bohnen. Aber keine schwarzen. Die sehen aus wie Karnickelscheiße. Findet mein Dad auch.«

»Gut, dann lasse ich die weg. Okay?« Das Rot ihrer Wangen hatte sich ausgebreitet. Es lief ihr jetzt den Hals runter bis in den Overallkragen. August sagte nichts. »Alles klar, August, dann sehen wir uns beim Abendessen. Dein Dad fragt sich bestimmt schon, wo ich stecke.« Lisa ging in die Scheune, und August spazierte hinten auf die Weide, schwang den Hakenschlüssel nach Klettenstängeln und Disteln und wich den frischen, breiten Kuhfladen aus.

Er stieg den kleinen Hügel runter, an dessen Fuß eine Baumreihe das Grundstück begrenzte, und setzte sich neben den Steinhaufen, unter dem Skyler begraben war. Skyler war sein Geburtshund gewesen. Sein Vater hatte den winzigen sechs Wochen alten Welpen mitgebracht, als August kaum eine Woche aus dem Krankenhaus zu Hause war. Augusts Vater sagte, sein Vater habe es bei ihm damals genauso gemacht. Er fand, ein Junge solle mit einem Hund aufwachsen. Und trotz der Einwände von Augusts Mutter legte er den mopsgesichtigen Schäferhundmischling zu August ins Bettchen – »damit sie sich kennenlernen«, hatte er gesagt. »Ein Junge mit Hund ist gesünder und aktiver, und viel seltener träge oder allergisch.« Und das hatte wohl gestimmt. August war ein besonders gesundes Baby gewesen, ein aufgeweckter, energiegeladener Junge mit einem hechelnden, lieben, vierbeinigen Schatten.

Mit zwölf war Skyler noch bemerkenswert gut in Form gewesen, morgens vielleicht ein bisschen steif, aber gegen Mittag jagte er die Hofkatzen wie ein halb so alter Hund. Doch dann sah August ihn eines Tages nach der Schule nirgendwo auf dem Hof oder in der Scheune. Als er in der Maschinenhalle nachschaute, lag Skyler dort auf der Seite, und grünlich blauer Schaum hatte ihm die graue Schnauze verfärbt. Er hatte einen Kanister Frostschutzmittel durchgekaut, den Augusts Vater unter der Werkbank stehen hatte.

August und sein Vater hatten die Leiche auf den Hügel gekarrt, wo sie sich mit Spitzhacke und Schaufel abwechselten. Als sie fertig waren, blieben sie stehen und sahen sich den Steinhaufen an, den sie über der Erde aufgetürmt hatten, damit die Stinktiere nicht drangingen.

»Zwölf ist wohl auch nicht das schlechteste Alter«, hatte sein Vater gesagt. Damals hatte August geglaubt, er habe den Hund gemeint. Später deutete er es eher so, dass sein Vater habe sagen wollen, zwölf sei nicht das schlechteste Alter für einen Jungen, der zum ersten Mal etwas verlor, was er liebte.

August sah zu, wie der Himmel im Westen von dämmrigen, rosastichigen Wolken überzogen wurde. Er musste an Lisa denken, bei der die Röte sich von den Wangen den Hals runter über die Schultern, den Rücken und die Arme bis ganz über die Beine ausbreitete. Das stellte er sich nicht nur vor. Er hatte es selbst gesehen.

Im letzten Herbst war die Schule einmal früher aus gewesen. August war aus dem Bus gestiegen, hatte sich im neuen Haus die Schulklamotten ausgezogen, sich ein Stück Kuchen gegriffen, und als er zur Scheune runterging, roch die Luft stechend nach dem Eichenlaub, das sein Vater im Vorgarten verbrannt hatte. Der Haufen schwelte noch, aber niemand war zu sehen. Skyler schlief im Schatten der Stahltränke. Die Kühe waren in ihren Melkständen. Die Scheune war erfüllt vom Dröhnen der Vakuumpumpen, und die einzelnen Melkbecher saugten automatisch vor sich hin.

Und dann sah er durch die offene Tür der Getreidekammer seinen Vater. Mit Arbeitsstiefeln an ruckelte er sich hinter Lisa einen ab, die über einen Heuballen gebeugt war, ihre Wange und die Unterarme in die trockenen Grashalme gedrückt. Die Overalls hingen ihnen um die Knöchel und hatten etwas von abgeworfenen Exoskeletten, während ihre zusammengewachsenen Körper wie weiche, blasse Larven wirkten. August sah Lisas Röte, die sich ganz den Rücken runter über die kräftigen Schenkel und gespreizten Waden ausgebreitet hatte. Den Slip hatte sie runtergezogen, und das Rosa der Spitze war eine grelle Beleidigung für das ganze Fliegenschissgrau und Mistbraun der Scheune.

Beim Herausgehen hatte August das Radio auf volle Lautstärke gedreht. *Golf,* sagte Paul Harvey, *ist ein Sport, bei dem man eine Sechs spielt, »fore« brüllt und sich eine Fünf aufschreibt.*

Beim Abendessen nahmen sich Lisa und Augusts Vater jeder ein Bier. Lisa schnitt sich eine Limettenspalte und schob sie den Flaschenhals runter, und Augusts Vater sagte, was soll's, er probiere das jetzt auch mal. Sie lächelten einander zu, stießen an und tranken, und August sah die Limettenspalten in den Flaschen treiben wie Schwimmer in einer Wasserwaage. Nach dem Essen lehnte Augusts Vater sich zurück, rülpste kraftvoll und zerriss mit den schwieligen Fingern seine Serviette, als er sich den Tacosaft von den Fingern wischte.

»Bestes Essen seit langem. Danke, Lisa.«

Lisa grinste und sagte: »Gern geschehen, Darwin. Freut mich, dass es dir geschmeckt hat.«

»Ich hab heute drei Katzen erwischt«, sagte August, um ihren Grinsewettbewerb zu unterbrechen. »Mit nem Hakenschlüssel. Voll auf den Schädel. Das haben die gar nicht mitgekriegt.« Aus dem Augenwinkel sah er, dass Lisa leicht die Nase rümpfte.

Sein Vater trank das Bier aus und legte Gabel, Messer und Serviette auf den Teller. Er war ein stattlicher Mann, und alle seine Knochen wirkten zu groß, harte knubbelige Handgelenke und Fingerknöchel, die Hände bis zum Ärmel sonnengebräunt. Er war fast vierzig und hatte noch volles dunkelbraunes Haar, das erst langsam an den Schläfen grau wurde. In den kalten Monaten trug er gern einen bunten Cowboyschal aus Seide. Er lächelte oft Frauen zu, und die lächelten oft zurück. Seine Mutter hatte immer gesagt, dass er für einen Kerl mit Mist an den Stiefeln ziemlich charmant sein konnte.

»Jetzt mal langsam, Augie. Ich habe dir einen Auftrag gegeben und freue mich, dass du dich gleich darum kümmerst. Aber es gibt nun mal Themen für die Scheune und Themen fürs Haus. Und ich glaube, Lisa hätte gerade lieber welche fürs Haus. Du kannst ja jetzt vielleicht mal abräumen und abspülen. Und bedank dich doch ruhig bei Lisa für das leckere Essen. Sie hat den ganzen Tag geschuftet und dann auch noch für uns gekocht.«

»Danke«, sagte August und schob mit einem lauten Quietschen den Stuhl zurück. Er stapelte Teller und Gläser wacklig aufeinander und trug sie in die Küche. Er ließ das Wasser laufen, bis Dampf aufstieg, spritzte Spülmittel dazu, bis sich große Schaumberge auftürmten, und spülte ab. Er ließ Teller an Teller klirren, Topf an Topf scheppern, das Wasser unnötig laufen und machte so viel Lärm wie möglich, um das leise Gemurmel von Lisa und seinem Vater im Nebenzimmer zu übertönen.

Durchs Küchenfenster sah er das grünliche Schimmern der Hoflampe, die wuchtige Scheune und weiter hinten den gedrungenen Umriss des stockdunklen alten Hauses. August drehte sich nicht um, als sein Vater hereinkam und noch zwei Bier holte. Er stellte sich neben August an die Spüle und öffnete die Flaschen. Er stieß August mit dem Ellenbogen an, der ihn ignorierte und weiter eine Pfanne schrubbte.

»Wie geht's deiner Mutter?«

August zuckte die Schultern.

»Ich will sie ja wirklich nicht schlechtmachen, Augie, aber man kann sich nie darauf verlassen, dass sie jemals sagt, was sie wirklich denkt. Verstehst du, was ich meine?«

August zuckte die Schultern.

»Sie ist ihr Leben lang enttäuscht, wahrscheinlich schon so auf die Welt gekommen. Außer von dir, das weiß ich, aber sonst von allem – von mir auch, immer schon, und das wird auch so bleiben. Sie hat nie gelernt, Verantwortung für sich zu übernehmen. Ihre Eltern haben ihr das durchgehen lassen. Sie ist sehr schlau, und sie meint, sie versteht vieles, was ich nicht verstehe, aber da liegt sie falsch, das kann ich dir sagen. Ich verstehe so einiges. Alles klar?« August schwenkte eine Tasse durchs Abwaschwasser und schwieg. Sein Vater gab ihm einen Klaps auf den Hinterkopf.

»Alles klar, hab ich gesagt!«

»Ja. Alles klar.« August starrte nach vorne aus dem Fenster.

»Na dann.« Er griff ins Wasser und schmierte August eine Handvoll Schaum an die Wange. »Du bist in Ordnung«, sagte er. »Wenn du so weit bist, sag Bescheid, dann besorgen wir dir einen neuen Hund.«

Am Morgen lockte August der Geruch von Toast, Kaffee und gebratenem Speck aus dem Bett, bevor die Sonne sein Ostfenster erreicht hatte. Er stapfte die Treppe runter, setzte sich an den Küchentisch und rieb sich die Augen. Lisa stand am Herd und briet Eier. Sie war barfuß und hatte die graue lange Unterwäsche an, die sie sonst unter dem Overall trug. Es waren Männersachen, die an der Hüfte eng saßen, und als sie sich bückte und die Butter aus dem Kühlschrank holte, sah August, wie sich ihr Slip auf den Rundungen ihres vollen Hinterns abzeichnete.

»Möchtest du einen Kaffee, August?« August nickte, und sie stellte ihm einen Becher hin, aus dem es dampfte. »Du trinkst ihn doch bestimmt auch schwarz wie dein Vater.«

»Klar«, sagte er, nippte daran und versuchte, das Gesicht nicht zu verziehen. »Schwarz und stark.«

Seine Mutter goss ihm den Becher immer mit heißer Vollmilch auf und schaufelte mehrere Löffel Zucker rein. Sie hatte ihm erzählt, sie habe das während des Studiums in New Orleans gelernt, in einem anderen Leben vor der Hochzeit mit seinem Vater. August wusste, dass Lisa es in tausend Jahren nicht nach New Orleans schaffen würde.

Sein Vater kam aus dem Schlafzimmer. Er hatte einen Fleck Rasierschaum unter dem Ohrläppchen. Als er sich einen Kaffeebecher aus dem Schrank nahm, legte er Lisa den Arm um die Taille, und sie drehte sich um und wischte ihm den Schaum mit dem Ärmel ab.

»Wann sind die Eier fertig?«, fragte August und trommelte mit den Fingern auf dem Tisch.

»Noch ein paar Minuten. Der Speck ist auch gleich so weit.«

August seufzte, leerte seinen Kaffee und nahm sich eine Scheibe Toast vom Teller auf dem Tresen. »Ja, manche von uns können eben nicht den ganzen Tag hier rumsitzen«, sagte er. »Ich muss an die Arbeit.«

Er holte den Hakenschlüssel aus dem Schmutzraum, zog sich die Stiefel über, ohne sie zu binden, und als er über den Rasen ging, schlappten die Stiefelzungen wie bei Hunden, die in der Hitze hecheln. Die Kühe stapften auf der Weide nah beim Tor. Als sie ihn sahen, rollten sie die dummen Augen und muhten, denn ihre Euter waren prall und schwer.

»Schnauze, ihr Mistviecher«, sagte August. Er hob eine Handvoll Steine auf und pfefferte im Vorbeigehen einen auf jede Kuh in Reichweite.

Bis letztes Jahr hatte August jeden Morgen vor der Schule und jeden Abend nach der Schule beim Melken geholfen, aber dann hatte seine Mutter es verboten, und sein Vater hatte Lisa in Vollzeit anstellen müssen.

»Hilfst du deinem Vater gerne beim Melken?«, hatte seine Mutter ihn eines Abends gefragt, als sie nach dem Abendessen zusammen den Tisch abräumten. Sein Vater saß auf der Veranda und hörte sich ein Baseball-Spiel an, der Livebericht kam unverständlich und hektisch durch die Fliegengittertür. *Ein Hard Line Drive, er läuft, er läuft, er läuft.*

»Es macht mir nichts aus«, sagte August und trocknete einen Teller ab. »Irgendwie mag ich es auch.«

»Dann haben wir ein Problem«, sagte seine Mutter. Sie hatte eine Zigarette im Mundwinkel hängen, und als sie sprach, fiel Asche ins Spülwasser. »Bald bist du auf der Highschool. Dann kommen die Mädchen. Was werden die dich hübsch finden. Und dann kommt das College und danach das Leben, wie du es möchtest. Das hier ist nur ein kleiner Teil, Augie, und wenn du es hasst, denk daran, dass du bald deinen eigenen Weg gehst.«

»Aber ich habe doch gesagt, ich hasse es nicht, Mom.«

»Mann. Hoffentlich meinst du das nicht ernst. Früh aufstehen, die zugeschissenen Kühe, die Langeweile?«

»Na und?«

»Mein Gott, Augie, sieh mich an und sag mir, dass du das nicht hasst.« Sie wandte sich ihm zu und nahm sein Kinn in die seifige Hand, und ihre Zigarette zitterte, und August wusste nicht, ob sie es ernst meinte und gleich weinen würde oder ob sie Quatsch machte und kurz davor war loszulachen.

»Ich hasse überhaupt nichts. Ist doch schön hier. Mir gefällt das.«

»Ganz im Ernst?«

»Ja.«

»Dann bin ich enttäuscht von dir«, sagte sie, blies kraftvoll den Rauch aus der Nase und wandte sich wieder dem Abwasch zu. »Aber ich bin wohl selbst schuld, dass ich es zugelassen habe. Ich rede mit deinem Vater. Deine Scheunentage sind vorbei. Ich mache hier alleine fertig. Geh dir das Spiel anhören.«

Draußen auf der Veranda saß sein Vater mit lang ausgestreckten Beinen auf dem Schaukelstuhl. Er nickte August zu, als er sich auf die Stufe setzte.

Jetzt geht es in die Extra-Innings. Bleiben Sie dran, während wir kurz zur Werbung schalten. Das dürfen Sie nicht verpassen. Das Radio knisterte, die Melodie eines Gebrauchtwagenhändlers lief. Von unter dem Dach schwärmten die Fledermäuse aus, und August warf Steinchen, denen sie hinterherjagten, und dann kam wieder das Spiel, bei den Twins glühten die Schläger, und sie schlugen die Tigers um zwei Punkte. August sah seinen Vater an. Der saß mit geschlossenen Augen zusammengesackt da, die Finger vor der Brust verschränkt.

»Nacht«, sagte August, stand auf und ging rein. Sein Vater gähnte und streckte sich. »Nacht.«

Später hielt der Streit seiner Eltern ihn wach, und am nächsten Morgen weckte sein Vater ihn nicht zum Melken, und bald danach war Lisa immer da, und nicht viel später ging seine Mutter immer öfter ins alte Haus. Anfangs nur ein paar Nächte die Woche, und eines Morgens kam sie nicht mehr zum Frühstückmachen hoch, und sein Vater verbrannte den Toast und schlug die Tür hinter sich zu, als er in die Scheune ging.

August schnürte sich die Stiefel. Er stieg hoch auf den Heuboden und überraschte zwei Katzen, die gespannt einen toten Spatzen untersucht hatten. Der einen brach er mit einem schnellen Hieb das Rückgrat, die andere erwischte er mit einem kurzen Schlag am Kopf. Er sah im Dunkeln kaum, wie sie sich wanden. Er brachte das Jaulen mit je einem Hieb zum Verstummen und jagte noch ein paar Schemen hinterher, die entkamen und sich unter ihren klagenden, fauchenden Clan im Gebälk mischten.

August fluchte nicht viel. Sein Vater sagte immer, niemand nehme einen Mann ernst, der viel fluche, und man solle lieber der sein, bei dem alle aufhorchen, wenn er es doch mal tue.

Aber jetzt, als der Heustaub ihm ums Gesicht wirbelte und die Katzen außer Reichweite waren, fluchte er.

»Scheiße!«, sagte er. »Scheiß-Arsch-Wichs-Pisskatzen!«

So viele Flüche hatte er noch nie aneinandergereiht, und er hoffte, die Katzen horchten auf und zitterten in Angst vor dem Feuer, das er auf ihre räudigen Köpfe würde hinabregnen lassen.

Im alten Haus hatte seine Mutter die Jalousien geschlossen. Sie war in einen großen Quilt gewickelt, und die Enden schleiften über den Boden, als sie aufstand und ihn hereinließ. Drinnen war es dunkel, und eine alte Kerosinlampe brannte. Die Flamme flackerte und schwarze Rauchschwaden stiegen auf. Seine Mutter hatte wieder Patiencen gelegt. Auf dem Tisch dampfte ein Schweinekotelett in einer Pfanne.

»Willst du etwas zum Mittagessen?«, fragte sie, als sie sich wieder auf ihren Stuhl gesetzt und den Quilt unter sich und über den nackten Beinen glattgestrichen hatte. »Ich bin fertig. Den Rest kannst du haben.« Sie schob August das Kotelett zu. Es war nicht angerührt worden.

Er aß einen Bissen. Es war außen knusprig und innen zart und saftig, in Butter scharf angebraten und im Ofen fertiggegart. So machte sie die Koteletts immer. Lisa konnte das bestimmt nicht, dachte er. Sein Vater würde bald genug von Lisas zähem, trockenem Fleisch haben und sie vielleicht sogar wegschicken, und dann konnte seine Mutter zurück ins neue Haus kommen und er seinem Vater wieder in der Scheune helfen.

»Isst du immer noch nichts?« Er nahm das Kotelett in die Hand und nagte den Knochen ab, an dem immer das leckerste Fleisch hing.

»Augie, das ist eine häufige Fehlannahme über uns Lichtköstler. Natürlich esse ich. Meine Güte, ich esse dauernd. Hier, gib mir doch eben noch mal ein Stück ab.« Sie beugte sich vor, fächerte sich den Duft zu und atmete dann plötzlich schluckaufartig ein, lächelte und lehnte sich wieder zurück. »Fleisch von einem Tier, das man kannte, schmeckt immer am besten«, sagte sie und zündete sich einen Zigarillo an. »So etwas verstehen Stadtmenschen einfach nicht. Du hast dem

Schwein jeden Abend nach dem Essen die Küchenreste gebracht, weißt du noch? Du hast es gefüttert, und jetzt füttert es dich. Das gibt dem Geschmack so ein gewisses Etwas – in einer anderen Sprache gibt es bestimmt ein Wort dafür.«

Sie zog sich den Quilt enger um die Schultern. »Wusstest du das, Augie? Dass es in anderen Sprachen für alles Mögliche Worte gibt, die wir nicht kennen? Wenn man ein Gefühl hat oder eine Erfahrung macht, die man nicht erklären kann, weil es dafür kein richtiges Wort gibt, ist es, als würde die Seele stottern. Wenn man alle Sprachen der Welt kennen würde, könnte man sich immer perfekt ausdrücken, und man könnte alle Erfahrungen verstehen, weil man immer ein Wort, ein perfektes Wort für alles hätte. Verstehst du das?«

August wischte sich die fettigen Finger an den Jeans ab. Er war sich ziemlich sicher, dass seine Mutter unter dem Quilt nackt war. Er fragte sich, ob es dafür auch ein Wort in einer anderen Sprache gab. Ein Wort für das Gefühl, ein Kotelett zu essen, während einem seine Mutter nackt unter einem Quilt gegenübersitzt. Das Kotelett hatte sie für sich gemacht, da war er sich sicher. Außerdem stand eine halbleere Packung Feigenkekse auf dem Tresen. Er wusste, dass sie ihn mit der Lichtköstler-Geschichte nur ärgern wollte, aber er gönnte ihr nicht den Triumph zu wissen, dass er den Witz dabei nicht verstand.

»Keine Ahnung«, sagte er. »Bloß weil man etwas ein Wort aufdrücken kann, versteht man es doch nicht unbedingt besser. Oder?«

»Ach, doch, ich glaube schon. Ganz sicher. Ich glaube, nichts existiert wirklich, bevor wir es nicht benennen können. Ohne Namen ist die Welt nur voller Geister und Monster.«

»Aber wenn man einer Sache einen Namen gibt, verändert man doch nicht die Sache selbst. Die bleibt doch gleich.«

»Da liegst du leider falsch, mein lieber Augie. Wie ist es zum Beispiel beim Tod?«

»Was soll damit sein?«

»Was wäre, wenn man es nicht Tod nennen würde, sondern Geburt, und alle würden sich auf die große Belohnung am Ende ihrer vielleicht siebzig Jahre langsamer Verwesung hier auf Erden freuen?«

»Das ergibt doch keinen Sinn. Warum soll sich denn irgendwer auf den Tod freuen?«

»Vielleicht bist du noch zu jung für dieses Gespräch«, sagte sie und hustete sich auf den Handrücken. »Das ist doch ein interessanter Gedanke. Bestimmt gibt es in irgendeiner Sprache ein Wort für deinen jetzigen Zustand – das in Unerfahrenheit begründete Nicht-imstande-Sein, Vorstellungen über den Tod in all seinen Formen zu formulieren oder abstrakt zu erörtern. Wahrscheinlich muss erst jemand sterben, den man liebt, bevor man das kann. Dann rauscht das gesamte Weltverständnis auf einen ein, als wäre irgendwo eine Vakuumdichtung gebrochen. Ich sage zwar nicht, dass man unbedingt irgendwann versteht, warum die Welt so läuft, wie sie läuft, aber man kommt doch zwingend zu dem Schluss, dass sie läuft und dass sie genau deshalb irgendwann zum Stillstand kommen muss, da nichts für immer laufen kann. Verstehst du?«

»Nein.«

»Na, wirst du aber irgendwann. Da bin ich mir sicher.«

Sie schob ihr Spiel zusammen, mischte neu, hob ab, ließ die Kanten flott ineinanderriffeln und bog das Ergebnis hin und her, sodass die Karten wieder zusammenglitten. August hörte zu, genoss die Geräusche und glaubte, wusste, dass sie falschlag. Es war sehr wohl schon mal wer gestorben, den er geliebt hatte.

»Wie läuft es mit deinem Auftrag?«

»Nicht so toll.«

»Motivationsprobleme?«

»Nein. Die sind einfach zu schnell. Ich muss meine Taktik ändern, glaube ich.«

»Ja?«

»Ich weiß aber noch nicht, ob es funktioniert. Kann ich mir ein paar Schalen ausleihen?«

Lisa blieb wieder zum Abendessen. August spürte, dass sein Leben jetzt in zwei Teile aufgespalten war. Es gab den Teil, als Skyler gelebt hatte, als sein Vater, seine Mutter und er alle im neuen Haus gewohnt hatten, und jetzt gab es diesen Teil, in dem alles neblig und unklar war. August wickelte Lisas Spaghetti um die Gabel, und ihm wurde zum allerersten Mal klar, dass sein ganzes Leben bis zu diesem Moment in der Vergangenheit lag, also eigentlich überhaupt nicht mehr existierte. Es hätte genauso gut draußen auf der Weide zusammen mit Skyler begraben sein können.

In der Scheune war es dunkel und kühl, und er schaltete sich zur Gesellschaft das Radio ein. August hatte nicht schlafen können und war früh aufgestanden, sogar noch vor Lisa. Er hatte nicht gefrühstückt, deshalb knurrte ihm der Magen, als er die Holzleiter hoch auf den Heuboden kletterte. In der Dunkelheit sah er durch die Astlöcher und Spalten der Scheunenbretter blass und winzig die Sterne schimmern, aber dann fanden seine Finger die Zugkette, und der Heuboden wurde vom Licht der Leuchtstoffröhren durchflutet.

Der Boden war übersät von verrenkten Katzen, getigerten, mehrfarbigen, pechschwarzen, reinweißen, kreuz und quer und aufeinander und unwiederbringlich tot. Sie lagen wie

Schmutzwäsche dort, wo sie aus dem Gebälk gefallen waren, als die vergiftete Milch ihnen die Eingeweide zerfressen hatte. Fast überwältigt hustete August und spuckte aus und dachte an den Abend vorher, als das Frostschutzmittel die bläulich weiße Milch in ein krankes, unheilvolles Grün verfärbt hatte. Er stieß ein paar der reglosen Formen mit dem Stiefel an und schaute nach oben, wo keine Katze mehr war bis auf eine dreifarbige, deren leblose Pfoten sich im Gebälk verkeilt hatten, sodass das Tier dahing wie eine schäbige, mottenzerfressene Piñata.

Er zog sich die Hemdsärmel in die Handschuhe, weil überall Flöhe sprangen, und warf die Katzen eine nach der anderen durch die Heuluke. Während er arbeitete, drang Paul Harveys Stimme von unten zu ihm hoch.

Natürlich gibt es Unruhen. Es wird immer welche geben, aber es wird jedes Mal wieder besser. Morgen wird es wieder gut. Überlegen *Sie mal: Gibt es irgendeinen Zeitpunkt in der Weltgeschichte, an dem Sie lieber leben würden als heute? Mit diesem Gedanken möchte ich mich verabschieden. Ich bin Paul Harvey, und jetzt kennen Sie den Rest der Geschichte.*

August stieg die Leiter runter und stand fast bis zu den Knien in Katzen. Er zückte sein Taschenmesser, zog es ein paarmal am Stiefel ab und fing an, die Katzen von ihren Schwänzen zu trennen. Eine nach der anderen schob er auf die Mistförderanlage, und als er fertig war, legte er den Wandschalter um, der das Band in Gang setzte. August sah zu, wie die Katzen mitfuhren und schließlich unter der Rückwand der Scheune verschwanden. Draußen fielen sie dann auf den Mistwagen. Er ging nicht nachsehen, konnte sich aber vorstellen, wie sie sich auf dem schmutzigen Stroh und Kuhmist türmten, ein Haufen weicher, lebloser Formen. Morgen oder übermorgen würde sein Vater den Wagen hinter den Traktor spannen und auf die Weide fahren und die Ladung auf dem kuhfladengefleckten Gras verteilen.

Es dauerte lange, bis er die Schwänze auf das Brett genagelt hatte, und als er die letzten festschlug, wurden sie schon steif. August trug das Brett hoch zum Haus, und langsam kam das milchige Licht vor Sonnenaufgang über den Himmel. Im Schmutzraum blieb er stehen und horchte. Aus der Küche war weder sein Vater noch Lisa zu hören, aber er wusste, dass sie bald aufstehen würden. Er lehnte das Brett an die Wandgarderobe direkt über die Scheunenstiefel seines Vaters und betrachtete sein Werk, ein Totem, eine Trophäe und ein extremer Fremdkörper vor der Fliedermustertapete.

August hätte gerne gepfiffen, als er über den Rasen und den Hügel runter zum alten Haus ging, aber mehr als ein feuchtes Blubbern bekam er nicht hin. Auf der Veranda wischte er sich den Mund mit dem Ärmel ab und schaute durchs Fenster. Seine Mutter saß am Küchentisch. Sie hielt eine Karte in der Hand erhoben, als dächte sie über ihren nächsten Spielzug nach, aber August sah, dass die Karten vor ihr kreuz und quer dalagen, als wären sie einfach hingeworfen worden.

—

Es war der fünfundzwanzigste Mai, der erste Tag der Forellensaison, und August saß hinten in Vaughn Thompsons langem, braunem Cadillac. Augusts Freund Bob saß vorne, weil Vaughn sein Opa war. Bob hatte Vaughn deshalb die ganze vorige Woche genervt, bis er sich endlich hatte breitschlagen lassen, sie mit nach Norden zu einer seiner Lieblingsstellen am Pine River zu nehmen.

Vaughn war ein kleiner, dicker Mann mit einem weißen

Bart rund ums Kinn, aber einer kahlen Oberlippe. Er ging am Stock, und August hatte ihn zu jeder Jahreszeit und bei jedem Wetter immer nur in Jeans-Overall und rot-schwarzem Karohemd gesehen. Er war Baggerfahrer. August hatte mal gefragt, aber Bob wusste nicht genau, wie alt Vaughn war. »Ich glaube, er ist gar nicht so alt, wie er aussieht«, hatte Bob gesagt. »Er ist bloß so dick. Auf der Arbeit hebt ihn immer ein Kollege mit der Baggerschaufel zu seinem Führerhaus hoch, damit er nicht die Leiter raufklettern muss.«

Vaughn hatte seinen Stock zwischen sich und Bob an den Sitz gelehnt. Er war aus dichtem, schwerem Holz, der Griff war zu einem Schlangenkopf geschnitzt. Er nannte ihn seinen Knüppel. Bob behauptete, man könne den Kopf abschrauben und einen langen, dünnen Dolch herausziehen, und von hinten aus beäugte August den Stock und fragte sich, ob das sein konnte. Allem Anschein nach war der Stock aus einem Stück. Bob war vielleicht sein bester Freund, aber manchmal dachte er sich Sachen einfach aus.

Vaughn fuhr extrem langsam. Er fuhr gern auf der Seitenlinie entlang, zwei Räder auf dem Asphalt und zwei knirschend auf dem Randstreifen. Er hatte eine große grüne Thermoskanne dabei und trank Kaffee mit Pfefferminzlikör aus dem Becherdeckel. Wenn er pissen musste, was ziemlich oft vorkam, dann nahm er eine Gatorade-Flasche mit breiter Öffnung, die er im Fußraum stehen hatte. Er drehte das Radio laut, um das Strullen zu übertönen, und fluchte, wenn etwas danebenging.

In der Schule hatte sich die ganze Woche alles um Sam Borden gedreht, einen Klassenkameraden von August und Bob, der unten am Little Muskegon unter einem Asthaufen eine Mumie gefunden hatte. Morgens hatte er hinten im Bus allen mit weit aufgerissenen Augen davon erzählt.

»Ein Fuß«, sagte er. »Den hab ich zuerst gesehen. Einen nackten Fuß. Ganz braun mit gelben Fußnägeln.«

»Gelb?«

»Genau. Ich wollte angeln gehen. Normalerweise geh ich um den Haufen einfach drum herum. Aber diesmal wollte ich drüberklettern, und dann lag er da.«

»Also waren die gelb lackiert, die Fußnägel?«

»Nee, so eklig gelb wie bei ganz alten Leuten. Der Fuß sah ganz ausgetrocknet aus. Wie Beef Jerky. Hing einfach so unter dem dicken Stamm raus.«

»Bäh!«

»Und wie sah der Rest aus?«

»Mehr hab ich nicht gesehen. Ich bin dann gleich nach Hause gerannt und hab's meinem Dad gesagt.«

»Du hast echt nicht noch mal genauer hingeguckt?«

»Mann! Habt ihr vielleicht schon mal den Fuß von ner Leiche gesehen? Irgendeiner von euch? Eben. Dann braucht ihr auch nicht blöd zu fragen, warum ich nicht noch mal geguckt hab. Ich bin weggerannt wie nix, und das hätte jeder von euch auch gemacht. Also Maul halten!«

Alle hatten über die Herkunft der Leiche spekuliert, und Bob faszinierte das Thema besonders. Während der Fahrt eröffnete er seinem Opa die Theorie.

»Das war bestimmt White Cloud«, sagte Bob. »Chief White Cloud. Das kommt hin. Jeder weiß, dass der von hier war. Er ist damals aus dem Reservat ausgebrochen und dann zum Sterben ganz wieder zurück hierher gewandert, damit er in seinen alten Jagdgründen begraben werden kann.«

Vaughn schnaufte und schenkte sich Kaffee nach, wobei der Dampf das Auto mit leichtem Pfefferminzgeruch füllte. »Chief White Cloud am Arsch«, sagte er.

»Im Ernst«, beharrte Bob. »Sam Borden hat doch gesagt, der Fuß sah aus wie Beef Jerky. Die Zehen wie kleine Salamienden. Das ist doch keine ganz normale Leiche. Oder, August? Das hat er doch gesagt.«

August versuchte immer noch, Vaughns Stock besser in den Blick zu bekommen, und lehnte sich vor. »Ja, hat er gesagt. Genau wie Beef Jerky.«

»Siehste?«, sagte Bob. »Das ist doch wohl ne Mumie. Chief White Cloud ist die einzige logische Erklärung. Das ist genau wie beim Mann aus dem Eis.«

Vaughn nippte an seinem Kaffee, wandte sich Bob zu und zog eine buschige Augenbraue hoch, was August nie richtig nachmachen konnte. »Der Mann aus dem Eis?«

»Genau. Ötzi aus dem Eis. Den haben sie unter einem Gletscher in der Schweiz gefunden oder so. Fünftausend Jahre war der alt. Oder, August?«

»Genau. In der Schule haben wir die *National-Geographic-Explorer*-Sendung über den gesehen. Die haben gesagt, der, der ihn entdeckt hat, hat eine Million Dollar gekriegt.«

»Ich an Sams Stelle wär ja stinksauer«, sagte Bob. »Dem will keiner was geben. Chief White Cloud müsste doch wohl mindestens tausend Dollar wert sein.«

Vaughn schüttelte den Kopf. »Der Mann aus dem Eis lag unter einem Gletscher. Gefroren. Der Typ, den euer Kumpel gefunden hat, lag unter einem Haufen Äste. Ich hab zwar keine Ahnung, wie er da hingekommen ist, aber eine Mumie ist er bestimmt nicht. Tut mir leid, Jungs. Ich glaube eher, das war so ein Tony Spicoli unten aus Detroit, und keiner, der ihn kannte, hat auch nur eine Träne vergossen, als er weg war. Habt ihr überhaupt schon gefrühstückt? Nein? In der Tüte da auf dem Sitz sind Donuts, August. Gib mir mal einen mit Puderzucker.«

Stumm aßen sie ihre Donuts, und als Vaughn fertig war, wischte er sich mit dem Ärmel den Puderzucker vom Kinn und räusperte sich. »Hab heute bei deiner Mom einen Pick-up stehen sehen, Bobby. Ist der Kerl immer noch da?«

August sah, wie sich Bobs Schultern hoben und senkten. »Sieht so aus.«

»Wie heißt der noch mal?«

»JT.«

»Macht er dir irgendwie Stress?«

»Nee. Der ist okay.«

Vaughn schüttelte den Kopf. »Deine Mutter. Ich weiß wirklich nicht, was mit ihr ist, dass sie jedem bisschen hinterherrennen muss, das irgendwie anders ist als ihr Zuhause. Ich sag ja nur. Unten in Detroit habe ich mit Schwarzen und Mexikanern gearbeitet, mit Roten und Braunen und Gelben, was weiß ich. Ist mir alles egal, solange einer pünktlich zur Arbeit kommt. Aber deine Mutter war meine Älteste, und ganz im Ernst, sie hat es sich zur Lebensaufgabe gemacht, mich auf die Palme zu bringen. Erst dein Vater und jetzt noch der hier. Aber egal. Gib mir mal noch einen, August. Schokoglasur. Chief White Cloud am Arsch. Und jetzt geht's angeln.«

Vaughn fuhr eine gewundene Schotterstraße entlang und bog schließlich in eine Fahrspur ein, auf deren Mitte Straußenfarn und Stinkkohl wucherten. Sie hielten an jeder Stelle, wo die Spur über den Bach führte, und senkten abwechselnd vom Rand den Haken mit Regenwurm in die träge Strömung. Sie fingen Bachsaiblinge, die meisten handgroß oder kleiner, bis auf den einen Ausreißer von knapp vierzig Zentimetern, der Bob an den Haken ging, hart kämpfte und durch das Rohr auf die andere Seite sprang. Bob stand stromaufwärts und versuchte mit stark gebogener Rute den Fisch zu sich zurückzuziehen, während sein Opa hinter dem Lenkrad bei offener Tür Kommandos brüllte.

»Zerr ihn nicht, Bobby!«

»Ich zerr ihn nicht.«

»Wenn du nicht aufpasst, reißt er dir an der Rohrkante die Schnur ab.«

»Ich weiß, ich weiß.«

»Tu was, Bobby! Der Fisch macht dich fertig.«

August hatte einen Geistesblitz. Er krabbelte das steile Ufer runter und watete mit viel Gestrampel ins Wasser. Die dunkle Form des Saiblings schoss hierhin und dorthin, bevor sie wieder das Rohr hinaufraste, wo Bob den Fisch mit Vaughns altem, grünem Handnetz herausholen konnte. Bob hakte einen Finger durch die Kiemen und hielt den Saibling mit ernstem Blick hoch, damit sein Opa ihn begutachten konnte.

»Nicht schlecht, Junge«, sagte Vaughn. »Das ist ein anständiger Fisch. Du hast Glück, dass August schnell mitgedacht hat. Habt ihr eure Messer? Okay, ihr wisst, wie es geht.« Vaughn beugte sich rüber, wühlte im Handschuhfach und zog eine gefaltete Zeitung heraus. »Nehmt das Papier«, sagte er. »Macht es einfach auf der Motorhaube. Und seht zu, dass ihr den Streifen dunkles Zeug vom Rückgrat abkriegt. Wenn das draufbleibt, kannst du den Fisch vergessen.«

»Ich weiß«, sagte Bob.

»Und auch die Kiemen rausreißen. Sonst wird er schlecht. Und dann einfach im Bach ausspülen.«

»Ich weiß, wie das geht«, sagte Bob. »Hast du mir letztes Jahr gezeigt.«

»Wär nicht das erste Mal, dass einer vergisst, was ich ihm beigebracht habe.« Vaughn deutete mit dem Kopf auf August, der mit nassen Beinen dastand und sich ein schwaches

Zittern nicht mehr verkneifen konnte. »Und Tempo, sonst verkühlt dein Kumpel sich noch.«

Als die Fische geputzt waren, wickelten sie sie in das letzte Blatt Zeitungspapier und steckten sie in Vaughns verbeulte Kühlbox. August zitterte jetzt heftig, während die Sonne sich langsam hinter das Gewirr aus Ahorn und Birken senkte. Vaughn hatte die Heizung im Cadillac voll aufgedreht, und bevor er losfuhr, kramte er einen Styroporbecher unter dem Fahrersitz hervor und blies den Staub heraus. Er schenkte einen ordentlichen Schluck seiner Kaffee-Likör-Mischung ein und reichte ihn August nach hinten.

»Du hast ja schon ganz blaue Lippen, Junge«, sagte er. »Trink! Und verpetz mich nicht bei deiner Mom.« Als Vaughn sich wieder nach vorne drehte, sah er Bobs Blick und seufzte. Er füllte den Deckelbecher auf, reichte ihn Bob und sagte: »Und du verpetzt mich bitte erst recht nicht bei deiner Mom.« August trank den mittlerweile nur noch lauwarmen Kaffee, der leicht minzig und scharf von dem Likör war, bevor er sich zurücklehnte und die ganze Heimfahrt über vor sich hin döste. Vaughn drückte sich am Radio durch die Classic-Rock-Sender und fuhr nun noch langsamer, weil es dunkel wurde.

Als Vaughn ihn zu Hause rausgelassen hatte, bedankte und verabschiedete August sich und quatschte in den nassen Schuhen die Auffahrt hoch, in der einen Hand die Angel, in der anderen ein kleines Zeitungspapierpäckchen Bachsaiblinge. Im neuen Haus brannte Licht, und Lisas Jeep stand neben dem F-150 seines Vaters. August stapfte die Verandastufen hoch, riss die Tür auf und brüllte ins Foyer: »Ich bin wieder da. Gut Nacht!« Er schlug die Tür zu, bollerte die Stufen wieder runter und ging über den Hof zum alten Haus.

Er saß am Küchentisch, während seine Mutter in der Pfanne das Öl heiß werden ließ. Sie hatte darauf bestanden, dass er die nassen Jeans auszog und sich einen Quilt um die Beine wickelte. Sie sprenkelte Salz und Pfeffer über den Fisch und drückte eine Zitrone aus. »Schau nur, wie rosa die sind«, sagte sie. »Es gibt nichts Besseres als Wildfisch. Die aus dem Laden sind immer nur wässrig weiß. Wie nett von Bobs Opa, dass er euch mitgenommen hat. War es schön?«

August zuckte die Schultern. »Ja.«

»Worüber habt ihr euch denn so unterhalten?«

»Übers Angeln. Was meinst du denn?«

»Ach komm. Der Spruch mal wieder. Dein Opa, ich wünschte, du hättest ihn kennenlernen können, war schon immer ein großer Angler. Als dein Vater und ich frisch zusammen waren, ist mein Dad mal mit ihm losgezogen. Mein Vater hatte damals ein Motorboot, einen Boston Whaler, und sie sind von Grand Traverse aus Seeforelle angeln gefahren. Ich weiß noch, wie unruhig ich an dem Morgen war.«

»Warum das denn?« Der Fisch brutzelte jetzt in der Pfanne. Seine Mutter hatte einen Spritzschutz mit Küchenpapier improvisiert, damit das Fett nicht überall landete. Ihr Zigarillo war ausgegangen, aber sie hatte den Stummel immer noch zwischen den Lippen stecken, und als sie lachte, fiel ihr die Asche auf den Pullover. Sie schaute etwas genervt, als sie sie wegwischte. »Ich habe mir Sorgen um deinen Vater gemacht. Mein Dad war … respekteinflößend. Dein Vater war eigentlich noch ein Junge. Den ganzen Tag nur zu zweit draußen auf dem Boot. Die Nacht vorher habe ich kein Auge zugekriegt, weil ich sie mir da immer vorstellen musste. Worüber würden sie reden? Ich wusste es einfach nicht. Vielleicht über mich. Das machte mich sauer. Besorgt und sauer zugleich. Möchtest du Toast dazu? Ich kann dir welchen machen, Frischkäse habe ich auch da.«

»Gerne. Warum warst du sauer?«

»Sie hätten mich doch auch mitnehmen können.«

»Angelst du denn gerne?«

»Nein, aber darum geht es nicht. Ich war damals schwanger mit dir. Gerade erst. Selbst dein Vater wusste es noch nicht. Morgens war mir schlecht. Ich habe den ganzen Tag zu Hause gehockt, während sie auf dem See waren, und als sie nach Hause kamen, habe ich ihnen zugesehen, wie sie hinten auf der Veranda die Fische geputzt haben. Sie hatten eine ganze Menge. Dein Vater hatte den größten gefangen und war unheimlich stolz, wollte es aber nicht zeigen. Als ich ihn endlich mal alleine hatte, musste ich es unbedingt wissen: *Worüber habt ihr euch denn so unterhalten, nur ihr beiden den ganzen Tag zu zweit da draußen?* Dein Dad sah mich an; er pulte sich gerade die Forellenschuppen von den Fingern. *Übers Angeln*, sagte er. *Weißt du was?*, habe ich gesagt, *wir sind schwanger.* Da hat er sich erschreckt, das kann ich dir sagen. Na ja, guten Appetit. Möchtest du einen Tee dazu?« Sie schob den Teller vor ihn. Drei Bachsaiblinge, die Haut knusprig braun, Kopf und Schwanz noch dran, die Augen schwarz verkrustet. Zwei Scheiben Weizentoast dick beschmiert mit Frischkäse.

»Nein«, sagte er. »Danke. Das sieht lecker aus.«

Sie setzte sich ihm gegenüber und zündete ihren Zigarillo wieder an. »Dieser Bob und du, ihr werdet gerade richtig gute Freunde, oder?«

»Kann sein.« Er klappte einen der Fische mit der Gabel auf und zog die Mittelgräte heraus. Das zarte Skelett löste sich sauber, und nur noch das rosafarbene Filet lag flach auf dem Teller. Er legte die Gräten an die Seite und gab sich etwas vom Fisch auf den Toast, bevor er reinbiss.

»Was macht seine Mutter?«

»Arbeitet in der Bank, glaub ich.«

»Mit seinem Vater hat er nichts zu tun?«

»Hat ihn noch nie kennengelernt, sagt er.«

»Das muss schwer sein.«

»Kann sein. Weiß nicht.«

»Wie ist der Fisch?«

»Echt lecker. Willst du auch was?«

Sie schüttelte den Kopf, zog am Zigarillo-Stummel und drückte ihn in der großen, gesprungenen Muschel aus, die sie, seit er sich erinnern konnte, als Aschenbecher benutzte. »Würdest du sagen, Bob ist dein bester Freund?«

»Keine Ahnung. Wieso?«

»Ach, ich fände es eben schön, wenn du Freundschaften schließen kannst, die ein Leben lang halten.«

»Woher soll ich denn wissen, welche Freundschaft so lange hält?«

»Hast ja recht. Aber so vieles von dem, was wir sind und was wir werden, wird von denen bestimmt, mit denen wir uns umgeben, Augie. Jeder redet sich gern ein, dass er ein Individuum ist, aber Gruppenzwang ist eine schleichende Gefahr. Als ich zwanzig war, waren zum Beispiel zwei meiner besten Freundinnen schon schwanger und verlobt.«

August wischte sich die Finger an einem Blatt Küchenpapier ab und schob den leeren Teller von sich. »Und?«, fragte er.

»Ich will dir nur sagen, dass dein Leben in alle möglichen verschiedenen Richtungen gehen kann, wenn du es zulässt. Aber manchmal sind Freunde wie Hecken. Ihre Nähe tröstet und schützt, aber gleichzeitig versperren sie einem die Sicht auf die Welt da draußen.«

»Bob ist keine Hecke, Mom.«

»Sag ich auch nicht. Ich denke nur laut nach. Möchtest du einen Nachtisch?«

—

Als Vaughn ein Jahr nach diesem Angelausflug an einem Herzinfarkt starb, erbte Bob seinen Wagen. Er hatte das erste Schuljahr wiederholen müssen, also war er älter als die meisten anderen in der Klasse. Nach dem Tod seines Opas hatte er einen Härtefall-Führerschein beantragt und Fahrstunden genommen. Nun war er noch nicht ganz fünfzehn und fuhr selbst zur Schule; an den meisten Tagen holte er August ab. August »half« Bob mit den Mathe-Hausaufgaben, und Bob ersparte ihm die vielfältigen Demütigungen des Schulbusses. Das war ein faires Geschäft, und beide Parteien waren damit zufrieden. Für den Saisonbeginn planten sie eine Fahrt nach Norden, wo sie sich all die Stellen vornehmen wollten, die Vaughn ihnen gezeigt hatte. Bob hatte im Cadillac alles genauso gelassen, wie es war. Der Schlangenkopf-Knüppel lag an seinem Platz. Die grüne Thermoskanne stand ungespült im Getränkehalter. Und, wie Bob August zeigte, als er tief unter den Sitz griff, lag dort eine fast volle Flasche von Dr. McGillicuddy's Pfefferminzlikör. »Den hab ich noch nicht angerührt«, verkündete er feierlich. »Erst zur Saisoneröffnung.«

Es war auch das Jahr der Four-Mile-Kämpfe. Auf den Fluren wurde rege provoziert und herumgeschubst. Die Hormone spielten verrückt. Jede Kränkung löste schrilles Wutgebrüll aus. Nachdem Darren Reid und Andy Johnson sich einen epischen Kampf von zehn Minuten auf dem Flur zwischen dem Orchesterraum und der Sporthalle lieferten, der die Bodenfliesen blutbesudelt und die anderen Schüler für den Rest des Tages lernunfähig hinterließ, griff die Schulverwaltung hart durch. Von nun an führte jede Aggression auf dem Schulgelände, Drohungen eingeschlossen, zum sofortigen Verweis. Aus diesem Grunde wurden offene Rechnungen anderswo beglichen. Four Mile war ein schmaler Feldweg, der einen Kilometer von der Schule ins Nichts führte. Am Ende war ein Wendeplatz hinter einem dichten Blickschutz aus Pappeln und Gestrüpp. Wenn es in der Mensa Streit gab, musste nur einer sagen: *Dann regeln wir das eben auf Four Mile, Arschloch*, und der ganze Saal erknisterte in Erwartung der bevorstehenden Gewalt. Nach Schulschluss gingen dann die einen zu Fuß, die anderen fuhren mit dem Rad, und wer ein Auto hatte, lud es voll, ließ die Fenster runter, während die Stimmen gegen die Musik anbrüllten, den Ausgang des Kampfes vorhersagten und einander aufpeitschten.

August selbst hatte sich noch nie geprügelt. Er ahnte, dass das manche aus seinem Umfeld misstrauisch machte, die es als Zeichen einer Charakterschwäche sahen. Andererseits war er fast immer an Bobs Seite, und Bob prügelte sich so oft, dass August allein wegen seiner Nähe zu ihm allgemein als okay galt. Bob ging die Kämpfe so an, wie andere ein Field Goal beim Football oder einen Freiwurf beim Basketball angingen. Er war methodisch, beherrscht. Sein Opa war Amateurboxer gewesen und hatte ihm ein paar Sachen gezeigt. Bob behielt die Fäuste vor dem Gesicht und ging langsam vor. Wenn einer auf ihn zustürmte, machte er einen Ausfallschritt und verpasste ihm einen kurzen Schlag ins Gesicht. Aber wenn einer es genauso anging wie er, versuchte er, ihn zu Boden zu reißen, sich auf ihn zu setzen, sodass er frei auf ihn einprügeln konnte. Aus der Junior High war Bob eindeutig der Härteste. Das stand schon seit langem fest, und Bob musste sich nur gelegentlichen Herausforderern stellen oder vor allem Möchtegern-Herausforderer anstacheln, damit er nicht einrostete.

Aber Prügeleien mit anderen aus der Junior High waren eine Sache; ein Kampf mit einem aus der Highschool eine ganz andere. Die Sache mit Bob und Brandt Gidley fing mit einem Basketball an. Ein paar Jungs beeilten sich beim Mittagessen immer, damit sie den Rest der Pause in der Sporthalle Körbe werfen konnten. Meistens spielten sie H-O-R-S-E oder manchmal Twenty-one, ohne sich allzu sehr zu verausgaben, weil keiner verschwitzt zurück in den Unterricht wollte. Die Mädchen standen nicht so auf Schweiß. Das war vor Kurzem klar geworden. An diesem Tag waren Bob, August und ein paar andere früh in die Sporthalle gegangen. Im Regal lagen ein paar gute Leder-Basketbälle zwischen zahlreichen beuligen, ausgeleierten Gummidingern. Die Lederbälle waren immer sehr beliebt, und wenn Schüler der obersten Klassen da waren, beanspruchten sie sie üblicherweise für sich. Am Tag des Kampfes kam Brandt herein, und als er im Regal keine Lederbälle fand, wollte er Bob seinen abnehmen. Das Spiel kam zum Stillstand. Bob forderte Brandt auf, sich zu verpissen. Es kam zu einem Handgemenge, in dessen Verlauf Brandt Bob einen Ball ins Gesicht warf, woraufhin Bob die Four-Mile-Herausforderung aussprach.

Brandt Gidley war ein Riesenkerl. Kapitän der Ringermannschaft. August fand, dass Bob verrückt geworden war. Selbst wenn man der allerhärteste Siebtklässler ist – mit einem aus der Elften sollte man sich trotzdem nicht anlegen. Nach Unterrichtsschluss kam die halbe Schule nach Four Mile, ein Ring aus brüllenden, schreienden Leuten, und Bob konnte immerhin einen guten Schlag landen, bevor Brandt ihn packte und runterriss. So schnell war es vorbei. Gerade tänzelte Bob noch und suchte nach Öffnungen für seine Faust, dann lag er schon flach auf dem Bauch, die Arme in einem Haltegriff verrenkt, das Gesicht schmerzverzerrt.

August stand direkt daneben. Er konnte sehen, wie Bobs

Schulter sich langsam auskugelte, die unnatürliche Beule unter dem dünnen T-Shirt-Stoff. Brandt hatte ein schmales, schiefes Lächeln auf den Lippen, die er nun an Bobs Ohr senkte. Er sprach leise, wahrscheinlich hörten ihn nicht viele, aber August schon.

»Tut's weh? Wenn du genug hast, lass ich dich laufen. Du musst nur sagen: *Meine Mom treibt's mit N******. Das sind die Zauberworte.«

»Fick dich.« Bobs Gesicht war in den Schotter gedrückt, und seine Stimme kam durch zusammengebissene Zähne. Das eine Auge, das August sehen konnte, war weit aufgerissen und suchte; es verweilte einen Sekundenbruchteil auf August, und später verstand er, dass er in dem Moment etwas hätte tun sollen. Wäre es andersherum gewesen, hätte aus irgendeinem Grund jemand August den Arm auskugeln wollen, hätte Bob sich auf ihn gestürzt. Da war August sich sicher, aber in dem Augenblick war er wie erstarrt. Dann versuchte Bob, Brandt abzuwerfen, doch der hielt ihn unten und übte noch mehr Druck aus, bis August glaubte, dass jeden Moment etwas brechen musste, aber dann wurde Bob plötzlich ganz ruhig. Er hörte auf, sich zu wehren.

»Meine Mom treibt's mit N******«, sagte Bob.

»Lauter, dass alle es hören können.«

Bob kniff die Augen zu und brüllte es. Die Menge verstummte, und Brandt stützte sich auf Bobs Körper ab, als er aufstand. Er klopfte sich die Jeans ab, wandte sich einer Gruppe seiner Freunde zu und verteilte Highfives. Bob drehte sich auf den Rücken. Er blieb einen Augenblick liegen und starrte nach oben. August ging auf ihn zu, aber dann sprang Bob plötzlich auf und schubste ihn zur Seite, als er zu seinem Auto lief. August erwartete, dass Bob sich hinters Steuer setzen und davonrauschen würde, aber stattdessen bückte er sich und wühlte unter dem Vordersitz, dann war er wieder draußen und stapfte auf Brandt zu, der mit dem Rücken zu ihm stand, während er an einem Freund nachstellte, wie er Bob zu Boden geworfen hatte, während sich beide kaputtlachten. Bob hatte etwas in den Händen, und als August erkannte, dass es der Schlangenkopf-Knüppel war, war es zu spät. In einer blitzschnellen Bewegung zog er den langen, dünnen Dolch aus dem Gehstock und rammte ihn Brandt in den Rücken.

Bevor Brandt schrie, gab es ein Geräusch. August musste noch lange daran denken – das hohle, reißende Schmatzen, als die Klinge eindrang. Der Dolch war wohl stumpf. Als Kind hatte August zu Halloween mit seiner Mutter Kürbisse geschnitzt, und das Sicherheitsmesser, das sie ihm gegeben hatte, hatte sich ähnlich angehört. Brandt ging zu Boden, auf dem weißen Hemdrücken erblühte eine rote Nelke, in deren Mitte immer noch schief die Klinge hing, während er sich wand. Die Jugendlichen stoben auseinander, Bob war weg und sein Wagen ließ Schotter aufspritzen, als er losraste. August lief weg.

Wochenlang redeten alle nur noch von dem Kampf. Psychologen wurden an die Schule geholt. In der Mensa schob ein Polizist Dienst. Als seine Mutter fragte, sagte August ihr, er sei nicht dabei gewesen, er sei in der Schule geblieben und hätte mit ein paar anderen Basketball gespielt. Er wusste, dass sie ihm das nicht so recht abnahm, aber er wusste auch, dass sie mit den Gedanken woanders war. Sein Vater hatte die Scheidung eingereicht. An einem Nachmittag fuhr ein Lieferwagen vor dem neuen Haus vor und brachte ein brandneues Select Comfort Sleep Number Bed an. Zwei Meter breit. August war gerade bei seiner Mutter im alten Haus. Durch die

Jalousien beobachteten sie die Lieferanten, die den Rahmen ausluden und die Eingangsstufen hochtrugen, während Lisa ihnen die Tür aufhielt. Seine Mutter stand mit dem Rücken zu ihm, also konnte er ihr Gesicht nicht sehen, aber als er am nächsten Tag von der Schule nach Hause kam, standen Koffer auf der Veranda des alten Hauses. Seine Mutter saß auf den Stufen und rauchte in richtigen Klamotten – Jeans und Flanellhemd.

»Mit diesem Schulbus fährst du auf jeden Fall nicht mehr«, sagte sie, drückte den Zigarillo aus und stand mit der zackigen Entschlossenheit auf, die er von ihr schon fast nicht mehr kannte. »Komm, wir packen deine Sachen. Ich hab genug von der Scheiße.«

Brandt Gidley wäre fast gestorben. Er wurde zweimal operiert, wobei man ihm einen Meter Darm entfernte, und er verpasste den Rest des Schuljahrs. Bob kam in eine Einrichtung weiter im Süden des Staats, und August sah ihn nie wieder. Er hatte Bob aufs Schlimmste hängenlassen, das spürte er tief im Innern. Er hätte einschreiten sollen, Brandt einen Arm um den Hals haken und zudrücken sollen mit allem, was er hatte.

—

Sie blieben fast zwei Jahre unten in Grand Rapids. Seine Mutter belegte Fernkurse, um endlich ihren Uni-Abschluss zu machen, und er besuchte die achte und neunte Klasse einer großen Schule, in der er sich verlieren konnte. Da er nichts Besseres vorhatte, kniete er sich rein. Seine Mutter und er lernten zusammen im Wohnzimmer, jeder las für sich, sie stand gelegentlich auf, um ihren Tee wieder aufzuwärmen oder hinten auf der Veranda einen Zigarillo zu rauchen. Sie hatten eine kleine Doppelhaushälfte nahe der Innenstadt gemietet, und zum ersten Mal im Leben hörte er nachts Autos auf den Straßen. Seine Mutter ging nur selten aus, und das Haus wirkte oft stickig und erdrückend.

Wenn es ihm zu viel wurde, packte er sich ein Sandwich in den Rucksack und ging am Grand River spazieren. In der Stadt war er begradigt und einbetoniert – eher Kanal als Fluss. Er lief braun und träge dahin und roch leicht nach Abwasser. Trotzdem angelten die Leute. Unterhalb der Staustufe bei der Sixth Street angelten Männer in Wathosen vor dem seltsam urban-alpinen Hintergrund des Amway-Wolkenkratzers mit Lachsrogen auf Steelhead-Forelle. Gelegentlich schwangen Fliegenfischer ihre großen beidhändigen Spey-Ruten, die neonfarbene Schnur rollte sich ab und zischte raus über die Strömung, dass es aufspritzte. Sah gut aus, brachte aber nicht viel. Augusts Beobachtungen nach fingen die Posen-Angler dreimal so viel wie die Fliegenfischer. Die Jungs, die Köder auswarfen, waren oft unrasiert und trugen Tarnklamotten. Sie hatten beim Angeln eine Zigarette zwischen den Lippen, eine Hand an der Rute, die andere in der Manteltasche, das Auge stets auf der orangefarbenen Pose.

August erkundete zu Fuß die ganze Stadt, fühlte sich dabei aber nie wohl. Es gab zu viel Potential, zu viele Möglichkeiten. Zwanzig Restaurants an einem einzigen Straßenblock. Ein ewiger Strom an Gesichtern. Er fing an zu angeln, weil wenigstens dort am künstlichen Ufer des halbtoten Flusses das unaufhörliche Dröhnen der Menschheit etwas nachließ.

Er hatte keine Wathose, also kam er nicht an die besten Stellen. Von der Betonmauer warf er kleine grüne Jigs mit Bienenmaden aus, fing aber oft tagelang nichts. Manchmal fing er Redhorse-Saugkarpfen. Die kämpften wie ausgeleierte Socken, und ihr Schleim klebte an den Händen. Steelhead-Forellen fing er nur selten, und er konnte sich an jede einzelne erinnern, vom Augenblick, als die Pose wippte, bis zu dem, als er sie wieder schwimmen ließ. Sie waren kalt und hart wie in Fischform geschnittener Glanzstahl.

Seine größte war ein Männchen von über fünf Kilo an einem trostlosen Regentag Ende März. Der Fisch machte einen Riesensprung, floh mehrmals, und als August ihn endlich vor die Füße bekommen hatte und ihn am Schwanz packen wollte, zitterten ihm die Hände, so groß war er. August nahm ihn vom Haken, hob den chromschimmernden, langgezogenen Körper aus dem Wasser, um sich den Anblick fest einzuprägen, dann setzte er ihn zurück und sah hinterher, bis er nur noch als dunkler Umriss am Grund mit den Flossen schlug und verschwand. August sah sich um; er war allein. Normalerweise waren immer Spaziergänger oder Jogger am Ufer, andere Angler, Penner, die die Mülltonnen durchwühlten, aber heute niemand. Schon jetzt vernebelte sich die Erinnerung des Fanges. Eine verdammte Städteregion mit über einer Million Leute, Menschen über Menschen gestapelt, dass man den Massen kaum entkam, und doch war er heute in genau dem Moment, als er für das Spektakel hätte Zuschauer gebrauchen können, allein. War ja klar. Er hätte den Fisch auch behalten können, aber niemand bei Verstand aß etwas, was aus dem Grand River kam.

Beim Verlassen der Farm hatte seine Mutter anscheinend beschlossen, nicht mehr zu kochen. Sie ließen sich fast jeden Abend etwas liefern, und die Schachteln mit den Resten stapelten sich im Kühlschrank. Dinge, die er noch nie gegessen hatte, an die seine Mutter aber schöne Erinnerungen aus einem anderen Leben hatte: Massaman-Curry und Pad Kra Pao, Pho, Laab, Gyros und Kebab. In Grand Rapids konnte man abends um zehn äthiopisches Wat und Injera bekommen, ohne dass das eine große Sache war. August machte das fremde Essen nichts aus. Manches mochte er richtig gerne. Ihm gefiel auch, dass alles in Wegwerfschachteln kam, denn neben dem Kochen hatte seine Mutter auch das Abspülen aufgegeben. Und das Wäschewaschen. Und überhaupt jedes Putzen und Aufräumen. Vieles sammelte sich an. Es war, als hätte sie alle Kraft aufgebraucht, um hierherzuziehen, und jetzt konnte sie nicht mehr. Irgendwann spülte August dann notgedrungen ab. Er saugte Staub; er wusch seine Klamotten und ihre. Er war stinkwütend, wenn er die Wäscheberge in die Maschine stopfte.

Einigermaßen erträglich war die Situation in Grand Rapids nur deshalb, weil sie nie dauerhaft schien. August schlief auf einer Luftmatratze. Sie hatten ihre Sachen nie ganz ausgepackt. Das Gästezimmer stand voller ungeöffneter Umzugskartons. Es herrschte der Eindruck, dass es nur eine Zwischenlösung war, ein Verschnaufen, bevor das Leben wieder weiterging. Die Wochenenden verbrachte August meistens auf der Farm, wo er seinem Vater aushalf, zwischen den Laubbäumen umherstreifte, Kragenhühner und manchmal auch Waldschnepfen aufscheuchte oder im neuen Haus im Bett lag, während der Ton des Fernsehers die Treppe hochkam und das dumpfe Raunen, wenn sein Vater und Lisa über irgendetwas lachten, was Jay Leno gesagt hatte. August hatte die Hoffnung aufgegeben, dass alles wieder wie vorher werden würde. Er spürte, dass bald etwas Neues kommen würde, und die meisten Tage saß ihm eine leichte Angst vor der Zukunft im Nacken, halb fürchtete er sich, halb sehnte er sie herbei.

Seine Mutter schloss ihr Studium ab und erlangte den Master in Bibliothekswissenschaft. Am Tag, als alles durch war, brachte sie eine große Flasche Sekt mit nach Hause, und er durfte ein Glas mit ihr trinken. Sie war glücklich, lebendiger, als er sie lange gesehen hatte. Sie ließen sich etwas vom Italiener liefern: Überbackene Ziti und Aubergine mit Parmesan, vor Butter triefendes Knoblauchbrot. Mittendrin verlor seine Mutter anscheinend das Interesse am Essen. Sie schenkte sich Sekt nach, legte den Kopf auf die Seite und schaute August mit einem seltsamen Lächeln an. »Meinst du, die Zeit ist reif, dass ich mir mal ein Date suche?«, fragte sie.

Damit hatte August nicht gerechnet. Er wurde rot. »Geht mich nichts an«, sagte er, stand auf und fing an abzuräumen. »Mach, was du willst. Kann ich deinen Teller haben?«

Als es Frühling wurde, ging sie abends oft lang spazieren. Sie kochte immer noch selten, aber immerhin wusch sie wieder ihre Klamotten. Ihre ausgedrückten Teebeutel blieben nicht mehr auf der Fensterbank an ihrem Leseplatz liegen. Einmal kam sie mit zum Fluss. Sie nahm sich ein Buch mit und setzte sich auf eine Bank, während er angelte. Auch wenn er es sich niemals eingestanden hätte, wollte er unbedingt etwas fangen, während sie zuschaute. Aber wie so oft bekam er nichts an den Haken. Auf dem Heimweg sagte sie, es hätte ihr Spaß gemacht, ihm zuzusehen. »Du guckst so ernst, wenn du angelst«, sagte sie. »Todernst. Vielleicht fängst du mehr, wenn du mal lächelst.« Sie machte sich über ihn lustig, und er verdrehte die Augen, um ihr zu zeigen, dass er es wusste.

Seine Mutter las andauernd, und noch hoffte sie, dass diese Gewohnheit auf ihn abfärben würde. Sie brachte Bücher mit, in denen es ums Angeln ging. Die Nick-Adams-Geschichten fand er ganz gut. Sie spielten in Michigan, also konnte er sich die Lebensbaumsümpfe, Rodungen und die Farben der Bachsaiblinge gut vorstellen. Er schaffte es fast ganz durch *Aus der Mitte entspringt ein Fluss*, fand das Buch okay, wenn auch manchmal ein bisschen abgehoben. Sie brachte ihm Robert Traver mit und Tom McGuane und noch mehr Hemingway, und auch wenn er sich ab und zu mit einem Buch aufs Sofa setzte, damit sie sich freute, wusste er, dass sie seine Beziehung zum Angeln nicht so recht verstand. Eigentlich dachte er nämlich kaum ans Angeln, wenn er nicht gerade dabei war. Er hatte keine großen Ambitionen, neue Techniken zu lernen oder an neuen Orten zu angeln oder über metaphysische Aspekte der Sache zu lesen. Nick Adams angelte, um die Teile des Krieges zu vergessen, die er mit nach Hause gebracht hatte, und das klang für August ganz richtig. Wenn er am Ufer des Grand River stand und die Pose beobachtete, wie sie an der Strömungsgrenze tänzelte, war das ein Zaubertrick. Beim Angeln konnte er verschwinden, der Stadt entfliehen, seiner Mutter, seinem Vater, seinem Schulleben ohne Freunde; und auch wenn es absolut lebensnotwendig für ihn war, freute er sich doch auf eine Zukunft, in der er es nicht mehr brauchen würde.

Irgendwann im Laufe der Angelliteratur-Kampagne seiner Mutter brachte sie den Film von *Aus der Mitte entspringt ein Fluss* mit. Sie schauten ihn am gleichen Abend und aßen dabei weit über den Couchtisch gebeugt Wantan-Suppe, damit sie die Polster nicht volltropften.

»Dieser Brad Pitt«, sagte seine Mutter und schlürfte. »Was der für ein freches Grinsen hat.«

August fand den Film okay. Fliegenfischen allgemein war ihm ein bisschen zu melodramatisch. Wahrscheinlich konnte man auch einen Film über Leute drehen, die ganz normal mit

Köder angeln, aber dafür hätten sie niemals Brad Pitt genommen. »Mein Gott«, sagte seine Mutter. »Guck dir mal die Landschaft an. Montana. Die Gegend hat man sonst kaum auf dem Schirm, oder? Oh, wow, jetzt watet Brad Pitt durch den Fluss. Wie er den Fischkorb vor der Brust trägt, das ist doch einfach ... perfekt, oder?«

»Mom, halt doch mal die Klappe, ich will den Film sehen, ja?«

Als der Film vorbei war, ging er ins Bett. Aber bevor er einschlafen konnte, hörte er wieder die Musik vom Vorspann aus dem Wohnzimmer. Seine Mutter hatte den Film gleich wieder von vorne angefangen.

Nie im Leben wäre er darauf gekommen, dass dieser seltsame Schwebezustand, in dem sie sich befanden, ausgerechnet von Brad Pitt gebrochen werden würde.

Irgendetwas von Montana, dieser Vorstellung, blieb bei seiner Mutter hängen. Jetzt las sie Bücher über die Lewis-and-Clark-Expedition. Sie las *Herbstlegenden* von Jim Harrison und brachte auch den Film mit nach Hause. Anscheinend hatte Brad Pitt ein Monopol auf Hollywood-Darstellungen Montanas. »Dieser Brad Pitt hat das Pferd ja wirklich gut im Griff«, sagte Augusts Mutter. »Ob er das in Wirklichkeit wohl auch so kann?«

Eines Tages kam er nach Hause, und seine Mutter saß auf dem Sofa. Als sie ihn sah, sprang sie auf. Sie hatte offensichtlich auf ihn gewartet, und er musterte sie misstrauisch. Er ging in die Küche und sah nach, ob von den Resten im Kühlschrank noch etwas essbar war. Sie folgte ihm und lehnte sich an den Türrahmen, während er kalten Hühnchensalat aus der Schachtel aß. »Also«, sagte sie. »Ich habe Neuigkeiten.«

»Ja?«

»Ich habe in zwei Wochen ein Bewerbungsgespräch.«

»Für was denn für einen Job?«

»In einer ganz neuen Bibliothek. Die haben sie gerade erst gebaut, und es gibt zwei Stellen zu besetzen.«

»Hört sich gut an«, sagte er. »Die nehmen dich bestimmt.«

»Rate mal, wo!«

»Keine Ahnung. Wo denn?«

»Bozeman, Montana.« Sie zog die Augenbrauen hoch. »Big Sky Country.«

Es gab eine kurze Pause, als seine Gabel mit Hühnchensalat auf dem Weg zum Mund stockte, bis August sich wieder gefasst hatte. Er kaute. Belud die Gabel wieder. »Cool«, sagte er mit vollem Mund.

Später suchte er sich einen Atlas und recherchierte ein bisschen. Staatstier: Grizzlybär. Staatsvogel: Westlicher Lerchenstärling. Staatsmotto: *Oro y plata*, Gold und Silber. Das war noch nicht viel, aber die Möglichkeiten, die dabei anklangen, übertrafen doch bei Weitem alles, was er bisher in Michigan erlebt hatte.

Als seine Mutter nach Montana flog, fuhr er auf die Farm, und am Abend nach dem Bewerbungsgespräch rief sie ihn an. Ihre Stimme sagte alles, er brauchte gar nicht zu fragen. Er wusste, dass sie ihr eine der Stellen angeboten hatten. Sie redete schnell, atemlos. »Die Berge«, sagte sie. »Es ist ganz unwirklich. Die Luft riecht ganz anders, irgendwie nach Salbei oder vielleicht Kiefern oder Wacholder oder so etwas, ich weiß auch nicht. Das Gebäude ist wunderschön, alles vom Feinsten. Die Leute sind auch sympathisch. Brad Pitt habe ich noch nicht gesehen, aber das kann ja noch werden. Was sagst du?«

Er schwieg einen Augenblick. »Glückwunsch!«, sagte er. »Hab doch gewusst, dass du die Stelle kriegst. Du hast doch ja gesagt, oder?«

»Ja«, erwiderte sie. »Ich habe zugesagt.«

»Tja, dann ist das wohl geregelt.«

Als sie aufgelegt hatte, ging er mit seinem Vater fernsehen. Er hätte ihm wohl die Neuigkeiten erzählen sollen, konnte sich aber aus irgendeinem Grund nicht dazu durchringen. Er starrte in Richtung Fernseher und versuchte sich auszumalen, wie sein Leben bald aussehen würde.

Die Schulferien kamen, und es wurde gepackt und gepackt. Vor dem Umzug fuhr er noch einmal auf die Farm. An seinem letzten Abend dort sagte Lisa, sie müsse wo hin, also aßen August und sein Vater allein zu Abend – Tiefkühlpizza und einen Salat, den keiner von beiden so recht anrührte. Darüber musste Augusts Vater lachen. »Falls du jemals einen Beweis gebraucht hast, welchen mäßigenden Einfluss die Frauen auf uns haben – bitte schön«, sagte er. »Sie ist nicht mal hier, und wir machen trotzdem den verdammten Salat. Eine Frau ist irgendwann dein ausgelagertes Gewissen. Und deshalb musst du gucken, dass du dir die richtige aussuchst; sonst bist du ein Schiff ohne Ruder. Trotz all unserer Verschiedenheiten hat mir deine Mutter da immer sehr gutgetan.«

»Wie soll denn wer anders dein Gewissen sein?«

»Verstehst du es eher, wenn ich sage, dass das Beste an einem Mann in der Frau lebt? Oder vielleicht liegt das Beste am Mann in den Vorstellungen, die seine Frau von ihm hat, was er sein oder was er tun *könnte*, wenn sie ihn nur dazu bringt, das Beste aus sich zu machen. Eine gute Frau ist vielleicht auf Erden die einzige Hoffnung auf Rettung für einen Mann. Verstehst du?«

August zuckte die Schultern. »Nee.«

Sein Vater wischte sich das Pizzafett von den Fingern und lehnte sich zurück. »Du bist jetzt fast fünfzehn. Bald geht es da bei dir los. Du ziehst ans andere Ende des verdammten Landes, und wir sehen uns dann erst mal nicht mehr so oft. Das gefällt mir nicht, aber so ist es nun mal. Da ist es nur richtig, wenn ich dir ein paar Ratschläge mitgebe. Zwei habe ich für dich. Okay?«

»Ja.«

»Bei Frauen – das ist wichtig; mir hat das keiner gesagt, deshalb musste ich es auf die harte Tour lernen –, bei Frauen muss man immer Respekt zeigen, aber gleichzeitig, darfst du dich nicht für sie verbiegen. Verstehst du? Du musst als Mann immer noch einen Teil von dir haben, der nicht nachgibt; sonst geht's dir wie einer Büroklammer.«

»Büroklammer?«

»Ja, genau. Was passiert, wenn du eine Büroklammer zu oft hin- und herbiegst?«

»Dann bricht sie.«

»Genau. Vergiss das nicht. Keine Frau hat Respekt vor einem Büroklammer-Mann. Wenn du etwas Unnachgiebiges in dir hast, das widersteht, wenn sie dich biegen will, dann hasst sie dich natürlich manchmal. Aber sie liebt dich auch dafür, ob sie will oder nicht. Okay, der zweite Ratschlag, auch ganz wichtig: Wenn du anfängst, dich zu rasieren, spar nicht am Rasierer. Nimm nicht den billigsten. Und den ersten Zug machst du mit dem Strich, Klinge ausspülen, dann den zweiten gegen den Strich. Danach die Klinge so heiß ausspülen wie möglich und dann so kalt, wie du es erträgst, das Gesicht waschen. Das schließt die Poren und du kriegst keinen Rasurbrand. Verstanden?«

»Glaub schon.«

»Und versuch gar nicht erst, dir nen Bart stehen zu lassen, bevor du Anfang zwanzig bist. Einfach alles runter. Sosehr du auch meinst, dass das bisschen Flaum auf der Oberlippe dich älter aussehen lässt – in Wirklichkeit zeigt es doch nur allen, dass du noch ein Halbstarker bist.«

August aß seine Pizza auf und lehnte sich mit verschränkten Armen zurück. »Skyler ist jetzt schon zwei Jahre tot«, sagte er. »Wollen wir mir nicht einen Hund holen, bevor ich gehe? Ich kenne da drüben ja niemanden.«

Sein Vater streckte sich und rutschte mit dem Stuhl vom Tisch weg. Er stand auf und fing an abzuräumen. »So etwas muss man zum richtigen Zeitpunkt machen«, sagte er. »Morgen fahre ich dich wieder runter zu deiner Mutter, und dann geht es bei euch los, ich fände es nicht richtig, wenn da ein kleiner Hund mittendrin wäre.«

»Aber ich wollte, dass du mir aussuchen hilfst. Du kennst dich mit Hunden besser aus. Damit ich den richtigen finde.«

Sein Vater hielt inne. Er schüttelte den Kopf. »Als Erwachsener kommt der Hund zu dir«, sagte er. »Als Kind hättest du vielleicht Hilfe beim Aussuchen gebraucht, aber jetzt nicht mehr. Du merkst es schon, wenn du den richtigen vor dir hast. Da bin ich mir sicher. Wenn ich heute einen Hund für dich aussuchen würde, würde er wahrscheinlich gar nicht gut passen. Wenn du mich fragst, fängst du am besten gleich an, dich umzuschauen, wenn du da bist. Aber jetzt ist nicht der richtige Zeitpunkt. Verstehst du?«

August zuckte die Schultern und pulte an etwas Angetrocknetem auf der Tischdecke.

Augusts Vater lachte, zerknüllte seine Serviette und warf sie August an den Kopf. »Spiel doch nicht den Jammerlappen. Eigentlich bin ich neidisch. Du hast ein ganz neues Abenteuer vor dir. Der Wilde Westen. Du wirst da Sachen sehen, die dein Alter noch nie gesehen hat, darauf kannst du dich verlassen. Und jetzt spülen wir schnell ab. Heute Abend sind die Tigers in Chicago. Das Spiel geht bald los.«

—

August und seine Mutter verließen Grand Rapids in einem Umzugswagen mit ihrem Nissan auf einem Anhänger dahinter. Hätte er sie nicht gekannt – hätte er sie einfach auf der Straße gesehen –, hätte er sie für viel zu jung gehalten, um die Mutter von jemandem in seinem Alter zu sein. Je weiter sie sich von der Farm entfernten, desto mehr hob sich ihre Stimmung, wie es aussah. Mit Janis Joplin im CD-Player und den Haaren mit einem Schal zurückgebunden, schien es, als führe sie nicht einfach Richtung Westen, sondern als stiege sie stetig in die Erdumlaufbahn auf.

Die Industrielandschaften vom südlichen Michigan bis an Chicago vorbei interessierten ihn nicht weiter, mit der Ausnahme von Gary, Indiana, wo die Schlote und Hochspannungsleitungen und außerirdischen Raumschiffkomplexe der Raffinerien ihm eine flaue Ehrfurcht einflößten. Er fing an, im Zeitschriftenstapel zu blättern, den er sich für die Reise mitgenommen hatte, und irgendwo auf einem eintönigen, zwischen Bäumen eingezwängten Highway-Abschnitt in Wisconsin las er in der *National Geographic* einen Artikel über den Mann aus dem Eis. Seit seiner Entdeckung hatten die Forscher Unmengen an Zeit und Energie auf seine minutiöse Erforschung verwendet – was er aß, welche Verletzungen er erlitten hatte, der Zustand seiner Backenzähne, die eigentümliche Form seiner Tätowierungen. Und die Forscher waren nicht allein. Der Mann aus dem Eis hatte die Aufmerksamkeit der ganzen Welt gebannt, und der Artikel erwähnte, dass sich sogar mehrere Frauen freiwillig gemeldet hatten, sich mit seinem Sperma schwängern zu lassen, sofern sich noch eine befruchtungsfähige Menge fände. Das hätte Bob sicher spannend gefunden, dachte August, und kurz überlegte er, ob er versuchen sollte, ihm den Artikel zu schicken, aber er hatte keine Ahnung, wo Bob steckte, und überhaupt war der Angelausflug damals schon zu lange her.

Bobby flagged a diesel down, just before it rained, Oh Lord, won't you buy me a Mercedes-Benz, looks like everybody in this whole round world they're down on me. Seine Mutter hatte die Janis-Joplin-CD auf Repeat gestellt, und sie hörten sie immer weiter, bis die Songs langsam ihre Eigenständigkeit verloren und das ganze Album zu einer wogenden Abfolge schmerzvoller Seufzer und schroffer Schreie verschmolz. Als sie endlich bei La Crosse den Mississippi überquerten, legte August die Zeitschriften weg und nahm sie für den Rest der Fahrt nicht mehr in die Hand. Mit dem Gesicht am Fenster beobachtete er, wie die einsamen Bäume widerwillig dem weiten Grasland wichen. Irgendwo in den Dakotas sah er seinen ersten Gabelbock. Sie hielten an einer Raststätte in der Nähe des Theodore Roosevelt National Park, und neben der Straße graste ein Bison. August war noch nie so weit im Westen gewesen. Er hatte überhaupt noch nie einen Berg gesehen. Seine Mutter und er standen neben dem Umzugswagen und sahen zu, wie der Bison einen gewaltigen Pissstrahl losließ, sich dann schwer zu Boden fallen ließ, sich in seinem Urin wälzte und dabei tiefe Kehllaute ausstieß. Sie standen so nah dran, dass sie den Boden unter den Füßen beben spürten. Seine Mutter lachte und stieß ihn mit dem Ellenbogen an. »Das sieht mir aber nicht nach einer Holsteinkuh aus«, sagte sie.

—

Noch von Michigan aus hatte seine Mutter unbesehen ein Angebot für ein Haus abgegeben, nachdem sie ein paarmal mit dem Besitzer telefoniert hatte. Es war in Livingston, einer Kleinstadt in der Nähe von Bozeman, und seine Mutter machte sich ein bisschen Sorgen wegen des Arbeitswegs über einen Bergpass, aber am Ende beschloss sie, dass sie es sich nicht durch die Lappen gehen lassen durfte. Es war ein kleiner Bungalow, einer von vier identischen nebeneinander an einer kleinen Straße. Er war fast hundert Jahre alt, aber erst kürzlich renoviert worden, also roch noch alles nach frischer Farbe und neuem Laminat.

Sie waren erst seit ein paar Tagen da, als August die Infotafel auf einem Pfahl am Ende des Blocks bemerkte. Sie war vom National Register of Historic Places und trug eine kurze Beschreibung des kleinen Rotlichtbezirks der Stadt. Die vier identischen Häuser waren über viele Jahre Bordelle gewesen, bis die Prostituierten Anfang der Siebziger zunächst aus dem Stadtgebiet verbannt wurden, bevor der Staat Montana die Prostitution schließlich ganz verbot.

Am Abend saßen sie im Schneidersitz auf dem Boden zwischen den Umzugskartons und aßen etwas vom Chinesen. August hatte Cashew-Hühnchen und ließ den Brokkoli liegen. »Du weißt schon, dass wir hier in nem alten Puff wohnen, oder?«, fragte er.

»Bitte?«, erwiderte seine Mutter, und die Stäbchen blieben in der Luft auf halbem Weg zum Mund stehen.

»Das hier war mal ein Puff. Mitten im Rotlichtviertel. Ist im National Register of Historic Places eingetragen.« Sie bestand darauf, sofort die Tafel zu sehen, also gingen sie mit den Essensschachteln in der Hand nach draußen. Sie las mit gespitzten Lippen und schüttelte den Kopf. »Ich bin ja eigentlich kein abergläubischer Mensch«, sagte sie. »Aber, Mann, wenn das mal nicht schlechte Energie bedeutet.«

»Ist doch lange her«, sagte August. »Und seitdem ist alles renoviert worden.«

»Klar. Nichts vertreibt Dämonen so gut wie ein neues Edelstahlspülbecken. Puh. Wird schon wieder kühl. Völlig trockene Luft hier, hast du das schon gemerkt? Tut meinen Haaren gar nicht gut, und ich habe in drei Tagen eine ganze Tube Lippenbalsam aufgebraucht.«

»Ich hatte gestern Nasenbluten«, sagte August.

»Wir gewöhnen uns bestimmt daran. Wir sind eben zwei alte Schwämme, aus denen jetzt endlich mal die ewige Feuchtigkeit des Mittleren Westens gewrungen wird.«

Am nächsten Tag ließ seine Mutter beim Auspacken in einer Schale auf dem Boden ein kleines Seil Süßgras vor sich hin qualmen. August hustete demonstrativ und wedelte sich mit der Hand vor der Nase herum, aber eigentlich fand er sogar, dass es besser roch als die Wandfarbe.

»Das reinigt«, sagte sie. »Stell dich nicht so an.«

Er räumte seine Klamotten ein und half ihr Bücherregale und Kommoden tragen, aber als sie die Kartons für die Küche auspacken wollte, schickte sie ihn weg. »Es ist doch so schön draußen«, sagte sie. »Geh doch mal ein bisschen erkunden. Die Mädels und ich haben einiges zu besprechen, was nicht für die Ohren junger Männer bestimmt ist.«

»Die Mädels?«

Sie zuckte die Schultern, in jeder Hand eine Rührschüssel. »Die Damen der Nacht, mit denen wir das Haus teilen.«

»Hab ich noch nicht kennengelernt.«

»Die sind wirklich nicht auf den Mund gefallen, das kann ich dir sagen. Eine von ihnen hatte auch ein Auge auf dich geworfen, aber ich habe ihr gesagt, sie soll gefälligst die kalten Geisterfinger von meinem lieben Sohn lassen.«

Er grunzte und schüttelte den Kopf – genau wie sein Vater, mit voller Absicht –, dann fuhr er mit dem Rad Richtung Fluss, sein T-Shirt flatterte im Wind, dass ihm der Süßgras-Rauch wieder in die Nase stieg. Die Berge waren eine strenge, beständige Gegenwart oberhalb der Stadt, und sie halfen ihm bei der Orientierung. In Michigan verdeckten die Bäume alles, aber hier lag die Stadt nackt vor ihm. Er konnte mit dem Rad die zehn Minuten auf den Hügel mit dem Wasserturm fahren, und alles breitete sich vor ihm aus: der Verschiebebahnhof, das gewaltige, verschnörkelte Depotgebäude, der Schornstein der Müllverbrennungsanlage, die künstlichen Fassaden, Leuchtreklamen und verblassten Wandwerbungen der Main Street. Bis auf seine Mutter kannte er hier niemanden, und die hielt jetzt schon einen fröhlichen Plausch mit den Geisterhuren. Er fuhr runter zum Fluss und ließ das Rad liegen. Dann kletterte er die Böschung hinab ans Ufer, versuchte vergeblich, Steine auf die andere Seite zu werfen, und tat sich im Stillen unaussprechlich leid.

An den meisten Tagen kam seine Mutter glücklich aus der Bücherei nach Hause und erzählte ihm von ihrem Tag oder von etwas, was sie gelesen hatte. Selbst der Präsident, über den sie sich vorher hatte endlos aufregen können, brachte sie jetzt eher zum Lachen. Sie war in einem E-Mail-Verteiler, über den sie täglich eine neue Bush-Blüte geschickt bekam. »Hör dir den mal an, Augie«, sagte sie und versuchte sich an breitem Texanisch. »*Nur selten wird die Frage gestellt: Was lernt unsere Kinder?* Könnte man sich nicht besser ausdenken. Oh Gott, hier kommt noch einer. Ist das zu fassen? Das hat unser weiser Herrscher erst vor Kurzem gesagt, ernsthaft, genau die Worte: *Ich weiß, was ich glaube. Ich werde weiterhin in Worte fassen, was ich glaube, und ich glaube, dass das, was ich glaube, die Wahrheit ist.*«

Morgens summte sie beim Kaffeekochen, bevor sie zur Arbeit fuhr. Auf der hinteren Veranda brachte sie Hängepflanzen an, und abends saß sie dort, las und rauchte. Die Auswahl an Lieferdiensten war mager, also kochte sie wieder und hörte in der Küche NPR, während sie ihr Bestes tat, ihre Lieblingsgerichte aus der Zeit in Grand Rapids selbst hinzubekommen. »Die Frau im Laden hat geglotzt, als wäre ich vom Mars, als ich sie nach Zitronengras gefragt habe«, sagte sie einmal, als sie aus dem einzigen Supermarkt der Stadt zurückkam. »Komisch, was man so vermisst, wenn man in die Provinz zieht.« Trotzdem wirkte ihr Lächeln undurchdringlich, und als er ein, zwei Mal versuchte, ihr die Laune zu verderben, damit es ihr so schlecht ging wie ihm, hatte er keine Chance.

—

August fuhr oft stundenlang ziellos mit dem Fahrrad herum. An den Landstraßen aus der Stadt hinaus standen Sonnenblumen, die ihren Höhepunkt gerade hinter sich hatten. Er strampelte an endlosen Reihen von ihnen vorbei, die schweren Köpfe hingen von den trocknenden Stängeln, das Gelb wurde langsam braun, vereinzelt klafften Zahnlücken, wo Blütenblätter fehlten.

An einem Nachmittag sah er Jugendliche von der Eisenbahnbrücke in den Fluss springen – hauptsächlich Jungs in seinem Alter in abgeschnittenen Jeans-Shorts, schlank und braungebrannt. Aber ein Mädchen in einem gelben Badeanzug war auch dabei. Während August zusah, machte sie einen

Salto vorwärts, und kurz bevor sie eintauchte, die Hacken voran, den Rücken absolut gerade, hielt sie sich mit einer Hand die Nase zu – eine präzise, fast schon delikate Bewegung. Es spritzte kaum, und sie tauchte ein kurzes Stück flussabwärts wieder auf; ihre Arme blitzten auf, während sie gegen die Strömung ans Ufer schwamm. Als sie die Felsen hoch zurück auf die Brücke kletterte, verrutschte der Badeanzug hinten, und die normalerweise verhüllte blasse Haut strahlte in der Sonne. Als sie wieder oben war, richtete sie den Stoff mit einem Greifen-Ziehen-Wackeln, das August den Atem verschlug. Sie war klein, und ihr blondes Haar lag ihr in einem nassen Zopf auf dem Rücken. Einer der Jungs sagte etwas zu ihr, was August nicht verstand, und dann schubste sie ihn von der Brücke und lachte, bevor sie selbst hinterhersprang.

August war stundenlang in der Spätsommersonne herumgefahren. Das T-Shirt klebte ihm am Rücken, und er wusste, dass eine andere, bessere Version von ihm einfach an der Brücke hochgeklettert wäre, sich den anderen Jungs vorgestellt und dem Mädchen beiläufig zugenickt hätte, das T-Shirt abgestreift und dann einen Salto rückwärts in ein neues Leben gemacht hätte, in dem er problemlos Freundschaften schloss. Aber er fuhr weiter.

Es gab eine Enge, wo die Berge von beiden Seiten näher an den Fluss herankamen. Ihm war schon aufgefallen, dass hier immer der Wind wehte, weil die Luft sich zwischen den Hängen hindurch nach unten zwängte. Er senkte den Kopf und strampelte, Sandkörner prasselten auf seine Wangen ein, bis er durch war und sich das Tal vor ihm öffnete: weite, offene Weiden und Heufelder, die noch grün waren, weil sie mit Flusswasser berieselt wurden. Keine Milchkuh weit und breit. Nichts als rote und schwarze Angusrinder, die mit der Schnauze im Gras dastanden, manchmal an den Zaun gingen, aber glotzäugig zurückschreckten, sobald sein Fahrrad zu nahe kam.

Diese Haltungsweise hatte eine gewisse Würde, die im Stall fehlte. Diese Rinder waren noch nie zwischen Stahlrohre gezwängt gewesen, hatten nicht still vor sich hin gestanden und geschissen, während die Melkmaschine ihnen an den Zitzen saugte. Sie lebten ihr Leben, so kurz es auch war, draußen bei Wind und Wetter, konnten weitgehend frei umherziehen, bis sie natürlich irgendwann in Lastwagen getrieben und zum Schlachthof gefahren wurden. Ein langes, eintöniges Leben voller Zwänge und geschwollener Euter oder ein kürzeres in relativer Freiheit, das allerdings mit einer unausweichlichen Phase der Panik und Verwirrung endete. Das gab einem zu denken.

Natürlich waren Kühe keine Menschen, aber August wusste, dass einer wie Bob jetzt gerade von der Eisenbahnbrücke hechten würde, statt hier draußen alleine auf seinem Fahrrad zu sitzen und den blöden Kühen zuzugucken. Er hätte das Mädchen mit dem gelben Badeanzug kennengelernt. Er hätte sich ein, zwei Mal geprügelt, dann wären die anderen Jungs seine Freunde gewesen. Das, was ihn den Dolch in Brandt Gidley hatte rammen lassen und ihn ins Gefängnis gebracht hatte, war genau dasselbe, was ihm auch Respekt und Angst und Freundschaft in Ausmaßen eingebracht hatte, die für August immer unerreichbar waren. August fragte sich, ob diese Eigenschaft, was auch immer sie sein mochte, angeboren war oder ob man sie entwickeln konnte. Denn eins wusste er todsicher: Eine Holsteinkuh wird als Holsteinkuh geboren und bleibt ihr Leben lang eine.

Die ganze nächste Woche fuhr er jeden Tag zur Brücke, sah das Mädchen dort aber nie wieder. Nur die Jungs, die brüllten, sich voller wilder Energie zu Kopfsprüngen, Arschbomben und Saltos anfeuerten, als könnten sie schon den Verfall im Atem des Sommers riechen und wollten vorher noch ein letztes Mal springen, als würde der Sommer nicht sterben, solange noch irgendwo ein Kerl von der Brücke sprang, die Hacken über den Kopf wirbeln ließ und den Rücken dem Fluss entgegenreckte.

—

Als sie eingezogen waren, hatte vor dem Nachbarhaus ein Zu-verkaufen-Schild gestanden. Schon nach wenigen Tagen, war *Verkauft* darübergeklebt worden, und ein großer Stahlcontainer am Straßenrand aufgetaucht. Der neue Nachbar war ein alleinstehender Mann Ende zwanzig. Er fuhr einen einigermaßen neuen Ford F-350 mit Werkzeugkasten auf der Ladefläche. Der Pick-up war morgens immer schon weg, wenn August aufstand, und kam manchmal erst in der Dämmerung zurück. Dann gingen überall im Haus die Lampen an, und weil der Mann keine Vorhänge oder Jalousien hatte und die Häuser nah beieinanderstanden, konnte man gut hineinsehen. Er renovierte alles von oben bis unten. Er hatte die Teppichböden rausgerissen und in den Container geworfen, von der einen Wand im Wohnzimmer stand nur noch das Ständerwerk, die Kabel lagen offen, eine nackte Glühbirne baumelte von der Decke, und im grellen Licht sah August den langgliedrigen Schatten des über seine Werkzeuge gebeugten Mannes. Er arbeitete bis spät in die Nacht, oft bei offenen Fenstern, sodass August den Classic Rock aus dem Radio und das Kreischen der Säge oder das Knirschen des Bohrers hörte.

An einem Abend war zwar das Licht an wie immer, aber statt Classic Rock wehte etwas anderes herüber: Klavier und

Gesang in einer fremden Sprache, vielleicht Französisch, keine Sägen, keine Bohrer. August hörte eine Frau lachen. Als August aufwachte, war der Pick-up schon weg wie immer. Aber als er sich Cornflakes in eine Schale schüttete, sah er eine Frau mit einem Becher aus der Vordertür kommen. Sie hielt ihr Getränk mit beiden Händen, wie es wohl auch ein Kind machen würde, und setzte sich im Schneidersitz auf den Betonabsatz. Sie trug ein viel zu großes Männerflanellhemd mit aufgerollten Ärmeln, und ihre Beine waren nackt. August aß seine Cornflakes im Stehen an der Spüle und beobachtete sie. Sie saß in der Sonne und lehnte sich mit geschlossenen Augen an die Wand, aus dem Becher stieg Dampf auf, und die Haare hatte sie zu einer wilden Masse hochgesteckt. Im linken Nasenflügel trug sie einen kleinen Goldring. Lange bewegte sie sich nicht. Schlief sie? Meditierte sie? Ihr ruhendes Gesicht war irgendwie interessant, den hängenden Kiefer und die schlaffen Wangen sah man bei niemandem, der sich nicht für unbeobachtet hielt. August war so gedankenverloren, dass er fast die Milch auskippte, als er sich vom Fenster wegduckte, weil sie plötzlich die Augen aufmachte und den Kopf in seine Richtung drehte.

Eines Tages kam August nach Hause, und die Frau saß mit seiner Mutter im Wohnzimmer beim Teetrinken. Sie hieß Julie und hatte gerade an der Ostküste das College abgeschlossen. Ihre Mutter wohnte in der Stadt, also war sie über den Sommer nach Hause gekommen, während sie sich ihren nächsten Schritt überlegte.

»Deine Mom sieht genau aus wie meine Tante Samantha«, sagte Julie. »So haben wir uns kennengelernt. Ich habe sie im Supermarkt getroffen und musste zweimal hinschauen. Und dann sind wir auch noch Nachbarn! Ich habe mich einfach zum Tee eingeladen, um ihr das Foto zu zeigen.« Julie nahm es vom Tisch und hielt es ihm hin. Eine Frau zu Pferd mit einem kleinen Hund auf dem Schoß hinter dem Sattelknauf. Die Augen hatte sie wegen der Sonne zusammengekniffen.

August musste zugeben, dass eine gewisse Ähnlichkeit bestand. Er gab ihr das Foto zurück. »Stimmt, ziemlich nah dran«, sagte er.

Er ging in die Küche, um sich ein Sandwich zu machen, aber er hörte die beiden weiterreden. »Ethan meint, ich bin verrückt«, sagte Julie. »Ihm ist es ganz egal, was irgendwann mal in diesen Häusern passiert ist. Er hat mir erzählt, dass sein Opa immer hergeradelt ist, wenn er im Fluss Weißfische gefangen hatte, und sie den Huren für fünf Cent das Stück verkauft hat. Er dachte damals, sie würden die selber essen, aber in Wirklichkeit haben sie sie an ihre Katzen verfüttert. Die liefen hier wohl überall herum. Ich habe selbst auch eine bestimmt schon fünfmal gesehen und Ethan noch gar nicht. Eine mehrfarbige. Die maunzt mich immer an und haut dann ab.«

August hörte das Feuerzeug seiner Mutter klicken. Die kleinen Geräusche, die sie machte, wenn sie zustimmte. »Gleich am Anfang, in meiner ersten Nacht hier, hatte ich die abgefahrensten Träume. Alle möglichen Frauen, die mich berühren. So was träume ich sonst überhaupt nicht. Vielleicht mal eine Crew gut gebauter Feuerwehrmänner, aber keine Geisterfrauen. Brenn lieber ein bisschen Süßgras ab. Das rate ich dir. Ich habe das so gemacht, und seitdem ist nichts mehr gewesen.«

»Okay«, sagte Julie. »Das versuche ich mal. Kann ich mir vielleicht eine von dir schnorren? Eigentlich rauche ich ja nicht, aber gerade ist es so schön. Ich habe hier in der Gegend keine Freundinnen mehr. Und Ethan ist, tja, ich liebe ihn wirklich, aber mit dem Reden hat er es nicht so.« Das Feuerzeug klickte, und Julie hustete leise. »Puh, ich bin aus der Übung. Okay, genug von den Geistern. Jetzt erzähl mal ein bisschen von den Feuerwehrmännern.« Lautes Auflachen. August verzog sich schnell in sein Zimmer.

Bald kam Julie so gut wie jeden Abend zu Besuch. Sie trank mit seiner Mutter Wein, und sie rauchten hinten auf der Veranda. Sein Fenster ging zum Garten raus, und wenn es offen war, hörte er fast alles, was die beiden sich erzählten. Er hörte zu, weil ihm langweilig war, aber die meisten ihrer Gespräche langweilten ihn nur noch mehr. Oft ging es um die derzeitige politische Lage. »Mir kommt es vor, als ob wir zum Gespött der Welt geworden sind«, sagte Julie. »Der Kerl ist so unfähig – wenn es nicht so traurig wäre, könnte man sich darüber kaputtlachen.«

Seine Mutter und Julie unterhielten sich auch viel über Ethan.

»Er ist wirklich sehr gutaussehend«, sagte Augusts Mutter. »So groß. Bestimmt eins neunzig, oder?«

»Mindestens, wahrscheinlich noch ein bisschen mehr«, sagte Julie. »Vielleicht bin ich ja oberflächlich, aber ich könnte nie was mit einem anfangen, der so groß ist wie ich oder womöglich noch kleiner. Also, ich bin eins fünfundsiebzig und nun wirklich keine Twiggy. Aber bei Ethan komme ich mir klein vor, fast schon zart. Es tut gut, sich nicht die ganze Zeit wie eine verdammte Riesin zu fühlen.«

»Ach, das ist doch Quatsch. Du hast eben eine gute Haltung, fast aristokratisch. Ich kann mir vorstellen, dass das viele Männer einschüchtert.«

»Nicht Ethan. Das ist mir gleich an ihm aufgefallen. Er hat auch so eine natürliche Intelligenz. Ich glaube, eigentlich könnte er alles schaffen, was er sich vornimmt. War nie auf dem College, dabei ist er in Mathe viel besser als ich. Wenn wir essen gehen, kann er im Kopf das Trinkgeld bis auf den letzten Cent ausrechnen.«

»Und praktisch veranlagt ist er auch, wie es aussieht.«

»Er arbeitet die ganze Zeit. Bei einer Baufirma oben in Big Sky. Steht in aller Herrgottsfrühe auf, fährt ewig da hoch, schuftet den ganzen Tag, fährt zurück und arbeitet dann hier an seinem Haus weiter. Ich weiß nicht, woher er die ganze Energie nimmt. Wenn er mit den Böden fertig ist, lade ich dich mal zum Anschauen ein. Stell dir vor, als er den Teppichboden rausgerissen hat, waren überall solche Dellen im Holzboden. Dann sind wir darauf gekommen, dass das die Stellen sind, wo die Bettpfosten aus Metall sich reingebohrt haben, bei … du weißt schon.« Sie lachte kurz. »Wie soll man das genau nennen – der Moment, in dem Prostitution vollzogen wird? Verkehr? Sex? Vögeln? Kommt mir alles nicht so richtig passend vor.«

»Ich glaube, ich würde es eine Transaktion nennen«, sagte Augusts Mutter.

»Okay, also in den Zimmern hat es auf jeden Fall einen Haufen Transaktionen gegeben, die alle ihre Spur hinterlassen haben, und aus irgendeinem Grund hat mir das zu schaffen gemacht. Und dann haben Ethan und ich uns deswegen zum ersten Mal überhaupt gestritten.«

»Was ist denn passiert? Noch Wein?«

»Gerne. Danke, Bonnie. Also, er wollte die Dellen einfach verspachteln und abschleifen und so weiter, dass man gar nichts mehr davon sehen kann. Das fand ich richtig schlimm, und ich habe ihm gesagt, vielleicht darf man manche Sachen nicht einfach abdecken und so tun, als wären sie nie passiert, und er hat gesagt, *Wenn ich mir schon die Scheißarbeit mit den Böden mache, warum soll ich dann die Riesenlöcher drinlassen?* Ich weiß ja, was er meint, aber trotzdem. Bin ich verrückt? Würdest du sie drinlassen, wenn es dein Haus wäre?«

»Nein, du bist nicht verrückt. Und was ist dann passiert? Hat er sie verspachtelt?«

»Am Ende habe ich ihn davon überzeugt, sie drinzulassen. So ein richtiger Streit ist es auch gar nicht geworden. Dazu kommt es bei uns nie. Darüber mache ich mir ehrlich gesagt Sorgen. Bei den Sachen, über die ich mich wirklich streiten will, gibt er einfach immer nach. Das ist doch nicht fair.«

August arbeitete öfter für Ethan, nachdem er ihm an einem Samstag geholfen hatte. Er mähte gerade vorne den Rasen, und obwohl er das in Michigan gehasst hatte, fand er es hier nicht so schlimm. Der Rasen hier war so klein, dass er sich Zeit lassen konnte, bis er perfekt aussah wie ein Baseball-Feld. Und die Zeit ging dabei rum. Er war gerade fertig, als Ethan auf seine Veranda trat und ihn herwinkte. Ethan war ein großer Kerl. Raue, schwarze Bartstoppeln, Baseball Cap und Zimmermannsbleistift hinter dem Ohr. Er trug ein ranziges altes Kenyon-Noble-Lumber-T-Shirt, und sein Bizeps spannte den Ärmel.

»Hey, Kumpel«, sagte er. »Du siehst stark aus. Willst du dir mal eben zwanzig Dollar verdienen?«

August passte es nicht, wenn ihn jemand Kumpel oder Kollege oder Alter nannte. Das unterstellte eine Vertrautheit, die es nicht gab. Aber mal eben zwanzig Dollar verdienen wollte er gerne. Ethan führte ihn hinters Haus, wo er mit dem Pick-up quer durch den Garten bis an die Hintertür herangefahren war. Auf der Ladefläche stand mit Ratschengurten verzurrt eine große, weiße Emaille-Badewanne mit Klauenfüßen.

»Die Wanne ist ein Monstrum«, sagte Ethan. »Eigentlich wollte ich sie auf einen Rollwagen wuchten und dann reinschieben, aber da mache ich mir doch nur den Rücken und den Küchenfußboden kaputt. Nimm du mal das Ende, dann schieben wir sie runter. Okay, los geht's.«

Das Ding war wirklich unfassbar schwer. Während August mit seinem Ende in den Händen voranschlurfte, spürte er, wie sich die Arme aus den Gelenken lösen wollten. Im Wohnzimmer setzten sie ab, um sich zu strecken und neu zu fassen. August ließ die Arme kreisen, und dann hievten sie die Wanne mit einem Grunzen an ihre letzte Ruhestätte im Bad. Die Fliesen und Kacheln waren alle frisch, die neuen Edelstahlarmaturen mussten noch angeschlossen werden. Ethan streckte sich, schüttelte den Kopf und schlug sich auf die schmutzigen Jeans, bevor er sein Portemonnaie aus der Gesäßtasche fischte. »Was wir nicht alles für unsere Frauen machen. Badest du?«

August schüttelte den Kopf. »Nee.«

»Ich auch nicht. Aber für Julie gibt's nichts Größeres, also baue ich ihr die Wanne als Überraschung ein, während sie übers Wochenende weg ist. Hier ist schon mal dein Geld. Hey, was machst du so die nächsten Nachmittage? Willst du dir noch ein bisschen mehr verdienen?«

»Hab sonst nichts vor.«

»Okay, dann komm mal mit hier durch. Der Raum da ist so erst mal ziemlich nutzlos, also reiße ich den Durchgang hier auf und mache eine Erweiterung für die Küche daraus. Hier kommt ein Tresen mit Barhockern hin. Hast du das hier schon mal gesehen? Das haben sie früher genommen, als es noch keinen Gipskarton gab. Verputztes Streckmetall. Das muss alles raus, damit ich die Stromleitungen neu legen und die Wand dämmen kann. Dann kommt der Gipskarton drauf. Beim Rausreißen gibt's garantiert eine Riesensauerei. Bist du dabei?«

»Wieso nicht?«

»Wunderbar. Am einfachsten ist es wohl, das Ganze mit dem Vorschlaghammer zu zerkloppen. Einen großen Flachmeißel gibt es auch. Das Zeug ist an die Ständer genagelt, die Nägel musst du mit dem Hammer ziehen. Du bist ja nicht blöd; du kriegst schon selbst raus, wie es am besten geht. Mach die Schubkarre voll und kipp sie draußen in den Container. Zweihundert Dollar? Brauchst wohl so zwei Nachmittage, aber die zweihundert gibt's auch, wenn du schneller fertig bist. Wie hört sich das an?«

»Klingt okay.«

»Gut, dann kannst du ja morgen loslegen. Am besten kommst du aber erst so ab Mittag vorbei. Julie schläft gerne aus.« Er schüttelte den Kopf. »Also, mach es, wie du willst, aber sag nicht, dass ich dich nicht gewarnt habe.«

Am nächsten Nachmittag ging August durch die Hintertür in Ethans Haus und machte sich ans Werk. Ethan hatte ihm auf einer Schutzmaske einen Zettel hingelegt. *Setz die auf, sonst kriegst du Staublunge, und dann bin ich nicht schuld.*

August setzte die Maske auf und war schon froh darüber, als der Vorschlaghammer zum ersten Mal gegen die Wand knallte. Der pulverisierte Putz stob zu einer fiesen Wolke auf, die August sofort einen weißen Überzug verpasste. Es war klar, warum Ethan ausgerechnet diese Aufgabe nicht hatte selbst erledigen wollen; es würde eine dreckige, langwierige Sache werden. Trotzdem war das Einreißen irgendwie befriedigend, und August fand bald einen guten Rhythmus. Es tat gut, den Vorschlaghammer mit aller Kraft gegen die glatte Wand zu schwingen. Nach ein paar Hieben folgte dann aber immer die zeitraubende Aufgabe, den Putzträger mit Hammer und Meißel loszuschlagen und die Nägel aus dem Holz zu ziehen. Wenn er dann knöcheltief im Schutt stand, schaufelte er alles in die Schubkarre und fuhr sie raus zum Container.

Nach einiger Zeit klopfte es an der Tür zur Küche, und Julie steckte den Kopf ins Zimmer. Sie wedelte sich mit der Hand vor dem Gesicht herum und rümpfte die Nase.

»Meine Güte!«, rief sie. »Das kann doch nicht gesund sein. Wie läuft's bei dir? Kann ich dir ein Wasser bringen oder so?«

Trotz der Maske kam es August vor, als hätte er eine Packung Kreide gegessen. »Wasser wäre toll«, krächzte er. Als sie ihm das Glas brachte, blieb er an der Küchentür stehen, um nicht den ganzen Dreck reinzutragen, und beim Trinken hing ihm die Maske am Band um den Hals. Er wischte sich den Mund mit dem Handrücken ab und räusperte sich. »Danke. Ich hatte echt Durst«, sagte er.

Sie sah ihn an, und ein Lächeln zuckte ihr über die Lippen. »Wenn du dich sehen könntest. Du bist der Albino Man.« Sie lehnte sich vor, strich ihm über die Augenbraue und streckte den Daumen aus, damit er sah, wie weiß er war. Sie trug ein dünnes, weißes T-Shirt und Leggings. Keinen BH. Die Haare offen und wuschelig. Sie stand so nah vor ihm, dass er noch den Schlaf an ihr riechen konnte.

»Ich koche jetzt nen Kaffee. Willst du auch einen?«

»Ich mache mich lieber mal wieder an die Arbeit. Danke für das Wasser.«

»Alles klar. Wenn du noch etwas trinken willst, komm einfach rein und bedien dich. Ich beiße nicht. Sag mal, wie alt bist du eigentlich?«

»Fünfzehn.«

»Ja? Echt? Ich hätte gedacht älter. Wie groß bist du?«

»Über eins achtzig, glaub ich.«

Sie musterte ihn demonstrativ. »Würde ich auch sagen. Freust du dich auf die Schule hier? Nein? Natürlich nicht. Blöde Frage. Highschool ist scheiße. Okay, ich will dich nicht weiter nerven. Ich mache mir jetzt einen Kaffee, und dann geht's ab zum Yoga. Sag deiner Mom, dass ich heute Abend vorbeikomme und einen leckeren Salat und Wein mitbringe, und dann sitzen wir gemütlich zusammen und lösen ein paar der großen Weltprobleme.«

»Okay, ich sag ihr Bescheid.«

»Deine Mom ist wirklich toll, muss ich sagen. Aber ein ganz schlechter Einfluss auf mich mit diesen Zigarillos. Okay. Jetzt lass ich dich aber endlich in Ruhe.«

Am nächsten Nachmittag machte August den Rest fertig. Er fuhr die letzte Ladung Schutt zum Container und fegte drinnen anständig durch. Er zog die Handschuhe aus und klopfte sich damit den Staub aus den Jeans. Während er das Werkzeug aufräumte, kam Julie herein und pfiff anerkennend. »Saubere Arbeit«, sagte sie. »Ethan wird sich freuen. Ich soll dir das hier von ihm geben.« Sie reichte ihm einen Umschlag mit Geld, den er faltete und einsteckte. »Danke«, sagte er.

»Gerne.« Sie sah ihn an, ohne zu blinzeln, sodass er seine Stiefel anstarren musste. »Du bist ziemlich still, oder?«

Er zuckte die Schultern. Er hoffte, dass der Staub auf seinem Gesicht überdeckte, wie rot er gerade wurde.

»Du erinnerst mich an Ethan. Du könntest sein kleiner Bruder sein oder so. Todernst. Keine Zeit für ewiges Gerede.« Sie lehnte am Türpfosten. Das eine Bein hatte sie seitlich angewinkelt und den Fuß an den Innenschenkel gestützt wie ein Flamingo, wohl irgend so eine Yoga-Übung. »War es schwer, als deine Eltern sich haben scheiden lassen? Deine Mom sagt, es war im gegenseitigen Einverständnis, aber ich weiß, wie so was läuft; das geht nie über die Bühne, ohne dass es wenigstens mal eine Zeit lang ungemütlich wird.«

August hatte die Hand immer noch in der Tasche um den Geldumschlag geschlungen. »War okay«, sagte er. »Wahrscheinlich am besten so.«

»Aber du vermisst deinen Dad doch bestimmt, oder? Deine Mom hat gesagt, du fliegst an Thanksgiving hin?«

August nickte.

»Das ist doch schön. Als meine Eltern sich haben scheiden lassen, war es erst sehr schwer, aber dann sind auch ein paar gute Sachen passiert. Vorher hatte ich die beiden immer zusammen als Einheit erlebt. Aber als sie getrennt waren, waren da auf einmal zwei unabhängige Individuen, die sich mir gegenüber unterschiedlich verhalten konnten und nicht immer im Hinterkopf haben mussten, was der andere wohl meint. Auf jeden Fall hoffe ich, dass es dir dabei gut geht.«

»Ich bin fünfzehn«, sagte August. »Ich bin doch kein Kind mehr. Wird schon alles.«

»Klar, ich weiß. Hey, was hast du gerade vor? Hast du Hunger? Ich wollte gerade Mittagessen machen.«

»Ja, ich könnte was essen.«

»Kann ich mir vorstellen. Deine Mom hat mir erzählt, du hast einen Verbrauch von zwei Litern Milch am Tag.«

»Ich esse eben gerne Cornflakes.«

August folgte Julie in die Küche, und sie holte alles für Sandwiches heraus. »Wasch dir mal die Hände, du bist ganz dreckig!«, sagte sie. »Sind Schinken und Schweizer Käse okay?«

August nickte, ging ans Waschbecken und tat, wie ihm geheißen, wahrscheinlich waren seine Hände noch nie so sauber gewesen wie danach. Als die Sandwiches fertig waren, aßen sie einander gegenüber im Stehen an der Kücheninsel.

Eine Weile kauten sie wortlos. »Suchst du einen Job?«, fragte August.

Julie legte ihr Sandwich hin und biss krachend in einen Chip. »Ja, Dad«, sagte sie. »Ich suche einen Job. Dummerweise sind meine Fähigkeiten hier in der Gegend nicht sehr gefragt.«

»Was hast du denn studiert?«

»Ich habe Abschlüsse in Politikwissenschaften und Spanisch.«

»Oh.«

»Ja, oh, genau. Also bewerbe ich mich auf alles Mögliche. Bloß ist nichts davon hier in der Nähe. Das ist dann wieder ein ganz anderes Problem. Meine Mom sagt sowieso, ich soll es mir hier mit Ethan nicht so gemütlich machen. Vielleicht hat sie recht, aber das würde ich vor ihr nie zugeben. Deshalb ist mir deine Mutter so wichtig. Die berät mich wirklich und zickt mich nicht bloß an.«

»Mit ihren Ratschlägen hat sie sich noch nie zurückgehalten.«

»Hoffentlich hörst du auch mal auf sie.«

August zuckte mit den Schultern. Kaute sein Sandwich. Versuchte vergeblich, Julies Blick standzuhalten. Er kannte sich da zwar nicht besonders aus, aber irgendwoher wusste er, dass Ethan nicht heil aus der Sache rauskommen würde.

—

Als August wieder zur Schule ging, bekamen seine Tage eine gewisse Struktur. Die Park High war viel kleiner als seine Schule in Grand Rapids, und er verstand sofort, dass er sich hier nicht mehr so leicht verstecken konnte. Mr Zwicky, der Football-Coach, bemerkte ihn auf den Fluren und drängte ihn immer wieder, zum Probetraining zu kommen. Beim ersten Mal hatte er noch nicht mal Stollenschuhe. Er rutschte mit seinen Turnschuhen kreuz und quer übers Gras und kam sich wie der letzte Trottel vor. Er hatte schon beschlossen, nicht wiederzukommen, aber Mr Zwicky rief ihn aus der Umkleide in sein Büro und sagte, August habe sich gut geschlagen. »Du hast Potential, August«, sagte er. »Kann ich auf dich zählen?« Er trug Sweatpants und ein T-Shirt mit dem Aufdruck: PAIN IS MERELY WEAKNESS LEAVING THE BODY.

»Keine Ahnung. Okay.«

»Guter Mann«, sagte Mr Zwicky, sprang auf und wühlte im Geräteraum nach einem alten Paar Stollenschuhe.

August kam zum nächsten Training wieder, zu dem danach auch, und dann war er wohl im Team. Anders als die meisten anderen spielte er nicht schon von klein auf Football, aber er lernte schnell, und allein wegen seiner Größe bekam er einen Platz in der zweiten Mannschaft. Er war nicht der Schnellste, aber er hatte fähige Hände und lange Arme und einen flinken Antritt. Er spielte Angriff und Verteidigung. Beim Angriff spielte er Tight End, er fing ein paar Pässe und blockte in ihrer laufbetonten Strategie viel. Seine Stärke lag aber in der Verteidigung. Tackling fand er toll. Als Strongside End konnte er mit seinem schnellen Antritt gleich nach dem Snap unter die Arme des gegnerischen Lineman kommen, ihm den Unterarm unter dem Helm vor den Hals treiben, sodass der hoch- und zurückstolperte. Dann konnte August sich den Quarterback vorknöpfen. Seine Lieblingsmomente waren die, wenn es bei den Angreifern stockte und er sich mit Vollgas von hinten auf den Quarterback stürzen konnte. Es war einfach wunderschön, einem Quarterback, der suchte und suchte, wer vorne seinen Pass annehmen konnte, die

Schulter mitten in den Rücken zu schmettern. Das harte Keuchen beim Aufprall zu hören, die Geschwindigkeit und Kontrolle und Kraft, die Beine weiter vorantreiben zu lassen und zu spüren, wie die Füße des anderen den Bodenkontakt verloren, bevor August ihn mit jedem Gramm purer Körperwut auf den Rasen warf. Sich abzurollen, über dem zusammengekrümmten Häuflein zu stehen und in dessen Schmerz zu schwelgen – auch das gehörte dazu.

Das Training dagegen hasste August. Er hasste die Umkleide und den Gestank dort. Auf irgendeine Weise hasste er eigentlich jeden seiner Mannschaftskameraden. Er hasste die Trainer. Er hasste den Gedanken an die Spiele, den langsamen Stressaufbau im Laufe der Woche, bis er mehr als einmal am Freitagabend kurz vor dem Auflaufen aufs Feld würgend über der Schüssel hing. Er hasste es, wenn die Fans blöden Scheiß brüllten, während sich alle vor dem Spiel auf dem Feld aufwärmten. Er hasste die Cheerleader und das Maskottchen und die Hand auf dem Herzen während der Nationalhymne. Er hasste all die Gerüche, den gemähten Rasen, die Hot Dogs und das Popcorn vom Fressstand, den kräftigeren Geruch des Herbstes, die frühe Dunkelheit, die bleierne Glocke des kommenden Schnees.

Er hasste alles am Football, bis er den langen Pfiff und das Wummern des Kickoff hörte, dann war es die reine Liebe. Er liebte seine Teamkameraden, ihr Wahnsinnsgebrüll und die Kopfstöße beim Jubeln. Er liebte seine Trainer, die beim Timeout mitten im Huddle hockten, erwachsene Männer, die mit ihnen sprachen, als wäre dieser Augenblick – drei Punkte hinten, noch ist alles drin, keine Timeouts übrig – das Wichtigste auf der ganzen Welt. Er liebte die Cheerleader, die mit nackten Beinen in der Kälte lachten und bei jedem Touchdown dämliche Mädchen-Liegestütze machten. Er liebte den Geruch, den aufgerissenen Rasen und die Flutlichter, die alles außerhalb dieser hundert Meter Feld belanglos erscheinen ließen. Er liebte sogar die Fans, Ed Gaskills Vater, der mit Overall und Wintermütze hinten am Zaun stand, Hartstoff im Kaffeebecher, und vor dem Snap brüllte: *Mach ihn platt, August! Mach ihn platt! Los jetzt! Mach ihn platt!*

Seine Mutter war sich anfangs unsicher gewesen. »Du weißt schon, dass ich während der Schwangerschaft die ganze Zeit aufs Rauchen und Trinken verzichtet habe, oder?«, fragte sie.

»Ja, und?«

»Und, jetzt ist mir unwohl dabei, dass du dich freiwillig meldest, dir regelmäßig das Hirn weichprügeln zu lassen, das ich jahrelang nach Kräften beschützt habe.«

»Wir haben doch Helme.«

»Ich weiß. Aber … dein Vater hat doch auch kein Football gespielt. Ich weiß ja, dass du in der neuen Schule dazugehören willst, aber gefällt dir der Sport denn überhaupt wirklich? Das kommt so plötzlich.«

Nachdem sie das erste Mal zugeschaut hatte, bei einem Spiel im kalten Nieselregen gegen Ennis, in dem er dreimal den gegnerischen Quarterback zu Fall brachte und einmal nach einem Fumble den Ball erbeutete und zum Touchdown brachte, sah sie die Sache anscheinend anders. Sie kaufte sich einen gefütterten Overall. Stand still mit den Händen in den Taschen auf der Tribüne. Ohne zu klatschen. Ohne zu jubeln. Mit angespanntem Gesicht. Setzte sich kein einziges Mal hin, während er auf dem Feld war. Wenn sie es sich recht überlegte, sagte sie, sei Football vielleicht wichtig für seine Entwicklung. »Wenn du da draußen auf dem Feld bist, bist du nicht mein Sohn«, sagte sie. »Aber ich verstehe, dass dieser Gewaltmensch, wo immer er herkommt, auch Teil von dir ist.

Ich hoffe nur, dass er da draußen bleibt, wo er mit der engen Hose und dem Helm gegen andere Typen in derselben Verkleidung kracht, die auch gerade für ein paar Minuten nicht mehr die Söhne ihrer Mütter sind.«

»Ist nur ein Sport, Mom«, sagte August. »Mach nicht so ein Drama draus.«

—

Am Tag, als es passierte, saß er gerade während der ersten Stunde beim Lernen im Aufenthaltsraum, und sie hatten das Radio an. Es lief KPIG aus Billings, und Neil Young sang »Rockin' in the Free World« – das würde er nie vergessen. Neil brüllte gerade von einer *kinder, gentler, machine gun hand*, als der Song einfach abbrach. Der Moderator meldete sich mit stockender Stimme und sprach von den Berichten aus New York. Flugzeuge seien ins World Trade Center eingeschlagen. Die Twin Towers seien eingestürzt. Es gab weitere Berichte vom Pentagon. Man rechne mit vielen Toten. Die Lage entwickle sich noch.

Alle sollten zu ihren Lieben gehen. Für Amerika beten.

Natürlich fand an dem Tag kein Unterricht mehr statt. Die Lehrer machten die Fernsehnachrichten an, und alle schauten zu. Manche Mädchen und Lehrerinnen weinten, ein paar Lehrer auch. Keiner der Jungs. Mr Rogers, der Gemeinschaftskunde-Lehrer, saß an seinem Pult und schüttelte den Kopf. »Wir müssen die ganze verdammte Wüste da in Glas verwandeln«, sagte er. »Jetzt machen wir Ernst.«

Nach der Schule rief Coach Zwicky sie alle in die Umkleide und ließ sie Platz nehmen. Er schaute sie alle lange an, ohne etwas zu sagen, und fuhr sich mehrmals mit der Hand durch die dünne Bürstenfrisur. »Heute kann sich sowieso keiner von uns auf Football konzentrieren. Training fällt aus. Aber mir wäre es lieb, wenn ihr heute als Team zusammenbleibt. Wenn ihr nach Hause zu euren Familien wollt, verstehe ich das, aber vielleicht könnt ihr euch ja bei einem von euch treffen und zusammen die Nachrichten schauen. Das überlasse ich euch.«

Er hielt wieder inne. Räusperte sich. »Es wird etwas passieren«, sagte er. »Ich bin mir sicher, dass manche von euch hingehen werden. Sich freiwillig melden. Es würde mich nicht mal wundern, wenn sie wieder Männer einziehen. Ich will euch keine Angst machen, aber ihr seid jetzt junge Männer, und das hier ist eine der Sachen, die eure Generation prägen wird. Vielleicht sogar die Sache. Meine Freunde und ich hatten Vietnam, und ihr habt das hier, im Guten wie im Schlechten. Natürlich werden euch die Ereignisse von heute eine Weile beschäftigen. Geht ja nicht anders. Aber seht zu, dass ihr heute Abend rechtzeitig ins Bett geht. Dass ihr morgen früh fit seid. Wir spielen Freitag gegen Belgrade, und ich muss euch nicht daran erinnern, wie die uns letztes Jahr den Arsch versohlt haben.«

Sie gingen zu Gaskill nach Hause und machten sich Nachos. Sie setzten sich auf den Boden und schauten Fernsehen – die Endlosschleife der Flugzeuge, die in die Türme krachen, der Rauchwolken, der panischen Flucht auf den Straßen. Als George W. Bush vor die Kameras trat, verstummten alle. *Diese Massenmorde hatten das Ziel, unsere Nation ins Chaos zu treiben, in die Flucht zu schlagen. Aber das ist ihnen nicht gelungen. Unser Land ist stark. Ein großes Volk erhebt sich zur Verteidigung einer großen Nation. Die Terroranschläge mögen vielleicht die Grundfesten unserer größten Gebäude erschüttern, aber sie rütteln niemals an den Grundfesten Amerikas. Diese Taten zerschmettern Stahl, aber sie treiben keine*

Delle in die stählerne Entschlossenheit Amerikas. Alle klatschten. Auch August.

»Rogers hat recht. Wir werfen den Kamelfickern einfach ein paar Atombomben auf den Kopf«, sagte Gaskill.

»Das Gute hier draußen im Nirgendwo ist ja: Hier gibt's nichts, wo es sich lohnen würde, ein Flugzeug reinzujagen«, erwiderte August.

»Scheißegal«, sagte Ramsay. »Die hätten die genauso gut bei uns allen ins Wohnzimmer krachen lassen können. Jetzt ist nichts mehr wie vorher. Könnt ihr euch drauf verlassen.«

Das fand August in dem Moment ein bisschen dramatisch. Später fragte er sich, ob noch jemand anders wusste, dass Ramsay das gesagt hatte – er versuchte herauszufinden, ob er es als Einziger gehört hatte, ob es vielleicht jemand anders gesagt hatte oder ob er es sich in Wirklichkeit nur eingebildet hatte.

Irgendwann fuhr er nach Hause und schaute mit seiner Mutter weiter Nachrichten. Als Bush gezeigt wurde, wurde ihr Gesicht hart. »Jetzt geben sie ihm freie Hand«, sagte sie. »Dem kleinen Trottel. Das ist wahrscheinlich das Beste, was ihm passieren konnte.«

Als sie am Freitag gegen Belgrade spielten, war das Feld mit Amerika-Flaggen dekoriert. Über hundert Stück hingen entlang der Seitenlinien an Stangen, die man in den Boden getrieben hatte. Beide Mannschaften hatten Amerika-Flaggen-Aufkleber an den Helmen. Als »The Star-Spangled Banner« gespielt wurde, standen die Spieler beider Mannschaften in bunter Reihe eingehakt in der Spielfeldmitte. Belgrade siegte mit einem Vorsprung von drei Touchdowns, und zur Halbzeit saß der Großteil der Startaufstellung schon wieder auf der Bank. Manches war also doch noch wie vorher.

—

Als August an einem Morgen aufwachte, waren die Berge schneebedeckt, und eine niedrige Linie verstreuter Wolken hing um die Gipfel über der Stadt. Die Pappeln am Fluss verloren die Blätter, und die Schwarzbären wurden in ihrer alles vereinnahmenden Suche nach Kalorien für den Winter übermütig und kamen den Häusern ungewöhnlich nah. Davon erzählte August seinem Vater am Telefon.

»Neulich bin ich morgens rausgegangen, es war Müllabfuhrtag, und in der ganzen Straße sind die Tonnen umgeworfen. Das war garantiert ein Bär. Neulich war auch hinter der Schule einer auf dem Baum.«

»Kein Scheiß? Mitten am Tag? In der Stadt?«

»Genau. Direkt nach dem Mittagessen. Er war den Apfelbaum neben einem Haus hochgeklettert und hat die Äpfel aus der Regenrinne gefressen.«

»Ist ja der Hammer. Wird es bei euch schon kalt?«

»Hat gerade erst in den Bergen geschneit. In der Stadt bleibt's aber nicht liegen. Verdammt windig geworden. Wie ist es bei euch?«

»Ganz nett. Kalter Regen. Die Blätter werden bunt. Schöne Jahreszeit – du weißt ja, wie es ist. Läuft's in der Schule gut?«

»Alles in Ordnung.«

»Wie geht's deiner Mutter?«

»Gut, würde ich sagen.«

»Freu mich schon, wenn du an Thanksgiving kommst. Lisa ist bei ihren Leuten, also sind wir die meiste Zeit alleine. Wir können früh raus, uns in den Ansitz hocken und schauen, was so vorbeikommt. Ich sehe in der letzten Zeit manchmal morgens einen ganz Schönen hinten am Zaun.

Mindestens ein Achtender, richtig schwer, weit ausladendes Geweih, nächstes Jahr wäre der toll, aber wenn ich den nicht schieße, holen ihn sich die Amish, da kannst du einen drauf lassen, also nicht zu lange warten. Ich habe einen ordentlichen, alten Edelstahltopf und einen Propanbrenner gekauft. Dann besorge ich noch Erdnussöl, und wir frittieren uns einen Truthahn. Und danach schauen wir den Lions zu, wie sie sich von wem auch immer den Arsch versohlen lassen. Klingt das gut?«

»Einen Truthahn frittieren? Im Ernst?«

»Klar. Hab ich schon mal gemacht. Vielleicht vor deiner Geburt oder bevor du dich dran erinnern kannst. Ist richtig gut geworden. Muss man aber draußen machen. Vielleicht gehen wir in die Garage. Oder im Garten, dann machen wir uns ein Feuer und werfen ein bisschen den Football hin und her, wenn's nicht zu kalt ist. Okay, die Kühe melken sich nicht selbst. Ich muss mal langsam raus in die Scheune. Wir hören uns.«

—

Seine Mutter und Julie saßen weiterhin abends hinten auf der Veranda, wickelten sich jetzt aber oft in Decken, weil es kalt wurde. August ließ sein Fenster zu und bekam nicht mehr so viel mit, aber an einem Abend hatte Julie zwei Flaschen Sekt dabei. Er räumte gerade den Tisch ab, als sie hereingerauscht kam. Sie war rot, lachte und gab ihm im Vorbeigehen einen feuchten Schmatzer auf die Wange. Er verzog demonstrativ das Gesicht und wischte sich die Stelle ab, aber als sie raus auf die Veranda getänzelt war, rieb er weiter die Finger aneinander, an denen ihre Spucke noch geschmeidig und warm war.

Als er in der Küche fertig war, ging er nach oben und

machte Biologie-Hausaufgaben, Anatomie, Physiologie. Bis Ende des Halbjahrs musste er jeden Knochen des menschlichen Körpers auswendig können. Er machte am Schreibtisch das Fenster auf, und die kalte Luft schlug scharf herein; er blätterte seine Karteikarten desinteressiert durch und achtete viel mehr auf Julies Stimme.

»Ich kann es kaum glauben«, sagte sie. »Afrika! Ich bin erst in Gaborone, der Hauptstadt von Botswana, und später wahrscheinlich irgendwo in einem kleinen Dorf. Zwei Jahre! Vielleicht bin ich da ein bisschen naiv, aber da kann ich wirklich einen kleinen Unterschied im Leben der Leute machen. Aids ist ein gewaltiges Problem in Botswana. Und das Friedenscorps macht sich auf dem Lebenslauf immer gut, ganz egal, was ich hinterher will. Ich freu mich so und bin ganz aufgeregt. Unheimlich aufgeregt.«

»Auf dich!«, sagte Augusts Mutter. »Ich bin wirklich stolz auf dich. Ich habe selbst vor vielen, vielen Jahren mal ans Friedenscorps gedacht. Ich weiß, wie anspruchsvoll die sind. Die nehmen nicht einfach jeden. Klar bist du aufgeregt. Bin ich gleich mit. Botswana. Fremder geht es ja gar nicht mehr. Aber schöner wohl auch nicht. Du kommst bestimmt als ganz neuer Mensch zurück. Da wird man als alte Frau ein bisschen neidisch, wie du so hinaus in die Welt fliegst und dich selbst entdeckst. Ich werde ganz sentimental.« August hörte es knarzen, als die beiden die Stühle näher zusammenrückten und sich umarmten.

August fragte sich, ob Julie auf das Friedenscorps gekommen war, während sie in der Wanne mit den Klauenfüßen lag, und ob Ethan das Ganze wohl bereute. Das Haus hatte nur das eine Bad, und wenn Julie weg war, musste Ethan garantiert jeden Morgen an sie denken, wenn er über den hohen Rand stieg, sich einseifte und dem Wasser hinterhersah, das in den Abfluss strudelte. Das Scheißding hatte bestimmt zweihundert Kilo gewogen.

Julie sollte erst sechs Monate später beim Friedenscorps anfangen, aber soweit August es verstand, hielt ihre Beziehung mit Ethan nur noch ein paar Wochen, nachdem sie die Zusage bekommen hatte. Eine Weile saß sie regelmäßig auf der Veranda. Tränen und Wein, endlose Gesprächsschleifen. Am Ende zog sie wieder zu ihrer Mutter, und die Besuche wurden seltener, aber bevor sie flog, kam sie noch einmal zum Abendessen, und hinterher lauschte August noch ein bisschen. »Wir hatten uns nie viel zu sagen«, erklärte sie. »Kennst du den einen Song von John Prine – ›Angel from Montgomery‹? *How the hell can a person go to work in the morning and come home in the evening and have nothing to say?* So ist Ethan. Es zerreißt mir das Herz. Am liebsten wäre ich einfach schon weg. Diese Zeit in der Schwebe bringt mich um.«

»Du brauchst jemanden, der emotional und auch intellektuell zu dir passt. Ich hab das auf die harte Tour gelernt. Der Mann, der deinen Schoß glühen lässt, ist nicht unbedingt derselbe, der auf lange Sicht zu dir gehört. Unsere biologischen Impulse lassen uns manchmal von der Klippe springen. Zwei Jahre fieberhafte Leidenschaft, gefolgt von dreizehn Jahren Stress und Frustration, aus denen schließlich regelrechter Ekel wurde – das hatte ich mit Augusts Vater. Flieh nach Afrika, lebe dein volles Potential aus und such dir einen Schwärmer aus dem Friedenscorps, der deinen Schoß *und* deinen Kopf glühen lässt, und dann schreib mir viele Briefe, in denen du mir alles erzählst. Abgemacht?«

Julie schniefte laut. Sie lachte matt. »Abgemacht«, sagte sie.

August ging seine Karteikarten durch, ohne sie zu lesen. Er wusste nicht so recht, wie man den Schoß einer Frau zum

Glühen brachte. Auf jeden Fall war es ziemlich beunruhigend, dass selbst diese Fähigkeit allein nicht ausreichte, um eine Frau wie Julie – oder seine Mutter – zufriedenzustellen.

Über zwei Wochenenden half August Ethan, die alte Holzverkleidung vom Haus zu reißen. Ethan wollte eine Schicht Tyvek einziehen und am Ende mit einer PVC-Verkleidung abschließen. »Das wertet das Haus energetisch auf«, sagte Ethan. »Im Moment zieht der alte Kasten ja überall. Ich heize hauptsächlich für draußen. Außen mache ich noch alles fertig, bevor es richtig kalt wird, im Winter geht es drinnen weiter, und am Ende verticke ich das Ganze. Vielleicht kaufe ich dann gleich das nächste und mache es genauso. Jetzt, wo sie weg ist, habe ich viel mehr Zeit zum Arbeiten. Da geht alles schneller.«

August nickte. »Es hat dich bestimmt ziemlich ausgebremst, dass du immer erst mittags loslegen konntest.«

Ethan lachte und schüttelte den Kopf. »Ehrlich gesagt, komme ich jetzt öfter ins Schleudern, wo sie weg ist. Was soll das Ganze, weißt du? Ich reiße mir hier den Arsch auf, um Kohle zu scheffeln, aber wofür? Mit Geld und harter Arbeit allein kriegt man keine Frau wie sie.«

»Wie denn dann?«

»Sehr gute Frage. Vielleicht einfach mit viel Glück. Und bei mir ist es damit wohl gerade vorbei. Vor ihr war ich mit einer vom Bankschalter zusammen, einer Krankenschwester, einer Zahnhygienikerin und einer alleinstehenden Mutter, deren Exmann so reich war, dass sie selbst nicht mehr arbeiten musste. Bei keiner von denen hatte ich das Gefühl, dass ich großes Glück oder Unglück hatte. Nach Julie kann ich mich kaum noch an die Gesichter der anderen erinnern.«

Sie arbeiteten an der Rückwand, auf dem Boden lag eine Plane, die die herausgezogenen Nägel und Hartholzsplitter von der Verkleidung auffangen sollte. »Aber Mann, was konnte sie schwierig sein«, sagte Ethan. »Hat dauernd geheult. Von den anderen hat nie eine geheult, außer wenn wir uns besoffen gestritten haben, aber dann war morgens wieder alles vergessen. Mit den meisten von denen war es gemütlich. Das war es mit Julie nie. Vielleicht hätte ich das als Problem erkennen sollen. Ich habe sie mal meinem Vater vorgestellt. Er hat mir hinterher gesagt, dass sie ihn an ein English-Setter-Weibchen erinnert, das er mal hatte. Verdammt teurer Vogelhund mit vornehmem Stammbaum und allem. Schönes Tier. Großartige Jägerin. Bloß dass die Hündin eines Tages anfing, sich am Vorderlauf zu lecken. Nicht mehr aufgehört hat. Nicht konnte. Hat das Fell weggeleckt, die Haut. Eine große Wunde, und sie hat immer weiter geleckt. Wenn mein Vater den Lauf verbunden hat, hat sie den Verband wieder abgeknabbert. Draußen hat sie nicht mehr gehört. Kam nicht, wenn er gepfiffen hat. Als er sie endlich gefunden hat, saß sie da und hat geleckt wie verrückt und gewinselt, weil es wehgetan hat, aber sie konnte einfach nicht aufhören. Hat den Lauf bis auf den Knochen durchgeleckt.« Ethan hielt inne, schüttelte den Kopf und holte tief Luft. Irgendwer verbrannte Laub, ein grauer Novembertag, eine niedrige Wolkendecke. »Na ja, so ist es eben«, sagte er. »Ich höre jetzt auf zu jammern. Wir arbeiten lieber mal weiter, sonst muss ich hier irgendwann mitten im Blizzard an der Verkleidung rumhampeln.«

August schob die Brechstange unter ein Brett und hämmerte auf das andere Ende, bis die Nägel sich mit einem befriedigenden Kreischen lösten. »Was hat dein Vater dann mit der Hündin gemacht?«, fragte er.

Ethan sammelte Verkleidungsreste auf und warf sie für die

nächste Tour zum Container in die Schubkarre. »Hat sie mit in den Wald hinter dem Haus genommen und erschossen. Hat sie in einem tiefen Loch begraben und einen Steinhaufen drübergebaut. Hat immer gesagt, sie war der beste Hund, den er je hatte, bis sie es irgendwann nicht mehr war. Mein Vater kann manchmal ein richtiges Arschloch sein.«

—

Zum letzten Spiel der Saison wurde August in die erste Mannschaft berufen. Es war in Bozeman, und es schneite so stark, dass sie nach jedem Quarter die Linien freischieben mussten. August saß die meiste Zeit auf der Bank, und sie verloren, aber als gegen Ende alles aussichtslos war, schickte der Trainer ein paar der Jüngeren aufs Feld, um ihnen einen Geschmack davon zu geben, wie es bei den Großen lief. Einmal erwischte August den Quarterback fast, ein anderes Mal schaffte er es sogar, aber einen Sekundenbruchteil zu spät, sodass er den Ersatz-Quarterback zu Boden riss, als der gerade den Ball abgegeben hatte. Das war alles, und bald saßen sie im Bus auf der langsamen Fahrt durchs Schneegestöber über den Pass nach Hause. Für die Zwölftklässler war es nicht nur das letzte Spiel der Saison, sondern ihres ganzen Lebens. Ein paar von ihnen wischten sich Tränen weg, während sie zusammengesackt auf ihrem Sitz lagen. Das Ende des Spiels. Das bedeutete etwas, dem der Gedanke an den bevorstehenden Schulabschluss nicht gleichkam.

An Thanksgiving flog August zurück nach Michigan. Er saß zum ersten Mal in einem Flugzeug, und auch wenn er sich lässig geben wollte, hielt er beim Start die Luft an und atmete danach so laut aus, dass sein Sitznachbar ihm einen schiefen Blick zuwarf. Sein Vater holte ihn in Grand Rapids vom Flughafen ab. Er gab ihm die Hand, warf seine Tasche hinten in den Pick-up, und sie fuhren Richtung Norden.

Alles wirkte farblos; das fiel August sofort auf. Die kahlen Bäume, der zementgraue Himmel. Farblos und flach. »Noch kein Schnee«, sagte er.

Sein Vater schüttelte den Kopf. »Nee. Für nächste Woche angesagt, vielleicht. Aber viel Regen. Du bist ja bestimmt eine Handbreit gewachsen, seit ich dich das letzte Mal gesehen habe, Junge.«

August zuckte die Schultern. »Keine Ahnung. Nicht, dass ich wüsste.«

»Hätte ich schwören können.«

August beobachtete seinen Vater aus den Augenwinkeln. Er überlegte sich, ob er irgendwie anders aussah, älter, dünner, dicker, glücklicher – aber es war schwer zu sagen. Er war ja auch nur ein paar Monate weg gewesen. Es gab keinen Grund, dass sich irgendjemand großartig hätte verändern sollen.

»Habe gestern früh wieder den Hirsch gesehen. Wundere mich bloß, dass die Amish ihn sich noch nicht geholt haben. Du weißt ja, wie die sind – die schießen alles, was nicht bei drei auf den Bäumen ist.«

»Wann waren wir eigentlich das letzte Mal zusammen jagen?«

»O Mann, ist ewig her, oder? Der ganz große Jäger war ich ja eigentlich noch nie. Ich sitze einfach immer gerne da draußen und schaue, was es zu sehen gibt. Ich glaube, da bist du nicht anders.«

August nickte.

»Das Tolle am Jagen ist doch, wenn man früh aufsteht und vom Ansitz aus sieht, wie es langsam hell wird. Wartet, dass etwas vorbeikommt, in Ruhe einen Kaffee trinkt und so weiter. Überhaupt nicht gefällt mir das, was kommt, nachdem man etwas geschossen hat. Es aufbrechen, nach Hause schleifen, aufhängen, zerlegen – das hat dann schon was von Arbeit am freien Tag, wenn du mich fragst. Und diese richtig Jagdbesessenen verstehe ich sowieso nicht. Wenn man Hunger hat, klar. Aber die ganzen fetten Texaner mit der teuren Ausrüstung auf ihren Jagdmessen? Da will ich nur noch sagen: *Guck doch mal in den Spiegel, Mann, bloß weil du auf achthundert Meter mit dem Schwarfschützengewehr Tiere umlegen kannst, bist du noch lange nicht das große Alpha-Männchen.* Der Vater deiner Mutter war so. Der große Sportschütze.«

»Ich weiß noch, so vor vier Jahren, da sind wir am ersten Tag der Saison rausgegangen. Haben keinen einzigen Hirsch gesehen. Ich glaube, das war das letzte Mal, dass wir das gemacht haben.«

»Da hast du vielleicht recht. Kann gut sein.«

Seit August weg war, hatte sein Vater einen kleinen Fernseher auf den Küchentisch gestellt. Leise lief auf einem Lokalsender das Wetter. August wusste, dass sein Vater bei Kaffee und Ei schon immer gerne Nachrichten geschaut hatte. Seine Mutter fand, ein Fernseher in der Küche oder im Esszimmer sei barbarisch, also hatte sein Vater, seit August denken konnte, immer im Wohnzimmer auf dem Sofa gefrühstückt, unbequem über den Couchtisch gebeugt, immer darauf bedacht, dass der Teppich bloß keinen Kaffee und kein Ei abbekam. Aber jetzt hatte er den kleinen Fernseher und frühstückte sicher ganz in Ruhe, die Kaffeekanne in Reichweite, während das Mädchen vom Wetterbericht vor dem Greenscreen herumlief. Für August war das ein Einblick in eine Realität, über die er bisher nicht nachgedacht hatte – zweifellos hatte das neue Leben ohne Frau und Kind für seinen Vater auch seine Vorzüge.

Und das war nicht alles. Im Haus war irgendetwas anders. An seinem ersten Tag dort kam August einfach nicht darauf. Es war nichts Greifbares. Bis auf den Fernseher waren die Möbel weitgehend unverändert, die Stallklamotten seines Vaters hingen immer noch an den Haken im Schmutzraum, das Esszimmer war immer noch blassgelb gestrichen, die Wohnzimmerwände grob verputzt. Erst am nächsten Morgen, als er noch im Dunkeln verpennt in der Küche saß und sein Vater ihnen Kaffee einschenkte, wusste er, was es war. Der Geruch. Selbst als seine Mutter schon ins alte Haus gezogen war, hatte er immer noch in der Luft gehangen, die etwas muffig gewordenen süßlichen Zigarillos seiner Mutter und die Lavendelbeutel, die sie überall verteilt hatte, um sie zu überdecken. Jetzt war der Rauch seiner Mutter weg. Das Haus roch nach frisch abgewischten Oberflächen oder danach, was gerade gekocht wurde. Im Moment war es das Standardessen seines Vaters – gewendetes Spiegelei, ein Stapel stark gebuttertes Toast und Speck, der in der Pfanne brutzelte. Sein Vater war schon für die Jagd angezogen, lange Unterhose unter seinem Tarn-Overall. Normalerweise rasierte er sich, bevor er in den Stall ging, aber heute Morgen war sein Gesicht voller Stoppeln, die mittlerweile eher grau als schwarz waren, wie August auffiel.

August hatte den Kopf auf eine Hand gestützt. Der Kaffee war noch heiß, und er konnte ihn nicht so schnell trinken, wie er wollte; sein Vater dagegen schlürfte ihn runter, als wäre er lauwarm.

»Du bist jetzt auch schon beim harten Zeug«, sagte sein Vater.

»Hmm?« August war im Sitzen eingedöst, und die Worte seines Vaters hatten ihn aufgeschreckt.

»Ich meine, du trinkst ihn jetzt auch schwarz«, sein Vater zeigte mit der Speckgabel auf Augusts Kaffee. Er schüttelte den Kopf. »Da ist er nur mal eben ein paar Monate weg, und als er wiederkommt, ist er fünfzehn Zentimeter größer und trinkt seinen Kaffee wie ein Mann.«

August schüttelte den Kopf und setzte sich gerade hin. »Ich bin doch keine fünfzehn Zentimeter größer.« Er nippte an seinem Becher und versuchte, sich nicht anmerken zu lassen, dass der Kaffee ihm den Mund verbrannte. »Riecht anders hier drinnen«, sagte er. »Besser.«

Sein Vater lud sich Ei aufs Toast und biss krachend hinein. »Raucht deine Mutter immer noch einen nach dem anderen von den Teufelsdingern?«

»Nicht mehr ganz so viele, glaube ich. Aber sie ist schon noch dabei. Geht dazu aber meistens auf die Veranda.«

»Na, immerhin. Lisa und ich haben den Gestank nicht mehr ertragen, also haben wir uns einen Dampfreiniger für den Teppich gemietet, die Vorhänge abgenommen, die Wände gebleicht, alles, einen ganzen Tag hat das gedauert. Hat sich aber gelohnt. Bist du satt geworden? Okay, ich mache uns noch die Thermoskanne voll, und dann geht's raus.«

»Und die Tiere?«

»Lisa kommt nachher vorbei und versorgt sie. Ich habe heute frei. Sie hat gesagt, sie macht uns auch Brunch, wenn wir aus dem Wald zurückkommen, bevor sie wieder zu ihren Leuten fährt.«

»Brunch?«

»Genau. Ich weiß ja selber nicht so genau, was das heißt. Ich wäre dann einfach mit einem anständigen Schinken-Sandwich zufrieden, aber was soll's. Wir tun ihnen den Gefallen, August. Das verstehst du noch, wenn du älter bist. Mit so einem Brunch kann eine Frau einen fertigmachen.«

Als sie sich im Dunkeln auf der Veranda die Stiefel anzogen, wurde ihr Atem zu kleinen Wolken. »Ein Typ, den ich kenne, der hatte eine Freundin, die immer gerne gebadet hat, aber er hatte nur eine Dusche im Haus, also hat er so eine fette, alte Badewanne mit Klauenfüßen eingebaut, als sie mal ein Wochenende weg war. Ich hab ihm schleppen geholfen. Er wollte ihr eine Freude machen, aber vielleicht zwei Monate danach ist sie beim Friedenscorps genommen worden, hat sich von ihm getrennt und ist nach Afrika gegangen. Und er selber badet nicht mal. Duscht einfach, wie ein normaler Mensch.«

Augusts Vater lachte leise, und als er sich den Dreitagebart rieb, klang es wie Schmirgelpapier. »Da hat er sicher etwas gelernt. Andererseits geht es ohne solche großen Gesten auch nicht – das ist ja kein Leben –, aber man muss aufpassen, wem man sich öffnet. Wenn man sich so eine Riesenmühe macht, sich einer Frau so offenbart, dann weiß sie, dass sie einen fest am Haken hat. Woher kennst du den Typen? Mr Klauenfußwanne?«

»Ist unser Nachbar. Seine Freundin – jetzt wohl Ex – ist gut mit Mom befreundet. Die sitzen dauernd draußen und rauchen und trinken Wein.«

»Tja, das kommt hin. Armer Kerl.«

Sie stapften über die hintere Weide hinaus, das tote Gras war silbrig vom Frost. Dann durch die Reihe Weymouthskiefern, die so eng beieinanderstanden, dass sie sich die Äste aus dem Gesicht schieben mussten, die Finger harzverklebt, auf eine kleine Anhöhe in den Laubwald, wo man nicht mehr leise gehen konnte, weil die welken Blätter unter den Füßen knirschten.

Der Ansitz war oben auf dem Hügel, eine kleine ausgehobene Mulde, um die Augusts Vater zur Tarnung Stämme und Äste gelegt hatte. Sie lehnten mit dem Rücken an den Zuckerahorn-Stämmen und beobachteten, wie im Morgengrauen der Wald erwachte. Augusts Vater hatte nur ein Gewehr. Es war ein altes, japanisches 7,7-Millimeter-Arisaka mit offener Visierung und Chrysanthemen-Prägung auf dem Verschlussgehäuse. Augusts Großvater, ein Marine, hatte es aus dem Südpazifik mitgebracht. Er war gestorben, als August noch ein Kind war, und er konnte sich nicht an ihn erinnern. Während um sie der Tag erstarkte, sah August, wie die Augenlider seines Vaters langsam sanken und sich schließlich ganz schlossen. Mit dem Gewehr auf dem Schoß schnarchte er leise und stockend. Augusts Vater war kein Marine gewesen. Den Großteil des Vietnamkriegs war er etwas zu jung gewesen, und als er achtzehn wurde, wurde seine Nummer nicht ausgelost. August betrachtete ihn und war gleichzeitig froh und enttäuscht, nicht der Sohn eines Soldaten zu sein.

August nickte selbst gerade ein, als ihn das Blätterrascheln weckte. Er drehte langsam den Kopf, um das Geräusch zu orten. Erst dachte er an ein Eichhörnchen, das vielleicht zurück zu seinem Eichelversteck unter dem Baum wollte, aber dann nahm er aus den Augenwinkeln eine größere braune Form wahr. Er bewegte behutsam den Oberkörper, und dann sah er ihn, einen Hirsch, ganz sicher der, von dem sein Vater erzählt hatte. Ein großes Tier, der Hals zur Brunft geschwollen. Ein schönes Geweih, unten schwer und braun, Elfenbein-Schimmern an den Enden, blankpoliert vom Scheuern an den Bäumen und vom Kampf mit anderen Männchen. August streckte das Bein und stieß mit dem Stiefel seinen Vater an. Der riss die Augen auf, und August nickte nach links. Der Hirsch war fünfzig Meter entfernt, ging mit gesenktem

Kopf weiter, folgte wahrscheinlich dem Duft einer brünstigen Hirschkuh. Sie beobachteten den Hirsch, der immer wieder zwischen den Stämmen von Buche, Eiche und Ahorn auftauchte und verschwand. Sein Vater flüsterte etwas, das August nicht verstand, also lehnte er sich hinüber. Es klang nach: »Hab vergessen, das Gewehr zu laden.«

»Was?«

»Schachtel steht zu Hause auf dem Tisch. Keine Patronen. Gewehr leer.« Er zuckte die Schultern.

Vom Sitzen auf dem kalten Boden war August ganz steif. Er griff sich das Gewehr, stand auf, nahm den Hirsch aufs Korn, der wurde langsamer, als spürte er, dass etwas nicht stimmte. »Bumm«, sagte August. Dann sprang der Hirsch davon, das Hinterteil mit dem weißen Wedel entfernte sich im Unterholz. Sein Vater lachte, und August half ihm auf die Beine. Er streckte sich und schüttelte die Beine aus. »Meine Schuld«, sagte er. »Anfängerfehler.«

»Nee, ist schon okay. Auch einfacher so. Wahrscheinlich hätte ich sowieso nicht getroffen.«

»Das werden wir jetzt nie erfahren. Verdammt schönes Tier, aber. Und, wie wär's jetzt mit Brunch?«

Als sie wieder zu Hause waren, zogen sie die Stiefel aus und hängten an der Tür die Jacken auf. Lisa war in der Küche, die blonden Haare hatte sie zum straffen Pferdeschwanz gebunden. Sie trug ein Sweatshirt der Detroit Lions und eine Männerhose von Carhartt. Sie drückte August. Sie roch nach Mehl und Zimt, aber auch nach Stall.

»Schön, dich zu sehen, August. Magst du Eggs Benedict?«, fragte sie.

August setzte sich. Der Fernseher lief, das Vorgeplänkel der NFL. In ein paar Stunden würden die Lions zur unausweichlichen Niederlage gegen die Bears antreten. Es war Thanksgiving. »Klar«, sagte er. »Eggs Benedict sind echt okay.«

Nach dem Essen machte August den Abwasch, während Lisa und sein Vater ins Wohnzimmer gingen. Er hörte sie reden, verstand aber nichts, nur den Tonfall, das gemäßigte Hin-und-Her. Lisa sagte etwas, sein Vater antwortete, dann schwiegen beide eine Weile. August wusste nicht, wovon sie sprachen, aber es klang nach einem Gespräch von zwei Leuten, die sich absolut einig waren. Oder, ebenso wahrscheinlich, von zwei Leuten bei einer müden Meinungsverschiedenheit. Bevor sie wieder zu ihrer Familie fuhr, drückte sie August noch einmal. »Du warst mal so groß wie ich«, sagte sie. »Und jetzt muss ich den Kopf in den Nacken legen, wenn ich dich anschauen will. Lass deinen Dad nicht die ganzen Zimtschnecken essen. Die habe ich für dich gebacken.«

Als sie weg war, brachte August den Müll raus und ging von der Tonne weiter zur Scheune. Er versuchte, sich in die Lage seines Vaters zu versetzen; Lisa und dann seine Mutter mit seinen Augen zu sehen. Bei Lisa konnte er sich gut vorstellen, wie sein Vater ihre starken, schrundigen Hände sah, die Carhartt-Hose, die sich über die kräftigen Oberschenkel spannte, eine Frühaufsteherin, rotgesichtig und angenehm. Aber seine Mutter blieb ein Wabern, eine heisere Stimme und ein trockenes Grinsen, ein rauchverhülltes Phantom. Er hatte keine Jacke angezogen und in der Kälte Gänsehaut bekommen. In der Scheune war es wärmer, aber leer und still, die Kühe waren alle auf der Weide. Er ging an der Reihe der Melkstände vorbei, ließ die Hände darüberfahren, die Holzstangen waren glattpoliert vom Reiben und Drücken zahlloser Rinderkörper, die das Saugen der Melkmaschine stumm ertrugen und sich nach ihrem Futter reckten.

Aus Gewohnheit schaltete er auf dem Weg zum Heuboden

im Vorbeigehen das Radio an. Es war immer noch das alte Sony-Ding voller Fliegenschiss mit der Antennenverlängerung, die sein Vater aus einem Kleiderbügel gebastelt hatte. Nach einer Werbung für Marvel Quality Used Cars meldete sich Paul Harveys Stimme.

An Thanksgiving scheint es besonders wichtig, all die guten Menschen zu ehren, die die reichen Gaben unseres großen Landes auf unseren Tisch bringen. Das hier ist ein Lob auf all die Farmer da draußen.

August stieg die Leiter hoch und steckte den Kopf auf den Heuboden. Lichtstrahlen schienen durch die Astlöcher und die Spalten zwischen den Brettern. In diesen hellen Streifen wirbelten Staub und Grannen. August setzte sich an die Kante des Lochs und ließ die Beine baumeln. Im lockeren Heu hinter ihm raschelte es weich, und eine graue Katze kam in sein Sichtfeld. Sie war groß, wahrscheinlich ein Kater, ein Ohr im Kampf gerissen. August schnalzte mit der Zunge, und das Tier kam heran, machte einen Buckel und rieb sich an seinem Stiefel.

Paul Harvey las seine »Und Gott schuf einen Farmer«-Rede. Jahre zuvor hatte August sie schon einmal gehört, und er wusste noch, dass er damals etwas gespürt hatte – ein Anschwellen wie beim »Star-Spangled Banner« kurz vor dem Anpfiff. *Ein Farmer*, sagte Paul Harvey, *ist jemand, der stark genug ist, um Bäume zu fällen. Der aber auch eine Stunde seinen Mäher ruhen lässt, um einem Lerchenstärling das gebrochene Bein zu schienen.*

August grunzte. »Gebrochenes Bein vom Lerchenstärling am Arsch«, sagte er. Auf Augusts Stimme hin spannte sich der Kater an und duckte sich leicht. Als August die Hand ausstreckte, sprang er davon, und unter den Pfoten stob das Heu auf. August stieg wieder runter in den Stall und blieb noch eine Weile mit den Armen vor der Brust verschränkt stehen, bis Paul Harvey fertig war, und schaltete dann das Radio aus.

August fragte sich, was seine Mutter von diesem leutseligen Monolog gehalten hätte. Er malte sich ein Gespräch zwischen ihr und Paul Harvey aus. Wie sich ihre Augen zu Schlitzen schmälerten, sie leise hustete und etwas Rauch ausblies, bevor sie Kleinholz aus ihm machte. Er konnte sich gut vorstellen, wie Paul Harveys wässrige Altmänneraugen sich erst vor Verwirrung trübten und schließlich offene Angst zeigten. Es wäre nicht fair gewesen.

Beim Gehen knipste August das Licht aus und schloss die große Flügeltür hinter sich. Er ging zurück zum Haus. Als er im Schmutzraum die Stiefel ausgezogen hatte, griff er in die Tasche der neonorangefarbenen Jagdweste seines Vaters. Dort steckte ein halbes Dutzend Messingpatronen mit länglicher Spitze, die ihm kühl und schwer in der Hand lagen. Sie waren die ganze Zeit dabei gewesen. August hatte schon gemeint, dass er sie mit den Schritten seines Vaters leise hatte klimpern hören.

Er hatte Montana im Spätherbst verlassen, und als er kaum eine Woche später zurückkam, war es scheinbar tiefer Winter. Es hatte einen Sturm gegeben. Die Stadt lag unter einem dichten Schleier weißgrauem Schornsteinrauch in einer niedrigen Inversionswolke. August ging wieder zur Schule, fand gerade seinen Rhythmus, dann kamen schon wieder die Weihnachtsferien und seine Tage waren wieder leer. Seine Mutter brachte ihm ein Paar Langlaufski mit, und als der Schnee immer höher lag, unternahm er damit stille Touren durch die Stadt. Er fuhr abends raus, wenn es schon um fünf dunkel war, die Straßenlaternen orangefarben glommen und der Schnee umherblies wie Fernsehrauschen. Es gefiel ihm, wenn er frische Spuren mitten auf der Straße zog, als gehörte ihm hier alles, als wäre er der einzige Bewohner eines Universums, in dem die Autos nicht mehr Vorfahrt hatten.

—

Ethan hatte sein Haus erst zur Hälfte verkleidet, als die Stürme kamen. Das Licht brannte selten, und Ethan selbst sah August fast gar nicht mehr. Irgendwann Ende Februar steckte auf einmal ein Zu-verkaufen-Schild im dreckigen Schneehaufen in Ethans Vorgarten. Da war der Wind schon stärker geworden und riss nun an der halbfertigen Verkleidung, löste die Paneele, die sich bogen, absackten und schließlich ganz abfielen, warf auch das Zu-verkaufen-Schild um, das nie wieder aufgestellt wurde.

Einmal sperrte die Polizei den Highway und leitete den Verkehr durch die Stadt um, als ein Lastwagen umgekippt war und ein Auto zerdrückt hatte. August hatte nicht gewusst, dass es so einen windigen Ort geben konnte, oder vielleicht eher, dass es an so einem windigen Ort Menschen geben konnte.

Schließlich kam doch der Frühling, eine ausgedehnte Matschzeit, in der alle in Gummistiefeln herumstapften und das Gesicht dankbar der Sonne entgegenreckten, wenn sie sich mal zeigte. Ende Mai endete das Schuljahr, und kurz darauf flog August zurück, um den Sommer bei seinem Vater auf der Farm zu verbringen.

Als August am ersten Morgen nach unten kam, roch es nach Kaffee, der Speck brutzelte in der Pfanne, und sein Vater knetete mit mehlweißen Händen Brötchenteig. Der Fernseher lief ohne Ton, und die Wetterfrau führte ihren stummen meteorologischen Tanz auf. Als sie ihre Sandwiches mit Ei, Käse und Speck gegessen hatten, erwartete August, dass sie zur Arbeit in den Stall gehen würden, aber zu seiner Überraschung brühte sein Vater noch eine Kanne Kaffee auf und sank wieder auf seinen Stuhl. »Wie gefällt's dir zu Hause?«, fragte sein Vater.

August fegte sich die Krümel von der Tischdecke in die Hand und streute sie auf seinen Teller. Er zuckte die Schultern. »Gut. Ich wusste ja gar nicht, dass du solche Brötchen backen kannst?«

Sein Vater lachte. »Habe ich dir noch nie von meinem ersten Job erzählt? Nicht? Da war ich so alt wie du, vielleicht ein bisschen jünger. Mein Onkel hatte oben bei Kalkaska ein Holzfällerlager, und ich war noch zu jung, um richtig mit raus in den Wald zu gehen, also habe ich dem Koch geholfen. Wayne hieß der. Der einzige Kerl, den ich je kennengelernt habe, der Haare auf der Nase hatte. Nicht bloß in den Nasenlöchern. Hier, oben auf dem Nasenrücken. So haarig war der. Sizilianer, glaube ich. Einer, der schon zum Frühstück Wodka-O trinkt. Konnte aber die besten Brötchen backen, die ich je gegessen habe, und hat mir auch seinen Trick gezeigt.«

»Was ist denn der Trick?«

»Kalte Butter. Kleine Stückchen, und nicht ganz glattrühren. Die Butter muss wirklich eiskalt sein. Dann kriegt man diese schön flockige Textur hin. Der alte Wayne. An den hab ich schon lange nicht mehr gedacht. Mein Onkel hat das Lager dann schließen müssen. In deinem Alter wollte ich nichts mehr als mit raus zum Fällen, aber als ich dran gewesen wäre, war es schon wieder vorbei. Und wo wir gerade bei Jobs sind, hätte ich ein Angebot für dich. Du bist ja jetzt in einem Alter, wo du ein bisschen Geld gut gebrauchen kannst. Für Sprit und Hamburger. Ich würde dich gerne für den Sommer anstellen. Ich bezahle dich pro Stunde, sechs Dollar fünfzig, bar auf die Hand. Ein Dollar über Mindestlohn, und Uncle Sam muss ja nichts davon wissen. Was sagst du?«

»Spritgeld?«, fragte August. »Ich hab doch gar kein Auto.«

Sein Vater trank seinen Kaffee aus und stellte den Becher in die Spüle. Er stand mit dem Rücken zu ihm, aber August merkte, dass er insgeheim grinste. »Jetzt versorgen wir erst mal die Tiere, um die Einzelheiten kümmern wir uns später.«

Als die Kühe gemolken und wieder auf die Weide gejagt worden waren, die Scheiße vom Stallboden gekratzt und durchgefegt worden war, sagte Augusts Vater: »Jetzt gehen wir mal in die Maschinenhalle, ich will dir was zeigen.« Er schob das große Tor auf, machte die Deckenlampen an, trat zur Seite und öffnete die Arme. »Überraschung«, sagte er. »Schön ist er vielleicht nicht gerade, aber der Motor ist überholt, und er läuft wie eine Eins.«

Es war ein kleiner Pick-up, ein Ford Ranger, bestimmt zehn Jahre alt, weiß mit braunen Rostflecken. »Frische Reifen hat er auch«, sagte sein Vater. »Die alten waren ziemlich runter, da habe ich lieber in ein paar neue investiert. Was sagst du?«

»Im Ernst?«, fragte August. »Für mich?«

»Ist deiner. Habe ihn bloß auf meinen Namen versichert, das ist billiger, als wenn du das selber machst. Die ersten sechs Monate habe ich bezahlt. Ich sag dir dann Bescheid, was der Rest vom Jahr kostet, das kannst du mir dann ja zurückgeben. Deine Mutter hat mir erzählt, du hast im Frühjahr den Führerschein gemacht. Ein Kerl in deinem Alter braucht im Sommer ein Auto, das gehört dazu. Da habe ich mir gedacht, entweder ich leihe dir meinen Wagen, oder ich besorge dir einen eigenen, dann sparen wir uns auch eine Menge Ärger.«

Anfang Juli, die Fenster runter, auf kaputten Stoßdämpfern über die Waschbrettpisten rattern. Maisfelder, die kniehohen Pflanzen streckten die Blätter von sich, ihr feuchter Geruch in der Abendluft. Wenn August abends mit der Arbeit fertig war, fuhr er über Schleichwege in den Ort. Sein Vater hatte ihn noch gerne zum Abendessen da, aber am Wochenende verabschiedete er sich vorher, und das verstand er sicher. »Die Hosentaschen voll Geld und ein fahrbarer Untersatz«, sagte sein Vater. »Das waren Zeiten. Mach dich vom Acker und pass auf dich auf!«

Viel gab es nicht zu unternehmen. August war seit drei Jahren weg, lang genug, um selbst zu verstehen, dass er nicht mehr so recht dazugehörte. Er war gegangen, bevor aus Kinderfreundschaften etwas fürs Leben wurde. Er traf alte Bekannte, Leute, mit denen er zur Schule gegangen war. *Ach hey, Augie,* sagten sie. *Bist du mal wieder zu Besuch? Wo wohnst du jetzt noch mal, in Colorado?* Weil er gegangen war – die Berge gesehen hatte, die Bären, die durch die Stadt schlurften, und die Schneewehen bis an die Regenrinnen –, fühlte August sich insgeheim überlegen. Die Leute redeten hier, als hätten sie Schnupfen, eintönig und nasal – selbst sein Vater. Wenn er den jetzt sprechen hörte, klang es seltsam und falsch. Die Bäume drängten heran, und das Dunkelgrün des Waldes erstickte die Straßenränder. Hier herrschte tiefe Flachheit, und die Menschen waren nicht mit der Sehnsucht nach Aussicht aufgewachsen. August wurde klar, dass eine Landschaft die eigenen Hoffnungen und Erwartungen an das Leben formen konnte. Entlang der Schleichwege gab es hier und da klapprige Bungalows zwischen den verwilderten Feldern, überwucherte Auffahrten, Plastikpools, kaputte Trampoline, die in der Sonne die Farbe verloren. All das sah August wie zum ersten Mal.

Freitags und samstags ging er meistens ins Moe-Z-Inn, holte sich einen Burger und eine Cola und setzte sich hinten auf die Terrasse am Morley Pond, einem aufgestauten Stück vom Little Muskegon River. Jetzt im Frühsommer erstickte der Teich schon an der Algenblüte. Als Minderjähriger durfte August bis acht Uhr bleiben. Meistens reizte er es aus, bis der Laden sich vom Restaurant zur Bar verwandelte, und eine andere Kundschaft hereinkam, Typen, die er mehr oder weniger erkannte, weil sie in der Schule ein paar Jahrgänge über ihm gewesen waren. Größtenteils Bauarbeiter, noch in Stiefeln und Jeans, ärmellosen Shirts und hochgeschobenen Sonnenbrillen. Sie drängten sich an die Bar, redeten laut und ließen die Jukebox mit Guns N' Roses und Mötley Crüe warmlaufen. Dann kamen ihre Freundinnen dazu – Sommerkleider und toupierte Haare, bauchfreie Tops und gepiercte Bauchnabel, Tribal Tattoos quer über den unteren Rücken. August saß im Schatten der Terrasse, nuckelte an seiner Cola und knabberte an den Pommes. Manchmal dachte er, dass er wahrscheinlich auch einfach bleiben könnte – niemand machte je Anstalten, ihn rauszuwerfen –, aber er ließ es nie darauf ankommen. Wenn es Zeit war, legte er sein Geld hin, ging wieder durch die Bar, schwang sich in seinen Pick-up und fuhr langsam über die Schleichwege zurück zur Farm, denn er wollte eigentlich noch nicht nach Hause, wusste aber nicht, was er sonst hätte anstellen können.

Lisa war nur am Wochenende da. Sie ließ sich über den Sommer an der Central Michigan University zur Tierarzthelferin ausbilden. Sie kam immer freitagabends mit den Lebensmitteleinkäufen und einem Rucksack voller Lehrbücher. Sie sah älter aus, fand August. Das Gesicht war nicht mehr so rund. Einmal ging er auf der Suche nach Zahnpasta in das Bad seines Vaters und sah eine Reihe ihrer frisch gewaschenen BHs und Höschen von der Duschvorhangstange hängen wie Tropenfrüchte. Manchmal schloss sich am Wochenende mittags nach der Arbeit die Schlafzimmertür der beiden, und das Haus hüllte sich in schwere Stille. August hörte nie etwas. Überhaupt nichts. Und in dieser Geräuschlosigkeit konnte er sich alles allzu leicht in brennender Schärfe ausmalen, bis er wegmusste, die Tür hinter sich zuschlug, mit dem Pick-up raus zum Brockway Lake fuhr, vom Steg sprang, sich durch die Temperaturgrenze auf den kalten Grundschlamm sinken ließ und die Luft anhielt, bis seine Lunge schrie.

Unter der Woche war er mit seinem Vater allein. Der immer gleiche Kreislauf der Arbeit. Die Kühe so zugeschissen und dumm wie immer. Sie bekamen eine Ladung Heu geliefert und sein Vater schickte die Ballen mit dem Förderband nach oben, wo August sie stapelte. Auf dem Heuboden war es heiß, die Grannen klebten ihm im schweißnassen Gesicht, die nackten Arme juckten. Das dauerte fast den ganzen Nachmittag, und als sie endlich fertig waren, standen die Ballen bis hoch ins Gebälk. Sie aßen Brathähnchen von der Feinkosttheke bei Town and Country und tranken auf der Veranda Eistee mit Zitronenspalten, während der Abend endlich kühler wurde. Sein Vater schaltete das Radio ein, als das Spiel kam. Die Glühwürmchen erhoben sich blinkend aus dem dunklen Rasen, seltsame Konstellationen, die auseinanderschwebten und sich neu formierten.

»Die gibt's bei uns in Montana nicht«, sagte August. »Hab ich da zumindest noch nie gesehen.«

»Ach?«, sagte sein Vater. »Schade. Wär für mich kein richtiger Sommer, ohne Glühwürmchen. Und ohne Baseball. Gibt doch keinen richtigen Verein in Montana, oder? Könntest dir vielleicht ein College-Team suchen oder so. Wo wir gerade dabei sind – ich hätte dich diese Saison wirklich gerne spielen sehen. Nächstes Jahr erste Mannschaft, oder?«

August nickte.

Sein Vater pfiff durch die Zähne. »Ich bin ja schon immer eher der Baseball-Typ, aber natürlich hat auch Football seinen Reiz.«

August rieb sich die Innenseiten der Arme. Das Jucken vom Heu hatte sich selbst nach der kalten Dusche nicht gelegt.

»Würde dich wirklich gerne mal spielen sehen«, sagte sein Vater. »Ich schau mal, ob ich es nächstes Jahr nicht mal zu einem Spiel rüberschaffe. Deine Mom wundert sich anscheinend, wie du dich dafür begeisterst. Sie hat wohl so ihre Vorstellungen von dir, und zu denen passt Football nicht so recht.«

»Sie ist zu jedem Spiel gekommen. Selbst zu dem gegen Havre. Das waren sechs Stunden Fahrt.«

»Deine Mutter kann sich durchaus für einen starkmachen. Auch wenn ich manchmal meine, sie gibt sich bloß interessiert, damit sie später umso besser informiert über einen richten kann.«

»Sie hat sich einen Overall gekauft. Ich glaube, es gefällt ihr wirklich.«

Sein Vater lachte und wippte mit dem Stuhl. »Kann sein«, sagte er. »Ist gut möglich. Erste Mannschaft«, wiederholte er, pfiff noch einmal und schüttelte den Kopf. »Pass bloß auf, dass sie dich nicht auch noch zum Homecoming King wählen. Nicht dass du deinen Höhepunkt zu früh hast.«

Hin und wieder rief seine Mutter ihn an. Das Quäken des alten Küchentelefons, das Kabel langgezogen, damit er sich an den Tisch setzen konnte. »Ich komme mir wieder ein bisschen vor wie eine Jugendliche«, sagte sie.

»Wieso das denn?«

»Ich muss meinen ganzen Mut zusammennehmen, um einen Jungen anzurufen, der vielleicht gar nicht mit mir reden will. Du könntest dich ruhig ab und zu mal bei deiner Mutter melden, weißt du? Ich sollte mir nicht vorkommen, als würde ich meinem eigenen Sohn den Hof machen.«

»Sei nicht so komisch, Mom. Ich hab eben viel zu tun.«

»Was denn?«

»Nichts Spannendes. Arbeit. Heu. Baseball-Hören mit Dad. Durch die Gegend fahren.«

»Du fährst aber hoffentlich nicht wie ein Bekloppter, oder?«

»Nein. Was machst du so?« Am anderen Ende blieb es kurz still, dann lachte seine Mutter. »Das Wetter ist wunderschön hier«, sagte sie. »Ich wollte schon lange mal ein paar Blumen in das kleine Hochbeet neben dem Haus pflanzen. Kaffee auf der Veranda, wirklich schön. Heute Morgen habe ich fünf Runden Patience gespielt und einen Pakt mit mir geschlossen: Wenn ich auch nur ein einziges Spiel gewinne, ohne zu schummeln, dann werde ich wahrscheinlich nicht alleine sterben.«

August verdrehte das Kabel und schaute aus dem Küchenfenster. Er sah seinen Pick-up auf der Auffahrt stehen. Der Schlüssel lag im Getränkehalter. Er konnte in den Ort fahren, sich einen großen Becher Cola holen, dann weiter zum Brockway Lake, zum Badeponton rausschwimmen und auf den Brettern liegen, bis er trocken und durchgewärmt war, bevor er zurückschwamm. »Und, hast du gewonnen?«, fragte er.

»Dreimal. Aber ich habe jedes Mal ein bisschen geschummelt. Ich freue mich schon darauf, wenn du wiederkommst, Augie.«

Anfang August war Lisa mit ihren Kursen durch und deshalb auch unter der Woche oft auf der Farm. Sie blieb fast immer über Nacht, und am Morgen stapfte sie mit abgeschnittenen Jeans und einem weißen T-Shirt seines Vaters plattfüßig in der Küche herum. Nachmittags lag sie manchmal im Bikini und mit einer Flasche Babyöl bei laufendem Radio hinten auf der Veranda. Er hatte sie sich nie als eine Frau vorgestellt, die einen Bikini besaß. Aber da lag sie nun ausgestreckt auf einem Handtuch, blätterte in einer Zeitschrift, glänzte vor Öl, blasse Haut, die nie richtig braun wurde, die großen, blauadrigen Brüste schwer an die Seiten gesackt.

August schlief nun lieber im alten Haus. Er sagte seinem Vater, da sei es abends kühler. Sein Vater sah ihn an und zog die Augenbrauen hoch. »Wir haben im neuen Haus doch die Klimaanlage«, sagte er. »Du kannst mir doch nicht erzählen, dass es in der alten Bruchbude kühler ist.«

August zuckte die Schultern. »Kommt mir so vor.«

Sein Vater sah ihm über die Schulter zum alten Haus, und seine Augen wurden schmal. »Wenn wir im Winter mal genug Schnee haben, fackle ich die Bude ab«, sagte er. »Ich hole mir die Genehmigung von der Feuerwehr. Kerosin auf den Teppich. Kerosin auf die Gardinen. Und dann nur noch ein kleines Streichholz. Hinterher miete ich einen Bulldozer, dann pflüge ich das Fundament um und pflanze auf der Asche Silomais an.«

Einsam einen Kaffee im Morgengrauen vor der Arbeit. Das gefiel August. Sein Vater war von Natur aus Frühaufsteher und war im neuen Haus schon beim Frühstück aufgekratzt und laut. Er ärgerte Lisa und riss Witze auf Augusts Kosten, bevor er überhaupt wach genug war, um sich zu wehren. Im alten Haus ließ August es langsam angehen, machte sich sein Frühstück, wie er es mochte, das Eigelb fest, der Toast nicht zu knusprig. Meistens hatte er das Radio laufen, NPR aus Grand Rapids, *Morning Edition.* Auf die Nachrichten selbst achtete er nicht allzu sehr, aber das dumpfe Gemurmel war heimelig. Gleich hinterher spülte er ab. Wischte die Arbeitsoberflächen sauber. Schaltete die Kaffeemaschine aus. Diese Art zu leben, ein ganzes Haus für sich selbst, das kam ihm vor wie etwas, wonach er sich immer schon gesehnt hatte, ohne es zu wissen. Er konnte sich absolut nicht vorstellen, warum sich seine Mutter auch nur eine Sekunde darüber Sorgen machte, ob sie womöglich alleine bleiben würde. Sein Lieblingsfrühstück und niemand, mit dem er reden musste, bevor er nicht bereit war. Erwachsen sein hieß, niemanden ertragen zu müssen, dessen Gegenwart er sich nicht ausgesucht hatte. Er sah es kommen und war bereit.

Eine stete Abfolge langer Sommertage. Bald würde das Football-Training wieder anfangen, und sein Rückflug rückte immer näher. Eines Abends stand er nach dem Essen zum Abwaschen auf. »Ich hab mir gedacht, vielleicht fahre ich einfach mit dem Pick-up zurück nach Montana«, sagte er. Sein Vater saß mit dem Scheckbuch am Tisch und bezahlte Rechnungen. Er klopfte ein paarmal mit dem Stift auf den Tisch und schüttelte den Kopf. »Lieber nicht«, sagte er. »Wir haben dir schon das Ticket für Hin- und Rückflug gekauft. Außerdem ist das doch ein bisschen weit für die alte Karre.«

August spülte die Teller und steckte sie auf das Abtropfgestell. »Der Motor ist doch überholt. Läuft wie eine Eins. Neue Reifen. Hast du doch selber gesagt.«

»Das ist zu weit. Das ist ein Wagen zum Auf-dem-Land-Herumfahren, nicht zum Quer-durchs-Land-Fahren. Du fliegst. Der Pick-up bleibt hier.«

August ließ das Wasser ablaufen. Er wischte sich die Hände am Handtuch ab. »Warum schenkst du mir dann überhaupt einen Wagen, wenn ich damit nicht hinfahren darf, wo ich will?«

»Tja, Junge, ich sag's dir nur ungern, aber wenn du hier wohnen würdest, könntest du damit herumfahren, so viel du willst.«

August hängte das Handtuch vorsichtig an den Haken über der Spüle. Beim Rausgehen schlug er die Haustür so laut zu, wie er konnte. Er hörte seinen Vater irgendetwas brüllen, aber er stapfte schon barfuß durch das taunasse Gras zum alten Haus.

Später legte August den Pick-up-Schlüssel im neuen Haus auf den Küchentresen und rührte ihn die letzten Tage seines Besuchs nicht mehr an. Am Morgen der Abreise gaben sie sich am Flughafen wortlos die Hand. August schulterte seine Tasche und ging ins Terminal.

—

Schwindende Sommertage. Die Berghänge braungebrannt, nur bescheidene Schneereste an den schattigen Felsrinnen der Beartooth Mountains. Sie machten eine Woche kontaktloses Konditionstraining – endlose Runden um das Baseball-Infield, Dehnen und Übungen auf dem steinchenübersäten Trainingsplatz, Coach Zwicky, der willkürlich und wütend in die Trillerpfeife blies. Als August es kaum noch ertrug, legten sie endlich ihre Schutzausrüstung an und machten ihr erstes Vollkontakt-Training, und die folgende Woche tacklete August so hart, dass er es noch im Schlaf nachhallen spürte. Er hatte Beulen auf den Unterarmen, wo er sie gegen die Facemasks gerammt hatte. Wo sein Kinnriemen scheuerte, bekam er schmerzhafte Mitesser. Dann fing die Schule wieder an, und er war die ganze Zeit müde, sodass er gemächlich von Klassenraum zu Klassenraum schlurfte und sich behutsam setzte oder wieder erhob.

Die Mädchen waren auf einmal scheinbar alle gleichzeitig schön geworden. Sommerbräune und die Kleiderordnung aufs Äußerste gedehnt. Parfümiert und lachend flanierten sie in Grüppchen über die Gänge und warfen sich das Haar aus den Augen. August ging zum Unterricht, zum Training, machte Hausaufgaben. Jeden Abend duschte er lang und heiß, lehnte sich mit dem Rücken an die Kacheln, und all die Mädchen aus der Schule zogen wie eine Prozession vor seinen geschlossenen Augen vorüber. Manchmal war auch Lisa dabei. Julie. Auch gesichtslose Frauen, die er nicht kannte. Was durch den Abfluss strudelte, sah immer mehr nach Verzweiflung aus. Bevor er rausstieg, drehte er das Wasser so kalt wie möglich und blieb so lange darunter stehen, wie er es aushielt.

Seine Mutter kaufte ihm einen gebrauchten Subaru-Kombi, und auch wenn er dankbar war, vermisste er doch seinen Pick-up, so rostig er auch war. Nach den Spielen gab es Lagerfeuer auf Forstwegen; die Jungs ließen sich von älteren Geschwistern Bier besorgen oder plünderten den Schnapsschrank der Eltern. Manchmal kamen die Bullen, und alle stoben auseinander wie Wachteln.

Beim Homecoming-Spiel gegen Townsend wurde August so hart von deren kanonenkugelförmigem Fullback getackelt, dass er einen Augenblick seinen Körper verließ, ein Helm-auf-Helm-Zusammenstoß, bei dem am Rand alles schwarz wurde, bei dem etwas aus ihm aufstieg und sich auf allen vieren sah, wo ihm nach dem Pfiff der Kiefer runterhing und am Ende eines Spuckefadens sein Mundschutz im Gras lag, er aufstehen wollte, die Gummibeine aber nachgaben. Ein paar der anderen halfen ihm an die Seitenlinie, und im letzten Quarter spielte er wieder. Erzielte wohl selbst ein paar Tackles, einen Tackle for Loss, konnte sich hinterher aber nicht mehr an viel erinnern. Alles war etwas schleierhaft, bis er auf der Heimfahrt im Bus langsam wieder aus dem Nebel kam.

In dem Jahr schafften sie es in die Playoffs, verloren aber in der ersten Runde gegen Browning – Blackfeet-Jungs, manche schon mit Tattoos, vielen kamen die langen, schwarzen Haare unter dem Helm hervor. Nach dem zweiten Snap verstand August, dass zwar alle nach denselben Regeln spielten, dass für die andere Mannschaft aber etwas auf dem Spiel stand, das er nicht ganz begriff. Unten im Pile flogen die Ellenbogen, stachen Finger durch Facemasks nach Augen; nach jedem Down wurde herumgeschubst. Sie hatten einen langgliedrigen Halfback, der über hundert Yards rannte. Nach dem Spiel verzichteten die beiden Coaches auf das übliche Händeschütteln, weil sie Blut fürchteten.

Dann war die Saison vorbei, aber das machte August nichts aus. Er hatte immer wieder Kopfschmerzen bekommen. Dumpfes Gewummer hinter den Augen. Seiner Mutter sagte er nichts, und als es Winter wurde, ließen sie nach, und es ging ihm wieder gut.

—

An Weihnachten rief August seinen Vater an.

»Frohe Weihnachten, Dad«, sagte er. »Danke für die Karte und den Scheck. Hab mich gefreut.«

»Ach, gerne. Hab mir gedacht, du kannst das Geld bestimmt gebrauchen.«

»Mit einem Teil davon hole ich mir eine neue Windschutzscheibe für meinen Pick-up. Neulich war ich hinter einem Schneepflug, und der hat einen Stein aufgewirbelt. Ich habe einen Riesenriss drin.«

»Pick-up? Was ist denn mit dem Subaru?«

»Hab ich verkauft. Die Straße runter wollte einer seinen F-150 loswerden. Also habe ich den Subaru verkauft, den Pick-up genommen und hatte am Ende noch was über.«

»Was hat denn deine Mom dazu gesagt?«

»Sie hat gesagt, der Subaru war ein Geschenk, und ich kann damit machen, was ich will. Gefreut hat sie sich natürlich nicht, aber sie hat gesagt, es ist meine Entscheidung.«

»Tatsächlich.«

»Der Pick-up ist ein bisschen neuer als der Ranger, den du mir gekauft hast. Auch kein Rost dran. Hier streuen sie nicht mit Salz, nur mit Sand. Deshalb sind die alten Autos in Michigan ja alle so rostig, wegen dem Salz. Hier draußen sehen die alten Autos manchmal noch richtig gut aus.«

»Interessant. Das wusste ich gar nicht. Schade, dass du über Thanksgiving nicht kommen konntest. Wir waren dieses Jahr gar nicht jagen.«

»Hast du mal wieder einen schönen Hirsch gesehen?«

»Leider nicht. Den Achtender haben sich wohl die Amish geholt. Der ist seit letztem Jahr verschwunden. Allerlei Weibchen und ein paar jüngere Hirsche. Ich hatte nicht so recht Zeit, mich in den Ansitz zu hocken. Und blöderweise hat es auch nicht geklappt, dass ich rüberkomme, um dich spielen zu sehen. Hört sich an, als hättet ihr eine tolle Saison gespielt. Bist in die Landesauswahl gewählt worden, was? Großartig!«

»War okay. Gegen Browning haben wir heftig verloren, die sind dann Meister geworden. Da hatten wir keine Chance. Was machst du heute? Liegt bei euch Schnee?«

»Wir hatten schon Schnee, aber der ist schon wieder geschmolzen. Braune Weihnachten dieses Jahr. Ich gammle nur ein bisschen herum. Heute Abend kommt Lisa zum Essen. Nichts Spannendes. Vielleicht schaue ich bald schon mal nach Flugtickets für dich. Du hast doch immer noch vor, im Sommer zu kommen, oder? Ich könnte deine Hilfe gebrauchen. Müsste auch eine Gehaltserhöhung drin sein, würde ich sagen. Sieben fünfzig. Passt das?«

Es spuckte Schnee. August lag auf dem Sofa und sah zwei Häher, die sich um den Talg im Futterspender stritten. Seine Mutter war in der Küche und pfiff schief mit einem Mannheim-Steamroller-Album mit. »Klar«, sagte August schließlich. »Ich komme. Sieben fünfzig geht in Ordnung.«

»Super. Ich freue mich auf dich. Hab neulich bei deinem Pick-up das Öl gewechselt. Eine kleine Runde gedreht. Läuft wie eine Eins.«

—

Im Frühling schrieb August den SAT-Test und schnitt ganz ordentlich ab. Es dauerte nicht lange, bis die College-Broschüren den Briefkasten überfluteten. Er selbst überflog sie nur kurz, aber als er eines Morgens vor der Schule nach unten kam, blätterte seine Mutter beim Kaffee den ganzen Stapel durch. »Oh, guck mal hier, die St. Lawrence University im nördlichen Staat New York; sieht wunderschön aus. Oder wie wäre es mit der University of California in Santa Cruz? Mitten in den Redwood-Wäldern, und vielleicht könntest du da auch surfen lernen. Ach guck, hier haben wir Dartmouth, schick, schick, ich meine, Ivy League, Augie, wäre das nicht was?«

»Bloß weil die mir eine Broschüre schicken, heißt das noch

lange nicht, dass sie mich wirklich annehmen. Surfen«, er schüttelte den Kopf. »Ich weiß ja nicht.«

»Diesen Sommer müssen wir uns unbedingt mal ein, zwei Unis ansehen fahren. Man bekommt da nie so recht ein Gefühl dafür, wenn man nicht einmal selbst über den Campus spaziert, sich umschaut, ein paar Studenten kennenlernt. Das macht sicher Spaß.«

August stand an der Spüle und schüttete sich Cornflakes in eine Schale. »Ich hab Dad versprochen, dass ich im Sommer wieder bei ihm arbeite«, sagte er. Er holte sich Milch aus dem Kühlschrank und schaute seine Mutter nicht an. Sie schwieg, und er wusste auch so, wie ihr Gesicht gerade aussah: der Kiefer angespannt, die Augen schmal. Mit dem Rücken zu ihr fing er an zu essen, aber er spürte ihr Starren.

»Was?«, fragte er. »Ich hab ihm gesagt, ich komme wieder helfen, und er zählt auf mich. Da kann ich doch nicht in letzter Sekunde abspringen.«

Seine Mutter stand auf und stellte sich neben ihn. Sie stellte ihren Becher in die Spüle, und er roch den Kaffee in ihrem Atem und den Rauch ihres Morgenzigarillos in den Haaren. »Dein Vater braucht deine Hilfe in dem gottverdammten Stall nicht«, sagte sie. »Er braucht dich da, weil er dann so tun kann, als hätte er nicht sein ganzes Leben verbummelt. Ich fahre jetzt zur Arbeit, aber darüber reden wir noch.«

Es gab noch viele Gespräche. Streitereien. Lange Zeiten, in denen seine Mutter und er kaum ein Wort wechselten. Und am Ende kam noch ein schwüler, grüner Sommer in Michigan. Ein Sommer langsam angehäufter Sieben-Dollarfünfzig-Stunden und frischgezapfter Becher Cola. Dröhnende Zikaden in den Pappeln, klebrige Nächte bei offenen Fenstern, Hitzegewitter-Blitze, die Risse durch die schwarze Eierschale des Himmels zogen. All die Mädchen im Ort, aber keins seins. Mistgestank, Heujucken, die harte Kante zwischen braun und weiß, wo seine kurzen Ärmel aufhörten. Baseball und Eistee. Sein Vater und Lisa stritten sich jetzt manchmal, sie hatten wohl eine neue Phase ihrer Beziehung erreicht. Manchmal hatte sie den Mund schmal zusammengepresst, wenn sie Abendessen kochte und Pfannen auf die Brenner knallte. Uni-Besichtigungen gab es keine.

Am Tag seiner Abreise schüttelte ihm sein Vater die Hand und hievte seine Tasche hinten aus dem Pick-up. »Danke für die Hilfe diesen Sommer. Ohne dich hätte ich das alles nicht geschafft. Letzte Klasse Highschool«, sagte er und pfiff leise. »Kaum zu glauben. Genieß die Zeit. Und nächsten Sommer bringen wir dich dann im etwas festeren Rahmen an Bord. Kein Stundenlohn mehr. Ich stelle mir da eher eine Partnerschaft vor, eine Gewinnbeteiligung – was hältst du davon?«

August schulterte seine Tasche und beobachtete hinter der Schulter seines Vaters einen Jet, der den Runway entlangfuhr.

»Klingt gut«, sagte er. »Ja, vielleicht. Wir schauen mal, wie es kommt.«

Als er wieder in Montana war, sagte er seiner Mutter, er wolle sich für nächstes Jahr an der Montana State University in Bozeman bewerben. Das habe er sich im Sommer überlegt. Er könne da ein gutes Stipendium bekommen und wolle sich nicht verschulden. Sie erwiderte, dass sie seinen Entschluss respektiere. »Die MSU ist wirklich keine schlechte Uni, und du bist in der Nähe, das ist doch toll. Es ist immer schön, wenn du bei mir bist.«

—

Gaskills Vater hatte ein Floß, und am letzten Wochenende vor Schulanfang wollten ein paar der Jungs darauf übernachten. Eigentlich sollten Ramsay, Gaskill, Veldtkamp und Richards mitkommen, aber dann starb Richards' Großmutter bei einem Autounfall im Gallatin Canyon, und er musste zur Beerdigung. Da jetzt ein Platz frei war, luden sie August ein.

Sie legten am frühen Nachmittag unter der Eisenbahnbrücke östlich der Stadt ab. Es war ein heißer Tag, also kletterten sie vorher noch einmal hinauf, um in den Fluss zu springen. Auf halbem Weg die Böschung hoch drehte Veldtkamp um und lief zurück zum Floß. Als er wiederkam, hatte er die Hände voller Coors-Light-Dosen. Sie standen barfuß auf den Schienen am Rand der rostigen Brücke. Veldtkamp stach mit dem Taschenmesser Löcher in die Dosen, und ein goldener Nebel sprühte ihnen über Arme und Brust. Er gab die Dosen aus und erhob seine dann vor Ramsay. »Auf Private First Class Ramsay. Auf Mon-fucking-tana. Und auf die Liebe. Lieber rein, lieber raus, darf's nicht rein, spritzt du's drauf. Prost, Jungs.« Sie legten den Kopf in den Nacken, knickten die Lasche und exten das Bier, dann ließen sie einen Rülpschor los, hechteten von der Brücke, tauchten in einer Zickzacklinie ins Wasser ein und kamen spritzend und johlend wieder hoch. Sie schwammen zum Floß, stießen es vom Ufer ab, und die Fahrt ging los.

Der Fluss war hier breit, langsam, auf Hochsommer-Tiefstand mit neongrünem Algenfell auf den Felsen. Sie zogen träge Kreise in der Mitte der Strömung; ab und zu griff einer zum Paddel und stellte Distanz zum Ufer her. Sie tranken Bier, ließen sich vom Floßrand hängen und die Gliedmaßen treiben, um sich abzukühlen.

»Zu schade, dass der alte Richards es nicht geschafft hat«,

sagte Veldtkamp. »Also, ich hab dich ja gerne dabei, Augie, aber Richards ist echt ein witziger Drecksack. Der könnte Stand-up machen.«

»Blöd, das mit seiner Oma«, sagte Ramsay. Er hatte helle Haut und weißblonde Haare. Er hatte sich in dicken Flecken Zinksonnencreme auf die Wangen geschmiert. Er war älter als die anderen und hatte sich nach dem Highschool-Abschluss im Jahr davor zur National Guard gemeldet. Er war eine Weile wieder zu Besuch aus Fort Benning, und in weniger als einer Woche sollte er in den Auslandseinsatz.

»Ich hab gehört, ein Besoffener hat sie abgedrängt«, sagte Gaskill.

»Nee«, widersprach Ramsay. »Ich habe mit Richards gesprochen. Er sagt, seine Oma war Epileptikerin, und sie hatte während der Fahrt einen Anfall. Davon gehen sie zumindest aus.« Er schwieg einen Moment, dann räusperte er sich. »Wenn das doch nur meiner Oma mal passieren würde.«

»Oh, Mann!«, sagte Veldtkamp und verdrehte die Augen.

Gaskill schaute demonstrativ weg und kratzte sich im Nacken.

»Was?«, fragte Ramsay, und seine Augen zuckten zwischen ihnen hin und her. »Was? Meine Oma ist ne Drecksfotze und hat den Tod verdient. Sie ist der Hauptgrund dafür, dass meine Mom so fertig ist, und jeder, der solche Sachen macht wie die mit mir und meinen Brüdern, gehört weggesperrt.«

»Wissen wir, Alter. Milky. Hast du uns schon oft erzählt. Sehr oft«, sagte Veldtkamp.

»Worum geht's gerade?«, fragte August. »Was ist Milky?«

Ramsay wandte sich zu August um. Er trank einen großen Schluck und rülpste. »Ich hab dir noch nie von Milky erzählt?«, fragte er.

Veldtkamp seufzte und tauchte seine Mütze in den Fluss,

sodass ihm das Wasser über Gesicht und Brust lief, als er sie wieder aufsetzte. »Gerade vermisse ich Richards wirklich. Bei ihm wär das gleich am Keim erstickt.«

Ramsay lehnte sich über die Seite und schoss Flusswasser in Veldtkamps Richtung. »Du würdest wohl gerne mal an Richards' Keim ersticken. Im Keim ersticken heißt das. Du sagst schon seit Ewigkeiten am Keim *ersticken*, und ich hab's dir durchgehen lassen, aber jetzt gehst du mir wirklich auf den Sack!«

»Tut mir ja leid, Alter, aber wir haben die Geschichte von Milky nun wirklich schon tausendmal gehört.«

»Wer war denn nun Milky?«, fragte August.

Ramsay leerte sein Bier, zerdrückte die Dose auf dem Oberschenkel und warf sie unten in die Floßmitte. »Milky war mein Kälbchen«, sagte er. Gaskill und Veldtkamp stöhnten gleichzeitig auf, aber Ramsay ging nicht darauf ein. »Die Mutter meiner Mutter ist stinkreich. Pferdeliebhaberin. Ihr zweiter Mann hat ihr einen Haufen Asche hinterlassen, als er den Löffel abgegeben hat. Sie hat sich davon so ein krasses Pferdeanhänger-Gespann gekauft, mit kleinem Wohnabteil vorne und hinten Pferdeboxen, und damit fährt sie durchs ganze Land. Ein Hunderttausend-Dollar-Teil, mindestens. Unten in Santa Fe hat sie auch noch ein fettes Haus. Ich war noch nie da, aber sie hat uns jedes Jahr eine Weihnachtskarte und einen Räuchertruthahn geschickt, obwohl sie uns enterbt hatte. Auf der Karte stand sie immer mit ihren beiden Hunden vor dem Haus, großer Springbrunnen, das ganze Zeug. Und der Truthahn. Der war immer toll. Total rauchiger Geschmack, kam irgendwo aus Texas.

Auf jeden Fall konnte sie meinen Vater nie ausstehen, und als meine Mutter ihn geheiratet hat, war es das. Sie hat meine Mutter enterbt. Zum ersten Mal überhaupt habe ich sie in dem Frühling gesehen, als ich zehn war. Es war um Ostern rum, und ich glaube, sie ging wieder in die Kirche oder hatte Schuldgefühle oder so, also ist sie in ihr Pferdegespann gestiegen und unangekündigt aus Santa Fe zu uns hochgefahren. Ich weiß noch, wie sie plötzlich vor der Tür stand; da wohnten wir noch in View Vista. Ganz hinten im räudigsten braunen Katzenpisse-Bungalow, den es da gibt. Das war, bevor mein Vater Trucker geworden ist und wir raus ins Tal gezogen sind. Auf jeden Fall ging meine Mutter an die Tür und ist fast umgefallen, als sie aufgemacht hat. Da steht meine Oma und grinst breit. Sie hatte einen schwarzen Hut auf und schwarze Jeans und lange graue Haare und solchen dämlichen Türkis-Silberschmuck, den die reichen alten Leute da unten alle haben, und dann hat sie meine Mutter gedrückt und ihr gesagt, sie sieht aus, als hätte sie zwanzig Kilo zugenommen, seit sie sich das letzte Mal gesehen haben, und dann hat sie sich runtergebeugt und meinem Bruder und mir die Hand gegeben.

Wir waren schüchtern, aber sie tat ganz aufgeregt und hat uns mehr oder weniger raus zum Pferdeanhänger geschleift und uns mit in die Box genommen, und da hatte sie ein kleines braun-weißes Kälbchen mit rotem Halfter stehen. Körper braun, Gesicht weiß. Noch ganz klein. Sie sagte, sie hat es uns mitgebracht, damit wir es aufziehen können, als Geschenk, und wir sollen doch mal im Garten damit spielen, während sie im Haus mit unserer Mutter redet.

Wir führten es im Park spazieren, zeigten es allen, dann haben wir ihm aus Brettern und so weiter, die Dad herumliegen hatte, ein kleines Gehege gebaut. Ich weiß nicht mehr warum, aber wir haben es Milky genannt. Irgendwann hat es sich hingelegt und sich von uns streicheln lassen und ist dann eingeschlafen. Wir saßen einfach bei ihm herum, als meine

Oma wieder rausgestürmt kam. Sie zerrt Milky am Halfter hoch und schleift ihn zurück in den Pferdeanhänger. Jetzt brüllt das Kälbchen, und wir wissen nicht, was los ist, und fragen sie, was sie da macht, aber sie sagt nur, dass unsere Mom unmöglich ist, dass sie ihr einmal einen Gefallen tun will, und das hat sie nun davon, und so was kann sie sich in Zukunft ja wohl sparen. Dann steigt sie wieder ein und fährt los, und danach hab ich sie nie wiedergesehen.

Später habe ich herausgefunden, dass sie meine Mutter da drinnen überreden wollte, meinen Dad zu verlassen. Sie wollte uns mitnehmen, damit wir zu ihr nach Santa Fe ziehen. Ich war aber erst mal nur sauer auf meine Mom, dass Oma uns wegen ihr wieder Milky weggenommen hatte. Ich habe ihr gesagt, dass sie in Wirklichkeit bestimmt hundert Kilo zugenommen hat, da hat sie mich mit einer Ohrfeige von der Veranda geschickt, und ich bin weggerannt, aber es war März und scheißkalt, also habe ich nach Sonnenuntergang nur ein paar Stunden durchgehalten und bin mit eingekniffenem Schwanz zurückgekommen. Sie hat mir einen Burrito gemacht und nicht mehr davon geredet.«

Ramsay kramte im Kühler nach einem neuen Bier, machte es auf und trank einen großen Schluck. Er blickte in Richtung der fernen Berge der Bridger Range. »Milky«, sagte er. »Ist einem hinterhergedackelt wie ein Hund. Hatte ihn kaum einen Nachmittag, aber man hat schon gemerkt, dass er ein Guter war. Das war das einzige Mal, dass meine Mom mich geschlagen hat. Bei meinem Vater war es natürlich anders, aber sie hat es wirklich nur das eine Mal getan, und ich hatte es wohl verdient, was soll ich sagen. Egal. Ist ja schon lange her.«

»Stimmt«, sagte Veldtkamp und rappelte sich auf, nachdem er vorher unten im Floß gelegen hatte. »Wisst ihr noch, wie wir uns runter nach Big Timber haben treiben lassen und die ganze Mädchen-Fußballmannschaft vom MSU auf ihren Gummireifen eingeholt haben?«

»War das alles, Ramsay?«, fragte August. »Dann hat sie einfach euer Kälbchen wieder mitgenommen, das ihr gerade erst einen halben Tag hattet?«

»Du machst mich fertig, Augie«, sagte Veldtkamp. »Verdammt noch mal, wir brauchen Richards hier.«

»Nein, Augie«, sagte Ramsay. »Das war nicht alles. An Weihnachten schickte Oma uns wie gewohnt ein Paket. Adressiert hatte sie es immer an uns Jungs, und weil ich der Älteste war, durfte ich es auspacken, und auch wenn ich immer schon wusste, was drin war, war ich trotzdem aufgeregt, weil es immer so toll war, wenn meine Mutter den Truthahn anschnitt und Sandwiches machte. Also sitzen wir alle am Weihnachtsmorgen mit Schlafanzug in unserem räudigen Bungalow in View Vista, und ich mache das Truthahnpaket auf, aber diesmal ist kein Truthahn drin, sondern so zehn Päckchen in weißem Schlachterpapier, aus denen das Blut tropft. Obendrauf lag eine Karte, auf der stand: *Frohe Weihnachten. Hoffentlich gefällt euch mein Geschenk diesmal besser. Küsschen, Oma.*«

»Verarsch mich nicht«, sagte August. »Im Ernst? Milky?«

Ramsay zuckte die Schultern. »Teile von ihm wenigstens.«

Sie schwiegen eine Weile, und Veldtkamp machte irgendetwas, versteckte sein Gesicht. Schließlich kam ein Kichern zwischen den Händen hervor und dann ein lautes Lachen. Ramsay sah ihn nicht an.

»Tut mir leid«, sagte Veldtkamp und hielt die Hände hoch. »Das Ende mit *Küsschen, Oma* haut mich jedes Mal um. Komm, das ist doch echt witzig.« Veldtkamp konnte nicht mehr aufhören zu lachen und steckte bald Gaskill an.

Beide lagen unten im Floß, kugelten sich, hauten sich auf die Schenkel, aufs Floß, aufeinander.

Ramsay schüttelte den Kopf, schaute in die Berge, die Zähne zusammengebissen, und dann musste auch August lachen.

Beim ersten Ton fuhr Ramsay herum. »Findest du das witzig, August?« Plötzlich lachte niemand mehr. Auch Gaskill und Veldtkamp rissen sich zusammen.

»Was denn?«, fragte August. »Ich dachte, ihr verarscht mich. Das ist doch nicht wirklich passiert, oder?«

»Ich bin an dem Tag zu Veldtkamp nach Hause gelaufen. Ich musste kotzen und bin im versifften Schlafanzug quer durch die Stadt gerannt und Weihnachten über bei ihm geblieben, weil ich meine Familie so gehasst habe. Seine Mutter hat mich saubergemacht und mir eins von seinen Geschenken gegeben, damit ich auch eins aufmachen konnte und nicht außen vor war. Er und das andere Kicher-Arschloch da hinten wissen die ganze Scheiße schon seit ihrer Kindheit, aber du nicht. Also Schnauze!«

August musterte Ramsay und wägte ab, ob er es ernst meinte oder nicht. Er versuchte es mit einem halblauten Glucksen, da gab Ramsay ihm sofort eine schallende Ohrfeige.

»Scheiße, Mann«, rief August. »Wir machen doch nur Spaß.« Gaskill stieß August mit dem Knie an und schüttelte den Kopf.

Unter seiner Zinkschicht war Ramsay hochrot geworden, und seine Fäuste hatten sich geballt. »Ist mir scheißegal, ob du größer bist als ich. Du bist ein Waschlappen, das weiß jeder. Ich mach dich fertig!«

August zuckte die Schultern und stammelte eine Entschuldigung. Er wusste nicht, ob Ramsay vielleicht wirklich auf ihn losgehen würde, aber dann tauchte Veldtkamp den Kopf ins Wasser und schüttelte sie alle nass, als er wieder hochkam.

»Und aus diesem Grund, meine Freunde, reden wir nicht von Milky«, sagte er. »Das geht nie gut aus. Ich würde sagen, es ist Zeit, mal wieder ein Bier zu exen. Bist du dabei, Chef?«, fragte er und rutschte an Ramsay heran, bis sich ihre nackten Beine berührten.

Ramsay schob ihn weg. »Mann, ich hasse euch Wichser alle«, sagte er. Aber das Bier nahm er an, und bald danach lachte er sich schon wieder mit Veldtkamp darüber kaputt, wie sie Zwicky mal beim Scheißen mit dem Chemieklo hinter dem Trainingsfeld umgeschmissen hatten.

Sie ließen sich weiter treiben. Kauten auf dem faserigen Wapiti-Jerky, den Gaskill mitgebracht hatte. Tranken Bier. Sprangen von Felsvorsprüngen in smaragdgrüne Tiefen und streckten sich dann zum Trocknen auf den heißen Reifenschläuchen des Floßes aus. »Wie war die Grundausbildung, Ramsay?«, fragte Veldtkamp.

Ramsay zuckte die Schultern. »Schwül und scheiße. Aber auch nicht viel schlimmer als Doppeltraining an einem Tag.«

»Die waren dieses Jahr brutal«, sagte Gaskill. »Zwicky ist ein verdammter Nazi. Hat uns pro Training nur zwei Wasserpausen erlaubt. Irgendwann verreckt da noch mal einer an Hitzschlag, dann ist er schuld.«

»Haben die euch in der Grundausbildung diese Tabletten gegeben, damit ihr keinen Ständer kriegt?«, fragte Veldtkamp.

»Was?«, fragte Ramsay.

»Mein Cousin hat sich auch freiwillig gemeldet, und er hat gesagt, die mussten solche Tabletten schlucken. Salpeter. Dann kriegt man keinen Ständer mehr. Er sagt, die ganze Zeit, die er da war, kein einziges Mal. Nicht mal ne Morgenlatte.«

»Hab ich nichts von gehört«, sagte Ramsay. »In der Grundausbildung kriegst du keinen Ständer, weil du die ganze Zeit komplett fertig bist und dich dauernd irgendwer anbrüllt und sowieso nur Kerle um dich rum sind. Ich meine, warum sollte man da denn einen Ständer kriegen?«

»Manchmal passiert das doch einfach so«, sagte Veldtkamp. »Hat meiner Erfahrung nach nicht viel mit der Umgebung zu tun. Also, hast du in der Grundausbildung mal einen stehen gehabt, oder nicht?«

»Weiß ich echt nicht mehr. Ich war so todmüde, da war mir alles egal.«

»Das liegt am Salpeter. Mein Cousin hat gesagt, manchmal tun sie das Zeug auch direkt ins Wasser, dann merkt man es nicht mal.«

»Keine Ahnung«, sagte Ramsay. Er schaute über ihren Köpfen dem Flussufer beim Vorbeikriechen zu. »Ich hab ne Idee. Heute Abend suchen wir uns eine Insel mit nem Riesenhaufen Treibholz und fackeln alles ab.«

»Ein Gedanke nach meinem Geschmack«, sagte Veldtkamp. »Haben wir Anzünder?«

»Ich hab einen kleinen Kanister Diesel dabei«, sagte Gaskill.

»Guter Mann.«

»Gerade gelten doch Brandbeschränkungen«, sagte August. »Vielleicht ruft jemand die Feuerwehr.«

»Scheiß auf die Feuerwehr-Schwuchteln! Ich fliege nach Afghanistan«, sagte Ramsay.

»Okay«, sagte August. Er verstand jetzt, dass er Ramsay sofort hätte niederschlagen müssen, als der ihn Waschlappen genannt hatte. Ramsay hatte das Wort nur ausgesprochen, aber Augusts Untätigkeit hatte es wahr gemacht.

Als die Sonne sich den Felskanten entgegensenkte, fanden

sie ihre Insel. Es war eine mehrere hundert Meter lange Geröllfläche mitten im Fluss, bestanden von einzelnen Weiden und einem riesigen Mikadogewirr aus toten Pappeln und knorrigen Wurzelballen am stromaufwärts gelegenen Ende, Hinterlassenschaften des Frühlingshochwassers.

Sie rollten ihre Schlafsäcke aus, ließen das Zelt aber verstaut, weil es ein klarer Abend war. Um sie rauschte laut der Fluss. Sie machten ein kleines Feuer, rösteten Bratwürstchen an Weidenstöcken und warteten auf die Dunkelheit. Als es Zeit war, überließen sie Ramsay die Ehre. Er leerte den Dieselkanister auf einen der sonnengetrockneten Wurzelballen und zündete ihn mit dem Feuerzeug an. Es dauerte nicht lang, bis die Flammen in die Höhe schossen, über ihren Köpfen knisterten, der Dieselgestank verflog und die Funken über den Fluss schwebten.

»Das wollte ich schon immer mal machen«, sagte Ramsay und erhob die Hände vor dem Geloder.

»Wenn es den dicken Pappelstamm da drinnen erwischt, brennt es bestimmt zwei Tage«, sagte Veldtkamp. Das Bier hatten sie leer, also ließen sie jetzt eine Flasche Jack Daniel's herumgehen, die Gaskill mit empfindlichem Aufschlag bei seinem großen Bruder erstanden hatte. Sie schwiegen, und das Fauchen des wachsenden Feuers vereinte sich mit dem Rauschen des Flusses zu einem reißenden, hallenden Tosen. Sie waren in der Mitte des Stroms, und irgendwie schien es, als wären sie auch in der Mitte des Feuers, an irgendeiner Mitte des Universums allgemein. »Da drüben gibt es so Spinnen«, sagte Ramsay. »Walzenspinnen. Dreißig Zentimeter groß, können so schnell rennen wie ein Hund. Hab Bilder im Internet gesehen.«

»Im Ernst?«, fragte Gaskill.

»Todernst. Gib mal den Whiskey.«

Sie wankten und stolperten. Prahlereien und Schwüre wurden ausgesprochen. Wenn Ramsay wieder da war, würden sie alle direkt nach Las Vegas fahren. Die ganze Stadt in Schutt und Asche legen. Es gab Fist Bumps und Rückenklopfen und schließlich nur noch stille Kontemplation, den klaren Sternenhimmel, Tränen, die überfließen wollten, aber nicht konnten. August war nicht so recht Teil davon. Er trank und kümmerte sich ums Feuer. Er wusste, dass Richards hätte da sein sollen, nicht er, und er bereute, dass er mitgekommen war. Irgendwann tat er betrunkener, als er war, und stolperte zu seinem Schlafsack.

Als er in den frühen Morgenstunden zum Pissen aufstand, saß Ramsay noch wach mit dem Rücken an einem Baumstamm und sah ins Feuer. August setzte sich daneben. Veldtkamp war auf dem Sand ins Koma gefallen und schnarchte laut.

»Alles okay, Mann?«

»Klar. Kann bloß nicht schlafen.« Ramsay lachte kurz und trocken. »Meine Mom hat mir erzählt, dass sie etwas geträumt hat. In ihrem Traum komme ich aus dem Auslandseinsatz zurück und mache einen Jura-Abschluss. Ich werde Richter und später zum Senator gewählt. Mein großes Wahlversprechen ist, dass ich die Gesundheitsreform vorantreibe. Billigere Medikamente.«

»Das alles hat sie in einem einzigen Traum gesehen?«

»Muss wohl ein langer gewesen sein. Meine Mom gibt viel auf Träume. Sie nimmt acht Medikamente. Ich glaube ja eher, dass sie weniger nehmen sollte. Nicht billigere.«

»Ich würde dich auf jeden Fall wählen, Alter. Wenn du kandidierst, stell ich Schilder für dich auf und so.«

»Oh, danke! Ich habe auch was geträumt. Ich hab geträumt, ich liege in nem riesigen Himmelbett und sieben schwarzhaarige Jungfrauen machen an mir rum. Sieben von den heißesten Jungfrauen, die du dir vorstellen kannst. Überall Titten und Ärsche, dass ich nicht weiß, wo oben und unten ist.«

»Das glauben die doch, oder? Wenn sie sich in die Luft jagen, dann sind sie Märtyrer und kriegen soundso viele Jungfrauen, oder?«

»Genau. Ich habe den Traum von nem Dschihadisten geträumt. Wenn das nicht krank ist, dann weiß ich auch nicht. Und jetzt habe ich das Gefühl, dass er da draußen ist und meine Träume träumt, und wenn wir uns treffen, muss der eine den anderen töten, damit alles wieder seine Ordnung hat.«

»Ist doch nur ein Traum. Bedeutet bestimmt nichts weiter. Woher wusstest du überhaupt, dass es alles Jungfrauen waren?«

»Das haben die mir selbst gesagt. Sie haben gesagt, sie warten schon ewig, haben sich nur für mich aufgehoben. Das hat mir eine Heidenangst eingejagt, und jetzt kann ich nicht mehr schlafen.«

—

Mit dem Football kehrten die Kopfschmerzen zurück. Beim zweiten Spiel des Jahres gegen Big Timber deckte August den Kick Returner, und die beiden trafen nahe der Spielfeldmitte mit voller Geschwindigkeit aufeinander. Es gab eine Lichtexplosion und das Krachen der Shoulderpads, dann zuckte der Returner, ein kleiner, schneller Junge, auf dem Rasen wie ein Karpfen, bewusstlos und in den Fängen eines Krampfanfalls. Das Spiel wurde unterbrochen, und die Mannschaft aus Big Timber beriet sich. Eine Trage wurde geholt, und auch wenn der Junge jetzt wieder wach genug war, um sich aufzusetzen, fuhren sie ihn weg, und die Krankenwagen-Leuchten blitzten entlang der Straße Richtung Krankenhaus. Coach Zwicky war außer sich, ekstatisch, hochrot, die Spucke flog. »Das war mal ein Tackle!«, brüllte er und packte August bei der Facemask. »Das war verdammt noch mal ein Tackle, Junge. Meine Fresse! Das hat die Mutter von dem Jungen noch gespürt. Das hat die ganze Stadt gespürt!« August schaute die Flutlichter über dem Spielfeld an und sah Leuchtspuren und schwarze Punkte tanzen.

Nach dem Spiel gab es am Abend ein Lagerfeuer, aber August dröhnte der Schädel, und er ging früh. Als er ins Haus kam, war es leer, worüber er froh war. Seit Herbst traf seine Mutter sich mit einem Mann, den sie auf der Arbeit kennengelernt hatte. Einem Dozenten. Er wohnte in Bozeman, und am Wochenende übernachtete sie oft bei ihm. August hatte ihn erst einmal gesehen. Er trug eine Brille und hatte halblange, graumelierte Haare. Er war aus Südkalifornien nach Montana gezogen, und er nahm Augusts Mutter mit zum Yoga. Angeblich versuchte sie, das Rauchen aufzugeben.

August duschte ausgiebig und betastete vorsichtig alle Beulen und Kratzer und Blutergüsse an seinen Armen und Schienbeinen. Er döste gerade in Boxershorts auf dem Sofa vor dem Fernseher, als es klingelte. August setzte sich auf und schob den Vorhang zur Seite. Vor lauter Überraschung machte er die Tür auf, ohne weiter nachzudenken. Dann merkte er, dass er sich vielleicht eine Hose hätte anziehen sollen, aber jetzt war es zu spät, und er stand verlegen in der Tür.

»Julie?«, sagte er.

Sie hatte sich die Haare kürzer geschnitten und sah ein bisschen schwerer aus als bei ihrem letzten Treffen. Obwohl es ein kühler Abend war, trug sie ein Sommerkleid und hatte in der einen Hand eine Tüte Hähnchenschenkel und in der anderen eine Flasche Cook's Sekt. Sie lächelte, hatte aber offensichtlich eben noch geweint. Sie kniff die Augen zusammen und trat demonstrativ einen Schritt zurück, um ihn sich besser anzuschauen. »Augie, bist du das?«, fragte sie. »Meine Güte, du bist ja ein Riese geworden.«

Er machte die Tür ganz auf, und sie drückte ihn. Nicht nur flüchtig, ihre Arme um seinen nackten Rücken, die Finger gruben sich in seine Haut. Er spürte, wie er rot wurde. »Störe ich?«, fragte sie, setzte sich aber schon aufs Sofa. Er schüttelte den Kopf, stammelte etwas von anziehen und ging ins Schlafzimmer. »Bloß wegen mir musst du dich doch nun wirklich nicht anziehen«, sagte sie mit einem Lachen. Als er in Jeans und T-Shirt wiederkam, setzte er sich ans andere Ende des Sofas. Sie erzählte ihm, dass sie eigentlich zu Ethan gewollt habe, dass sie mit ihrem Einsatz beim Friedenscorps fertig sei und sie einander die ganze Zeit geschrieben hätten. »Er hat mir alles erzählt, was er am Haus macht. Er hat geschrieben, dass er gerade noch vor dem Wintereinbruch die Verkleidung fertig hatte und jetzt in der Küche eine Kupferarbeitsplatte einbauen wollte, weil er bei der Arbeit in einem Haus in Big Sky eine gesehen hatte, und das hätte sich richtig gut gemacht. Er hat geschrieben, er freut sich unheimlich auf mich und will mir das alles bald zeigen. Er hat gesagt, er baut zur Veranda Fenstertüren ein. Im Sommer wollte er dann angeblich den Garten machen.«

Sie schüttelte den Kopf. Schniefte und setzte sich etwas gerader hin. Sie riss die Alufolie von der Sektflasche und ließ den Korken an die Decke knallen. »Also komme ich vorbei«, sagte sie. Sie trank direkt aus der Flasche. »Ich wollte ihn überraschen. Als wir uns kennengelernt haben, als er das Haus gerade erst gekauft hatte, habe ich Hähnchen und

Cook's Sekt mitgebracht. Das habe ich heute wieder gemacht, weil es so eine schöne Erinnerung war. Ich komme die Straße runter und freue mich total auf ihn. Und als ich da bin, sieht es aus, als ob das Haus verlassen ist. Die Verkleidung fällt ab. Im Matsch liegt ein ZU-VERKAUFEN-Schild. Er hat mir also zwei Jahre lang nichts als Lügen geschrieben, und ich weiß nicht mal warum. Das kommt mir einfach so nachtragend vor. Grausam. Verschroben.« Sie hatte die Beine gekreuzt. Kräftige Oberschenkel. Lange, nackte Beine mit ein paar roten Flecken um die Knöchel. Insektenstichnarben, dachte er. Afrikanische Moskitos.

»Meine Mom ist nicht da«, sagte er. »Die übernachtet heute bei ihrem Freund.«

»Ach, ich weiß. Ich habe heute Morgen mit ihr gesprochen. Sie wirkt glücklich mit Art. Schön, dass sie wen gefunden hat, mit dem sie etwas anfangen kann. Er hat wohl richtig was auf dem Kasten.«

August zuckte die Schultern. »Ein ziemlicher Hippie«, sagte er. Er fragte sich, warum Julie überhaupt geklingelt hatte, wo sie doch wusste, dass seine Mutter nicht da war.

»Störe ich dich auch wirklich nicht?«, fragte sie. »Ich will dich echt nicht nerven. Es sieht so aus, als wolltest du es dir gerade gemütlich machen.«

»Ich hatte heute ein Spiel. Hab bloß ein bisschen ferngesehen. Du störst nicht.«

»Ach stimmt, deine Mutter hat schon gesagt, du bist ein großer Sportler geworden.«

»Keine Ahnung. Football ist okay. Wie war's in Afrika?«

Julie hatte die Tüte aufgemacht und aß einen Hähnchenschenkel. Sie lutschte sich das Fett von den Fingern, lehnte sich auf dem Sofa zurück und schloss die Augen. »Botswana war … Botswana. Ich weiß gar nicht, wo ich da anfangen soll.

Im Friedenscorps sagt man immer: *Am Ende deiner Komfortzone fängt das Leben an.* Man gewöhnt sich an so ziemlich alles. Das habe ich gelernt. Was man für normal hält, kann sich schneller ändern, als man denkt.«

»Klingt logisch. Ethan ist in Alaska und arbeitet an einer Pipeline, glaube ich. Habe ihn schon lange nicht mehr gesehen. Das Haus war zu verkaufen, aber vielleicht gehört es jetzt der Bank. Ich weiß nicht genau.«

Julie trank wieder etwas, ohne die Augen zu öffnen. »Ich komme schon klar. Ich habe einen Job in New York, da fange ich nach Weihnachten an. Ich wollte sowieso nicht hierbleiben. Aber all die E-Mails. Ich habe ihm meine Gedanken geschickt, ihm geschrieben, wie es mir geht, und er hat mir, was weiß ich, irgendwelche ausgedachten Geschichten geschickt. Das ist doch krank. Willst du auch Hähnchen?«

»Hab schon gegessen. Aber danke.«

»Sekt?«

Er nahm die Flasche an, trank einen Schluck, reichte sie zurück und unterdrückte einen Rülpser, als es im Bauch schäumte. »Ethan hat mir mal eine Geschichte von einem Hund erzählt, den sein Vater mal hatte. Ein paar Jahre lang war es ein richtig guter Vogelhund, bis er sich auf einmal das Bein geleckt hat und nicht mehr aufhören konnte. Hat sich bis auf den Knochen wundgeleckt, sogar aufgehört zu jagen, also hat sein Vater den Hund am Ende erschossen. Ethan hat gesagt, sein Vater war ein totales Arschloch.«

»Fürchterliche Geschichte«, sagte Julie. »Aber das überrascht mich nicht. Ich habe seinen Vater mal kennengelernt. Vielleicht ist das einfach so. Alle haben ein Arschloch als Vater. Die Töchter lassen sich einschüchtern oder begehren auf, aber die Söhne nehmen es in sich auf, geben es an die nächste Generation weiter und sorgen dafür, dass, bis auf ein gewisses

Maß an notwendiger biologischer Anziehung, Männer und Frauen auch weiterhin nicht im Einklang miteinander leben können. Wie groß bist du eigentlich? Deine Mom hat gesagt, du bist richtig in die Höhe geschossen.« Julie hielt inne, lächelte und schwenkte ihm die Flasche entgegen. »Als ich vorhin zu Fuß unterwegs war, habe ich gemerkt, wie sehr ich die trockene Luft hier vermisst habe. Das hat mir an Afrika nie gefallen, die ewige Schwüle. Im Bett habe ich immer geglaubt, ich schwitze die ganze Zeit. Hast du Lust, spazieren zu gehen oder so? Es ist wirklich ein schöner Abend. Aber wenn du zu tun hast, kann ich dich auch einfach in Ruhe lassen.«

Beim Reden rückte sie auf dem Sofa näher an ihn heran. Jetzt saßen sie Hüfte an Hüfte, und er konnte sie riechen, Brathähnchen, Sekt, ein Hauch Parfum. Sie legte ihm die Hand auf den Arm. »Sind das Blutergüsse?«, fragte sie. »Du bist ja ziemlich übel zugerichtet. Vielleicht gehen wir doch lieber nicht spazieren.« Und damit schwang sie ein Bein über ihn und saß auf ihm. Sie zog den Ausschnitt ihres Kleids runter, und ihre Brüste hingen ihm weich, groß und blass im Gesicht. Er legte den Mund an ihre Nippel, erst links, dann rechts; ihre Finger fuhren ihm durchs Haar. Mehr fiel ihm nicht ein, er wusste nicht weiter. Schließlich nahm sie seine Hände und legte sie dahin, wo sie sie wollte.

Sie blieb die ganze Nacht. Sie lagen in den zerwühlten Laken, und am Morgen wachte er auf, als die Matratze sich bewegte, weil Julie aufstand. Er schaute zu, wie sie sich das Sommerkleid über den Kopf zog und sich neben ihn setzte.

»Ich bin vollkommen durch den Wind«, sagte sie. »Ich weiß gar nicht, was mit mir los ist. Das war dein erstes Mal, oder?«

August überlegte kurz, ob er lügen sollte, aber er nahm an, dass sie es sowieso schon wusste. »Kann sein«, sagte er.

Julie rieb sich die Augen. »Ich war gestern Abend ganz komisch drauf. Ich habe nicht klar gedacht.«

August wusste nicht, was er sagen sollte. Er hatte sie mit gespreizten Beinen auf dem Rücken auf dem Sofa vor Augen. *Ich brauche deine Zunge genau da*, hatte sie gesagt und seinen Kopf an die richtige Stelle gedrückt. »Das war nicht bloß unvernünftig«, sagte sie, »sondern wahrscheinlich auch illegal. Du bist ja noch in der Highschool.«

»Ich bin in der letzten Klasse«, sagte er und verstand sofort, wie blöd sich das anhörte. Er legte ihr die Hand aufs Bein und wollte sie weiter den Oberschenkel hochschieben, aber sie schüttelte den Kopf und stand auf. »Ich muss los«, sagte sie und schulterte ihre Handtasche. »Ich gehe jetzt.« Aber sie blieb stehen. Sie sah ihn an, und ein kleines Lächeln drohte hervorzubrechen. Plötzlich entriss sie ihm die Bettdecke. Er lag nackt da, während sie ihn mit ernstem Blick musterte.

»Du musst nicht gehen. Meine Mom bleibt meistens bis Sonntag in Bozeman.«

Bei dem Stichwort schrie Julie kurz auf. »Deine Mom! An die darf ich gerade überhaupt nicht denken. Ich haue ab. Tschüss.«

Dann war sie weg, und August blieb noch lange liegen. Versuchte sich alles genau so einzuprägen, wie es passiert war. Bekam Panik, als er merkte, dass manche der Einzelheiten schon miteinander verschmolzen. Schließlich stand er auf und aß drei volle Schalen Cornflakes.

Die nächste Woche in der Schule kehrten seine Gedanken immer wieder zu ihr zurück, aufs Sofa, aufs Bett, auf den Boden. Das etwas unheimliche, tiefe Stöhnen, das sie von sich gegeben hatte. Wenn es klingelte, musste er seine Bücher vor sich hertragen, um die Erektion zu verbergen. Das Footballtraining wollte gar nicht mehr aufhören. Er wusste nicht, wann er sie wiedersehen würde, und das machte ihm fast ebenso viel Angst wie der Gedanke daran, was er sagen oder tun würde, wenn es dazu kam.

Als er am Mittwoch nach dem Training nach Hause kam, stand sie in der Küche und redete mit seiner Mutter, beide mit einem Glas Wein in der Hand. Er hatte noch seine Football-Hose an, ein schweißgetränktes Unterhemd und dreckige Socken. Er sagte, »Hi, Julie«, und sie sagte, »Hi, August«. Ihr Blick verriet nichts.

»Wir machen einen kleinen Geflügelsalat, Augie«, sagte seine Mutter. »Geh duschen, und dann komm mit uns essen.«

»Ja, ab unter die Dusche, du kleiner Stinker«, sagte Julie.

Sein Gesicht wurde heiß. Er ging.

Am Esstisch gab er gestammelte Antworten, stocherte in seinem Salat und versuchte mehrmals vergeblich, ihren Blick zu finden. Sie lachte und plauderte wie früher mit seiner Mutter, und am liebsten wäre er aufgestanden und gegangen, aber er hatte auch das Bedürfnis, sie anzuschauen. Die Härchen auf ihren Armen schimmerten im Licht, wenn sie ihr Weinglas hob. Sie hatte zarte Ohren, Hornhaut am Ellenbogen, eine kleine, blaue Ader pochte in der Delle, wo sich Hals und Schlüsselbein trafen. Als er Gute Nacht gesagt hatte, machten sich die Frauen noch eine Flasche Wein auf und zogen sich auf die Veranda zurück.

Er ging ins Bett, und irgendwann wurde aus Verzweiflung schließlich Schlaf. Als sie ihn lange Zeit später weckte, wusste er nicht, ob er träumte. Sie glitt unter die Decke, küsste seine Brust, ihre Hände erst kühl, aber bald immer wärmer. »Ich habe ein bisschen zu viel getrunken, um noch zu fahren«, flüsterte sie ihm ins Ohr. »Mit Absicht. Also schlafe ich heute im Gästezimmer.«

Es war Wirklichkeit. Kein Traum. Sie lag auf ihm, und das Geräusch, der feuchte Rhythmus heizte ihm vielleicht mehr ein als alles andere. Nach dem Essen hatte er sich eingeredet, dass das erste Mal nur ein Fehler von ihr gewesen war. Aber jetzt war sie hier, trieb ihn in die Matratze, atmete in schnellen Stößen, ihre Hände ballten sich um seine und pressten sie ins Kissen über seinem Kopf. Ihre Brüste schwangen wie Pendel, strichen ihm über das Gesicht, und er hätte vor Erleichterung lachen können. Sie war wiedergekommen, und nun wusste er, dass es auf irgendeine Art und Weise weitergehen würde.

Er war für nichts anderes mehr zu gebrauchen. Durch die Schulflure ging er wie im Nebel. Mädchen, nach denen er vorher gelechzt hatte, sahen jetzt aus wie Kinder. Zu dünne Arme, keine Hüften, der Bauch nicht rund genug, die Brüste zu klein. Football war Folter. Die Jungs, die blöden Streiche in der Umkleide. Wie sie über die Mädchen redeten, die sie kannten oder kennenlernen wollten. *Ihr habt doch keine Ahnung*, wollte er sagen. *Ihr Trottel habt doch keinen blassen Schimmer davon, wie es ist.* Er ertrug die Tage zwischen Mittwoch und Freitag, weil er es musste, aber hätte er die Zeit irgendwie vorspulen können, hätte er es sofort getan, selbst wenn sich dann sein Leben exponentiell verkürzt hätte. Fast jeden Mittwoch kam sie zum Essen, und wenn nicht, war er völlig niedergeschlagen.

»Deine Mutter denkt noch, ich habe ein Alkoholproblem«, sagte sie eines Abends, als sie sich neben seinem Bett hastig auszog. »Ich kann nicht jedes Mal so viel trinken, dass ich nicht mehr fahren kann. Mittwochs geht es jetzt eine Zeit lang nicht mehr.«

»Aber Freitag schon noch, oder? Nach meinem Spiel?« Er

wusste, dass er sich besorgt anhörte, aber er bekam die Note nicht aus der Stimme. Jetzt hatte sie ihn im Mund. Sie nickte. Sofortige Erleichterung. Eine ganze Woche ohne sie wäre unerträglich. Freitags war es sowieso am besten, weil sie die ganze Nacht für sich hatten, das ganze Haus und den Morgen auch noch. Seine Mutter kam immer noch zu seinen Spielen. Manchmal brachte sie Art mit, und sie standen nebeneinander auf der Tribüne, lachten und brüllten mit den Cheerleadern. Hätte dort sein Vater neben seiner Mutter gestanden, hätte es keinen albernen, übertriebenen Jubel gegeben. Diese Beobachtung brachte irgendeine schwer greifbare Wahrheit über die Natur dieser beiden Beziehungen zum Vorschein, aber sie blieb verschwommen, und eigentlich wollte er seine Mutter ignorieren und sich aufs Spiel konzentrieren.

Er spielte nicht mehr gut. Zum Teil, weil er mit den Gedanken woanders war; zum Teil, weil es bei jedem harten Zusammenstoß hinter den Schläfen wummerte. Nach dem einen Tackle in Big Timber kam es ihm vor, als hätte sich in seinem Gehirn etwas gelöst. Er nahm zwar an, dass das unmöglich war, aber trotzdem hielt er sich seitdem zurück.

Freitagabends nach dem Spiel wollten die Jungs ihn zu diesem oder jenem Lagerfeuer mitnehmen, und er sagte immer, vielleicht komme er nach, was er nie tat, also fragten sie ihn schließlich nicht mehr. Stattdessen ging er nach Hause, duschte, ließ das heiße Wasser auf die Stelle einprasseln, die eben gerade am meisten wehtat. Danach wartete er auf dem Sofa, bis sie kam. Manchmal wollte sie sofort loslegen, manchmal wollte sie vorher Wein trinken und sich unterhalten. Das Reden gefiel ihm nicht immer, und nach einem halben Glas Wein kam ihm seine Zunge dick und schwer vor. Das hatte natürlich mit Julie selbst zu tun. Sie sprach meistens in ganzen Absätzen. Er war die ganze Zeit nervös und wollte sich bloß nicht blamieren. Sie sprach gerne über Politik, und seine Grundstrategie bestand darin, allem zuzustimmen, was sie sagte.

Während sie einmal mit dem Weinglas in der Hand im Wohnzimmer umherging und eine Liste der amerikanischen Kriegsverbrechen im Nahen Osten herunterrasselte, brach sie auf einmal mitten im Satz ab. Sie schüttelte den Kopf, als wäre sie aus einem Tagtraum erwacht. Sie trank ihren Wein mit einem großen Schluck aus, zog sich das Shirt über den Kopf und streifte die Leggings ab, sodass sie in BH und Höschen vor ihm stand, mit Gänsehaut auf den Oberschenkeln. »Manchmal vergesse ich, dass du siebzehn bist«, sagte sie und ging zu ihm. »Ich muss das hier irgendwie in der Realität erden.«

Sie mochte manche Sachen, auf die er nie gekommen wäre. Sie legte sich seine Hand um den Hals. »Drück mal zu«, sagte sie, packte ihm in die Haare und zog seinen Kopf dorthin, wo er die Zunge benutzen konnte. »Fester.«

»Stehst du da echt drauf?«, fragte er hinterher.

Sie lachte. »War das nicht offensichtlich?«

»Kann sein. Ich versteh's bloß nicht.«

An den meisten Freitagen kam sie, aber manchmal auch nicht. In diesen Nächten lag er bis in die frühen Morgenstunden wach da, hoffte immer noch halb, dass sie auftauchen würde, und stellte sich in brennendem Detail vor, was sie womöglich gerade tat und mit wem.

Julie machte sich andauernd Sorgen, dass seine Mutter es herausfinden könnte. »Deine Mutter ist eine sehr gute Freundin von mir«, sagte sie. »Ich komme mir vor, als ob ich sie beklaue.«

»Wie soll sie es denn rauskriegen?«, fragte er. »Keine Chance.«

»Ich weiß nicht«, erwiderte sie. »Ich habe so ein Gefühl, dass sie irgendwie etwas ahnt.«

»Wieso? Ich gucke dich doch kaum noch an, wenn du zum Essen kommst.«

»Eben! Du stellst dich an wie ein Trottel. Wahrscheinlich glaubt sie im Moment nur, dass du dich in mich verguckt hast, und das ist ja okay. Aber sie darf es nicht erfahren. Das würde mich umbringen.«

Ende November sollte Julie nach New York ziehen, und es war schon Mitte Oktober. August war ruhelos, wenn er nicht bei ihr war, und selbst dann fühlte er sich nicht mehr wohl. Er hatte gezählt, wie viele Nächte ihnen noch blieben, und es waren unerträglich wenige. Nun erzählte sie begeistert von ihrem neuen Job, von der Wohnung, die sie sich in Brooklyn suchen wollte. Von all dem exotischen Essen, auf das sie sich in New York freute. Er versuchte, nicht zu schmollen. Er wollte sich locker geben. Mittlerweile wusste er, wann sie kurz davor war. Dann drückte er fester zu, und ihr Gesicht wurde unattraktiv rot und fleckig, und sie fing an zu keuchen, die Augen groß aufgerissen, aber irgendwo weit weg.

Sie spielten gegen Ennis. Zu Hause, ein unerwartet warmer Abend. August hatte das ganze Spiel über am gegnerischen Tight End zu knacken. Der war riesig, bestimmt zwei Meter, und auch nicht gerade schmal. Es hieß, er hätte Angebote von Teams der Division 1, und den ganzen Abend vereitelte er Augusts Versuche, die Line zu durchbrechen. Spät im dritten Quarter kam der Fullback durch und sprintete an der linken Seitenlinie entlang Richtung Touchdown. Davon war August weit weg, aber der riesige Tight End tänzelte schon übers Feld und feierte die Punkte. August hatte freie Bahn. Er kam aus zehn Metern Entfernung und erwischte den anderen, bevor er es merkte, sodass er auf seiner Seite in die Ersatzbank krachte.

Der Pfiff gellte. August bekam eine Strafe wegen unsportlichen Verhaltens. Coach Zwicky holte ihn vom Feld. Packte ihn an der Facemask. »Ich freue mich ja über deinen Einsatz«, sagte er. »Aber so läuft das hier nicht, das weißt du selber, Junge. Gleich kommst du wieder rein und zeigst uns, wie es richtig geht.«

August kam wieder aufs Feld, und der Tight End machte ihn den Rest des Spiels über fertig. Jetzt war der Riese sauer. Hinterher saß August schon etwas steif in der Umkleide und zog sich ganz langsam die Schutzausrüstung aus. Es kam ihm vor, als wäre er von einer wütenden Menschenmenge niedergetrampelt worden.

Später am Abend kam Julie. Als er auf ihr war, war es glitschiger als sonst – Kupfergeruch füllte den Raum. Sie hatte die Regel, und als er runterschaute, sah er, dass ihre Innenschenkel schon voll damit waren. »Ist das okay?«, fragte er und wurde langsamer, woraufhin sie die Beine anspannte und ihn mit den Hacken am Hintern tiefer hineinzog. »Wenn du jetzt aufhörst, bring ich dich um«, sagte sie. Hinterher duschten sie zusammen und taten es noch mal im Stehen; das Wasser verschwand rosa im Abfluss. Die Laken warfen sie auf den Boden, und sie schliefen in die Tagesdecke gewickelt. Und das war das letzte Mal.

Am Morgen ging Julie gewohnt früh. August aß eine halbe Schachtel Cornflakes und schaute Fernsehen. Er kam gerade die Arme voll mit blutbefleckter Bettwäsche auf dem Weg in die Waschküche die Treppe runter, als seine Mutter ins Haus kam. Er wollte sich noch wegdrehen, aber er konnte es nicht verbergen. »Oh Gott«, rief sie. »Was ist denn mit deinem Bett passiert?«

Ihm fiel nicht gleich etwas ein. Schließlich sagte er: »Hab mich geschnitten.« Er ging an ihr vorbei in die Waschküche und spürte, wie sie ihn beobachtete. Er machte die Maschine an, und als er wieder raus in die Küche kam, saß seine Mutter mit verschränkten Armen am Tisch.

»Ziemlich fieser Trick bei dem Typen da gestern«, sagte sie.

August zuckte die Schultern. »Der war ein Riese. Ich hab bei ihm einfach nichts erreicht. Dachte, so kann ich ihn ein bisschen aus dem Konzept bringen. Hat aber nicht geklappt. Hast du ja gesehen. Der hat mich den Rest des Spiels fertiggemacht, also hat er wohl am Ende gewonnen.«

»Okay. Meinetwegen. Woran hast du dich denn geschnitten?« Sie starrte ihn an. Ohne zu blinzeln. Er ging an die Spüle und holte sich ein Glas Wasser, um ihrem Blick auszuweichen. Er schaute aus dem Fenster und trank aus. »Mach dir keine Sorgen«, sagte er. »War nichts Schlimmes.«

»Du hast dich nicht geschnitten.«

»Doch, hab ich.«

»Ich weiß genau, was auf den Laken passiert ist. Du kannst mir ja nicht mal in die Augen sehen.«

»Ehrlich gesagt geht dich das gar nichts an. Du lebst dein Leben. Mir geht's in meinem ganz gut.«

»Das kann nicht weitergehen«, sagte sie. »Ich rufe sie an.«

»Wen? Okay, na und? Ich hatte gestern Abend ein Mädchen hier. Eine aus der Schule. Wir treffen uns ab und zu. Das kommt vor. Menschen haben Sex.«

»Ganz genau, das kommt vor. Und würde ich glauben, dass es eine von der Schule ist, dann würde es mich nicht weiter stören, und eigentlich nicht mal überraschen. Aber ich weiß genau, wer es ist, also können wir auch mit dem Getue aufhören. Hör zu, Augie, auf dich bin ich wirklich nicht sauer. Du hast eben getan, was wohl jeder Siebzehnjährige auf der Welt tun würde, wenn man ihn lässt. Du bist nicht das Problem. Sondern sie. Sie ist doch viel näher an dreißig als an zwanzig. Sie hat kein Recht, mit irgendwelchen Highschool-Jungs herumzumachen. Auf jeden Fall nicht mit meinem Sohn. Ihr könnt euch nicht auf Augenhöhe treffen. Das redest du dir vielleicht ein, aber es stimmt nicht, das kannst du mir glauben.«

»Was? Du meinst, das war Julie? Willst du das sagen? Du bist doch verrückt.«

»Hör auf.« Sie stand auf, ging zu ihm und nahm seine Hand. »Ich bin dir nicht böse. Ich liebe dich mehr als alles auf der Welt, und deshalb muss ich hier einschreiten. Das ist nicht richtig. Ganz und gar nicht. Nicht mit ihr. Das kann nicht gut ausgehen.«

August zog die Hand weg. »Sie geht doch sowieso bald. Wo ist das Problem? Wir mögen uns eben. Na und?«

»Ach, Augie. Ich unterhalte mich doch regelmäßig mit ihr. Da erzählt sie mir so einiges. Ihre Typen. So nennt sie sie. Einer in Bozeman, ein Anwalt. Ein Barkeeper hier in der Stadt, vielleicht ab und zu noch ein anderer, ein Angelführer, glaube ich. Was sie macht, ist ihre Sache. Ich halte es ihr nicht vor; sie ist da locker und hat ihren Spaß, das ist okay, aber wenn es um meinen minderjährigen Sohn geht, ist es anders. Ich rufe sie jetzt sofort an. Es ist vorbei.«

August wusste, dass sie log. Dass sie das alles nur sagte, um sie beide auseinanderzubringen. Schon war er draußen, schlug die Pick-up-Tür zu, raste von der Auffahrt und wusste todsicher, dass es wahrscheinlich doch alles wahr war.

Er sprach tagelang nicht mit seiner Mutter und auch lange danach nicht mehr als unbedingt nötig. Sie sagte ihm, Julie sei früher nach New York abgereist. »Sie hat angerufen, um sich zu entschuldigen, und ich habe es ihr nahegelegt«, sagte sie. »Ich soll dir von ihr ausrichten, dass sie das nicht hätte tun dürfen und dass sie hofft, dass du es ihr nicht übelnimmst.« August wandte sich um und verließ das Zimmer, ohne auf ihre Worte zu reagieren.

Sie nervte ihn dauernd wegen seiner Bewerbung an die Montana State University. Weil er es selbst nicht tat, füllte sie den ganzen Papierkram aus, sodass er nur noch unterschreiben musste. Jeden Morgen gab es Streit deswegen, und schließlich gab er nach. Er unterschrieb alle Formulare. Den Umschlag brachte er zur Post und warf ihn weg.

Football hörte langsam auf. Nach den Spielen ging er nun mit zum Lagerfeuer und trank, was immer die Jungs hatten organisieren können. Er brachte eine ganz anständige Saison hinter sich, wenn auch keine so gute, wie sich die Trainer nach seinem ersten Jahr erhofft hatten. Die Mannschaft hatte diese Saison schließlich mehr Spiele verloren als gewonnen, und auf der Heimfahrt nach dem letzten Spiel war er eigentlich nur noch erleichtert, dass er sich jetzt nicht mehr die Ausrüstung zum Training anlegen und den Gestank der Umkleide ertragen musste.

Während seiner Schulzeit hatte er meistens ohne großen Aufwand Bs und As bekommen. Im Abschlussjahr hatten sich aber ein paar Cs zwischen den Bs eingeschlichen. Vielleicht lag das an Julie oder daran, dass die Highschool fast schon rum war, oder auch vielleicht daran, dass ihm vor den Augen alles verschwamm und sich das langsame Wummern der Kopfschmerzen hochschaukelte, sobald er versuchte zu lesen.

Gelegentlich träumte er noch vom Football, rannte auf einen Quarterback zu, der immer knapp außer Reichweite blieb, das Feld schwankend und unbeständig unter seinen Füßen. Aber hauptsächlich träumte er von ihr. Der Winter kam, und es schien, als wäre, seit sie weg war, eine gewisse Eigenheit des Lichts aus der Welt verblasst.

II

Die Tatsache, dass er im Mittleren Westen geboren war, verlor für August langsam ihre Bedeutung. Irgendwann wird der eigene Herkunftsort zu etwas Abstraktem. Vielleicht waren es prägende Jahre, aber sie schienen immer weniger real. Er hatte oft gehört, dass der menschliche Körper zu siebzig Prozent aus Wasser besteht. Wenn er seine Hand anschaute, sah er dafür ebenso wenig Anzeichen, wie er seine Kindheit betrachten und ihre Auswirkungen auf sein derzeitiges Leben bestimmen konnte.

Wenn sein Vater anrief, erinnerte er August jedes Mal daran, dass er sich einen Job suchen müsse, falls er nicht aufs College gehe, und dass auf der Farm Arbeit genug auf ihn warte, wenn er zurückkommen wolle. Er sagte nie ausdrücklich, dass er so seine Schwierigkeiten hatte, den Laden alleine am Laufen zu halten, aber August merkte, dass sein Vater genau diesen Eindruck vermitteln wollte.

Natürlich wusste August, dass sein Vater nicht allein war. Bei einem Telefonat hörte er im Hintergrund eine Frauenstimme. Es war fast zehn Uhr abends, und er konnte sich seinen Vater genau vorstellen, wie er das Kabel des alten, gelben Küchentelefons bis zum Tisch gezogen hatte. Er hatte den Raum genau vor Augen. Nur die Frau nicht. Lisa war es nicht, zumindest klang sie nicht so. Er hörte sie nur kurz sagen: *Willst du es mit Butter oder ohne, Schatz?* August betrachtete sich quasi als Erwachsenen, und es störte ihn nicht weiter. Trotzdem hatte sein Vater eine Frau da, die August nicht kannte, die ihm Popcorn machte und ihn Schatz nannte.

August glaubte so langsam, dass Menschen grundsätzlich

undurchschaubar waren. Er hatte seiner Mutter nicht verziehen, dass sie Julie fortgejagt hatte, aber schließlich erreichten sie einen prekären Waffenstillstand, in dem sie weiter zusammenleben konnten. Man neigte vielleicht zu der Vorstellung, dass man Zugriff auf das Innenleben der Mutter hat, bloß weil sie einen zur Welt gebracht hat. August ging eher davon aus, dass das Gegenteil stimmte. Er hatte neun Monate unter ihrem Herzen verbracht, und nun schien es, als würde sie den Rest ihres Lebens in einem Zustand leichter Verlegenheit verbringen, stets ihre Spuren verwischen, weil sie sich Sorgen machte, was er da drinnen womöglich gehört hatte.

August stritt sich immer noch wegen der Uni mit ihr. Wäre er studieren gegangen, hätte er seiner Mutter einen Sieg in dem kaum definierten Kampf geschenkt, den sie ausfochten, seit Julie weg war. Sie hatte beim Einschreibungsbüro der Montana State University angerufen und war stinkwütend gewesen, als sie erfuhr, dass unter seinem Namen keine Bewerbung vorlag. Stattdessen hatte er beschlossen, Wildnis-Feuerwehrmann zu werden oder vielleicht auf den Ölfeldern Wyomings zu arbeiten wie Gaskills großer Bruder, der mit einem brandneuen Pick-up in die Stadt zurückgekommen war. Er hatte gesagt, er werde wieder da rausgehen und könne August mit an Bord bringen.

Es war zwei Jahre nach dem 11. September, und die Werber vom Militär kamen immer noch mindestens einmal die Woche an Augusts Highschool und witterten Blut. Als Schüler der Abschlussklasse konnte August bei der National Guard unterschreiben und würde viertausend Dollar bekommen, sobald er den Test bestand. *Tu deinen Teil*, sagten sie, *nur ein paar Jahre, und wenn du fertig bist, bezahlen wir dir die Uni. Du willst doch studieren, Junge, oder? Natürlich. Aber von welchem Geld? Du bist doch ein anständiger junger Mann, das kann ich sehen. Erwartest du etwa, dass deine Eltern die Zeche zahlen? Oder willst du dich verschulden?*

Die ganze Masche hatte August ziemlich schnell durchschaut. Das verdankte er wohl seiner Mutter, wie er zugeben musste. Die Wochenenden verbrachte sie nach wie vor bei Art, aber unter der Woche schaute sie mit August Bill O'Reilly. Sie saß dabei immer auf dem Sofa, rauchte und ächzte bei jedem Zug angewidert. Danach schaltete sie den Fernseher aus, mixte sich einen Drink und drehte das Radio auf den NPR-Sender aus Billings. Dann saßen sie still da und hörten BBC World News. Sie sagte nie etwas und erlaubte ihm, sich seine eigenen Meinungen zu bilden.

Viel merkte er davon zunächst nicht, bis Ramsay in die Luft gejagt wurde. Er hatte vier jüngere Brüder. Seine Mutter wog über hundertdreißig Kilo und ging kaum aus dem Haus. Sein Vater fuhr Trucks quer durchs Land und kam nur alle paar Wochen mal nach Hause. Ramsay war schlau genug, auf jedes College zu gehen, das er wollte, wahrscheinlich mit vollem Stipendium, aber er musste jede Woche für seine Mutter einkaufen gehen und seinen Brüdern hinterherputzen. Das heißt, er hatte nicht BBC World News auf NPR gehört. Er hatte die viertausend Dollar genommen. Er war von seinem ersten Auslandseinsatz mit Verbrennungen an siebzig Prozent seines Körpers zurückgekommen und in einem Militärkrankenhaus irgendwo in Texas gestorben. August wusste immer noch nicht so recht, inwiefern es zu den Pflichten eines Mitglieds der National Guard gehörte, in einem Hummer durch Afghanistan zu fahren. Die Broschüren der Werber waren voller lächelnder junger Männer und Frauen in Tarnklamotten gewesen, die einander Sandsäcke weitergaben, während hochwassergeplagte Anwohner danebenstanden und unheimlich dankbar dreinschauten.

Nach Ramsay schien irgendwie alles verzweifelt. Es war, als hätten August und alle anderen Jungs, die er kannte, sich irgendetwas eingefangen. Einer von ihnen würde nie wiederkommen, und dieser erste Feindkontakt, dieser erste Geschmack der Sterblichkeit, hatte alle verstört zurückgelassen.

—

August kannte June nicht allzu gut, aber sie schien irgendwie in einer höheren Sphäre zu existieren als alle anderen in der Schule. Sie war vielleicht keine umwerfende Schönheit – sie hatte keins dieser asketischen Gesichter, die man in den Zeitschriften sah. Dafür war sie aber unheimlich süß. Klein, blond, Stupsnase, riesengroße blaue Augen. Und ihre Stimme: nicht hoch und piepsig, wie man es vielleicht angenommen hätte. Sie war kratzig, sanft, aber etwas herb. Als hätte sie zu früh ihre Erwachsenenstimme bekommen. Schlau war sie auch, aber anders als Ramsay nahm sie das ernst. Sie war Jahrgangsbeste und Abschiedsrednerin, was wohl kurz nach Anfang des ersten Highschool-Jahres schon jeder wusste.

Sie war vielleicht klein, aber perfekt geformt. Sie war in der Volleyball-Mannschaft, und dort trugen sie diese engen Shorts. August erinnerte sich, dass zu den Heimspielen immer ungewöhnlich viele Jungs aus der Gegend gekommen waren, Typen, die Baggern nicht von Pritschen unterscheiden konnten. Sie aßen Popcorn und rissen Witze über die Knieschoner, während sie zusahen, wie June sich zackig die langen Haare aus dem Gesicht warf, tief in die Knie ging und etwas hin- und herschaukelte, als sie auf den Aufschlag wartete.

Am Ende des letzten Schuljahrs wurde sie an der Brown University angenommen. Niemand wusste genau, wo die war, aber sie klang auf jeden Fall prestigeträchtig. Die meisten von ihnen, die studieren wollten, gingen an die staatlichen Unis in Bozeman oder Missoula. Aber June würde an die Brown University gehen. Irgendwann schaute August nach. Rhode Island. Ein Staat, kaum so groß wie Sweet Grass County. June selbst hängte es nicht an die große Glocke, aber es war eins von den Dingen, die sie der Stadt enthoben.

Alle hatten ihn immer Augie genannt, aber in der letzten Zeit wehrte er sich dagegen, weil es sich für ihn anhörte wie ein Name für einen Welpen, aus dem später ein nutzloser Köter wird. Seine Mutter nannte ihn immer noch so. Sein Vater hatte ihn immer August genannt. Aber auf Umwegen lernte er wegen seines Namens schließlich June kennen.

Soweit er wusste, war er schon zwei Jahre an der Schule, als sie überhaupt erfuhr, dass es ihn gab. Er ging vom Training zurück zur Umkleide, und sie saß in ihrem Auto und wollte gerade losfahren. Sie hatte einen roten Mazda MX-5. Ihr Vater war Miteigentümer eines Autohandels in Billings und hatte ihr den Wagen zum sechzehnten Geburtstag geschenkt. Sie hatte das Fenster unten, und als August vorbeiging, pfiff sie nach ihm.

»Hey«, sagte sie. »August, oder? Schade, dass du nicht July heißt.« Das waren die ersten Worte, die sie überhaupt zu ihm sagte.

»Ja? Wieso?«, fragte er.

»Dann dürftest du vielleicht nach mir kommen.«

Und damit fuhr sie unter lautem Gekicher los, ein kleines blondes Mädchen in einem kleinen roten Auto, das Haar aus dem Fenster flatternd.

Niemand hätte behauptet, dass June immer nur ein braves Mädchen war. Es gab Gerüchte. Ihre Eltern waren strenge

Katholiken, und natürlich wartete sie bis zur Hochzeit. Aber sie hatte das katholische Talent, Schlupflöcher zu finden.

»Sie bläst«, sagte Gaskill einmal, als er mit August am Fluss an der Ladeflächenkante seines Wagens saß und warmes, vom alten Gaskill geklautes Bier trank. »Ich habe nachgeforscht.«

»Ja, wer sagt das?«

»Mein Cousin studiert unten an der MSU. Da ist sie wohl öfter mal zu Besuch. Studenten. Die haben keinen Bock auf den ganzen Nicht-vor-der-Hochzeit-Quatsch. Weißt du, was ich noch gehört habe?«

»Was denn?«

»Bloß weil vorne zu ist, heißt das nicht, dass die Hintertür nicht weit offen steht.«

»Nee!«

»Im Ernst. Hab ich gehört. Offiziell ist sie natürlich noch Jungfrau. Hinten zählt nicht.«

»Ach, komm.«

»Kein Witz.«

August glaubte ihm nicht so recht, aber trotzdem. Er hatte sie gesehen – auf den Fluren, ihre Freundinnen um sie herum wie ein Schutzpanzer, oder beim Volleyballtraining, wenn er gerade zum Football-Feld ging – und er hatte sich schon so seine Gedanken gemacht.

Dann feierten sie eine Party zu Ramsays Ehren. An einem Wochenende nicht lang nach dem Abschluss drapierten sie die Flagge über den Sarg und senkten seine Überreste in die Erde, und am Abend gab es ein Lagerfeuer am Fluss. Gaskills Vater arbeitete für das Telefonunternehmen und hatte immer Mastenreste herumliegen. Telefonmasten voller Teeröl – für ein gewaltiges Feuer gab es kaum etwas Besseres. Sie bauten ein fünf Meter hohes Gerüst aus den Masten und erwähnten Ramsay bei der Arbeit kein einziges Mal. August wusste nicht, woran die anderen dachten. Er selbst versuchte, sich an das Letzte zu erinnern, was er zu Ramsay gesagt hatte, aber es fiel ihm nicht ein. Aus irgendeinem Grund glaubte August, wenn es ihm nur gelänge, sich an die allerletzten Worte zwischen ihnen zu erinnern, könnte er besser einordnen, was Ramsays Tod bedeutete. Denn bisher wusste er überhaupt nicht, wie er dazu stehen sollte.

Anders als manche erzählte er auch nicht allen, Ramsay sei sein bester Freund gewesen. Nach dieser ganzen Geschichte musste er sagen, dass einen nichts so beliebt macht wie das Sterben. Was wusste er denn überhaupt von Ramsay, wenn er ehrlich war. Ein großer Schlaks. So blass, dass ihn alle Casper nannten. Er war auch in der Football-Mannschaft gewesen, ein mittelmäßiger Wideout. Leichtathletik hatte er auch gemacht, das konnte er besser. Eigentlich hatte er Ramsay nur ab und zu mal gesehen. Wären sie gute Freunde gewesen, wäre es vielleicht einfacher gewesen; dann hätte August sich immerhin nicht fragen müssen, wie viel Trauer genug war.

Zu dem Zeitpunkt erschien ihnen ihr Telefonmasten-Monument als ein angemessener Erinnerungsakt für ihren Freund. Alle waren sich einig, dass Ramsay es immer geliebt hatte, alles Mögliche abzufackeln. Sie warteten auf die Dunkelheit, gossen Benzin darüber und steckten es an. Das Feuer loderte höher als die Pappeln, und wenn man näher als auf zehn Meter herankam, kräuselten sich einem bald die Haare. Die Flammen züngelten an die Baumwipfel, giftige Teer-Rauchwolken waberten und pulsierten – es war wunderschön.

Alle kamen. Auch Jugendliche, die keiner kannte. Augusts Erinnerung nach war es die einzige Party in diesem Sommer, bei der keine Bullen aufkreuzten und ihnen Stress machten. Es war, als hätte die Stadt selbst beschlossen, dass die jungen

Leute Ramsays Tod auf die einzige Art und Weise verarbeiten durften, die sie kannten. Denn auch das taten sie, gab August zu, aber hauptsächlich gaben sich alle hemmungslos die Kante.

Veldtkamp war vom Sommertraining aus Missoula zurück – er hatte an der University of Montana ein Vollstipendium bekommen. Er stolperte mit einer Flasche Jack Daniel's herum, brüllte: »Calvin Ramsay war ein amerikanischer Held«, und wollte sich mit mehreren Typen prügeln, die seiner Ansicht nach nicht energisch genug zustimmten.

Richards verbrannte sich abartig, als er versuchte, über die Flammen zu springen, die aus einem umgestürzten Mast schossen, und ein paar andere mussten ihn tackeln, um das Feuer auf seinem Hemd zu löschen.

Irgendwann mittendrin tauchte June auf. Sie war mit einem Typen da, den keiner kannte. Er war älter, mindestens Mitte zwanzig. Sein Blick deutete Geringschätzung an, er weigerte sich, ein Bier zu exen, und bald darauf verschwanden seine Rücklichter die Straße am Fluss entlang.

Aber June blieb. Sie trug ein Kleid, und ihre wohlgebräunten Beine schimmerten im Feuerschein rötlich. August beobachtete sie, wo sie mit ihren Freundinnen stand. Sie lachten und redeten laut, wie es alle taten; man musste gegen das Hintergrundprasseln des Feuers anschreien. Aber trotzdem war es, als übertriebe June es dabei etwas. Sie lachte immer am lautesten und am längsten.

»Bitte was?«, hörte er sie einmal rufen, den Kopf in den Nacken geworfen, die Augen ungläubig zusammengekniffen. »Scheiße, echt jetzt, bitte was?«

Ein paar Typen hatten für eine Magnumflasche Southern Comfort 100 Proof zusammengelegt. Sie füllten einen Kühler mit Eis, gossen den Whiskey rein und kippten ein paar Dosen Ananassaft dazu. Gaskill hatte seiner Mutter die Bratenspritze geklaut, und er und August machten mit dem Kühler die Runde und boten allen etwas von der Mischung an.

Als sie bei Junes Gruppe ankamen, legte eine nach der anderen den Kopf in den Nacken, damit Eddy ihr eine Bratenspritze voll in den Rachen spritzen konnte. Gelächter, Gehuste, Gefluche. Alle klebrig vom Ananassaft. Als June dran war, rief sie »Für Ramsay«, wie es alle den ganzen Abend schon taten. *Für Ramsay, für Ramsay, für Ramsay.* Ein Mantra, ein Gesang, ein Motto, ein Schlachtruf, ein vergeblicher Versuch, den Toten zu erwecken. August hatte Gaskill die Spritze abgenommen, damit er June versorgen konnte, sie legte den Kopf in den Nacken, und er konnte die Muskelstränge an ihrem Hals arbeiten sehen, als er auf die Blase drückte. Ihr Kopf lag an seiner Schulter, die Haare waren elektrisch aufgeladen, standen ab, blieben an seinen Armhärchen hängen.

Hinterher wischte sie sich den Mund mit dem Handrücken ab. »Noch einen«, sagte sie lächelnd, und der Saft glänzte ihr am Kinn.

Alkoholrausch, Schreie, Gelächter, Tanz. Staub erhob sich und wirbelte in wütend roten Säulen über das Feuer. Im allgemeinen Chaos sah August, wie June eine ihrer Freundinnen voll auf den Mund küsste, während alle zuschauten. Eine Weile später küsste sie Veldtkamp, dann Richards, dann Gaskill und dann wieder Veldtkamp. Ihre Freundinnen waren mittlerweile verschwunden. Sie saß auf dem Boden, lachte vielleicht, oder sie weinte. Nein, sie lachte auf jeden Fall. Und dann hatte Veldtkamp sie über der Schulter, und sie kicherte, dann wurde sie schlaff, und ihre Haare schleiften fast durch den Dreck.

Das Feuer war jetzt hinter ihnen. Sie waren unter den

Pappeln und dem weichen Mitternachtszirpen der Zikaden. August roch, wie der Fluss sich draußen in der Dunkelheit bewegte, nass und schwarz. Veldtkamp hatte June hochgehoben und war mit ihr losmarschiert, und ein paar Jungs waren hinterhergelaufen, dann fluchte er und setzte sie forsch ab. August sah eine gelbe Kotzspur seinen Rücken runterlaufen. Er zog das Shirt aus und warf es in die Büsche.

Sie saß breitbeinig da, die Haare in den Augen. Das Kleid hatte sich die Oberschenkel hochgeschoben, einer der Träger war von der Schulter gerutscht. Die Jungs standen um sie herum. Auch August war dabei. Sie schnaufte, bewegte sich ein bisschen, rutschte, vielleicht wollte sie aufstehen. Veldtkamp kniete sich mit nacktem Oberkörper neben sie, die kraftraumaufgeblasenen Muskeln wölbten sich in alle Richtungen. Er zog ihr das Kleidoberteil runter, dass ihre Brüste zu sehen waren. Nervöses Lachen.

»Scheiße, Alter«, sagte einer.

June machte keine Anstalten, sich zu bedecken. Sie wischte sich mit der Armbeuge den Mund ab und murmelte etwas Unverständliches. Veldtkamp hockte immer noch neben ihr. Er hatte die Hand unter ihrem Kleid, bewegte sie zwischen ihren Oberschenkeln, und June ächzte, sank zurück, bis sie auf den Ellenbogen lehnte. Dann stand Veldtkamp wacklig auf. Er sah sich um, als würde er die Zuschauer gerade erst bemerken. Er wankte leicht und fummelte sich am Reißverschluss herum.

»Und? Wie wär's? Für unseren Freund Ramsay«, sagte er.

Für Ramsay. Sagte ein anderer, und dann noch einer. Geschubse. Gelächter. August stand hinten, aber irgendwann kam er nach vorne. Die Gruppe hatte einen Kreis um June gebildet, und wer da war, war ganz da. June auf dem Boden. Wankend auf allen vieren, den Rücken mit einem Stöhnen gekrümmt, die Augen geschlossen, die Wange an die Blätter gedrückt. Als August dran war, war June verstummt; sie konnte sich nicht mehr auf Händen und Knien halten und kippte auf die Seite. Sie hatte wieder gekotzt, und als er es auf seinen Händen roch, ging nichts mehr.

»Augie ist so voll, der kriegt keinen mehr hoch«, sagte jemand. August wischte sich die Hände an den Jeans ab; June rollte auf den Rücken und spuckte so aus, dass ihr das meiste schimmernd an Kinn und Hals kleben blieb. Sie öffnete die Augen und sah ihn an. Sie lachte. Dann krampfte sie am ganzen Körper, als sie würgen musste. August lief weg, schlurfte erst, zog sich die Hose hoch und rannte dann Hals über Kopf in die Dunkelheit, die Äste der Pappeln zerrten an ihm. Er lief, bis er stolperte und stürzte. Er war weit draußen, weg von der Party, die ohnehin so gut wie vorbei war. Er hörte keine Stimmen mehr. Er sah die schemenhaften Umrisse der Bäume und weiter weg das Feuer.

Aus irgendeinem Grund fiel es ihm nun ein, während er dalag. Das Letzte, was er Ramsay je gesagt hatte. Es war nach der Floßfahrt gewesen. Sie waren zurück in der Stadt und hatten sich bei Mark's In and Out Burger geholt. Sie saßen draußen an einem Picknicktisch und rissen Sprüche wie immer, bloß Ramsay sagte kaum etwas. Er klopfte mit seiner Gabel auf den Tisch und starrte sie an. Jemand warf eine leere Pommesschachtel auf ihn, damit er aufhörte, und er schüttelte sich ein bisschen und kam zu sich. Bis dahin hatten alle über Mädchen oder Football und so weiter geredet. Aber Ramsay schaute in die Runde und schlug weiter die Gabel auf den Tisch, als könnte er nicht anders.

»Wenn man das unendlich oft machen könnte«, sagte er, »würde sie irgendwann einfach durchfallen. Das hatten wir letztes Jahr in Physik. Daran musste ich gerade denken.«

Alle sahen ihn an und fragten sich, wovon zum Teufel er da redete.

»Im Ernst«, sagte er und ließ die Gabel fallen. »Das hat mit der Teilchenschwingung zu tun. Alles schwingt, und wenn die Teilchen der Gabel gerade alle zick machen, während die Teilchen des Tischs alle zack machen, *bumm*. Dann fällt die Gabel mitten durch den Tisch.«

»Ach, Blödsinn«, hatte August gesagt. »Keine Chance. Warum fallen wir denn dann nicht einfach mitten durch die Erde?«

Dann hatte Ramsay seine Sonnenbrille gesenkt und über die Kante geschaut. »Natürlich nur theoretisch, du Hinterwäldler.« Und dann hatte er über Augusts Schulter gesehen. »Wo wir gerade bei Hintern sind.« Und alle hatten Ms Moore hinterhergeglotzt, der neuen Sportlehrerin, die gerade mit Yogahose und Kopfhörer den Gehsteig entlangjoggte. Danach waren sie ihrer Wege gegangen. Ramsay marschierte die Straße runter, raus aus Montana und nach einer Zeit mitten auf eine improvisierte Sprengfalle.

So war es gelaufen, und es konnte niemals rückgängig gemacht werden. Die endgültige Dummheit der Sache trieb August die Tränen in die Augen. Wo er hingefallen war, sah er dem Einsturz des Telefonmastengerüsts zu, der eine Funkenwolke zwei Stockwerke hoch aufwallen ließ.

Am Morgen nach der Party ging August mit ein paar von den Jungs frühstücken. Sie saßen verkatert im Truck-Stop-Diner und aßen Brötchen mit Sauce. Sie unterhielten sich nicht, fragten nur gelegentlich nach Salz, Pfeffer, Butter, und auch das nur seltsam steif. Manche von ihnen kannten sich praktisch von Geburt an, aber an diesem Morgen aßen sie zusammen wie Fremde.

»Der Scheiß-Southern-Comfort«, sagte jemand. »Ich komm mir vor wie ausgekotzt.« Alle ächzten, als wäre das das wahre Problem. In der Sitznische lag eine *Billings Gazette*, und August blätterte sie durch. Auf der zweiten Seite war ein Bild von Junes Vater. Er war angeklagt worden, weil er angeblich eine halbe Million Dollar vom Miteigentümer des Autohauses unterschlagen hatte. August gab die Zeitung herum.

»Mann«, sagte er. »Kein Wunder, dass sie sich gestern Abend so hat vollaufen lassen. Wahrscheinlich hat sie es selbst gerade erst erfahren.«

Alle nickten und schüttelten den Kopf. Es ergab alles irgendwie Sinn.

—

August sah June den ganzen Sommer nicht mehr. Eigentlich keiner von ihnen. Er fand einen Job auf der Heart K Ranch und erledigte alles Grobe, was so anfiel. Zum großen Teil besserte er Zäune aus. Er fuhr mit dem Quad raus und war den ganzen Tag unterwegs, gerissenen Draht zusammenfügen, Zaunpfähle richten. Er wohnte zwar noch zu Hause, war aber kaum da. Meistens war er nach der Arbeit so fertig, dass er einfach auf dem Feldbett in der Sattelkammer schlief.

Seine Mutter brachte Art nun öfter mit. August hatte das Gefühl, dass sie sie drei irgendwie als Familieneinheit zusammenschweißen wollte. Art war oft zum Essen da, und sie bat August meistens, doch noch etwas zu bleiben, aber er ließ sich immer eine Ausrede einfallen und war weg. Manchmal, wenn er Arts Wagen in der Auffahrt sah, wendete August einfach, fuhr zurück zur Heart K Ranch, legte sich auf sein Feldbett und atmete den Geruch von Leder und Pferdeschweiß, den die Sättel verströmten.

—

August rief seinen Vater an und erzählte ihm von seinem neuen Job.

»Hier ist es heiß diesen Sommer«, berichtete sein Vater. »Wir hatten jetzt eine ganze Woche um die fünfunddreißig Grad. Ist es bei euch auch so?«

»Nicht ganz. Machen sich aber alle Sorgen, wie trocken es ist. Es kommt einem vor, als könnte der ganze Laden jederzeit in Rauch aufgehen. Wo ich arbeite, lassen sie mich das Gestrüpp von den Gebäuden wegschneiden und das hohe Gras mähen. Wir haben Schläuche bereitliegen, falls wir die Dächer nassmachen müssen. Gibt aber viele Nebengebäude. Ist eine ziemlich große Ranch.«

»Ach ja? Eine Ranch. Hört sich natürlich besser an als eine kleine alte Farm.«

»Hier draußen ist es anders.«

»Das kann ich nicht sagen. Es ist vielleicht keine große Ranch, aber du hast hier einen Betrieb. Es ist doch irgendwie albern, dass du da draußen für einen anderen arbeitest, wenn du hier doch Mitinhaber einer Farm sein kannst, die rechtmäßig dir gehört. Bin ich denn so schlimm?«

August wollte ihm von der stillen Gegenwart der Berge erzählen, von der täglichen Arbeit unter dem gewaltigen, sich ewig wandelnden blauen Himmel. Stattdessen sagte er seinem Vater, er habe eine Freundin. Das konnte er wohl eher verstehen.

»Oha«, sagte er, und seine Stimme wandelte sich. »Warum hast du das denn nicht gleich gesagt? Nicht, dass es mich überrascht. Hast du dir ein kleines Cowgirl gesucht?«

»So in der Art.«

»Wie heißt sie denn?«

»June.«

Er lachte. »Na, wenn ihr heiratet und ein paar Töchter kriegt, könnt ihr sie April, May und July nennen, dann habt ihr die schönen Monate alle zusammen.«

»Ganz so schnell geht das dann doch nicht.«

»Na, pass auf dich auf. Mehr will ich gar nicht sagen. Und du könntest ruhig mal wieder zu Besuch kommen, ja? Ich schicke dir das Geld für ein Flugticket diesen Herbst. Dann gehen wir jagen. Vielleicht an Thanksgiving?«

August sagte klar, und als er auflegte, merkte er, dass er seinen Vater gar nichts gefragt hatte. Das war eine relativ neue Erkenntnis, dass sein Vater nicht nur sein Vater war. Er hatte ein eigenes Leben, eine unabhängige Existenz, nach der August sich erkundigen konnte. Er wusste nicht genau, woran es lag, aber etwas hatte sich geändert, und zum ersten Mal wusste er, dass er nicht wieder nach Michigan ziehen würde.

—

August hatte auf der Ranch zu tun und traf seine alten Freunde nicht mehr oft, aber trotzdem hörte er dies und das. Gegen September hieß es, June sei wieder aufgetaucht. Einmal sah August sie. Er fuhr gerade durch die Stadt, und da ging sie ins Kino, ausgerechnet mit Veldtkamp. Er konnte es nicht fassen. Er bremste so plötzlich, dass ihm der Hintermann fast reinfuhr. Er sah sie nur einen Augenblick, und sie drehte sich schon weg. Veldtkamp hatte die Hand an ihrer Hüfte.

August erfuhr später, dass sie zusammen waren. Er hörte auch, dass Veldtkamp jeden anderen Typen vermöbelt habe, der in der Nacht damals dabei gewesen sei. Und dass er August suche.

In einer Kleinstadt kann man sich nicht ewig verstecken.

August wusste, dass Veldtkamp ihn irgendwann erwischen würde, wenn er es sich in den Kopf gesetzt hatte. Wäre es nur um ein paar aufs Maul gegangen, wäre August vielleicht einfach irgendwann zu einer Party gekommen. Soll Veldtkamp sich doch vor allen aufplustern; August hätte ein paar eingesteckt, bevor die anderen Veldtkamp von ihm gezerrt hätten. Das wäre es wert gewesen, damit die Sache vorbei war. Allerdings war August der Letzte. Wenn Veldtkamp die Rechnung mit August beglichen hätte, könnte er womöglich mit der Sache abschließen. Das störte August am meisten. Dass Veldtkamp das Ganze einfach vergessen konnte, wenn er August ausknockte.

Veldtkamp erzählte herum, August würde sich nicht mal mehr in die Stadt trauen. August versuchte nicht, sich zu rechtfertigen. Selbst Gaskill gegenüber nicht, der August ein paar Boxtipps gab, die ihm sein Vater beigebracht hatte, der vor über zwanzig Jahren mal in Helena ein Amateurboxturnier gewonnen hatte. »Immer die kurze Linke«, sagte er. »Ihn immer mit der kurzen Linken auf Distanz halten und dann irgendwann mit der Rechten voll zuschlagen. Damit haust du ihn um.«

»Okay, Tyson«, sagte August. »Hast du das auch gemacht, als du dran warst?«

»Hab's versucht. Er hat mich einfach zu Boden gerissen. Du darfst dich davon nicht krank machen lassen, Alter. Schau, ob du ein, zwei Treffer landen kannst. Vielleicht kriegst du ein blaues Auge. Ist keine große Sache.«

An dem Tag, als August den Bisonsprung fand, bekam Veldtkamp ihn schließlich zu fassen. Er war hinter Mount Baldy am Zaun unterwegs gewesen, als er die Stelle fand. Niemand auf der Ranch hatte ihm davon erzählt. Ihm war, als hätte er den Ort zumindest für seine Generation wiederentdeckt und als hätte er deshalb einen gewissen Besitzanspruch. Vom Anblick allein verstand er schon ganz gut, wie es funktioniert hatte. Sie hatten mit Felsbrocken und Ästen und so weiter eine Art Trichter geformt. Das war August als Erstes aufgefallen. Es war noch alles da – zwei anfangs parallele Linien aus Steinen und verblichenen Wacholderstümpfen, die dann immer enger zusammenkamen, je weiter man sich der Klippe näherte. Die Crow hatten sich oben auf der Kuppe unter Bisonfellen versteckt und auf die Gelegenheit gewartet, die Herde über die Kante zu jagen.

August parkte das Quad und suchte sich einen Weg durch das Beifußgestrüpp zum Fuß der Felswand. Die Bisonknochen lagen in einer dicken, sonnengebleichten Schicht da. An manchen sah er Spuren, wo das Fleisch mit dem Messer abgekratzt worden war. Schulterblätter wie Schaufeln, Rippen wie verstreute Textklammern. Aber hauptsächlich zahllose nicht identifizierbare Bruchstücke. Er stapfte hindurch nach oben, hohles Knacken, als unter seinen Stiefeln Knochen auf Knochen malmten, das Geräusch schwoll vor der Wand scheinbar an, bis es klang, als wären die Bisons auferstanden und kämen wieder den Hang hinab, eine dem Verderben entgegenpreschende Skelettherde, durch deren unzählige Augenhöhlen der Wind heulte.

Als er oben ankam, wo es flach war und Gras wuchs, setzte er sich hin, ließ die Beine über die Kante baumeln und blickte hinunter in den weißen Wirrwarr der Bison-Überreste. Da unten sah es aus wie ein Mosaik des Todes. Er kniff lange die Augen zusammen und suchte nach einem Muster im Chaos. Könnte er sich nur mit June treffen und mit ihr reden, dachte er. Könnte er sie nur etwas fragen: *Hattest du mal einen gelben Badeanzug? Hast du von der Eisenbahnbrücke Saltos in den Fluss gemacht? Gingen deine Haare damals lang den Rücken runter, hattest du sie zum Zopf gebunden? Weißt du, dass ich dich gesehen habe und dass es mir leidtut?*

In dem Moment beschloss er zu gehen. Es war schwer zu erklären, aber er hatte ganz deutlich den Eindruck, dass er gerade aus reinem Zufall die letzte lohnenswerte Entdeckung in diesem Land gemacht hatte, dass er nichts halb so Spannendes mehr zu sehen bekommen würde, auch wenn er den Rest seines Lebens blieb.

Als er zur Scheune zurückkam, ging schon die Sonne unter. Er parkte das Quad und warf seine Sachen in den Pick-up. Es war kein schlechter Abend, um sich von der Heart K Ranch zu verabschieden, dachte er. Der Himmel wie eine gespaltene Mandarine, deren Saft alles einfärbte; das klappernde Windrad in der Brise, ein paar Pferde, die sich im Staub des Paddocks wälzten. So ein Job würde ihm liegen, genau so einer, bloß woanders.

Am Ende der Zufahrt zur Ranch wartete Veldtkamp auf ihn. Sein Camaro parkte neben dem Viehrost. Ein lilafarbener Camaro. Hinterradantrieb in einem Staat mit knietief Schnee ab Thanksgiving. Er lehnte an der Tür und richtete sich auf, als er Augusts Pick-up sah. Als August ausgerollt war, stand er am Fenster.

»Steig aus, wir müssen reden«, sagte er.

»Können wir auch so.«

»Du scheinheiliger kleiner Wichser! Bloß weil du weggerannt bist, bist du aus der Sache nicht raus.«

»Es war deine Idee.«

»Steig aus.«

»Nein.«

Veldtkamp versuchte, August aus dem Wagen zu zerren.

Er erwischte August an der Schulter und am Jackenkragen. August stemmte sich so weit dagegen, dass Veldtkamps Kopf gerade drinnen war, dann trat er aufs Gas. Einen Moment krallte Veldtkamp sich noch an Augusts Arm fest, dann kamen die Beine nicht mehr mit, er stürzte, es wummerte, und hinten bockte der Wagen wie bei einem Schlagloch, bloß war es keins, denn Veldtkamp schrie. August sah nicht in den Rückspiegel. Er fuhr nach Hause, Sachen packen.

Als August von seinem Zimmer nach unten kam, saß seine Mutter am Küchentisch. Sie hatte ihm ein Sandwich gemacht. Es lag auf dem Tisch, Chips, Gurke, das volle Programm. August wollte nur noch weg. Er konnte das Wummern noch spüren – Veldtkamps Schrei noch hören. Wahrscheinlich das Bein. Vielleicht das Knie. Er war einer der Ersten in der Stadt gewesen, die fair mit August umgegangen waren, als er hergezogen war. In der Mittagspause waren sie rausgegangen und hatten den Football hin- und hergeworfen. Veldtkamp hatte das Vollstipendium verdient.

August stellte die Tasche hin und setzte sich. Sein Stiefel tippte auf dem Boden. Er hörte bewusst damit auf, dann ging es von selbst wieder los.

»Du gehst?«

Er hatte ihr sagen wollen, dass er nur ein paar Klamotten und so weiter mit rüber zur Ranch nahm. Aber er hatte seine Mutter noch nie angelogen. »Sieht so aus.«

»Gehst du zurück zu deinem Vater?«

August merkte, welche Überwindung es sie kostete, diese Frage zu stellen. »Nee. Ich glaube, ich versuche es mit der anderen Richtung.«

»Okay. Ich würde es aber verstehen. Ich sage nicht, dass du es nicht machen solltest.«

»Ist schon in Ordnung, Mom. Ich will nicht dahin zurück.«

»Und im Herbst ans College?«

»Ist nichts für mich, glaube ich.«

»Du hast es dir in Ruhe durch den Kopf gehen lassen?«

»Ja. Kommt mir vor wie etwas, was die Leute machen, damit sie nicht sofort etwas Richtiges machen.«

»Das ist deine endgültige Entscheidung?«

»Im Moment, ja.«

»Iss dein Sandwich, bevor der Senf das Brot aufweicht.«

Das tat August; sie sah ihm zu und rauchte. Als er aufstand, holte sie ihm eine Einkaufstüte mit einzeln eingewickelten Sandwiches aus dem Kühlschrank. Sie hatte ihn packen hören und die ganze Zeit gewusst, dass er fahren würde. Sie hatte ein ganzes Brot verbraucht. Dann umarmte sie ihn. »Mensch, Augie. Vergiss mir bloß nicht, ab und zu deine Mutter anzurufen.«

—

Nach zwei kalten, monotonen Monaten an einem Ölbohrturm außerhalb von Casper kündigte August, ohne Bescheid zu sagen. Gab einen kleinen Betrag an ausstehendem Lohn auf. Fuhr einfach los. Übergangsweise fand er Arbeit auf einer Ranch bei Buffalo. Einer Kleinstadt am Fuße der Bighorn Mountains. Der Vorarbeiter hatte sich bei einem Autounfall das Bein gebrochen und brauchte nun Hilfe. Es war jetzt tiefer Winter, kurze Tage, der Wind schlug scharf und metallisch von den Höhen herab. Morgens fuhr August mit dem Traktor raus und verteilte das Alfalfa-Heu vom letzten Sommer in langen Schwaden auf der windzerfurchten Winterweide. Die Rinder, die sich zum Fressen versammelten, der graue Nebel der Traktorabgase, der graue Nebel des Rinderatems, der graue Nebel entlang der Pappeln, die den Fluss verbargen. An der Park High hatte Mrs Defrain in der zehnten Klasse in Englisch immer wieder vom objektiven Korrelat geredet. Seiner Meinung nach war das bloß ein hochtrabender Ausdruck für einen Trick, mit dem Autoren die Stimmung ihrer Figuren darstellen. Wer auch immer gerade die Geschichte seines Lebens schrieb, sollte es unbedingt mal mit etwas anderem versuchen, fand August. Vielleicht mit magischem Realismus. June könnten Taubenflügel wachsen, die sein Haar streiften, wenn sie tief über ihm heranflog. Vielleicht könnte Julie aus der kalten Asche eines toten Feuers auferstehen, um sich mit ihm im Schnee zu wälzen, der unter der Hitze ihrer verschlungenen Körper dahinschmolz, während endlich die Sonne aufging, das Wasser warm floss wie Blut und doch kaum den mächtigen Durst der prächtigen Liebesbäume stillen konnte, die nun Wurzeln schlugen, wuchsen, erblühten und sie beide umfingen.

Als der Vorarbeiter wieder selbst auf den Traktor steigen konnte, nahm August seinen Lohn entgegen und fuhr für die Feiertage zurück zu seiner Mutter. Er blieb für sich. Schlief aus und aß zu viel, durchsuchte nachmittags die Kleinanzeigen. Kurz nach Neujahr fuhr er nach Norden Richtung Great Falls und kam durch all die toten und sterbenden Orte – Clyde Park, Wilsall, Ringling. Orte in dem Sinne, dass die Schilder, die ihre Existenz bekundeten, noch standen, wenn auch sonst nicht mehr viel. Fassaden bröckelnder Häuser, Bahndepots, Getreidespeicher, bei denen Tauben unter dem First hervorsegelten.

Hinten im Wagen hatte August zwei Sporttaschen mit Klamotten, und auf dem Beifahrersitz wieder eine Tüte in Folie gewickelter Sandwiches. Schinken, Käse und rohe Zwiebel auf Weizenbrot mit Dijon-Senf. Er hatte schon zwei gegessen und eine Thermoskanne Kaffee geleert. Willie Nelson kam etwas kratzig von einem Sender in Billings.

Er hatte sich die Wegbeschreibung zur Virostok Ranch aufgeschrieben und las sie sich jetzt vor, um einmal zu hören, wie es klang. »*Auf der 89 nach Norden bis zur 294, dann auf der 294 bis Martinsdale. In Martinsdale an der blinkenden Ampel links und acht Kilometer weiter bis zur Abzweigung Old Smith Road. Rechts in die Old Smith Road. Die wird nach zwei Kilometern zum Schotterweg, danach sind es noch zwölf Kilometer. Kurz nach der Kuppe vom großen Hügel am Virostok-Angus-Schild links. Dann direkt zum Haupthaus.*«

Nach der Stadt noch mehr als zwanzig Kilometer unbefestigte Wege. Und eine richtige Stadt war Martinsdale auch nicht. August versuchte, mit Willie mitzusingen, aber seine Stimme brach wie immer, also wickelte er sich noch ein Sandwich aus und wünschte, er hätte mehr Kaffee.

Das Hauptgebäude der Virostok Ranch lag in einer kleinen Senke zwischen den Hügeln. Es war ein zweistöckiges pseudoviktorianisches Haus mit Rundum-Veranda, das spätestens nach dem nächsten Winter einen neuen Anstrich nötig hätte. Daneben gab es eine Scheune und einen Paddock, in dem ein großer, kastanienbrauner Wallach mit Senkrücken im fahlen Sonnenlicht stand. In der Auffahrt stand ein alter Subaru Kombi. In einem großen Pappel-Hauklotz steckte ein Spalthammer, und rundherum lag ein ungeordneter Haufen Feuerholz. August parkte neben dem Subaru, stieg aus und streckte sich. Aus dem Schornstein stieg der Rauch in einer grauen Säule auf. Es gab keine Klingel, also blieb August auf den verzogenen Verandabrettern stehen und klopfte. Von drinnen hörte er Musik. Sie drang nur leise heraus, klang aber basslastig nach Rap.

Nachdem er noch ein paarmal geklopft hatte, kam eine Frau auf die Veranda. Sie trug Sportsachen – schwarze Leggings und ein lilafarbenes Tanktop. Die sandfarbenen Haare wurden von einem Band zurückgehalten. Sie hatte breite Hüften, eine kleine Oberweite, kaum eine Taille – ein solides Fass von einer Frau, geschätzt knapp vierzig, mit feiner Schweißschicht auf den nackten Armen und Tröpfchen im Oberlippenflaum.

»Oh, hey«, sagte sie. »Tut mir leid, ich war auf dem Crosstrainer und habe dich erst nicht gehört.« Sie streckte ihm die Hand entgegen. »Ich bin Kim. Ancients Verlobte. Er musste zum Baumarkt, aber er hat mir gesagt, dass der neue Helfer vielleicht bald kommt. August, ja?«

»Genau.«

»Hast du gut hergefunden?«

»Kein Problem. War nicht schwer.«

»Wo kommst du denn her, August?«

»Jetzt gerade komme ich aus Livingston. Da wohne ich seit ein paar Jahren. Ursprünglich aber aus Michigan.«

»Oh, Livingston ist wirklich ein süßes Städtchen. Vor Jahren wäre ich fast mal da runtergezogen, weil ich meinen Master an der MSU machen wollte. Da unten sind sie alle total angelverrückt. Ist doch abgefahren, dass die Leute da von überall aus der ganzen Welt hinkommen, nur um eine kleine Forelle zu fangen und sie wieder zurückzusetzen. Angelst du?«

»Ab und zu.«

Sie lachte. »Also, wir haben hier oben den Musselshell River. Der ist im Frühling braun vor Schlamm, im Sommer ausgetrocknet und im Winter gefroren. Man hat mir mal gesagt, dass es Fische drin gibt, aber ich weiß nicht, ob das sein kann.«

»Wahrscheinlich Welse. Die brauchen nicht viel zum Überleben.«

Kim schaute an August vorbei, und er sah, wie weit ihr Blick sie trug, über seine Schulter, über die braunen Felder, hinaus zu dem kleinen Bergzug im Süden.

»Wenn man nicht ein bisschen was von einem Wels in sich hat, wird man hier oben nicht froh, würde ich sagen.« Sie schüttelte den Kopf. »Ich ziehe mir eben die Stiefel an, dann bringe ich dich zu deinem Zimmer.« Sie verschwand drinnen und kam bald mit Gummistiefeln und Daunenjacke wieder heraus. August holte seine Taschen aus dem Wagen und folgte ihr über den Hof zur Scheune. Hinten war eine Wohnung mit zwei kleinen Fenstern eingerichtet, davor gab es eine Terrasse aus Betonplatten und einen Gasgrill.

Sie knipste die Leuchtstoffröhren an. An einer Wand stand ein Stockbett. Betonboden mit einer Auswahl an Teppichresten. Ein Waschbecken und ein paar kleine Schränke. Eine Doppelherdplatte und ein kleiner Kühlschrank mit Eisfach. Ein runder Tisch mit einzelnem Stuhl. Die Wände waren frisch weiß gestrichen, schmucklos bis auf einen Western-LP-Gas-Kalender vom letzten Jahr und eine gerahmte Stickerei mit den Worten: WENN DU NICHT GOTT ODER GEORGE STRAIT BIST, ZIEH DIE STIEFEL AUS!

»Nichts Vornehmes«, sagte Kim. »Aber ganz gemütlich. Kannst es dir gerne hübsch machen, wie du willst. Streichen, ein Sofa, etwas aufhängen, alles kein Problem.«

August setzte seine beiden Sporttaschen ab. »Ich bin da nicht so. Sieht doch gut aus.«

»Kein Fernseher«, sagte sie. »Ich weiß nicht, ob Ancient das erwähnt hat, als du mit ihm geredet hast.«

»Ich werd's überleben.«

»Dann wirst du dich bestimmt gut mit Ancient verstehen.

Dem ist Fernsehen auch völlig egal. Für den ist es großes Kino, wenn er an seinem Traktor das Öl wechseln darf. Er meinte, ich soll dich das Feuerholz vorne machen lassen. Ich hab gesagt, vielleicht brauchst du erst mal ein bisschen Ruhe, wenn du angekommen bist, aber er meinte, du bist ja nicht über Nacht aus Tokio eingeflogen. Für den arbeiten bedeutet einen Riesenspaß«, sagte sie. »Aber das findest du schon noch selber heraus.«

»Er bezahlt mich fürs Arbeiten«, erwiderte August. »Ich habe ja sonst nichts zu tun. Wo will er das Holz gestapelt haben?«

»An der Seite vom Haus ist eine kleine Überdachung mit Betonboden. Kannst du nicht verfehlen. Da steht auch eine Schubkarre.«

»Okay, ich packe nur eben meine Sachen weg, dann lege ich los.«

»Es ist ja nicht eilig. Ach, und ich mache uns heute Abend etwas zu essen. Komm doch gegen sechs zum Haus, ja? Normalerweise versorgst du dich selbst, und auf die Dauer bist du sicher dankbar für die Gelegenheit, Ancients unermüdlichem Großmaul zu entkommen, aber heute ist ja dein erster Tag, da habe ich mir gedacht, so ein kleines Kennenlernessen wäre doch schön. Schweinekotelett mit grünen Bohnen, Salat und Maisbrot.«

»Klingt gut. Danke.«

»Wunderbar, dann lasse ich dich jetzt erst mal und schwinge mich wieder auf den Crosstrainer.« Mit der Hand am Türknauf blieb sie stehen und sagte einen Moment nichts. »Hast du eigentlich eine Freundin zu Hause?«

»Nein. Ich hatte zuletzt nicht mehr viel Zeit.«

»Hier oben wirst du wahrscheinlich nicht allzu viele verführerische Kandidatinnen finden. Fahren durch Livingston eigentlich immer noch die Züge? Ich weiß noch, wie laut das immer war. Am Übergang haben sie immer dreimal das Signalhorn tuten lassen, dass einem die Plomben in den Zähnen gerappelt haben, wenn man gerade draußen an der Straße war.«

»Ja, das machen die immer noch. Mehr denn je. Jetzt fahren die Kohlezüge nach Portland durch. Einer nach dem anderen, meint man.«

»Das ist bestimmt etwas speziell.«

»Man gewöhnt sich dran.«

»Tja, so ist es hier oben auch. Aber hier sind es keine Züge, sondern es ist die Stille. Ich bin jetzt seit einem Jahr da, und es ist wie die Grand Central Station der Stille. Irgendwann gewöhne ich mich bestimmt daran, aber noch warte ich darauf.«

Als Kim weg war, packte August seine Jeans und Shirts aus, faltete sie neu und legte sie in die Kommode. Seine gefütterte Jacke von Carhartt hängte er an die Garderobe neben der Tür, und aus den kleinen Fächern einer Sporttasche kramte er seine Hirschleder-Arbeitshandschuhe. Er setzte sich kurz auf das untere Bett, dann lehnte er sich zurück, die Finger hinter dem Kopf verschränkt. Er war deutlich über eins achtzig, und unten ragten seine Füße hervor, aber die Matratze war fest und wirkte neu. Zuoberst lag eine Wolldecke mit indianischem Rautenmuster. Es gab zwei Kissen. Sie waren frisch bezogen und schienen auch neu zu sein. Er stemmte sich hoch, und bevor er losging, nahm er die WENN-DU-NICHT-JESUS-ODER-GEORGE-STRAIT-BIST-Stickerei ab und schob sie unter das Bett. Den alten Kalender warf er in den Müll. Die Wände waren jetzt kahl bis auf die zwei Nägel. Er ging nach draußen und machte sich an die Arbeit.

Die Stämme waren schon auf Ofenlänge gesägt, sie mussten nur noch gehackt werden. Es war irgendeine Kiefernart, geradfaserig und klebrig vom Harz. Sie gingen leicht durch und flogen unter dem Spalthammer mit befriedigendem Krachen auseinander. August fand einen lockeren Rhythmus, ihm wurde ein bisschen warm, und er krempelte die Ärmel seines Flanellhemds über die Ellenbogen hoch.

Er hackte zwei Schubkarren voll und fuhr sie unter das Vordach. An den Enden schichtete er Kreuzstapel auf und fing dann an, dazwischen aufzufüllen. Er hatte den halben Haufen gehackt, als ein Ford-Pritschenwagen heranfuhr und neben dem Subaru parkte. Der Mann, der ausstieg, trug Jeans und eine Jeansjacke mit Lammfell-Futter, einen vor dem Hals geknoteten Seidenschal und eine verschlissene Stormy-Kromer-Wollmütze. Er war jünger, als August erwartet hatte – höchstens Mitte dreißig. August zog die Handschuhe aus und lehnte sich den Spalthammer ans Knie.

»Entweder du bist die Feuerholz-Fee oder doch eher August, was?« August nickte, und sie gaben sich die Hand. »Ich bin Ancient Virostok«, sagte der Mann. »Willkommen an Bord des stolzen Schiffs Virostok. Bisher halten wir uns über Wasser.« Ancient besah sich den Haufen gehacktes Holz und stieß ein Stück mit dem Stiefel an. »Anscheinend hat Kim dich schon aufs Feuerholz losgelassen. Schön, dass du dich gleich an die Arbeit gemacht hast.«

August zuckte die Schultern. »Holzhacken hat mir noch nie was ausgemacht.«

»Meine Rede. Das lasse ich fast ungern andere machen. Weißt du, was man übers Holzhacken sagt?«

»Möglich.«

»Es wärmt einen zweimal.«

»Das sagt mein Vater auch immer.«

»Klingt nach einem klugen Mann. Du hast am Telefon gesagt, du kommst irgendwo aus dem Mittleren Westen, oder? Wisconsin?«

»Michigan. Fast das Gleiche.«

»Dein Vater hat da auch eine kleine Ranch, hast du gesagt?«

»Eine Farm. Milchkühe.«

»Nimm's mir nicht übel, ich bin bloß ein bisschen neugierig. Irgendwie komisch, bei einem anderen zu arbeiten, wenn man eine eigene Farm in der Familie hat. Bist du dir mit dem Alten nicht einig?«

»Mehr oder weniger. Die Milchkühe liegen mir nicht so. Und hier draußen gefällt's mir.« August deutete auf die Hügel hinter sich. »Hier kommt die Sonne öfter raus.« Er nickte in Richtung Holzhaufen. »In Michigan heizen wir nicht mit Kiefer. Immer nur Eiche und Ahorn. Hartholz. Krummfaserig. Bekommt dem Werkzeug gar nicht gut.«

»In Michigan war ich noch nie. Nur einmal in Minnesota.« Ancient nahm die Mütze ab, kratzte sich am Kopf und setzte die Mütze wieder fest auf. »Rochester, Minnesota. War aber nicht so lange da, dass ich richtig einen Überblick bekommen hätte.«

»Was hast du denn da unten gemacht?«

»Mayo Clinic. Bin mit meinem Vater vor ein paar Jahren hingefahren. Dass nicht er dich angeheuert hat, sagt alles darüber, wie die Sache ausgegangen ist.«

»Tut mir leid.«

»Tja, wir haben uns auch nicht immer gut verstanden. Aber ich bin nie losgezogen, um woanders zu arbeiten, auch wenn ich natürlich drüber nachgedacht habe. Dritte Generation Virostok. Meine Mutter hat mich Ancient genannt, weil mein Gesicht nach der Geburt ganz klein zusammengeknautscht war. Sie hat gesagt, als Baby habe ich hundert Jahre alt ausgesehen. Jetzt sehe ich wohl etwa wie fünfunddreißig aus und fühle mich nur wie hundert.«

August sagte nichts und stützte sich auf den Axtstiel.

Ancient verschränkte die Arme vor der Brust und sagte: »Wir haben hier dreihundert Tiere plus / minus. Vierhundert Hektar eigenes Land. Dazu zweihundert vom BLM zur Verfügung, und gerade haben wir noch ein Stück dazugekauft, wie ich stolz verkünden darf. Anständiges Gras, und wir haben es ziemlich günstig gekriegt. Wir haben Wasserrechte für den Musselshell River und die North Fork und zwei gute Brunnen. In den letzten paar Jahren gab es ein halbes Dutzend gute Angebote für die Ranch, aber ich habe immer gesagt, danke, aber nein, danke, und dabei bleibt es auch, bis ich vor Schmerzen nicht mehr aus dem Bett komme. Mein Vater war ein verdammt harter Hund, aber fair und fleißig, und den Anspruch stelle ich auch an mich. Ich will auch gar nicht angeben, nur dass du einen Eindruck davon hast, für wen und was du hier arbeitest.«

August nickte. »Hört sich gut an.«

»Das meiste davon habe ich dir wohl schon am Telefon erzählt, oder?«, fragte Ancient.

»So ungefähr.«

»Wahrscheinlich willst du einfach wieder an die Arbeit und hast keine große Lust, dir mein Gefasel anzuhören.«

August zuckte die Schultern.

»Kim sagt immer, dass ich mich andauernd wiederhole. Ich habe einen Großteil meiner Zeit allein verbracht, deshalb nehme ich beim Reden nicht immer die gebührende Rücksicht auf meine Zuhörer. Sagt Kim. Hast du eine Freundin zu Hause, August?«

»Hatte zuletzt nicht viel Zeit.«

»Mann. In deinem Alter hatte ich kaum Zeit für was anderes.«

August zog sich wieder die Handschuhe an und hob den Spalthammer auf. »Ich habe viel gearbeitet.«

»Dann werden wir beiden uns bestimmt verstehen«, sagte Ancient. »Frohes Schaffen. In einer Stunde gibt es Essen.«

Es gab trockene Koteletts, trockenes Maisbrot, matschige Dosenbohnen. Sie saßen am rechteckigen Esszimmertisch, Kim und Ancient August gegenüber. Weder Musik noch Fernseher lief, und das Besteckgekratze füllte den Raum.

»Das ist wirklich lecker«, sagte August. »Danke, Kim.«

»Ach, keine Ursache«, erwiderte sie. »Hab ich doch gerne gemacht. Ich bin erst spät im Leben zum Kochen gekommen. Bis vor Kurzem war es mir immer zu viel Aufwand. Ich war ganz süchtig nach diesen Healthy-Choice-Mikrowellengerichten. Viel Arbeit, viel für die Uni zu tun. Essen war immer nur Mittel zum Zweck. Aber seit ich hier oben bei Ancient bin, habe ich mehr Zeit. Es ist sowieso schöner, für dankbare Abnehmer zu kochen. Ancient hat abends immer so einen Hunger, dem könnte ich wahrscheinlich Scheiße auf Toast servieren, und er wäre begeistert.«

Ancient zuckte die Schultern und grinste. Er hatte sein Kotelett in die Hand genommen und nagte den Knochen ab.

»Ach, Ancient«, sagte Kim und lachte. »Hast du denn keine Manieren?«

»Wenn man in Asien nach dem Essen nicht rülpst, ist das unhöflich«, erwiderte Ancient, legte den Knochen hin und wischte sich den Mund mit der Serviette ab.

»Na und?«, fragte Kim.

»Und, das Prinzip ist ähnlich. Ich will eben jedes bisschen Fleisch da runterkriegen, und das solltest du als Kompliment nehmen.« Ancient grinste und zwinkerte August zu. »Du weißt doch, was man sagt – dicht am Knochen sitzt das saftigste Fleisch.«

»Ach ja? Sagt man das?«

»Klar, aber ich mag es ja allgemein lieber, wenn ein bisschen mehr dran ist.«

»Red dich nur um Kopf und Kragen, Freundchen. Anderes Thema. August, was machst du denn so in deiner Freizeit?«

August versuchte, das letzte Fleisch vom Knochen zu schneiden, aber das Messer war zu stumpf, und das Kotelett rutschte auf seinem Teller herum. »Ach, alles Mögliche mit meinen Freunden«, sagte er. »Wir fahren viel herum.«

»Angeln?«, fragte Kim. »Hast du nicht gesagt, du angelst?«

»Klar, ab und zu.«

»Ich weiß noch, als ich mal Zeit zum Angeln hatte«, sagte Ancient. »Muss so Neunzehnhundertneunundachtzig gewesen sein.«

»Ach, Blödsinn, Ancient. Du könntest doch sowieso nie im Leben lange genug stillsitzen. Ich liebe dich ja, mein Schatz, aber mit Geduld bist du nicht gerade gesegnet.«

»Klar bin ich geduldig«, sagte Ancient. »Bloß nicht in der Freizeit. Angeln ist eben was für Leute, die nicht arbeiten müssen.«

»Na, vielleicht kann ich dann ja damit anfangen«, sagte Kim und schob die Gabel in einen Haufen zerkochte grüne Bohnen, und ihre Züge wurden etwas strenger – sie schaute nicht direkt böse, aber man sah den Unterschied.

»Du hast gesagt, du hast auf Master studiert?«, fragte August.

»Fast. Wollte ich, aber es hat dann doch nicht geklappt.«

»Welches Fach denn?«

»Pädagogik. Ich bin Lehrerin. Also, im Moment nicht. Ich

war an einer Highschool in Boise, bevor ich hergekommen bin. Ich finde es immer noch toll. Die Kinder. Bloß mit den Eltern hat man es nicht leicht.«

»Du kannst dir nicht vorstellen, welche Scheiße sie sich von den Eltern hat anhören müssen«, sagte Ancient. »Das ist nicht zu fassen. Kein Wunder, dass die Kinder in Asien uns bei den ganzen Tests und so abhängen. Deren Eltern kommen garantiert nicht in die Schule gerannt und heulen dem Direktor die Ohren voll, wenn Junior eine schlechte Note kriegt. Als ich klein war, hat Mr Rodabaugh den Stock rausgeholt, wenn wir uns nicht benehmen konnten. Ich sag's dir, jedes D, das ich in Mathe bekommen habe, war voll verdient.«

»Wie wäre es mit Nachtisch?«, fragte Kim und verdrehte die Augen. »Schoko-Eistorte. Die ist aus dem Laden, aber bestimmt trotzdem ganz gut.«

—

August saß in der Two Dot Bar und wartete auf seinen Hamburger. Die Barkeeperin war eine große, breite ältere Dame mit einem Montana-State-Bobcats-Sweatshirt und einer Baseball Cap mit Strass-Kreuz. »Was darf's zum Trinken sein?«, fragte sie und legte ihm eine Serviette hin.

»Bud«, sagte er.

»Ich kenne dich nicht«, erwiderte sie. »Bist du alt genug?«

August sah sich in der leeren Bar um und legte sein Portemonnaie auf den Tresen. »Ich bin alt genug«, sagte er.

»Flasche oder vom Fass?«

»Flasche.«

Oben an der Wand hinter dem Tresen hing ein kleiner Fernseher. Es lief Basketball. San Antonio gegen L.A. August trank sein Bier und schaute desinteressiert zu. Von seinem

Platz konnte er in die Küche sehen, wo der dicke, schmierige, beschürzte Bauch des Kochs am Grill lehnte. Plötzlich blies von hinten kalte Luft heran, als sich die Tür öffnete und wieder schloss und ein Mann hereinkam. August beobachtete ihn im gesprungenen Spiegel, als er durch den Raum ging und sich auf einen Hocker am anderen Ende der Bar setzte. Er war stämmig, mit dichtem, schwarzem Bart, einem roten Seidenschal und einem ausladenden, flachkrempigen Vaquero-Hut.

Die Barkeeperin seufzte. »Timmy«, sagte sie. »Coors?« Der Mann nickte, und als sie eine Flasche vor ihn stellte, trank er sie mit einem langen Zug zur Hälfte aus und rülpste. Er nahm den Hut ab, legte ihn auf den Hocker neben seinem und kratzte sich am Kopf. Seine schwarzen Haare standen in fettigen Büscheln ab. Augusts Burger kam aus der Küche, und die Barkeeperin schob ihn herüber. Ein dünnes Rinderhack-Patty, ein weißliches Stück Eisbergsalat, Zwiebel, blassrosa Tomate, rundherum schlaff triefende Pommes. August spritzte Senf in den Burger und salzte die Pommes ausgiebig. Er spürte, wie der Mann am Ende der Bar ihn beobachtete, als er anfing zu essen.

»Du traust dich ja was«, sagte er.

August tauchte eine Pommes in Ketchup. »Ach ja? Warum das?«

Der Mann ließ den Kopf Richtung Küche rucken. »Hab gehört, der Gesundheitsinspektor vom County ist da hinten mal nachschauen gegangen. Man hat nie wieder von ihm gehört.«

»Ach, halt die Klappe, Timmy«, sagte die Barkeeperin. Sie winkte ab und schob August ein neues Bier rüber. »Hör nicht auf den Idioten. Der kommt hier rein, seit er sechzehn ist und geht mir auf die Nerven.«

»Doch nur, weil ich dich liebe, Theresa. Was sich liebt, das neckt sich. Aber mit dem Essen ist es mir ernst.« Er schüttelte den Kopf und zeigte mit seinem Bier auf den Burger. »Hier sitzen wir inmitten von bestem Rind und heimischen Kartoffeln, und Theresa kauft trotzdem die tiefgefrorenen Pattys von Sysco. Die Pommes scheißt irgendeine Maschine aus vermatschten Kartoffelabfällen in die Gussform.«

»Dann mach doch selber ein Restaurant auf, du Großkotz«, sagte die Barkeeperin.

»Gute Idee. Hier im Dorf könntet ihr mal eins gebrauchen. Und eine Bar gleich dazu.« Er winkte mit seiner leeren Flasche Coors. »Wie ist der Burger, Kumpel? Sei ehrlich.«

»Timmy, lass den Mann in Ruhe essen.«

»Ich frag ja nur.«

»Ist okay«, sagte August. »Ich hatte Hunger. Auf jeden Fall besser, als ich ihn zu Hause hinkriegen würde.«

»Wenn das keine gute Werbung ist. Aber jetzt möchte ich, dass du dir ein dickes Quarter-Pound-Patty vorstellst. Frisch, nicht tiefgefroren. Weidefleisch von besten Angusrindern, geboren und glücklich aufgezogen gleich die Straße runter auf der Duncan Hanging R Ranch.«

»Ich hab noch nie eine Kuh gesehen, die besonders glücklich aussah«, sagte August.

»Da bin ich anderer Meinung. Denn meine Familie und ich, wir ziehen die Tiere auf und kennen jedes von ihnen in- und auswendig. Na ja, vielleicht nicht gerade inwendig, aber auf jeden Fall gut genug, um zu wissen, dass nicht eins von der ganzen Herde traurig ist.« Der Mann rutschte ein paar Hocker näher heran und streckte August die Hand entgegen. »Tim Duncan«, sagte er. »Freut mich, deine Bekanntschaft zu machen.« Die Hand hing zwischen ihnen in der Luft, und schließlich legte August seinen Burger ab, wischte sich die

Finger an der Serviette ab und schüttelte sie. »Ich bin August.«

»Du bist der neue Mann von Virostok, oder? Dein Pickup kommt mir bekannt vor. Wir sind gleich auf der anderen Seite vom Fluss. Auf eurer Seite gab es auch mal mehr, aber das ist eine andere Geschichte. Auf jeden Fall habe ich dich schon herumfahren sehen. Wie geht's Ancient, dem alten Wichser?«

»Gut, würde ich sagen. Ich bin noch nicht lange hier oben. Wir kommen gut klar. Ist eben Arbeit.«

»Wir kennen uns alle schon ewig. Hier oben leben die Duncans und die Virostoks quasi seit Anbeginn der Zeit Seite an Seite. Ancients Vater war auf jeden Fall ein anständiger Kerl.« Tim stand abrupt auf, und sein Hocker kreischte über die Fliesen. Er schlug sich den Hut wieder auf den Kopf und sagte: »Das reicht! Ich ertrage es nicht, dass du als Neuankömmling in unserem Tal hier sitzt und Sojapappe mit Rinderaroma runterwürgst, in diesem Grab, das Theresa eine Bar nennt. Als dein Nachbar bestehe ich darauf, mit dir nach Martinsdale zu fahren, wo es mehrere anständige Lokale gibt, die ihren verehrten Gästen Duncan-Rind servieren und in denen sich möglicherweise Angehörige der Damenwelt unter sechzig aufhalten. Nimm's mir nicht übel, Theresa.«

»Verpiss dich, Timmy. Du nervst. Ich kaufe dein überteuertes Rindfleisch nicht. Und weil du mir so auf den Sack gehst, schon gar nicht.«

»Ich gebe dich nicht auf, Theresa. Wir sehen uns nächste Woche.«

»Das will ich wirklich nicht hoffen.«

August führte den halbgegessenen Burger an den Mund, als Tim ihn ihm plötzlich aus der Hand nahm. Er lehnte sich über den Tresen und warf ihn in den Müll. »So. Da gehört er hin.« Er warf der Barkeeperin einen Zwanziger hin und sagte: »Komm, August. Es ist Freitagabend. Die strahlenden Lichter und Fleischtöpfe Martinsdales erwarten uns.« Er schritt hinaus, ohne sich umzudrehen. August schob seinen Teller über den Tresen und stand auf. Er zuckte die Schultern. »Tut mir leid«, sagte er. Die Barkeeperin winkte ab und schüttelte den Kopf.

Auf dem Parkplatz lief Tims Diesel schon, die Abgase sammelten sich in der Kälte weiß und dick am Boden. Als August einstieg, reichte Tim ihm ein Bier aus dem halbleeren Zwölferpack im Fußraum, und schon schleuderten sie im Kreis, dass Schnee und Schotter hinter den Pick-up-Reifen aufspritzten, bevor sie auf dem Asphalt quietschend Richtung Martinsdale schossen.

In der Mint Bar tranken sie erst jeder einen Jim Beam und spülten mit Pabst Blue Ribbon nach, bevor man ihnen große Teller mit dicken, goldenen Pommes bis über den Rand entgegenschob. Die Burger waren gewaltig, das Fleisch perfekt gegrillt, in der Mitte köstlich rosa. Als August reinbiss, lief ihm der Saft übers Kinn.

»Na?«, sagte Tim und boxte ihn in die Schulter. »Das ist doch mal ein Burger, was? Dazu muss ich dir gar nichts mehr sagen, das schmeckst du auch alleine. Genau so muss ein Burger sein.«

»Das ist also dein glückliches Rindfleisch, ja?«

»Exakt. Jeder Laden hier außer dem Dippy Whip und Theresas Two Dot Bar kauft sein Fleisch bei uns. Beim Dippy Whip habe ich aufgegeben; das ist so ein Konzern. Und Theresa ist alt und biestig. Ich glaube auch, dass sie vor Urzeiten mal mit meinem Vater Streit hatte, über den sie nicht hinweg ist. Aber ich klopfe sie noch weich.«

»Hab ich gesehen.«

»Seit Jahren steht sie kurz vor der Pleite. Ist mir eigentlich auch egal. Ich geh ihr bloß gerne ab und zu auf die Nerven.« Tim sah sich um. Drei Männer saßen auf Polsterstühlen und spielten Video Keno. An einem Tisch weiter hinten spielten andere Poker. »Ziemlich ausgestorben hier«, sagte er.

»Ist es denn jemals anders?«, fragte August.

»Am Vierten Juli wird es ziemlich wild. Da haben wir hier ein Rodeo. Manchmal verirren sich um diese Jahreszeit auch ein paar Mädchen aus Bozeman oder Great Falls auf dem Weg zu den heißen Quellen hier rein. Das kann ganz lustig sein.«

»Heiße Quellen?«

»Da warst du noch nicht? Mann, das machen wir am besten gleich als Nächstes. Sind bestimmt ein, zwei Bikinis da. Hast du eine Freundin, August?«

»Hatte zuletzt nicht so viel Zeit.«

Tim trank einen Schluck Bier und lachte. »Zeit? Hier oben hat Zeit nichts damit zu tun. Du könntest hier alle Zeit der Welt haben, und das würde keinen Fliegenschiss ändern. Außer du meinst, genug Zeit, um woanders hinzufahren, vielleicht nach Austin, Texas. Warst du schon mal da unten?«

»Nee.«

»Ich kann dir sagen, ganz andere Welt. Ich war da ein paarmal meinen großen Bruder Weston besuchen. Der hat da studiert. Ich war noch ein kleiner Kerl, und die Mädchen standen alle auf ihn, weil er beim Rodeo mit dem Lasso umgehen und außerdem noch Gitarre spielen konnte. Mich haben die nicht mit dem Arsch angeguckt. Aber so viele Röcke mit Stiefeln hatte ich mein Leben lang noch nicht gesehen. Bikinis auf dem Rasen. Beine bis zum Hals. So was verdirbt einem den Sinn für die Realität.« Tim schüttelte den Kopf.

»*Man*tana – wo die Männer Männer sind, und die Frauen auch.«

»Und die Schafe nervös. Hab ich schon mal gehört«, sagte August.

»Tja, es stimmt aber.«

»Du kannst doch selbst da unten bei deinem Bruder in Austin studieren gehen. Du wärst doch bestimmt ein großer Frauenschwarm.«

Tim zerknüllte seine Serviette und schob den leeren Teller von sich. Er leerte sein Bier und rülpste lang und laut, sodass selbst die Keno-Spieler von ihren blinkenden Automaten aufschauten. »Geht nicht, weil bei meinem Bruder Wes nach einem kleinen Rodeo außerhalb eines Städtchens namens Bandera auf dem Weg nach San Antonio ein Van voller Illegaler über die Mittellinie geschlingert ist. Frontalzusammenstoß, und er war tot. Der Fahrer war wohl eingepennt. Ist auch gestorben. Drei, vier von den Bohnenfressern haben überlebt. Die waren da drinnen gestapelt wie die Clowns im Zirkus.«

»Das tut mir leid. Harte Sache.«

»Hat meinen Vater komplett aus der Bahn geworfen. Er hat sich die Bewerbungsunterlagen schicken lassen, um Grenzbeamter zu werden. Er hasst die Mexikaner mehr als jeder andere auf der Welt. Er sagt, wir sollen sie einfach erschießen, wenn sie versuchen, rüberzukommen. Sollen sie doch ihr eigenes Land in die Scheiße reiten.«

August stempelte mit seinem Bier Ringe auf die Serviette und kratzte mit dem Daumennagel das Etikett vom Bier.

»Ich sag ja nicht, dass ich das sage. Er sagt das. Weißt du, was ich sage?«

»Was denn?«

»Das Leben ist scheiße, und dann stirbst du.«

»Den hab ich auf jeden Fall schon mal gehört.«

»Du hast sie wohl alle schon gehört, was?«

August zuckte die Schultern. Ein Fernseher über der Bar zeigte dasselbe Basketballspiel, das er eben schon geschaut hatte. »Apropos San Antonio«, sagte er und nickte Richtung Fernseher. »Wusstest du, dass einer von den Spurs so heißt wie du? Tim Duncan. Hat gerade seine beiden Freiwürfe versenkt.«

»Nach dem bin ich benannt.«

»Im Ernst?«

»Klar, mein Dad hat eben gehofft, ich werde groß und schwarz und ein Dribble-Ass.«

»Ich nehme mal an, da hast du ihn schwer enttäuscht.«

Tim lachte. »Mein Opa hieß Timothy. Mein Vater heißt Timothy. Ich heiße Timothy. Für Basketball interessiert sich doch keine Sau. Bist du langsam mit dem Bier fertig? Wir machen uns lieber mal vom Acker. Kerlen beim Videopoker zugucken macht mich fertig.«

Der Mond stand am Himmel, und der Dampf der heißen Quellen waberte alabastern vor den schwarzen Hügeln. Es gab ein kleines Hotel, in dem Tim und August ihre vier Dollar bezahlten und Handtücher bekamen. August hatte keine Badehose dabei, also lieh er sich auch die für zwei Dollar an der Rezeption.

Tim hatte auf dem Parkplatz Schnee in einen Müllsack geschaufelt, um einen Bierkühler zu improvisieren. August ließ sich behutsam ins Wasser sinken, denn es brannte auf seinen kalten Füßen und Beinen. Das Betonbecken war mit Zedernstammscheiben ausgekleidet. Das Holz hatte eine dünne, fellig glatte Algenschicht, und das Wasser roch schweflig. August ließ sich auf dem Rücken treiben, das Bier auf der Brust, und betrachtete die Sterne, die hinter den Dampfwolken verschwanden und wieder hervorkamen. In solchem Wasser hatte er noch nie gebadet. Er rieb die Finger aneinander, und es war, als könnte er den Mineralgehalt spüren, seidig schwer und dabei irgendwie wasserartiger als normales Wasser.

»Was sagst du?«, fragte Tim. »Es heißt, es hätte medizinische Eigenschaften. Es gibt hier oben alte Schweden, die das Zeug trinken und als Jungbrunnen darauf schwören.«

»Hast du es mal probiert?«

»Keine Chance. Der Gestank reicht doch schon.«

»Hab ich mir auch gedacht. Faule Eier.«

»Aber ein bisschen was ist schon dran. Hier oben geht in dieser Jahreszeit jeder mal rein. Es tut einem in den Knochen gut. Selbst mein Vater, ein Kerl, der eigentlich an überhaupt nichts glaubt, kommt bei kaltem Wetter zweimal die Woche her.«

August merkte, dass am anderen Ende des Beckens auch Leute saßen. Er hörte Gesprächsfetzen und konnte über die Fläche des dampfenden Wassers hinweg gerade noch das Weiß der Augen und Zähne ausmachen. »Was meinst du damit, dass dein Vater an überhaupt nichts glaubt?«

»Ach, du weißt schon, ist deiner nicht so? Mir kommt es so vor, als ob Väter einfach irgendwann einen Punkt erreichen, ab dem sie an rein gar nichts mehr glauben können, was sie sich nicht selbst ausgedacht haben.«

»Ha«, sagte August und nippte an seinem Bier, das sich zügig aufwärmte und schon eine leichte Schwefelnote bekommen hatte. »Ich dachte, so ist nur meiner.«

»Nee, das ist bei allen so. Ich wollte zum Beispiel zu den Marines gehen. Ich wollte mich ein paar Jahre verpflichten, und mich dann hinterher von einer dieser Sicherheitsfirmen anstellen lassen, die für die Regierung arbeiten, und da für fette Kohle Wache schieben und so weiter. Ein Typ, mit dem ich in der Schule war, hat das gemacht, und jetzt ist er stinkreich. Der fliegt immer mal für ein paar Monate in den Irak und bewacht da irgendein Pumpwerk oder so, trainiert den Rest der Zeit und fährt ein sechsstelliges Gehalt ein. Der hat ne Frau mit falschen Titten und zwei Harleys in der Garage.«

»Ich glaube wirklich nicht, dass das so lustig ist, wie es sich anhört.«

Tim stemmte sich auf die Beckenkante, und weiße Dampfflügel breiteten sich über seinen Schultern aus. »Meinst du, das hier ist lustig? In demselben Dreckskaff, in dem ich schon seit zweiundzwanzig Jahren lebe, durch die Kuhscheiße stapfen? Ich weiß ja, dass du neu hier bist, aber guck dich doch mal um. So toll ist es hier nicht.«

»Besser, als sich dauernd beschießen lassen.«

»Ja? Im Ernst? Ohne Risiko kein Gewinn, Mann.«

August schüttelte den Kopf und ruderte etwas zurück, bis sein Nacken am Beckenrand ruhte. »Ein Freund von mir ist nach der Schule zur National Guard gegangen. Die haben ihn nach Afghanistan geschickt, und er ist in die Luft gejagt worden. Er wollte nur, dass die ihm das College bezahlen.«

»Das tut mir leid.«

»Es wäre ja anders, wenn es um etwas ginge, woran ich glaube, Kampf gegen die Nazis oder so. Aber was ist Terrorismus? Wer ist Terrorismus? Da ist das sechsstellige Gehalt doch ganz ehrlich der einzige Grund, und das reicht mir einfach nicht.« August hob die Arme aus dem Wasser, krümmte die Handflächen und ließ das Wasser hindurchrieseln. »Und mir gefällt es hier draußen. Besser als in Michigan. Du weißt gar nicht, wie schön ihr es hier habt.«

»Das sagen immer alle über Montana, die nicht von hier sind. Wenn du hier aufgewachsen bist und nicht gerade auf den Bonzenscheiß wie Skifahren und Fliegenfischen stehst, ist es hier bloß zum Kotzen.«

»Dann geh doch nach Austin, wenn es da so toll ist. Du hast doch deinen Pick-up und freien Willen, oder?«

Tim zerdrückte seine leere Bierdose am Beckenrand, warf sie in den Müllsack und fischte sich dann gleich eine neue heraus. »Das ist dummerweise nicht ganz so einfach«, sagte er. »Ich hänge hier fest. Keine Chance nach der Sache mit meinem Bruder. Jetzt sind es nur noch ich und der Alte und mein kleiner Bruder, und nur zwischen uns beiden, der Kleine passt hier nicht so recht hin. Er ist fünfzehn, und ich gebe ihm noch zwei Jahre, dann haut er ab und kommt nie wieder.«

»Was soll das heißen?«

»Er trägt am halben Kopf lange Haare, die andere Hälfte ist kahlrasiert. Kam mit gepinselten Augen und rosa Kleid und so nem Tutu-Ding mit Rüschen zum Prom. Sie wollten ihn nicht reinlassen, aber er hat gesagt, er klagt, und dann hat der Superintendent nachgegeben. Unser Alter hat ihn immer wieder grün und blau gehauen. Jetzt schon ziemlich lange nicht mehr, was geändert hat es sowieso nie. Dem Jungen ist alles so egal, das ist schon richtig gruselig. Läuft die meiste Zeit wie ne Tussi rum, aber in seiner Klasse haben sie alle Schiss vor ihm. Soweit ich weiß, geht ihm nicht mal irgendwer auf den Sack. Als hätte er das alles irgendwie hinter sich gelassen. Ich spreche ja kaum dieselbe Sprache wie der. Überhaupt hat er immer nur auf Weston gehört. Er und Weston waren sich eigentlich ziemlich ähnlich. Weston war ein dreidimensionaler Mensch, und Avery ist auch einer. Viele Leute, die man kennenlernt, sind bloß zweidimensional, aber meine Brüder sind beide 3D, bloß auf ganz verschiedene Art und Weise.«

»Ein Tutu?«

»Mit löchrigen schwarzen Strümpfen. Und grob gesagt deshalb kann ich hier nicht weg. Bla, bla. Jammer, jammer, kleinste Violine der Welt. Ich halte schon die ganze Zeit Ausschau, aber hier ist kein einziger Bikini zu finden, oder?«

»Sieht nicht so aus. Nur wir und die Typen da drüben. Warum haben die alle solche T-Shirts an?«

»Hoots«, sagte Tim leise. »Hutterer. Schon mal von denen gehört?«

»Ein bisschen. So ähnlich wie die Amish, oder?«

»Genau. Interessanter Haufen auf jeden Fall. Ein paar von den Frauen bei denen sehen gar nicht so schlecht aus. Diese kleinen Häubchen, die die tragen, haben es mir echt angetan.«

»Mann!«

»Das meine ich ernst. Aber zu den heißen Quellen kommen sie leider nicht. Religiöse Gründe. Nur die Männer dürfen das, und auch die müssen sich mit ihren T-Shirts bedeckt halten. Auf jeden Fall wär's hier um einiges interessanter, wenn hier ein paar willige Hoot-Mädels herumplanschen würden.«

»Du bist doch verrückt.«

»Meinst du, ich mache Witze? Die wachsen doch alle auf der Farm auf. Die gucken von klein auf zu, wie die Rinder und Schweine und Pferde und Hühner es treiben, also sind sie auch nicht so prüde wie die meisten Großstadtmädchen, die man so trifft. Im Schnitt sind sie auch ein bisschen kräftiger, aber das doch auch nur, weil sie fit sind und einen gesunden Appetit haben, nicht wie irgendwelche dürren Models, die sich immer nur angaffen, aber niemals anfassen lassen wollen.«

»Hast du denn überhaupt schon mal mit so einer Hutterer-Frau gesprochen?«

»Nicht viel. Meistens bewundere ich sie nur aus der Ferne. Man kommt nicht so leicht durch das Kraftfeld der Älteren, aber eine Möglichkeit gibt es.«

»Ach ja?«

Tim sprach noch leiser und rückte etwas näher heran. »Manchmal brauchen sie Hengste?«

»Hengste?«

»Deckhengste. Die Gefahren der Inzucht sind nicht zu unterschätzen, mein Freund. Manchmal suchen sie Kerle von außerhalb der Kolonie, die es mit ein paar ihrer ungebundenen Frauen treiben.«

»Ach, fick dich.«

»Ganz ehrlich kein Witz. Mein Bruder Wes und einer seiner Freunde haben das im Sommer vor dem College gemacht. Nur daher weiß ich überhaupt davon. Wes' Kumpel Cale hatte irgendwie mit ein paar von den älteren Hutterer-Typen zu tun, und eines Tages wollte er da draußen Gabelböcke jagen, da haben die ihn zu sich eingeladen, ihm ordentlich Rhabarberwein eingeschenkt, und irgendwann später am Abend haben die Hoots ihm dann gesagt, wenn er einen sauberen Geschlechtskrankheiten-Test mitbringt, dann darf er mal *schön bocken*. So nennen die das. *Hätten Sie vielleicht Interesse, einmal auf die Kolonie zu kommen und schön zu bocken, junger Mann?*«

August schaute über das Becken die wuchtigen Umrisse der Hutterer-Männer an, die auf der Bank saßen und durch den Dampf kaum je ganz zu sehen waren mit ihren nassen, schwarzen T-Shirts, die ihnen an den runden Bäuchen klebten. »Du laberst aber auch einen Scheiß.«

»Schau mich an, ich mache echt keine Witze. Cale hat den Hoots gesagt, dass er auch einen Freund hat, der vielleicht mitkommen würde, und die haben gemeint, immer gerne.

Also, Cale und mein Bruder haben sich oft verarscht, sich Streiche gespielt und so weiter. Also, wie mein Bruder es mir erzählt hat, ist Cale dann zum Arzt gegangen und hat sich testen lassen. Dann hat er den Test kopiert, und für Wes eine Fälschung gebastelt. Dann ist Cale mit Wes in die Bar gegangen, hat ihm ein paar Bier bestellt, sie sind ein bisschen herumgefahren und dann raus zur Kolonie.

Cale hatte das Ganze natürlich eingefädelt. Die Hoots haben schon gewartet, fleißig Wein aufgetischt. Die Frauen haben ein Festmahl angerichtet. Live-Musik, keine Ahnung, wie das bei den Hoots klingt, aber es wurde getanzt. Die Mädels alle mittendrin. Ich glaube, so drei oder vier von ihnen brauchten Samen.«

August warf Tim seine leere Bierdose an den Kopf. »Samen am Arsch. Ich lach mich kaputt.«

»Lass mich ausreden – wahre Geschichte. Also will der eine von den Älteren die Papiere sehen, und Cale zückt die Testergebnisse, und mein Bruder denkt bloß: *Hä?* Er hat ein Hoot-Mädchen neben sich sitzen, sie massiert ihm die Schultern, schenkt ihm Wein ein. Und dann sagt Cale: *Tja, dein Geburtstag kommt dieses Jahr ein bisschen früher, Kumpel. Ich hab denen erzählt, du bist der stärkste Hengst weit und breit.* Erst sagt Wes: *Keine Chance*, und Cale muss ihn noch zur Vernunft bringen. Sie sitzen da in einem Raum mit den ganzen riesigen Hoot-Kerlen. Ein paar von denen freuen sich bestimmt nicht über das, was abgehen soll, denn sie sind ja mit den Mädels aufgewachsen, und jetzt sollen sie einfach brav dasitzen, während die Älteren einfach diese Auswärtigen die Lunte reinhalten lassen wollen. Angespannte Lage, meine ich damit. Wes sagt: *Absolut keine Chance, Alter.* Und Cale geht zu dem Älteren und sagt, sein Kumpel hat Zweifel an dem Besamungsdeal und müsste vielleicht noch ein bisschen überzeugt werden. Der Ältere sagt: *Okay, wir können ein halbes Rind bieten oder ein ganzes geschlachtetes Schwein oder einen fünfzehn Jahre alten Ford F-150, der noch ganz okay läuft, aber wahrscheinlich bald ein neues Getriebe braucht.* Die Hoots betreiben eigentlich nur Tauschhandel. Geld bieten die einem eher nicht an.«

Tim griff in den Müllsack, holte sich ein neues Bier heraus und trank einen Schluck. »Also, Wes hat mittlerweile schon ziemlich ausgiebig den Rhabarberwein genossen, und er weiß, dass Cale ihm ewig damit auf den Sack gehen wird, wenn er jetzt kneift. Außerdem war Wes immer für jeden Scheiß zu haben. Dem war nie irgendwas zu schräg. Das war eine seiner Dimensionen. Also schnappt er sich eine von den hübschen Jungfern und legt mit ihr eine flotte Sohle aufs Parkett. Normalerweise dürfen die Frauen bei den Hoots nicht trinken, aber an diesem Abend haben sie alle ihr Rhabarberzeugs gekippt wie nix, und Wes meinte, seine ist richtig forsch rangegangen. Hat ihn bei der Hand gepackt und ihn in so eine Kammer gezerrt, die sie hinten vorbereitet hatten.

Okay, und jetzt kommt der Teil, an dem ich wusste, dass es alles stimmte, als Wes es mir erzählt hat. Also, am Anfang war ich natürlich auch skeptisch, aber als er dann an dieser Stelle ankam, war mir klar, dass er es sich nicht ausgedacht hatte. Das Hoot-Mädchen schleift ihn also ins Schlafzimmer, und er setzt sich auf die Bettkante. Sie setzt sich daneben, greift unters Bett und zieht ein riesiges weißes Laken hervor. Sie sagt: *Das hier soll ich oben über mich legen, um mich vor dir zu verbergen.* Wes sagt: *Okay. Wir müssen auch gar nichts machen, wenn du nicht willst.* Das Mädchen hat Wes angeguckt, dann das Laken und sich kaputtgelacht. Sie hat das Laken auf den Boden geworfen, sich das Kleid über den Kopf gezogen, und dann ging es rund.«

»Und warum wusstest du da jetzt genau, dass er nicht gelogen hat?«

»Okay, na, Wes hatte so eine komische Vorliebe – er stand total drauf, wenn eine unten Haare hatte, richtig buschig am liebsten.«

»Komisch.«

»Stimmt, aber das war sein Ding. Keine Ahnung wieso. Auf jeden Fall hat er erzählt, er war total enttäuscht, weil das Hoot-Mädchen komplett rasiert war! Kannst du dir das vorstellen? Er hat gesagt, hinterher haben sie sich ein bisschen unterhalten, und er hat sie danach gefragt, sie ein bisschen aufgezogen. Da wurde sie ganz verlegen und meinte, sie hat gehört, dass die Männer draußen es da lieber kahl mögen, also hatte sie es an dem Morgen gemacht, und Wes hat gemeint, er musste in dem Moment loslachen, weil er es so absurd fand.«

»Und deshalb bist du dir todsicher, dass er dich nicht verarscht hat?«

»Genau – das ist doch einfach ein viel zu schräges Detail, als dass er es sich hätte ausdenken können. Außerdem wurde er da ganz ernst. Also, er war noch witzig drauf, wie Cale ihn reingelegt hat und so weiter, aber da gegen Ende der Geschichte war er ganz ernst. Wes hat eigentlich nie viel ernst genommen, aber er hat gesagt, das Hoot-Mädchen da war freundlicher und witziger als so ziemlich jedes andere, das er je kennengelernt hatte, und ich glaube, ihm tat die ganze Sache irgendwie leid. Außerdem kam er einfach aus dem Nichts mit der Geschichte bei mir an. Er hat nicht gerade irgendwas gesucht, womit er mich verarschen kann. Wir sind einfach nur gerade irgendwo hingefahren, und er hat das alles erzählt, als käme er nicht damit klar. Er hat auch erzählt, als es vorbei war, hat sie gesagt, dass sie sich jetzt auf den Rücken legen, die Knie zum Kinn hochziehen und eine halbe Stunde so bleiben sollte, aber stattdessen ist sie einfach ins Bad gegangen, hat sich angezogen und gesagt, sie lässt es kommen, wie es kommt. Und dann gibt es noch einen Grund, warum es wahr sein muss.«

»Ja?«

»Eines Tages kommt er mit einem ganzen geschlachteten Schwein nach Hause. Hat meinen Eltern gesagt, er hätte den Hoots übers Wochenende beim Heumachen geholfen, und so hätten sie ihn bezahlt. Ich weiß aber todsicher, dass er denen nie im Leben mit dem Heu geholfen hat. Das hat er nämlich mehr gehasst als alles andere. Er hat immer ganz schlimm Heuschnupfen gekriegt, und gejuckt hat es ihn auch fürchterlich.«

»Was für eine Geschichte.«

»Will ich meinen. Und du so?«

»Was ich?«

»Die Lunte, Junge. Hast du die schon mal reingehalten?«

»Ach, Mann, ist doch scheißegal?«

»Also?«

»Ja, hab ich.«

»Glaub ich nicht. Wie hieß sie?«

»Ist doch egal.«

»Weil sie nämlich aller Wahrscheinlichkeit nach nur ein Hirngespinst ist. Muss dir nicht peinlich sein, Kumpel. Vielleicht können wir ja mal irgendein Wochenende nach Billings runterfahren und dich der Last deiner Jungfräulichkeit entledigen. Bestimmt bist du deshalb auch so ernst. Wenn man einen weggesteckt hat, fallen alle Sorgen von einem ab, und man ist wie neugeboren.«

»War bisher nicht unbedingt meine Erfahrung.«

»Im Ernst. Es gibt gute Gründe dafür, dass Männer seit

Anbeginn der Zeit darum kämpfen, dafür sterben. Okay, dir ist das peinlich. Das Bier ist alle, und hier mit lauter Kerlen im Pool zu sitzen, macht mich fertig. Komm, wir machen uns vom Acker.«

Nun gegen Mitternacht begann der Schnee zu fallen, der Wind prügelte ihn quer durch die Scheinwerferkegel. Der Qwikstop war noch offen, sie hielten, um neues Bier zu holen. August blieb im Wagen, und Tim kam mit einem Karton Dosen und einer Folienpackung Backwoods zurückgerannt. Er gab August ein Bier und eine Zigarre. Er zog sich den Hut etwas tiefer ins Gesicht, zündete sich seine Backwoods an, klemmte sie zwischen die Zähne und warf August das Feuerzeug rüber. Er machte sein Bier auf und erhob es vor August. »Auf Clint Eastwood«, sagte er, legte den Gang ein und raste mit aufheulendem Motor vom Parkplatz. Alles still im Schnee. Keine Lebenszeichen auf den Straßen von Martinsdale. Keine Fußstapfen auf den Gehsteigen. Kein bläuliches Fernseherschimmern aus den Wohnzimmerfenstern. Tim rauschte über die einzige rote Ampel. »Willkommen in der Apokalypse des Westens«, rief er.

August blies einen Rauchstrahl durch den Fensterspalt. »Ich habe über deinen Bruder und das Hutterer-Mädchen nachgedacht«, sagte er.

»Ach ja? Willst wohl auch mal auf die Kolonie und dich für eine Runde schön bocken anmelden, was?«

»Weniger. Ich glaube, dass die Hutterer deinem Bruder das geschlachtete Schwein nicht einfach so gegeben hätten.«

»Genau. Sag ich ja. Ist wirklich wahr, die Geschichte.«

»Nein. Ich meine, die Hutterer hätten deinem Bruder das Schwein nicht gegeben, wenn er seinen Teil des Deals nicht erfüllt hätte, verstehst du?«

»Ja, verstehe, Alter. Hat er auch, da bin ich mir todsicher.«

»Tim, ich will damit sagen, wenn er sie nicht erfolgreich geschwängert hätte, hätten sie ihm niemals das Schwein gegeben. Bei dem Geschäft ging es ihnen nicht um die Nummer. Für die zählt nur das Sperma. Wie wenn du für deine Kühe den Besamer kommen lässt. Das Schwein hätten die niemals geliefert, wenn es nicht geklappt hätte und sie nicht schwanger geworden wäre. Wahrscheinlich hast du da draußen einen Neffen oder eine Nichte. Das will ich sagen. Onkel Timmy.«

Tim nickte und nahm einen tiefen Zug, sodass seine Zigarre wütend aufglühte. Er blies den Rauch durch die Nase aus und sagte: »Ja, da hab ich auch schon mal dran gedacht. Manchmal. Das Kind müsste jetzt zwei oder drei sein. Halb Hoot, halb Duncan. Also, halb Hoot, meinetwegen. Aber eben auch halb *Duncan*. Ich hab mir gedacht, vielleicht ist es bald Zeit, einzugreifen. Das Kind zurück in den Schoß der Familie zu holen. Am Anfang braucht es natürlich seine Mutter. Aber als Duncan wie ein Hoot leben? Wenn mein Alter das mitkriegt, platzt dem ne Ader.« Tim trank und klopfte die Asche in eine leere Dose im Getränkehalter. Er beugte sich ein bisschen vor, um draußen mehr zu sehen. »Was für eine Nacht«, sagte er. »Was für ein Mysterium. Hast du darüber schon mal nachgedacht? Dass der schwärzeste Himmel den weißesten Schnee machen kann?«

»Hmm?«, machte August.

»Komm, wir holen ihn. Heute Abend.«

»Ihn?«

»Den Sohn meines Bruders. Eine Tochter könnte es natürlich auch sein, aber ich hab es so im Gefühl, dass es ein Sohn ist. Die Nacht ist gekommen. Wie schön, dass du es erwähnt hast. Jetzt weiß ich, dass ich bereit bin.« Tim fuhr die Straße am Fluss entlang, irgendwo da draußen floss der Musselshell River, rissig gefroren unter einer schiefen Reihe Mitternachtsbäume. Jetzt schneite es stärker, sodass es gleichzeitig vom Himmel und von der Erde zu kommen schien, aufwallende Teilchen, weißer Himmel, weißer Boden, Scheinwerferlicht, das sich im Wirbel der weißen Wand brach, in die der Pick-up voranstürzte.

»So war das nicht gemeint«, sagte August.

»Nein, du hast es doch selber gesagt. Er hat das Schwein gekriegt, weil *es geklappt hat.* Und bald spricht der Enkel meines Vaters Deutsch und läuft in Pilgerklamotten herum. Nicht mit mir. Lange war ich der Einzige, der es weiß, und jetzt weißt du es auch, und jetzt sind wir beide auf dem Weg dorthin, um die Sache in die Hand zu nehmen.« Der Pick-up schleuderte um eine Ecke, Tim heulte auf und drückte den Knopf, um beide Fenster ganz runterzulassen. Er zog sich den Hut fest, als mit dem Fahrtwind der Schnee hereinstob, ihre Mäntel überzog, in Augenbrauen und Wimpern hängenblieb, Schnee vor und hinter der Windschutzscheibe, keine Pausen zwischen den Böen. Sie waren jetzt im Bauch des Blizzards, ein Teil von ihm, nicht mehr bloß Durchreisende.

»Mach doch mal lieber bisschen langsamer«, sagte August.

Tim sah ihn nicht an. Die Augen verloren sich im Gestöber, nur ein dunkler Schatten deutete den Randstreifen an. »Als wäre ich exakt diesen Weg nicht schon jeden Tag meines Lebens gefahren«, erwiderte er. »Alle Straßen führen zu der, auf der du dich zum jeweiligen Moment befindest. Oder? Sagt man doch so?«

»Da bin ich mir nicht so sicher.«

»Ach, den kennst du noch nicht? Dachte, du hättest jeden schon mal gehört.«

Ohne abzubremsen, riss Tim das Lenkrad nach links,

und sie holperten über ein Viehgitter und dann die furchige, schneebedeckte Zufahrt entlang. Das grünliche Licht von Quecksilberdampflampen ließ bestenfalls die Umrisse der Außengebäude erahnen. Sie näherten sich der Kolonie, der Pick-up ruckte, Tim trat aufs Gas und ließ den Diesel aufheulen. Vorne zeichneten sich lange, dunkle Gemeinschaftswohngebäude ab, und Tim hielt an, ließ den Motor aber laufen. Die Scheinwerfer knallten in ein Fenster mit Spitzengardinen. Vielleicht die Küche von jemandem. Tim zündete sich eine neue Backwoods an, zog so kräftig, dass ihm die Wangen einfielen. Er klemmte sich die Zigarre in den Mundwinkel. »Halt dich fest, Kleiner«, sagte er, schlug das Lenkrad ein, lehnte sich auf die Hupe und nahm den Fuß von der Kupplung. Der hinten leichte Pick-up raste um die eigene Achse, die Reifen brannten durch den Schnee, die Scheinwerfer wirbelten herum. Türen und Fenster, eine Kinderschaukel, ein Pumpenhaus, ein Basketballkorb. August krallte sich am Haltegriff fest, Schnee im Gesicht und der Geruch von schmelzendem Gummi auf gefrorenem Boden. Tim trat weiter das Gas durch, die Hupe dröhnte, Fenster und Türen, die Schaukel, das Pumpenhaus, der Basketballkorb. In den Gemeinschaftsgebäuden gingen die Lichter an, und sie wirbelten weiter herum. Die Fenster die Türen die Schaukel das Pumpenhaus der Basketballkorb eine dunkle Gestalt mit irgendetwas in der Hand im Gegenlicht der Haustür.

»Schrotflinte!«, brüllte August. »Der hat ne Schrotflinte!«

Tims Kiefer war angespannt. Er wurde langsamer, stellte die Räder wieder gerade und raste durch eine Schneewehe zurück auf die Zufahrt, die Lichter der Kolonie verblassten wieder hinter ihnen, als sie über das Viehgitter krachten und auf die Straße am Fluss einschwenkten.

»Scheiße, Mann!«, rief August und boxte Tim ins Bein.

»Das war Wahnsinn! Die haben wahrscheinlich keine Ahnung, was gerade passiert ist. Der Kerl hatte ne Schrotflinte, todsicher. Ich wusste gar nicht, dass die Hutterer überhaupt Waffen haben. Oder dass sie Basketball spielen.«

Tim wurde jetzt langsamer. Er fuhr die Fenster hoch und drehte die Heizung auf. »Haben wir noch Bier?«, fragte er. Nach einer Weile parkte er an einer Abzweigung am Fluss. Sie hatten jeder ein Bier in der Hand, und August prostete Tim zu. »Auf deinen Bruder Weston«, sagte er. »Er ruhe in Frieden.«

Tim nickte, trank einen großen Schluck und rülpste. »Hast du auch schon mal davon gehört, dass Besoffene öfter Unfälle überleben? Passiert wohl dauernd, Riesencrash, alle Nüchternen tot, der Besoffene überlebt. Ja? Hast du auch schon gehört, oder?«

»Ja, kann sein.«

»Warum ist das so? Hab ich mir nie erklären können.«

»Ich glaube, weil die Muskeln entspannter sind, wenn man betrunken ist, verteilt sich die Aufprallenergie besser oder so ähnlich.«

»Vielleicht ist das so. Bei meinem Bruder war's auf jeden Fall nicht so. Der alte Weston hat sich nach dem Rodeo volllaufen lassen und ist noch gefahren, dann ist er über die Mittellinie gekommen und frontal in einen Van geknallt, und den hat ein Kerl gefahren, hinten saßen seine Frau und zwei Kinder, und alle sind gestorben bis auf eins der Kinder, ein Mädchen, und auch das war komplett kaputt, und mein Alter ist an ihren Krankenhausrechnungen pleitegegangen. So war es in Wirklichkeit. Es waren Mexikaner. Illegale. An der Grenze erschießen, sagt mein Vater. Dann verkauft er unser bestes Stück Weide unten am Fluss an deinen Chef, Ancient Virostok, um dem Mädchen die Operationen zu bezahlen. Dazu hat ihn keiner gezwungen. Das hat er selbst gemacht.«

»Scheiße, Mann. Harte Sache.«

Tim starrte nach vorn durch die Windschutzscheibe. Die Schneeflocken schmolzen auf dem warmen Glas. »Hutterer und Mexikaner und mein Bruder Weston. Das ist wie so eine unheilige Dreifaltigkeit. Ich war nie religiös, aber dann ist er gestorben, und mir sind so ein paar Sachen klar geworden. Du kannst nichts glauben, was dir irgendwer erzählt; das ist schon mal das Erste. Man kann nur sich selbst glauben, und auch nur das, was einem im Traum kommt, denn da zeigt sich der reine Wille der Welt.«

»Ich kann mich nie an meine Träume erinnern«, sagte August. »Man sagt zwar, dass jeder träumt, aber wenn ich morgens aufwache, ist da nichts mehr.«

Tim wandte sich zu August um und schien ihn nicht mehr zu erkennen. »Wer bist du, und was willst du hier?«

August wollte etwas sagen, einen Witz machen, aber Tims Blick war tödlich. August rutschte rückwärts nach draußen und schlug den Mantelkragen hoch.

»Ich weiß nicht, wer du bist«, sagte Tim. »Du bist nur ein Phantom.«

Jetzt marschierte August, die Hände in den Taschen. Bestimmt fünf Kilometer bis zur Two Dot Bar und seinem Pickup. Er würde völlig durchgefroren ankommen.

—

In der Stallwohnung klingelte das Telefon, und Augusts Vater war dran. August wärmte sich gerade eine Schale Chili in der Mikrowelle auf. Erst halb fünf, aber schon dunkel. Ein hohles Klappern, als der Wind auf dem Dach an einem losen Alublech zerrte.

»Deine Mutter hat mir die Nummer gegeben.«

»Ich wollte dich schon lange anrufen.«

»Ach, ist nicht schlimm. Du hast sicher viel zu tun.«

»Gerade erledigen wir nur so dies und das. Bereiten uns aber schon aufs Kalben vor.«

»Schön. Schön.«

»Was gibt's bei dir? Wie läuft's? Ist Lisa noch da?«

»Es geht ganz gut. Lisa war eine Weile weg, aber jetzt ist sie wieder da, und wir kommen besser klar. Fieser Winter hier, das nimmt keiner leicht. Fast wie früher, als ich klein war. Ich weiß nicht, ob du es in den Nachrichten gesehen hast, aber wir haben hier gerade fast jede Woche die Schneestürme, Lake Effect. Ich musste auf die Melkscheune klettern und den Schnee in fetten Klumpen mit dem Spaten losbrechen. Ich dachte schon, das Dach stürzt ein.«

»Das ist doch eigentlich ziemlich stabil?«

»Nasser Schnee. Da will ich kein Risiko eingehen. Habt ihr Schnee da draußen?«

»Nicht so viel. Es ist ziemlich windig in der letzten Zeit.«

»Kalt?«

»Knapp minus dreißig neulich Morgen.«

»Wie fühlt sich das an? Das ist aber diese trockene Kälte, oder? Nicht so schlimm, wie es hier mit der feuchten Luft manchmal sein kann?«

»Kann schon sein. Minus dreißig ist aber trotzdem scheißkalt.«

»Das kannst du laut sagen.«

»Aber hier kommt die Sonne öfter raus, also erträgt man es besser. Es ist nicht die ganze Zeit so grau.«

»Ich habe mich wohl an die Wolken gewöhnt. Wüsste gar nicht, ob ich damit klarkäme, wenn es irgendwie anders wäre.«

»So schwer ist das nicht. Mit Sonne kommt man schon irgendwie klar.« Die Mikrowelle piepte, und August klemmte das Telefon zwischen Schulter und Ohr. Er holte die Schale behutsam heraus. Dampf stieg daraus auf, und August tauchte einen Löffel ein, pustete ein paarmal und schlürfte vorsichtig. Er verbrannte sich den Mund, spuckte aus, fluchte und ließ beinahe das Telefon fallen.

»Alles okay bei dir?«

»Chili war zu heiß«, sagte August. »Hab gerade probiert.«

»Ach, habe ich dich beim Essen gestört? Wollte nur mal hören, wie es dir geht.«

»Kein Ding. Mir geht's gut.«

»Schön. Dann ein andermal.«

»Ich wollte nicht …«

»Mach's gut, Junge.«

»Gute Nacht, Dad.«

—

August hatte schon seit Stunden geschlafen. Die Stimmen auf dem Hof weckten ihn. Ein gelber Scheinwerferstrahl durchschnitt sein Zimmer. Er schlich über den kalten Betonboden, öffnete die Tür einen Spalt weit und hörte Ancient und Kim streiten. Kim saß am Lenkrad ihres Subaru, Ancient stand daneben und lehnte so am Wagen, dass sie die Tür nicht zubekam.

»Was?«, fragte Ancient laut. »Was hast du denn erwartet? Was dachtest du denn?«

Kim sagte etwas, was August nicht hören konnte, und Ancient lachte bellend. »Klaaar!«, rief er. »Der ist gut. Wirklich ganz toll!« Er schlug mit der Faust auf das Autodach, und der Wagen setzte sich in Bewegung, sodass Ancient sich ungeschickt wegdrehen musste, um nicht überfahren zu werden.

Knirschend spritzte unter Kims Reifen der Schotter auf, als sie losraste, und ihre Rücklichter wurden schwächer, als sie auf den Feldweg einbog. Ancient lag auf dem Rücken und strauchelte beim Versuch aufzustehen. Er trug keinen Gürtel, und seine Jeans waren ihm runtergerutscht. August sah deutlich das schmuddelige Weiß seiner Unterhose, als er über den Hof schlurfte und dabei die Hose festhielt.

Eine Woche später reparierten sie den Zaun hinten an Ancients neu erstandener Weide, und der Wagen blieb stecken. Es taute seit einer Woche, und die vormals gefrorene Fahrspur hatte sich in roten Schleim verwandelt. Ancient war gefahren, sie waren einen kleinen Hügel hinabgeschlittert und an der Steigung zum Stehen gekommen, hinter der sich der Musselshell River verbarg. Sie stiegen aus, und Ancient beugte sich vor, um die lehmverkrusteten Reifen zu begutachten. Sie sahen sich beide nach dem Hügel um, den sie überwinden mussten, um wieder vom Feld zu kommen. Ancient nahm den Hut ab und fuhr sich mit den Händen durch die Haare, bevor er ihn wieder aufsetzte. Ancient setzte mit dem Wagen bis an den Zaun zurück, ließ August als Ballast über der Hinterachse auf die Ladefläche steigen und gab Vollgas. Sie schafften es den halben Hang hoch, bevor die Räder durchdrehten und schmierige, rote Lehmklumpen durch die Luft warfen. Der Wagen schleuderte hinten noch ein wenig, bevor er stehen blieb, und Ancient fuhr wieder rückwärts nach unten. Das Gleiche versuchten sie noch dreimal, bis sie sich schließlich so tief festgefahren hatten, dass gar nichts mehr ging. August schob von vorne, und sie versuchten, den Wagen freizuschaukeln. Dann schoben sie Erlenäste vom Flussufer unter die Reifen, aber auch das half nichts.

Die Weide war nicht mit den restlichen Ländereien der Virostok Ranch verbunden, und sie waren um die acht Kilometer vom Haus und einem Traktor entfernt, mit dem sie den Wagen hätten befreien können. Ancient seufzte und spuckte in den Schlamm. Er legte die Hand an die Stirn und spähte über den Fluss dorthin, wo sich langsam die Windräder der Hutterer-Kolonie drehten. »Ach, Scheiße«, sagte er. »Dann gehen wir wohl mal die Hoots fragen.«

Sie gingen über die zerfurchte Weide, auf der ein paar von Ancients roten Angusrindern sie mit finsteren Augen beobachteten. Oben auf dem Hügel wechselten sie die Richtung und duckten sich unter dem Zaun durch, hinter dem das Land der Hutterer anfing. Sie stiegen die Anhöhe hinauf, vor ihnen erhoben sich die Windräder drei Stockwerke hoch, und die strahlend weißen Rotorblätter zogen träge ihre Kreise. August spürte nur einen schwachen Windhauch und wunderte sich, dass der ausreichte.

Sie blieben stehen und legten den Kopf in den Nacken; die Anlagen ließen enorme, dolchförmige Schatten über die braunen Felder schlagen.

»Ich habe gesehen, wie sie die aufgebaut haben«, sagte Ancient. »Die Rotorblätter kamen mit dem Güterzug aus Seattle, meine ich. Zwei Flachwagen pro Stück. Das letzte Stück von Livingston ging es dann per Schwertransport. Ich weiß noch, wie sie den Highway hochkamen, so groß, das konnte man kaum glauben.«

»Ich habe gehört, Adler und Habichte fliegen manchmal dagegen und sterben«, sagte August. »Aber von hier sieht die Bewegung so langsam aus, dass man sich das kaum vorstellen kann.«

»Davon weiß ich nichts«, erwiderte Ancient. »Aber ich weiß mit Sicherheit, dass die Hoots sich mit denen eine goldene Nase verdienen. Die Firma, die sie aufgestellt hat, hat das Land gepachtet, und die Kolonie kriegt wohl dazu noch einen Anteil am Gewinn. Das ist jetzt fünf Jahre her, und mir ist aufgefallen, dass sie da einen Haufen neue Wagen bei sich herumstehen haben. Und einen gewaltigen neuen Hühnerstall. Warst du schon mal auf der Kolonie?«

August schüttelte den Kopf. »So halb. Eigentlich nicht.«

»Tja, dann mach dich auf was gefasst.«

Von der Anhöhe aus konnten sie auf die Anlage der Hutterer hinunterschauen. »Sieht nicht so aus, als wäre jemand da«, sagte August.

Ancient sah auf die Uhr. »Wahrscheinlich Abendessen. Mach dir keine Gedanken, wenn wir unten sind, kommen sie schon raus. Bei denen ist immer jemand da.«

August und Ancient gingen den Hang hinunter, über die kleine Brücke über den Musselshell River und weiter hinter den großen, schlafenden Gärten in die Kolonie selbst. Alles war außerordentlich sauber. Nirgends Müll oder Schrott. Den Haupthof umgab ein strahlend frisch gestrichener Holzzaun. Die Wohngebäude waren lang und niedrig und hatten an den Seitenwänden viele einzelne Eingänge. Vor jeder Tür gab es eine kleine Betonstufe, auf der jeweils ein kleiner Karren mit Metallrädern stand. Zwei Gebäude, wohl insgesamt dreißig Eingänge, schätzte August. Dreißig gleichmäßig angeordnete Türen, dreißig Stufen, dreißig Handkarren. Keinerlei Schmuck, jede Tür sauber, frisch weiß gestrichen.

»Ein bisschen gruselig«, sagte August.

Ancient lachte. »Ach, komm. Das sind gottesfürchtige Amerikaner wie du und ich.« Er zog seine Kautabakdose aus der Gesäßtasche und schlug sie sich ein paarmal an den Oberschenkel, bevor er sich einen Priem hinter die Unterlippe steckte. »Mal im Ernst«, sagte er. »Alle meinen immer, die ganzen Radikalen wohnen alle in irgendwelchen Hippiestädten an der Küste. Berkeley, Brooklyn, was weiß ich wo. Aber die Leute hier sind auf jeden Fall die radikalste Gruppierung, von der ich je gehört habe. Die haben sich irgendwann gesagt: *Scheiß auf die Gesellschaft. Wir ziehen raus nach Montana ins Nirgendwo und leben, wie wir es wollen. Wir züchten Hühner, nähen uns unsere Klamotten selber, und der Rest der Welt kann sich abfackeln, wenn es denn sein muss.*«

Bald kam ein Mann heraus und wischte sich die Hände an einem Lappen ab. Er trug das Standardoutfit der Hutterer – einen breitkrempigen, schwarzen Stetson und ein dunkelblaues Hemd mit Perlmuttdruckknöpfen in schwarze Wrangler-Jeans gesteckt. Verschlammte schwarze Stiefel. Er hatte einen rotblonden Backenbart, das Hemd spannte sich über seinem Bauch, und im roten Gesicht strahlte ein breites Lächeln.

»Hey, John, wie geht's? Lange nicht gesehen.« Ancient und der Hutterer gaben sich die Hand; die Hände des Hutterers waren gewaltig und glänzten vor Fett.

»Okay«, sagte der Hutterer. »Es muss wirklich lange her sein.« Er steckte die Hände in die Taschen und wippte auf den Hacken. »Erinnerst du mich noch einmal an deinen Namen?«

»Ich bin Ancient Virostok. Das ist meine Weide da vorne.« Ancient zeigte in die Richtung. »Weißt du noch, ich habe dich und deinen Jungen vor ein paar Jahren mal aus Livingston mitgenommen, als euer Wagen nicht mehr wollte?«

Der Hutterer nickte und wippte weiter. »Ich habe keinen Sohn«, sagte er. »Vielleicht war es mein Vetter, John Daniel. Ich bin John Rile. Ich habe drei Töchter. John Daniel hat einen Sohn. Wahrscheinlich hast du ihn und seinen Jungen mitgenommen, er ist der Geflügelmeister, er fährt manchmal in die Stadt und liefert aus. Ich bin der Farmmeister, also bin ich die meiste Zeit hier. John Daniel aber, der fährt in die

Stadt, wann immer er kann. Der fährt immer zum Drive-through bei Taco Time und kauft sich Chalupas mit scharfer Taco-Sauce. Von den scharfen Sachen kann der gar nicht genug kriegen. Das bekommt man hier oben nicht so. Ich mag das auch nicht so gern. Und was können wir für euch tun?«, fragte der Hutterer. »Wollt ihr Broiler kaufen?«

»Tja«, sagte Ancient, »es ist so – wir stecken fest. Haben uns mit dem Wagen auf der Weide da unten am Fluss festgefahren und wären euch sehr dankbar, wenn ihr uns vielleicht helfen könntet.« Während Ancient redete, öffneten sich die Türen der Wohngebäude. Kinder kamen auf den Hof, die Jungs mit selbstgenähter dunkelblauer Hose und Hemd, die Mädchen mit dunkelblauen oder dunkelgrünen Kleidern, die Haare bedeckt von schwarz-weiß gepunkteten Tüchern. Sie blieben still am Rand stehen und beobachteten.

»Ganz matschig da unten, was?«, sagte John Rile. »Ich fahre den Kubota hinunter, mit dem wird es gehen. Kein Problem. Aber wo ihr schon den weiten Weg gekommen seid, wollt ihr uns nicht doch ein paar Broiler abnehmen? Ganz frisch, eingepackt und fertig.«

Ancient zuckte die Schultern. »Gerne«, sagte er. »Meine Verlobte wird sich freuen.« Er holte sein Portemonnaie heraus. »Sagen wir, drei Stück?«

John Rile nickte und sah August an. »Und du?«

»Ich weiß nicht«, erwiderte August und sah Ancient an. »Tut mir leid, ich weiß nicht mal, worum es hier gerade geht. Was ist denn ein Broiler?«

John Rile blinzelte und wischte sich den Mund mit dem Handrücken ab. »Geflügel, Junge«, sagte er. »Ein schöner, junger Broiler. Du bist wohl noch nicht verheiratet. Aber unser Rhabarberwein wird dir sicher schmecken, nicht?«

»Keine Ahnung«, sagte August. »Hab ich noch nie probiert.« August sah, dass Ancient sich ein Grinsen verkniff, auf den Boden schaute und mit der Stiefelspitze scharrte. »Hast du Geld dabei, August?«, fragte Ancient.

August klopfte seine Hosentaschen ab und zuckte die Schultern. »So zwanzig Dollar vielleicht.«

»Tja«, sagte Ancient. »Dann mal raus damit, deinen Wein bezahlen.«

John Rile grinste jetzt mit dem Zwanziger in der Hand, den Ancient ihm für die Broiler gegeben hatte. August fischte sein Portemonnaie heraus und überreichte das Geld.

»Guter Handel«, sagte John Rile. »Ich lasse Ma die Broiler einpacken und dir deinen Krug zapfen. Habt ihr eine Kette?«

»Ich habe einen Abschleppgurt«, sagte Ancient.

John Rile stopfte sich die beiden Zwanziger in die Tasche und sagte: »Dann sind wir uns handelseinig.« Er wandte sich nach der Kinderschar um und brüllte: »Sagt Ma Sal, drei Broiler und einen Krug, hurtig, hurtig!«

John Rile fuhr den Kubota-Traktor aus der Kolonie, und August und Ancient saßen auf den Kotflügeln, während der Karton mit den Broilern und dem Rhabarberwein vorne in der Schaufel lag. Die Kinder liefen stumm mit dem Traktor mit, und ein grauschnäuziger Heeler trabte mit hängender Zunge hinterher.

Als sie den Wagen den Hang hinauf und von der Weide hatten, war es fast dunkel, und alle Beteiligten waren von oben bis unten voller Matsch. Nach ausgiebigen Danksagungen an den Hutterer-Clan verabschiedete man sich, und Ancient fuhr mit August zurück. Der Karton mit den Broilern stand zwischen ihnen auf der Sitzbank. August drehte den Deckel von dem Plastikmilchkrug mit dem Rhabarberwein und roch daran.

»Kennst du noch nicht, was?«, fragte Ancient.

August schüttelte den Kopf und probierte einen Schluck. Der Wein war golden, süß und sirupartig – gar nicht mal so schlecht, schmeckte aber ein bisschen nach Plastik. Er bot ihn Ancient an, doch der schüttelte den Kopf.

»Habe ich oft getrunken, als ich jünger war. Schmeckt für mich nur noch nach Kater.«

August drehte den Deckel wieder zu und stellte sich den Krug zwischen die Füße. »Ich hab neulich was über die Hoots gehört«, sagte er. »Wahrscheinlich Quatsch, aber ich hab gehört, dass sie manchmal Männer von außerhalb der Kolonie heranholen, damit sie mit ihren Frauen schlafen, quasi wie Deckhengste.«

Ancient lachte und schüttelte den Kopf. »Die alte Geschichte. Die erzählen die Kerle sich hier schon seit dreißig Jahren. Ich wüsste aber keinen einzigen, der das wirklich mal selbst getan hätte. Nichts als Wunschfantasien erbärmlicher, einsamer Rancher.«

»Das hatte ich mir schon gedacht. Ich habe neulich Abend einen Typen getroffen, der mir da eine Riesenstory gesponnen hat.«

»Wen denn?«

»Tim Duncan hieß er. Kennst du wahrscheinlich.«

Ancient hob an, um etwas zu sagen, brach aber wieder ab. Er schüttelte den Kopf. »Den Jungen kenne ich schon, seit er gerade laufen kann. Die hatten es da drüben eine ganze Zeit lang verdammt schwer. Timmys Vater, Big Tim, ist, also, keine Ahnung. Er war mal okay. Bist du schon mal bei denen vorbeigefahren? Die sind am Schleichweg zur Stadt hintenrum am Dry Creek entlang. Mit den ganzen Schildern am Weg?«

August schüttelte den Kopf.

»Ja, das ist ziemlich weit draußen. Gibt nicht so recht nen Grund, da langzufahren.«

»Was denn für Schilder?«

»Verschwörungstheorie-Zeug. Dass die uns beim 11. September was verschweigen und irgendwelche Bibelverse und auch so richtige Nazischeiße. Also der übliche ultrarechte Wahnsinn.«

»Tim hat mir erzählt, sein Bruder ist vor ein paar Jahren gestorben.«

»Ja. Wes kannte ich auch. Guter Kerl. Den mochte jeder. Geborener Sportler. Hat beim Rodeo mitgemacht und in der Highschool Baseball gespielt, hätte da bestimmt etwas aus sich machen können, aber dann ist er wohl aufs College gegangen, hatte andere Sachen im Kopf und sich nicht mehr für Sport interessiert. Kann ich ihm nicht übelnehmen.«

»Tim hat gesagt, er war betrunken und hatte einen Autounfall.«

»Das stimmt. Haben wir alle schon mal gemacht. Er hatte eben Pech. Vor Wes' Tod wirkte Big Tims Abgedrehtheit noch ein bisschen harmloser. Aber das wundert einen ja nicht. Wenn man ein Kind verliert, und dann auch noch so, dann kocht jedes bisschen Wut unkontrolliert über. Timmy ist kein schlechter Junge.«

»Er hat gesagt, du hast seinem Dad ein Stück Land abgekauft.«

Ancient nickte. »Zu einem mehr als fairen Preis. Hat er gesagt, ich hätte die Lage ausgenutzt, sie reingelegt oder so etwas?«

»Nein, gar nicht.«

Ancient schaute aus dem Fenster und trommelte mit den Fingern auf dem Lenkrad. »Die Leute hier, keine Ahnung. Alle machen einen auf gute Nachbarschaft, und irgendwann findet man heraus, dass jemand, den man schon seit Jahrzehnten kennt, insgeheim auf deinen Niedergang lauert. Hat Timmy etwas über Kim gesagt?«

»Kim? Nein. Warum?«

Ancient zuckte die Schultern. »Die Leute sind eben neugierig.«

»Wo ist Kim eigentlich. Ich hab sie schon lange nicht mehr gesehen.«

Sie waren zu Hause angekommen und standen in der Auffahrt. Ancient stellte die Zündung ab, und der Diesel tickte. Sie saßen im Wagen und sahen das Haus an, dunkel, weil niemand da war.

»Gib mir mal den Krug«, sagte Ancient. August reichte ihn rüber, Ancient setzte an, und sein Adamsapfel wippte zweimal. »Mann, das Zeug ist schlimm«, rief er und hustete. »Ich weiß ja nicht, was man zuerst davon kriegt, nen Schädel oder Karies.« Ancient starrte geradeaus. Er hatte den Krug auf dem Schoß und drehte den Deckel zwischen den Fingern. Er war ein kleiner Mann mit hohen Wangenknochen und ewig rotem, zerschundenem Gesicht. Unter seiner schmutzigen Mütze standen strähnig die blonden Haare hervor. »Wenn deine Verlobte sagt, sie fährt runter, ihre Schwester besuchen, heißt das manchmal, dass sie eben ihre Schwester besuchen fährt. Anscheinend kann es aber auch heißen, dass ihre Rückkehr ungewiss ist.«

—

Nach zwei Monaten unerbittlicher Kälte kamen Anfang März gerade rechtzeitig zur Abkalbezeit endlich die warmen Winde aus dem Norden herunter. August und Ancient patrouillierten um die Herde, holten die Trächtigen heraus und brachten sie in einen kleinen Pferch beim Abkalbestall. Ancient ritt auf seinem altersschwachen Wallach Chief, dem letzten Pferd auf der Ranch, und August fuhr mit dem Quad. Es war ein Zehn-zu-zehn-Tag, wie Ancient sie nannte. Zehn Grad und Windstärke zehn. Der Schnee schmolz, und die genoppten Reifen des Quads warfen feuchte Matschklumpen auf.

Als sie ein halbes Dutzend der Kühe von der Herde getrennt hatten, die am reifsten aussahen, machten sie im Windschatten des Abkalbestalls Pause und aßen ihre Sandwiches. An diesem ruhigen Flecken ließen sie sich von der Sonne wärmen, August lehnte sich an die Stallbretter und schloss die Augen. Sie waren mitten in der Abkalbezeit, und die langen Arbeitstage und -nächte hinterließen ihre Spuren. Er hatte seit einer Woche nicht mehr durchgeschlafen. Ancient dagegen wirkte überhaupt nicht müde. Er kaute laut sein Sandwich und ließ die Chips krachen. »Guck dir mal den alten Chief an«, sagte er und stieß Augusts Bein an. August öffnete die Augen. Auch Chief war in den Windschatten gekommen. Er stand jetzt neben ihnen, schlief im Stehen, die Zügel schleiften auf der Erde. »Wenn in dem Gaul nicht ein bisschen Hund drin ist. Der würde mir auch ins Haus folgen, wenn ich ihn ließe. Willst du heute Nachmittag mal reiten? Der macht eigentlich alles selbst. Wenn er noch Daumen hätte, könnte er die Ranch wahrscheinlich besser führen als ich.«

August schüttelte den Kopf. »Ich bleibe lieber beim Quad.«

»Meinetwegen. Mein Vater war ein großer Reiter. Chief war sein letztes Pferd. Hat ihn als gerade angerittenes Jungtier bekommen. Er hat immer gesagt, das mit den Kühen tut er sich überhaupt nur an, damit seine Pferde genug Bewegung kriegen. Das Quad hat er gehasst. Blöd war er aber auch nicht; er hat schon eingesehen, wie praktisch die Dinger sind.

Aber er hat sie nur für die Bewässerung genommen. Da war er quasi religiös. Geld spielte für ihn nur eine Rolle, wenn es knapp wurde, und er hat nie versucht, mehr zu verdienen. Armut und eine Weide voller Pferde, die frisches Gras fressen – so sah für ihn der Himmel aus. Auf der Farm, wo du aufgewachsen bist, hattet ihr da Pferde?«

August schloss wieder die Augen. Schüttelte den Kopf. »Milchkühe. Die kommen meistens einfach, wenn man sie ruft. Da braucht man keine Pferde.«

»Milch«, sagte Ancient, als zöge er das Konzept in Betracht.

»Vierzig Hektar«, sagte August.

»Vierzig Hektar?«

»Das ist alles.«

»Mein Alter und ich wären uns wahrscheinlich an die Gurgel gegangen, wenn wir zusammen auf vierzig Hektar gehockt hätten.«

»Eben«, sagte August. »Da bin ich lieber hier rausgekommen.«

Ancient nickte und zerknüllte seine Sandwichfolie. Er schlug sich ein paarmal die Kautabakdose an den Oberschenkel und stopfte sich etwas hinter die Unterlippe. »Mein Vater konnte manchmal ganz witzig sein. Unser erstes Quad war ein Honda. Er hat es immer das Japanische Quarter Horse genannt.«

»Der ist gut.«

»Der hatte einen Haufen guter Sprüche. Kim hat ihn erst am Ende kennengelernt, als er schon einen weghatte. Da hatte sie die Haare noch kürzer als heute, und das fand er spannend. Er hat ihr gesagt, dass Frauen mit Männerhaarschnitten den Westen erobert haben. Da musste sie lachen. Ich glaube, die beiden haben sich ganz gut verstanden.«

August sagte nichts, aber der Wind frischte kurz auf und

heulte, wo er vom einzelnen Stromkabel durchschnitten wurde, das auf Masten zum Stall gespannt war.

»Ja, wenn der alte Chief mal ins Gras beißt, ist es das Ende einer Ära. Dann bin nur noch ich da, Ancient, der arme Waisenjunge. Der Einzige, der noch weiß, wie es einmal war.« Ancient grunzte, stemmte sich hoch und ging um die Stallecke. »Der göttliche Wind«, brüllte er. »Der Chinook. Der Schneefresser.« Er drehte August den Rücken zu, machte den Reißverschluss auf und ließ eine sturmgepeitschte Pissfahne fast zehn Meter weit flattern.

—

August nahm den Schleichweg am Dry Creek entlang und legte an der alten einspurigen Metallbrücke über den Musselshell River eine kurze Pause ein. Er schaute ins Wasser; es war so klar, dass er die Steine am Boden sehen konnte, also lauerte er eine Weile, aber es zeigten sich keine Forellen. Er rumpelte über die Holzbohlen und fuhr in der tiefen Fahrspur langsam weiter Richtung Martinsdale. Er kam an einem Feld Winterweizen vorbei, auf dem die vereinzelten schillernd schwarzen Scherben eines Krähenschwarms inmitten der neongrünen Triebe pickten. Das Feld war eingezäunt, und entlang des Grabens standen Schilder. Sie waren handgemalt, dicke, schwarze Buchstaben auf blassem Sperrholz: AMERIKA DEN AMERIKANERN! JUDEN=TERRORISTEN – 9/11 WAR DER MOSSAD! BUSH WUSSTE ALLES! An manchen der Buchstaben hatte die Farbe getropft, was der Botschaft eine fieberhafte Unmittelbarkeit verlieh.

August rollte beim Lesen langsam voran, als ein Pick-up um die Ecke knirschte und langsamer wurde. Es war Tim. Er hielt neben August und ließ das Fenster runter. August tat es ihm gleich, und Tim nickte in Richtung der Schilder. »Tust du mal was für deine Bildung?«, fragte er.

»Ich weiß ja nicht«, sagte August.

»Am 11. September gibt's ne Menge, was einfach nicht klar ist.«

»Was denn?«

»Dass es zum Beispiel unidentifizierte Explosionen im Erdgeschoss gab. Das waren nicht nur die Flugzeuge. Und ...« Tim hielt inne, wischte sich mit der Hand übers Gesicht und spuckte aus dem Fenster. »Weißt du was? Ist egal. Ist gar nicht so meine Sache. Mein Dad redet die ganze Zeit davon. Sprich mit ihm, wenn du die Einzelheiten willst. Ich mach mein Ding. Wie geht's? Was macht Ancient, der alte Wichser?«

»Gut. Ancient auch, würde ich sagen.«

»Bezahlt er dich jetzt dafür, dass du hier in die Landschaft glotzt, oder was?«

»Er musste nach Billings. Ich fahre nach Martinsdale, ein paar Sachen vom Feeds 'n Needs holen.«

»Was denn für Sachen?«

»Ein paar ordentliche Schlossschrauben. Ich muss ein Tor neu aufhängen, das aus dem Pfosten gerissen ist. Vorher war es an der Angel bloß eingeschraubt.«

»Ja, das war dann mit Ansage. Wenn's halten soll, musst du komplett durchbohren und dann mit Schlossschraube und Mutter festmachen.«

»Genau das hab ich vor.«

»Schlau.«

»Sieht so aus.«

»Und wenn du in die Stadt willst, warum fährst du dann hier rum? Da brauchst du bestimmt zwanzig Minuten länger.«

»Ich war hier hinten noch nie. Ancient meinte, am Dry Creek lang kommt man wieder in Martinsdale raus. Das wollte ich mal ausprobieren.«

»Wahrscheinlich hat er dir gesagt, du sollst dir mal angucken, wie es beim verrückten Duncan aussieht, was?«

August schüttelte den Kopf. »Hat er nichts von gesagt.«

»Mm-hmm.« Tim schaute in die Ferne. »Ich hab mir was überlegt. Wir beide sollten uns jeder einen Hund zulegen. Welpen aufziehen. Ist doch schön, wenn man einen Hund um sich hat. Wenn wir sie uns gleichzeitig holen, können sie zusammen aufwachsen und voneinander lernen, vielleicht kriegen wir dann auch einen guten Preis beim Züchter. Schlaue Tiere, denen man was beibringen kann, Australian Shepherd vielleicht. Oder Heeler, aber die sind immer so kühl und verschroben. Ich bin dreimal im Leben von einem Hund gebissen worden, und jedes Mal war es ein Heeler. Was sagst du?«

»Einen Hund holen? Müsste ich erst mal drüber nachdenken. Weiß nicht so recht, ob es die richtige Zeit ist.«

»Ach, so ganz die richtige Zeit ist es dafür nie. Man holt sich eben einen und passt sein Leben ein bisschen an. Darum geht's ja. Wenn man einen Hund hat, muss man Verantwortung übernehmen.«

»Ich denke darüber nach. Ich mag Hunde.«

»Natürlich. Sonst hätten sie dich gar nicht erst über die Grenze gelassen.«

»Welche Grenze?«

»Ist nur so ein Spruch. Ich verarsch dich bloß ein bisschen.«

»Und das alles neulich Abend? Mit deinem Bruder. War das auch nur Verarsche?«

»Ganz und gar nicht, Alter. Tut mir leid wegen der Sache am Ende. Ehrlich gesagt ist das alles ein bisschen verschwommen. Ich hatte den ganzen Tag ganz gut vorgelegt. Manchmal wird's bei mir dann düster. Hätte den Whiskey in der Mint nicht trinken dürfen. Der war's. Wenn ich mich nur ans Bier halte, dann geht's. Aber wenn du mir Whiskey gibst, werde ich ziemlich schnell zu Black Tim. Das ist bei mir so, und ich muss mich entschuldigen.« Tim streckte die Faust aus dem Fenster. »Alles okay zwischen uns?«

»Klar.«

»Komm, dann lass mich nicht hängen. Faust an Faust, Kumpel.«

August lehnte sich vor und stieß mit der Faust gegen die von Tim.

»Guter Mann«, sagte Tim. »Und denk echt mal über die Sache mit den Hunden nach.« Dann fuhr er mit durchdrehenden Reifen los und ließ August mit ausgestrecktem Arm zurück.

August fuhr weiter Richtung Stadt. Die Schilder gingen noch einen knappen Kilometer weiter. EINE IN SÜNDE GEBORENE NATION IST DEM UNTERGANG GEWEIHT! DU SOLLST NICHT BEI EINEM MANN LIEGEN WIE BEI EINER FRAU; ES IST EIN GRÄUEL! JEDER MANN HAT DAS RECHT WAFFEN ZU BESITZEN UND ZU FÜHREN! 9/11 HABEN INSIDER GEDREHT! WACHT AUF IHR SCHAFE!

—

August machte sich auf der Heizplatte einen Topf China-Nudelsuppe mit Hühnchen warm. Als sie brodelte, holte er sich nicht extra eine Schale, sondern bröselte sich ein paar Salzcracker hinein und fing an zu löffeln. Als er fast fertig war, rief sein Vater an.

»Wie ist das Abkalben gelaufen?«

»Ganz gut. Eins haben wir verloren, aber sonst ist alles gutgegangen. Auf jeden Fall nicht viel geschlafen in der letzten Zeit.«

»Ja, so ist das immer. Aber schon hart, wenn eins nicht durchkommt.«

»Auf jeden Fall.«

»Ich habe mir mal das Wetter bei euch angeguckt. Die letzten paar Tage ist es ja ziemlich warm geworden.«

»Das stimmt. Aber auch verdammt windig. Ancient sagt, das ist der Chinook-Wind. Kommt um die Jahreszeit aus Kanada runter. Schmilzt den Schnee weg wie nichts.«

»Aus Kanada?«

»Angeblich.«

»Wenn der um die Jahreszeit aus Kanada runterkommt, müsste er doch kälter sein. Oder?«

»Ich bin mir da auch nicht ganz sicher. Hat Ancient aber so gesagt.«

»Na, der wird das Wetter da bei sich schon kennen. Sag ich gar nichts gegen. Man würde es sich bloß genau andersrum vorstellen.«

»Ich glaube, das hat irgendwie mit den Bergen zu tun. Die dämmen die Wetterlagen auf bestimmte Art und Weise ein.«

»Kann sein. Ich habe die Rocky Mountains noch nie gesehen. Aber so langsam bin ich wohl zu alt, als dass das noch einen Unterschied machen würde. Kommt mir vor wie ein Land für die Jungen da draußen.«

»Ich weiß ja nicht, warum man irgendwann zu alt sein soll, um sich die Berge anzusehen. Man guckt eben, und dann sind sie da.«

»Ich meine ja nicht, zu alt, um sie mir anzuschauen. Ich meine, ich bin zu alt, um sie wirklich zu sehen, verstehst du?

Ich könnte durch den Yellowstone National Park fahren und mir Old Faithful anschauen oder was weiß ich, aber die Zeit, um es mit so einer Landschaft ernsthaft aufzunehmen, ist für mich lange vorbei.«

»Na, zu Besuch kommen könntest du bestimmt mal.«

»Genau, ich drücke hier einfach auf den großen Autopilot-Knopf, und haue ab in die Ferien.«

»Ich mein ja nur.«

»Ich weiß, was du meinst, aber manche von uns müssen arbeiten und können nicht einfach durchbrennen, wenn uns gerade danach ist.«

»Egal. Wird es bei euch denn auch langsam wärmer?«

»Nicht besonders. Letzten Monat ging es mal eine Zeit lang, aber ich hab die langen Unterhosen noch nicht wieder weggepackt. Letzte Woche hatten wir einen schlimmen Eissturm. Die Kinder hatten alle ein paar Tage schulfrei. Bis gestern hatten wir keinen Strom.«

»Zum Glück hast du die Generatoren.«

»Lisa hat sowieso jeden Abend Dinner bei Kerzenschein angerichtet. Sie arbeitet sich den Arsch ab, ist aber wirklich durch und durch Frau geblieben.«

»So soll es doch sein, oder?«

»Was meinst du damit?«

»Wenn sie nicht durch und durch Frau wäre, wäre sie doch einfach nur deine Hilfsarbeiterin. Oder?«

Er lachte leise. »Manchmal vergisst sie anscheinend sogar, dass ich sie damals als Hilfsarbeiterin angeheuert habe. Egal. Da in Montana kriegt ihr gar keine Eisstürme, oder?«

»Hab hier noch keinen erlebt. Zu kalt, glaube ich. Es gibt nur Schnee und Wind und Schneewehen.«

»Ein paar Schneewehen wären mir auf jeden Fall lieber. Beim Eissturm gibt es fast jedes Mal Stromausfall.«

»Als Kind fand ich die toll. Das war perfekt zum Rodeln. Weißt du noch, den großen Metallteller, den wir hatten, den hast du dann noch mit Silikonöl eingesprüht, und ich hab es vom Hügel bis ganz runter zur Straße geschafft?«

»Klar weiß ich das noch. Was für ein Sturm! Da lag das Eis fingerdick über allem. Da warst du noch ein kleiner Scheißer und konntest einfach oben auf der Schneedecke langlaufen. Ich bin natürlich bei jedem Schritt durch die Eiskruste gebrochen. Bin jedes Mal fast aus den Latschen gekippt, wenn ich dich den Hügel wieder hochgeschleift hatte.«

»Das weiß ich nicht mehr. Ich dachte, ich bin selber gelaufen. Eigentlich weiß ich nur noch, wie ich da immer runtergerauscht bin.«

»So ist das wohl immer. Für jede schöne Kindheitserinnerung vom Schlittenfahren gibt es einen vergessenen Elternteil, der den Kleinen wieder hochgeschleppt hat. Ist aber in Ordnung so. Um selbst ein Mann zu werden, muss man wohl ziemlich viel von den Sachen vergessen, die der angestellt hat, der einen großgezogen hat.«

»Absichtlich vergesse ich gar nichts.«

»Nein, ich weiß. Okay, ich werde heute nicht mehr alt. Wir hören uns.«

—

Eine Tasse Kaffee im Bauch, bevor es überhaupt hell war, die zweite, während das Grau sich zum goldenen Morgen festigte. August toastete sich zwei Scheiben Weißbrot. Er schmierte Butter drauf, schnitt sich eine Banane und arrangierte die Scheiben darauf wie blasse Taler. Er träufelte ein präzises Zickzack aus Honig darüber und aß auf seiner kleinen Terrasse, die Kapuze wegen der Kälte hochgeschlagen, und atmete den Dampf über dem Becher ein. Von dort konnte er das Licht in Ancient Virostoks Küche sehen. Manchmal tauchte Ancient hinter dem Fenster auf, er war allein, füllte die Kaffeekanne mit Wasser, spülte seinen Reisebecher aus, wusch sich die Hände, nachdem er Speckstreifen in die Pfanne gelegt hatte. Bis Ancient aus dem Haus kam, hatte August seine ganze Kanne getrunken. Als er schließlich so weit war, trat Ancient auf die Veranda, streckte sich und gähnte.

»Was für ein Morgen«, brüllte er. Er grüßte zackig in Augusts Richtung. »Genug Kaffee getankt?«, fragte er. »Dann wollen wir diesem Drecksbaum mal an den Kragen.«

Ancient saß am Steuer, und sie fuhren am Ende der Auffahrt östlich Richtung Fluss. Das Radio lief leise; August erkannte eben so den Song, Doc Watson sang *Tennessee Stud*. Ancient trommelte im Rhythmus mit den Daumen auf dem Lenkrad, und der Wagen roch nach Kaffee und Mundspülung, die die Fahne vom letzten Abend überdeckte.

»Billings«, sagte er und schüttelte den Kopf. »Was für ein Dreckloch. Warst du schon mal da?«

»Nicht oft.«

»Tja, Glück gehabt. Ich bin froh, wenn ich eine Weile nicht mehr da runtermuss. Die haben das Reservat gleich um die Ecke, deswegen ist es ja immer schon schlimm genug gewesen, aber jetzt haben sie da auch noch Ölfelder, und mit denen ist es noch fieser geworden. Das Einzige, was schlimmer ist als ein besoffener Indianer, ist ein besoffener Bohrarbeiter mit zu viel Kohle in der Tasche. Du hast mal erzählt, du hast selbst unten in Wyoming an den Bohrtürmen gearbeitet, oder?«

»Bin nicht stolz drauf. Nur ein paar Monate. Lang genug, um zu merken, dass es nichts für mich war.«

»Hat aber bestimmt gutes Geld gegeben, oder?«

»Das meiste ging für die Miete drauf.«

»Ja, das habe ich auch gehört. Nicht genug Wohnungen. Angeblich fliegen auch jedes Wochenende Nutten aus Vegas ein. Verdienen sich da dumm und dämlich.«

»Kann sein. Keine Ahnung.«

»Ich hab noch nie dafür bezahlt. Nicht dass ich moralisch etwas dagegen hätte. Aber das reicht mir nicht, wenn ich weiß, dass es für die Frau einfach nur Arbeit ist und sie sich wahrscheinlich gerade überlegt, was sie zu Abend essen will; da kann sie noch so scharf sein. Der bist du scheißegal, und was soll das Ganze dann überhaupt? Da kann man sich doch lieber das Geld sparen und sich einen runterholen. Und bei den Stripclubs ist es doch genauso. Ich habe nie verstanden, warum ich da einen Haufen Kohle blechen soll, bloß um neben ein paar anderen Kerlen zu sitzen, die irgendeine genervte Alleinerziehende anhecheln, die uns alle aus tiefster Seele hasst.«

»An den Bohrtürmen haben die so einen Trick. Die Schichten waren ewig lang. Ein paar von den Typen haben immer einen Haufen von diesen Energy Drinks gekauft, aufgemacht und über Nacht stehenlassen, bis die Kohlensäure raus war. Und damit haben sie dann ihren Kaffee gekocht. An einem Morgen bin ich aufgestanden und habe eine Tasse davon getrunken. Dann wollte ich mir die Stiefel zumachen, habe mich runtergebeugt, und sofort kam alles wieder raus. Ich hab mir auf die Stiefel gekotzt. Ich hab die Kotze nicht aus den Schnürsenkeln gekriegt und den ganzen Morgen beim Arbeiten gerochen, also bin ich in der Mittagspause einfach wieder zu meinem Zimmer gefahren und hab meine Sachen gepackt. Die Stiefel habe ich stehen lassen. Bin barfuß weggefahren. Manche kommen mit dem Geruch von Kotze klar, aber ich nicht.«

»Oh Gott. Was das mit deinem Magen anstellen muss«, sagte Ancient. »Schlau, da abzuhauen. Bei ein paar Sachen hatte mein Alter wohl wirklich recht. Ein Leben in Armut auf einer Ranch ist immer noch besser als vieles andere. Als ein Leben in Billings zum Beispiel. Mann. Nicht mal die Frauen sehen da unten gut aus. Eighties-Frisuren. Dicke Waden.«

»Hast du dich mit Kim getroffen?«

Ancient rieb sich mit der Handfläche übers Kinn. Er war unrasiert, und die Stoppeln kratzten ihm über die zerschundene Hand. »Ja, habe ich. Die Leute zerreißen sich immer das Maul über Fremde, die hierherziehen. Ein hübsches Mädchen wie Kim kommt zu Ancient, und schon brodelt die Gerüchteküche.«

»Ich hab nichts gehört.«

»Kann sein. Es wissen ja alle, dass wir direkt zusammenarbeiten und alles, was bei dir ankommt, auch irgendwann bei mir landet. Und du bist ja auch nicht von hier, das kommt noch dazu.«

»Vielleicht reden die Leute ja auch über mich«, sagte August.

Ancient sah ihn an und trank einen Schluck Kaffee. Er schüttelte den Kopf. »Über dich redet keiner, Cowboy. Tut mir leid, dich zu enttäuschen.«

Ancient und August standen am Ufer des Musselshell River und begutachteten das Problem. Eine Riesenpappel war umgestürzt und lag nun direkt am Stauwehr, das den Zufluss zum Bewässerungsgraben des Heufelds regulierte. Der gewaltige Stamm hatte sich so verkeilt, dass sich die Stahlplatte weder heben noch senken ließ. Sie bewegte sich keinen Millimeter, und solange das nicht behoben war, blieben die durstigen Alfalfa-Pflanzen trocken.

Der braune, kalte Fluss führte Hochwasser. Es drückte den Baum gegen das Wehr. Ancients Plan war es, ein Seil um einen der höheren Äste zu werfen, und den Baum dann mit dem Wagen rauszuziehen. Er war zu dem Schluss gekommen, dass sie dazu vorher so viele der dicken Äste absägen mussten wie möglich, damit der Baum schlanker wurde und die Chancen besser standen, dass er sich am Ende wirklich bewegte.

Ancient werkelte an der Kettensäge herum, und August roch Benzin. Der Fluss gurgelte dumpf im Hintergrund; die Kettensäge gluckerte, startete aber nicht. »Scheißding!«, rief Ancient. Er streckte die Säge mit der linken Hand nach unten und riss mit der rechten am Seil, immer und immer wieder, und grunzte jedes Mal, aber die alte Stihl knurrte nur ein bisschen, weigerte sich aber stur, zu zünden.

August stellte sich auf das Betonstück am Wehr und schaute sich den Baum an, der wie ein Messer im kalten Fleisch der Strömung steckte. An die Äste kam man nur, wenn man selbst auf den Baum kletterte. Das untere Ende des Stammes wurde vom Wasser überspült, und die tiefen Furchen der Pappelrinde sahen schwarz und glatt aus. Es gluckerte, keuchte, und schließlich röhrte es laut, als Ancient die Säge doch noch in Gang bekam. Er ließ den Motor ein paarmal aufheulen und die Kette schrill kreischen, bevor er sie im Leerlauf ließ.

»Okay, jetzt schnurrt sie wie ein Kätzchen«, sagte er. »Spring mal rauf da, dann reiche ich sie dir rüber.«

August sah die Säge an und dann wieder den Pappelstamm, der in der Strömung schaukelte. »Vielleicht versuchen wir es doch lieber erst einmal mit dem Wagen«, sagte er.

Ancient ließ die Säge schnarren und schüttelte den Kopf. »Klappt nicht«, sagte er. »Der Ast da und der andere müssen weg. Wenn wir so dran zerren, wie er jetzt liegt, dann verkeilt er sich nur noch mehr. Vielleicht demolieren wir dann das Wehr komplett. Komm schon. Du springst nur kurz da drauf, ich gebe dir die Säge, zack-zack, fertig.«

»Genau«, sagte August. »Zack-zack.« Er trat von dem Betonteil auf den Pappelstamm, suchte behutsam nach Halt, während seine Stiefel auf der nassen Rinde quatschten. Unter den Füßen spürte er den Fluss. August hielt sich mit einer Hand an einem Ast fest, und Ancient streckte ihm die Säge entgegen, bis er drankam. Das schwere Gerät nahm ihm das Gleichgewicht. August kniete sich hin und machte sich an den ersten Ast. Die Kette schoss Rindenfetzen durch die Luft und schnurrte dann durch das Faserholz, wobei sie einen Hahnenschwanz weiße, harzige, nasse Sägespäne versprühte. Der erste Ast war schnell geschafft. Die Säge war scharf und das Pappelholz weich. Schon trat August den Ast weg, sodass er stromabwärts trieb und sich im aufgewühlten Wasser langsam drehte. August wechselte den Stand und machte sich an den zweiten Ast. Der war schwieriger; der Fluss drückte so dagegen, dass die Säge immer wieder blockierte. Als sie sich der Mitte des oberschenkeldicken Asts näherte, fraß sie sich schließlich ganz fest. Er versuchte, sie wieder rauszureißen, aber das Schwert rührte sich nicht, denn die Strömung quetschte den Ast, als wollte sie den Schnitt heilen.

»Sitzt sie fest?«, fragte Ancient.

»Sieht so aus, was?«

»Kannst du sie nicht rausruckeln?«

»Versuch ich gerade.«

»Vielleicht löst sich das Ganze, wenn du auf den Ast kletterst und ihn runtertrittst.«

»Meine Fresse.« August schob einen Fuß um die Säge, sodass er sich auf den sturen Ast lehnen konnte. Er wippte einmal, und als sein Gewicht auf dem Ast lag und er gleichzeitig an der Säge zog, bewegte sie sich ein kleines bisschen. Er wiederholte die Wipp-und-zieh-Aktion und bekam die Säge frei.

»Du musst von der anderen Seite ran«, rief Ancient. »Wenn du noch mal von derselben kommst, klemmt sich bloß wieder alles ein.«

»Ich weiß«, knurrte August.

»Okay, ich sag ja nur, wie ich die Lage hier vom Tower aus sehe.«

August stieg herum und setzte die Säge auf der anderen Seite des Astes an. Nun drückte die Strömung den Ast von der Säge weg, und das Holz riss unter der Kette locker auf. Zu locker. Bevor August bereit war, krachte es laut, und der Ast riss ab. Er kippte über den Stamm und schlug so schnell gegen das Schwert der Säge, dass August sie noch mit Vollgas laufen hatte, als sie kreischend in seinen Stiefel biss. Leder und Gummi verdampften sofort. Im Schock ließ er die Säge fallen, stürzte vom Stamm und fiel rückwärts ins Wasser.

Er war unter Wasser. Einen Augenblick lang hörte er die Säge noch im Fluss weiterlaufen, dann verstummte sie. Er spürte noch keinen Schmerz, aber er war sich sicher, dass die Säge nur diesen Sekundenbruchteil gebraucht hatte, um sich durch den ganzen Fuß zu fressen. Er kämpfte sich in seinen vollgesogenen Jeansklamotten ans Ufer. Ancient brüllte, fluchte und rannte am Ufer entlang.

August bekam den Zweig einer Weide zu fassen, die über das Wasser hing, und zog sich keuchend an Land. Sein Fuß tat immer noch nicht weh, aber er traute sich kaum hinzuschauen. Er schaffte es, sich aufzusetzen, und rechnete mit dem Anblick von Blut und offenem Fleisch. Wie sich herausstellte, hatte die Säge zwar durchs Oberleder geschnitten, sodass ein weißer Streifen Socke zu sehen war, aber das war alles. Er war eine Sockendicke davon entfernt gewesen, dass die Kette ihn zerrissen hätte. Er sank auf den Rücken und hörte, wie Ancient durch das Gestrüpp auf ihn zustürzte.

Am Ende legten sie ein Seil oben durch den Baum und konnten ihn dann mit dem Wagen weit genug hervorziehen, dass die Strömung ihn mitnahm. Dann kurbelte Ancient das Stahlschütz hoch und ließ eine Zunge teefarbenes Wasser in den trockenen Bewässerungsgraben schießen.

Auf der Rückfahrt zum Haus sagte Ancient: »Die Säge hatte ich fast zwanzig Jahre. Du kannst natürlich nichts dafür, aber ich werde sie schon vermissen. Hat mir nie Mucken gemacht. Stihl liefert Qualitätsware.«

»Schade«, sagte August. Seine Klamotten waren immer noch triefnass, und er musste sich zusammenreißen, um nicht zu zittern.

»Ich hätte dich ein Seil an den Griff binden lassen sollen. War meine Schuld.«

»Das wäre wohl schlau gewesen.«

»Aber mach dir keine Gedanken. Hätte jedem passieren können. Ich werfe es dir wirklich nicht vor, dass du die Säge hast fallen lassen.«

»Ich hätte fast den Fuß verloren«, sagte August.

»Ach, komm. Und mir hätten fünf weiße Affen aus dem Arsch fliegen können. Ist aber beides nicht passiert, was sollen wir uns also groß Gedanken drüber machen?«

»Das ist leicht gesagt, wenn man am Ufer steht.«

»Ach, okay. Du bist also sauer auf mich.«

»Die ganze Sache war dämlich. Das hätte man doch auch irgendwie anders hinkriegen können.«

»Dann sag mal. Wie hätten wir es machen sollen?«

»Vergiss es.«

»Nein, jetzt will ich es wissen. Ich bin gespannt.«

»Du hast recht. Wir hätten ein Seil an die Säge binden sollen. Das wär's gewesen.« August lehnte den Kopf ans Seitenfenster und schloss für den Rest der Fahrt die Augen.

Am Abend stellte August sich unter die Dusche, bis das warme Wasser leer war. Als er hinterher immer noch fror, nahm er die Wolldecke vom Bett, wickelte sich darin ein und rief seine Mutter an.

»Augie, was für eine schöne Überraschung«, sagte sie. »Ich habe gerade an dich gedacht.«

»Ja? Weswegen denn?«

»Nur so. Mir kam so eine allgemeine Augie-Gedankenwolke. Und dann hast du angerufen. Als hätte ich dich beschworen.« Sie lachte, und er hörte sie einatmen, als sie wohl an ihrem Zigarillo zog. »Wie ist das Leben auf der Ranch?«, fragte sie.

»Ach, ganz okay. Hier gibt es Hutterer. Die sind so ähnlich wie die Amish zu Hause, aber nicht ganz so streng. Die hier haben Autos und Strom und so weiter.«

»Das ist doch wirklich interessant. Wie schön, dass du etwas lernst.«

»Was machst du so?«

»Ach, du kennst mich doch. Ich wandere weiter auf dem langen Pfad der Selbstvervollkommnung. Jeder Stunde Verwirrung und Zweifel, die ich erlebe, versuche ich, mindestens zehn Minuten positiver Selbstrede und Selbstliebe entgegenzusetzen.«

»Selbstrede? Was ist das denn?«

»Die Einzelheiten gehen nur mich etwas an. Aber im Allgemeinen geht es darum, sich mit gezielt inwärts gerichtetem Lob gegen das feindselige Geschwätz der Welt zu wehren.«

»Wie soll man sich denn selbst loben, dass es etwas bringt?«

»Es ist möglich, erfordert nur etwas Übung.«

»Hört sich an, wie wenn man sich selbst nen Witz erzählen will, aber die Pointe schon kennt.«

»Nun, so würde ein Zyniker es wohl sagen. Apropos, hast du in der letzten Zeit mal mit deinem Vater gesprochen?«

»Schon länger nicht mehr.«

»Das hat er auch gesagt. Ich habe ihn neulich angerufen.«

»Ich wusste gar nicht, dass ihr miteinander redet.«

»Nicht viel, bloß ab und zu, hauptsächlich deinetwegen.«

»Meinetwegen?«

»Insbesondere über deine Entscheidung, nicht aufs College zu gehen. Natürlich weißt du, dass dein Vater nicht studiert hat. Meiner Ansicht nach ziehst du daraus aber die falschen Schlüsse. Dein Vater wünscht sich für dich ein besseres Leben als das seine, aber du glaubst anscheinend, dass du nicht aufs College zu gehen brauchst, weil er es auch nicht getan hat.«

»Das hat damit überhaupt nichts zu tun. Darüber haben wir doch schon tausendmal geredet.«

»Okay. Es hört sich an, als würdest du da oben prächtig gedeihen. Aber du könntest sicher problemlos zum nächsten Semester an die MSU kommen und auch noch ein solides Stipendium bekommen.«

»Ich bin heute von einem Baum in den Fluss gefallen und habe mir fast mit der Kettensäge den Fuß abgeschnitten. Nichts passiert, keine Sorge. Ich wollte es dir eigentlich gar nicht erzählen, aber ehrlich gesagt, würde ich das lieber jeden Tag der Woche machen, als in irgendeinem Seminarraum unten in Bozeman zu hocken.«

Augusts Mutter verstummte einen Augenblick. Ein Einatmen und langgezogenes Ausatmen mit leisem Husten. »Das hast du erwähnt, damit ich mir Sorgen mache, das ist nicht fair.«

»Ich wollte nur meinen Standpunkt klarmachen. So war das nicht gemeint. Egal. Kriegst du immer noch jeden Tag diese Bush-Versprecher gemailt? Ich habe neulich einen guten gehört und ihn extra aufgeschrieben, weil ich wusste, dass er dir gefallen würde. Moment, irgendwo hier ist er. Ah, hier: *In Tennessee gibt es ein altes Sprichwort – also auf jeden Fall sagt man das in Texas, also bestimmt auch in Tennessee – da sagt man, hältst du mich einmal zum Narren, solltest du – du solltest dich was schämen. Hältst du mich noch mal zum – man darf sich nicht noch mal zum Narren halten lassen.*«

Er hatte erwartet, dass sie vielleicht lachen würde, aber sie tat es nicht. Er hörte ihr Feuerzeug klicken. »Es fällt mir immer schwerer, der derzeitigen Lage mit Humor zu begegnen«, sagte sie.

—

August und Tim Duncan hockten an der sanft abfallenden Bergflanke des Antelope Butte auf der Ladefläche von Tims Pick-up, legten das Gewehr an der Bordwand auf und schossen Erdhörnchen. Sie waren schon eine Weile dabei, und rund um sie lagen Patronenhülsen verteilt. Das Feld vor ihnen war gespickt von kleinen Häuflein toter Nagetiere; die überlebenden saßen in ihren Löchern und zeigten sich nicht. August und Tim warteten. Die Sonne war eine wohlwollende Gegenwart am Himmel, der vom Wind getragene Duft der Pappelblüte am Fluss wie ein Geschenk.

»Okay, okay, komm schon.« August hörte Tim zügig ausatmen und dann innehalten in dem Moment der Ruhe, in dem man am besten den Abzug drückt. Das Gewehr knallte und

Tim schnalzte mit der Zunge. »Erwischt«, sagte er. »Guck mal. Das fand ich als Kind immer richtig eklig.«

August hielt sich die Hand über die Augen. Er konnte gerade so ein totes Erdhörnchen ausmachen und ein lebendiges, das irgendetwas mit dem Kadaver anstellte.

»Wes hat mir immer erzählt, Erdhörnchen wären Kannibalen. Würden nur darauf warten, dass einer von ihren Kumpels umkippt, damit sie ihn fressen können. Aber das stimmt nicht.«

»Gib mal her«, sagte August. »Ich kann kaum was sehen.«

Tim reichte ihm das Gewehr, und August suchte mit dem Zielfernrohr das Gelände ab, bis er das Erdhörnchen fand, das Tim gerade geschossen hatte. In der Vergrößerung erkannte er, dass das lebende Tier sich durch das Loch fraß, das Tims .22er-Kugel durch den Bauch des toten gerissen hatte. Das Erdhörnchen hielt inne und schaute auf. August sah deutlich die Schnauze voll Blut, die Augen schwarze Scherben.

»Das ist ja widerlich«, sagte August. »Ich dachte, Erdhörnchen fressen nur Samen und Beeren und so Zeug.«

»Tja«, erwiderte Tim, »das macht das da auch gerade. Ich habe dem ersten die Eingeweide rausgeschossen, und das zweite frisst seinem Kumpel die unverdauten Sachen aus dem Magen. Der Überlebenstrieb aufs Schönste demonstriert.« Tim nahm August wieder das Gewehr ab und lud nach. Er senkte sich in die Schusshaltung und suchte das Feld ab, bis er sein Ziel hatte. »Hoffe, die Henkersmahlzeit war lecker, Kleiner.«

Während das Licht über dem Antelope Butte von Gold zu Orange und dann Rosa wechselte, leerte Tim sein Magazin. Er ging mit einem öligen Lappen über den brünierten Lauf und den abgewetzten Kolben der Marlin-Büchse, wobei er darauf achtete, auch rund um den Abzug und den Verschluss zu wischen. »Hey«, sagte er, »ich habe ganz vergessen zu fragen, warum hast du heute eigentlich frei? Also, bei mir liegt das daran, dass heute Sonntag ist und das im Hause Duncan noch etwas heißt. Aber ich weiß doch genau, dass Virostok den Tag des Herrn nicht ehrt.«

»Er hat mir eben den Nachmittag freigegeben«, sagte August. »Das macht er manchmal.«

»Nee«, erwiderte Tim. »Du bist doch sein einziger Mann. Ich habe meinen Bruder, und wir wechseln uns ab, wer am Sonntag die Tiere versorgt, und heute ist eben er dran. Aber wenn ich Virostok bin und dich bezahle, dann kriegst du doch nicht einfach so einen Tag extra frei.« Er hielt die Marlin hoch, hauchte einmal vorne und hinten auf das Zielfernrohr und wischte die Feuchtigkeit vorsichtig mit dem Hemdzipfel ab. Er schob das Gewehr in die gefütterte Tasche, schloss den Reißverschluss und lehnte sich an die Kabine, streckte die Arme und verschränkte dann die Finger hinter dem Kopf. »Musst es mir ja nicht sagen, wenn du nicht willst, aber irgendwas ist doch los.«

»Glaub nicht, dass es was Großes ist«, sagte August. »Er ist wieder mal runter nach Billings gefahren.«

»Ich komme fast jeden Tag bei euch vorbei. Kims Wagen hab ich da seit was weiß ich wann nicht mehr gesehen.«

»Sie ist ihre Schwester in Billings besuchen, glaub ich. Das hat Ancient mir gesagt.«

»Aber warum fährt er dann selbst runter? Wenn er da irgendwas abholen muss, hätte sie es ihm doch mitbringen können. Oder muss man jetzt schon seine eigene Verlobte besuchen fahren?«

»Keine Ahnung, Mann. Ich hab den Nachmittag frei. Ist mir egal. Geht mich nichts an.«

»M-hmm.« Tim ließ den Reißverschluss an der Gewehrtasche rhythmisch hoch- und runtergleiten. »Wusstest du, dass man verurteilte Triebtäter im Internet nachschauen kann? Man muss nur seine Postleitzahl eingeben, und schon kriegt man all die Perversen aus der Nachbarschaft angezeigt.«

»Und?«

»Hast du bei euch auf der Ranch einen Computer?«

»Nein. Ich hätte in meiner Wohnung auch nicht mal Internet.«

»Na ja, du könntest auch in die Bücherei gehen oder so, wenn du da mal nachgucken willst.«

»Warum soll ich das nachgucken? Warum sagst du mir nicht einfach, was du mir sagen willst?«

»Ach, ich würde niemals über jemanden hinter dessen Rücken tratschen. Ich sage nur, dass es bestimmt eine ganz interessante Lektüre wäre, wenn du dir mal das Triebtäter-Register anschaust.«

»Da könnte ich mir Spannenderes vorstellen.«

»Wie du willst.«

»Genau.«

»Meinetwegen. Dann will ich nichts gesagt haben. Ich hab mir gedacht: Es ist ja fast Rodeo-Zeit, und du weißt, was das heißt, oder?«

»Was denn?«

»Cowgirls und, meiner Meinung nach noch besser, Möchtegern-Cowgirls. Tanzt du?«

»Nein.«

»Echt nicht?«

»Interessiert mich überhaupt nicht. Dich denn?«

»Das Tanzen selber nicht besonders, aber Tanzen als Möglichkeit, junge Frauen kennenzulernen, ja, bitte! All die Mädchen, die zum Rodeo kommen, können tanzen oder wollen es wenigstens. Wenn du da nicht wenigstens ein bisschen Two Step oder Jitterbug vorzeigen kannst, bist du ziemlich schnell raus, Kumpel.«

»Ist mir so was von egal.«

»Die Kerle tanzen auch.«

»Und?«

»Ich sag ja nur, wenn du einfach nicht so auf Frauen stehst, dann musst du eben die Männer antanzen. Ohne geht's auf jeden Fall nicht.«

»Fick dich!«

»Ist doch nichts dabei, Kleiner. Wir haben das Einundzwanzigste Jahrhundert. Dann stehst du eben auf Cowboys, wir können trotzdem Freunde bleiben.«

»Ich bin nicht schwul.«

»Dann solltest du dir wenigstens die grundlegenden Moves von mir zeigen lassen. Du musst ja kein Travolta auf der Tanzfläche sein; du brauchst bloß so ein paar Standardschritte, damit alles in Schwung bleibt.«

»Ich habe nicht das geringste Interesse, tanzen zu lernen.«

»Ich hab doch schon gesagt, es geht nicht ums Tanzen; es geht um die Frauen. Ein Mittel zum Zweck. Willst du Frauen kennenlernen, ja oder nein?«

»Gerade nicht unbedingt. Kann den Stress nicht gebrauchen.«

»Den Stress? Alter! Leben ist Stress. Und die Frauen sind oft das Einzige, weswegen sich der Stress überhaupt lohnt.«

»Gehen wir jetzt langsam mal ein Bier trinken, oder was?«

»Scheißt der Papst in den Wald? Komm, wir machen uns vom Acker.«

Tim fuhr, die Fenster waren unten, obwohl es Abend war und langsam kühl wurde. »Meine Theorie ist ja, dass man dir dein kleines Herzchen gebrochen hat. Stimmt doch, oder? Irgendein Mäuschen hat dir wehgetan, dich schwer gekränkt in die Wüste geschickt.«

August zuckte die Schultern. »So ähnlich. Ich will nicht darüber reden.«

»Okay. Okay. Ich verstehe. Ich sag nur noch eins, dann halte ich die Klappe. Am besten kommt man über eine Frau hinweg, wenn man sich unter eine andere legt.«

»Der ist gut.«

—

August war für den Tag mit der Arbeit fertig. In einer Schale auf dem Küchentresen ließ er eine Packung Virostok-Rinderhack auftauen. Bevor er den Grill anwarf, rief er seine Mutter an.

Als sie ranging, hörte er im Hintergrund Musik. Die eine CD, die sie immer anhatte, wenn sie für jemanden kochte. Diese alten Kubaner, Buena Vista Social Club. Wenn die in der Küche liefen, bereitete sie alles für ein Essen zu zweit vor.

»Augie!«, rief sie. »Wie geht's?« Er hörte ihren Ohrring über den Hörer kratzen und dann einen Holzlöffel ein paarmal an den Pfannenrand klopfen.

»Okay. Kochst du?«

»Spaghetti mit Hackfleischbällchen. Art hat mir erzählt, dass er schon ewig keine guten mehr gegessen hat, und da kam ich ins Nachdenken. Meine Mutter hatte immer ein ganz tolles Rezept, also habe ich das mal wieder hervorgekramt. Gute Brösel, italienisch gewürzt, sind wichtig, und kleine Stückchen frischer Mozzarella, die dann schmelzen.«

»Ach, Art ist da. Dann will ich nicht stören. Ich wollte selber gerade kochen und nur eben fragen, was du immer in deine Hamburger tust. Ich habe jetzt ein paarmal welche gemacht, aber die waren nie so gut wie deine.«

»Art ist doch noch gar nicht da. Du kochst? Es geschehen noch Zeichen und Wunder. Ich hatte schon gedacht, du ernährst dich da oben nur von Instant-Nudeln und Kellog's.«

»Das auch. Aber Ancient hat mir den Gefrierschrank mit Rinderhack vollgepackt, da habe ich mir gedacht, ich mache was draus. Bisher Tacos und Burger. Mit brauchbarem bis mittelmäßigem Ergebnis, aber außer mir ist ja keiner da, der sich beschweren könnte.«

»Schön, dass du kochst. Wenn du ein Mädchen kennenlernst, ist es immer gut, wenn du ihr etwas zaubern kannst. Das ist billiger, als dauernd ausgehen, und ich sage ja immer, der Weg zum Herzen eines Mädchens, oder welchen Teil von ihr du auch sonst willst, geht durch den Magen. Mist, meine Marinara kocht über, und ich glaube, Art ist gerade vorgefahren. Ich muss Schluss machen, Augie. Das Geheimnis meiner Hamburger ist Lipton's French-Onion-Suppenpulver und Worcestershire-Sauce und ein Ei, damit alles zusammenhält. Viel Glück, Schatz, mach's gut.«

August hörte es knallen, als sie das Telefon auf die Arbeitsplatte warf, ohne aufzulegen. Buena Vista Social Club, unverständliches Gemurmel seiner Mutter, ein Löffel in einer Pfanne. Eine Männerstimme. Seine Mutter sagte irgendetwas von einem Korkenzieher. August presste sein Ohr ans Telefon. Es war jetzt still bis auf die Musik. Was machten sie? Er legte auf, bevor etwas passierte, was er nicht mehr vergessen würde.

Er blieb noch etwas sitzen und sah sich die Packung halbgefrorenes Hackfleisch an, dann stöberte er in den kleinen Schränken rund um das Waschbecken. Salz, Pfeffer, Knoblauch, Tabasco. Nichts, was nur im Entferntesten etwas mit

Lipton's French-Onion-Suppe oder Worcestershire-Sauce zu tun hätte. Am Ende packte er das Fleisch in den Kühlschrank, wechselte das Shirt und fuhr ins Dorf.

In der Two Dot Bar stand hinter der Theke ein großer Schmalschultriger mit sandfarbenen Haaren und in die Hose gestecktem Hemd mit Perlmuttknöpfen, der nicht viel älter als August war. Er schob ihm einen Untersetzer herüber und nickte.

»Bud«, sagte August.

»Alt genug? Ich kenne dich nicht.«

August legte sein Portemonnaie auf die Bar. Sah sich um. Hinten spielten zwei Frauen an den Keno-Automaten; ansonsten war es leer. »Ich bin alt genug.«

Der Mann zuckte die Schultern. Drehte den Kronkorken von einer Flasche Budweiser und stellte sie hin.

»Ich war schon ein paarmal hier«, sagte August. »Normalerweise steht Theresa hinter der Theke.«

Der Barkeeper lehnte sich an den Bierkühlschrank und wischte sich die Hände an einem Tuch ab. »Theresa ist meine Tante. Ihr gehört der Laden. Hat in der letzten Zeit oft Migräne, also helfe ich aus. Am Wochenende vom Vierten Juli, wenn ich hier mal ein bisschen Geld verdienen könnte, hat sie natürlich nie Migräne. Immer nur Dienstagabends außerhalb der Saison, wenn sie mit ihren Freundinnen zum Karaokewettbewerb nach Great Falls will.«

»Karaoke?«

»Ja, da oben gibt es eine Bar, die veranstalten jeden Monat einen Wettbewerb. Theresa hält sich für Shania Twain, glaube ich. Sie fährt dann da mit ihrer Horde frischgeschiedener Freundinnen hoch in eine Stadt, wo sie keiner kennt, damit sie sich in Ruhe besaufen können.«

»Karaoke hab ich nie so recht verstanden«, sagte August.

»Ich auch nicht. Willst du eine Speisekarte?«

»Nein, ich weiß schon.«

»Sag an.«

»Einen kleinen Caesar Salad und eine kleine Pizza. Pepperonisalami, Pilze und grüne Oliven.«

Der Barkeeper gab die Bestellung durch, und als er wiederkam, holte er August und sich selbst noch ein Bier heraus. »Bis wir zumachen, habe ich an Trinkgeld kaum viel mehr als meine Benzinkosten raus. Da darf ich mich schon mal an Aunt Theresas Bier bedienen, finde ich.«

»Klingt fair«, sagte August.

»Und, was führt dich in die Gegend?«

»Ich arbeite auf der Virostok Ranch. Bin seit ein paar Monaten da.«

»Ach, okay. Ancient war früher oft hier. Hab ihn jetzt aber schon länger nicht mehr gesehen. Wie geht's ihm?«

»Okay, würde ich sagen. Gut. Hat eine Verlobte.«

Der Barkeeper verdrehte die Augen und trank einen Schluck. »Wie das läuft, weiß ich. Eine Verlobte schränkt einem definitiv die verfügbare Bar-Zeit ein.« Er wischte sich die Hand an einem Tuch ab und streckte sie über den Tresen. »Ich bin übrigens Cale.«

»August.«

»Wie der Monat?«

»Der nach Juli, ja.«

»Hmm. Hab noch nie einen August kennengelernt. Ist das so ein Erbname bei euch in der Familie?«

»Nein. Meine Mutter ist Bibliothekarin. Sie hat ihn aus einem Buch.«

»Einem Kindernamenbuch?«

»Nein, aus einem Roman, den sie mochte, glaube ich.«

»Hast du den noch nicht gelesen?«

August schüttelte den Kopf. »Nee.«

»Also, ich an deiner Stelle würde das ja lesen. Da wäre ich neugierig.«

»Vielleicht irgendwann mal.«

»Meine Eltern haben mich nach dem Lieblingsonkel meiner Mutter Cale genannt. Das ist ein jüdischer Name. Ich bin kein Jude, aber irgendwer in der Familie muss es wohl mal gewesen sein. Cale heißt tapferer Hund.«

»Im Ernst?«

»Ja, meine Mutter hat mir das immer erzählt, und irgendwann habe ich es selbst nachgeschlagen. Und es stimmt wirklich.«

»Das ist mal eine ganz schöne Bedeutung für einen Namen.«

»Finde ich auch. Da könnte man es schlechter erwischen als tapferer Hund. Wenn man weiß, was der eigene Name heißt, tut man sein Bestes, ihm gerecht zu werden. Deshalb mein ich, wäre es gut, wenn du herausfindest, woher deiner kommt.«

Als Augusts Essen kam, sprenkelte er sich getrockneten Parmesan und Pepperoniflöckchen über die Pizza und fing schon mal mit dem Salat an, während sie abkühlte. Der Eisbergsalat schwamm in dickem Ceasar-Dressing, die Croutons waren schon aufgeweicht. Cale sah August beim Essen zu. »Hier bestellen nicht viele den Salat«, sagte er. »Die Pizza auch nicht. Unsere Burger sind aber ganz gut.«

August zuckte die Schultern. »Ich hab zu Hause den Gefrierschrank voll Rinderhack.«

»Wie hier in der Gegend alle. Die Frage lautet doch, hast du zu Hause wen, der dir aus dem Fleisch einen Hamburger macht, während du herumsitzt und Bier trinkst? Hätte ich auch nicht vermutet. Und deshalb haben wir hier unsere treuen Stammgäste. Das Essen hat damit nichts zu tun.«

»Ist Tim Duncan bei euch Stammgast?«

Cale schlug mit seinem Lappen nach irgendetwas auf der Bar. »Ach, klar, die Duncans waren alle immer oft hier. Tims Bruder Weston war mein bester Freund. Big Tim war fast jeden Abend hier, bloß um sich mit Theresa zu unterhalten. Aber den habe ich schon lange nicht mehr gesehen.«

»Ich war in der letzten Zeit öfter mal mit Tim unterwegs«, sagte August. »Kommt mir wie ein ganz anständiger Kerl vor.« August biss in die Pizza, und lange Käsesträhnen hingen ihm übers Kinn. »Aber ganz so sicher bin ich mir da auch wieder nicht.«

Cale leerte sein Bier und warf die Flasche in den Müll, wo sie so laut auf den anderen zerbrach, dass eine der Keno-Spielerinnen aufschaute, die Brille tief auf der Nase, und »verdammt noch mal« sagte. Cale öffnete ihnen beiden noch je ein Bier. »Timmy kann manchmal etwas unberechenbar sein«, sagte er. »Das kann man nicht anders sagen. Sieh zu, dass er nichts Hochprozentiges kriegt. Das musste ich auch lernen. Wenn er Hartstoff trinkt, dreht er am Rad.«

»Das habe ich gemerkt.«

»Ich glaube, eigentlich ist er ein Guter. Aber Wes war ein wunderbarer Mensch, das kann mich ruhig jeder sagen hören. Ich habe ihn geliebt wie einen Bruder. In ein paar Monaten heirate ich. Eigentlich sollte das der große Freudentag des Lebens sein. Mein Trauzeuge ist dann mein Säufer-Onkel Dwight. Es hätte Wes sein sollen. Noelle hat er gar nicht mehr kennengelernt. Sie ist hergezogen, als er gerade an die Uni gegangen war, und das ist irgendwie komisch. Die Frau, mit der ich den Rest meines Lebens verbringen werde, hat nie den Menschen kennengelernt, der mir am meisten bedeutet hat. Kommt mir eigentlich gar nicht richtig vor, aber das will eine Frau natürlich nicht hören.« Cale schniefte und wischte sich die Nase mit dem Handrücken ab.

August aß das letzte Stück Pizza und schob den Teller von sich. »Okay, das klingt jetzt vielleicht komisch«, sagte er. »Aber als du mir deinen Namen gesagt hast, wusste ich gleich, wer du bist, weil Tim mir neulich so eine verrückte Geschichte erzählt hat, in der du vorkommst.«

Cale verschränkte die Arme und lachte. »O-oh.«

»Es ging hauptsächlich um seinen Bruder, um etwas, was du und Wes in der Hutterer-Kolonie gemacht haben.«

Cale runzelte die Stirn und schüttelte den Kopf. »Was haben wir denn in der Hutterer-Kolonie getan? Ich war eigentlich nur ein-, zweimal an Thanksgiving da, um für meine Mutter einen Truthahn abzuholen.«

»Hab mir schon gedacht, dass das Verarsche war. Tim war besoffen. Egal.«

»Nein, was hat er erzählt? Jetzt will ich es wissen.«

»Dass du dich auf Geschlechtskrankheiten hast testen lassen und dann mit Wes auf die Kolonie gefahren bist, um da die Deckhengste zu spielen, weil die Hutterer wen gebraucht haben, der bei ihnen ein paar Frauen schwängert. Tim meinte, das hätte ihm sein Bruder alles erzählt.«

Cale schüttelte den Kopf. »Scheiße, Mann, Wes! Der verarscht mich noch aus dem Grab, meine Fresse. Erstens war ich schon mal nicht der, der ein Hutterer-Mädchen gevögelt hat, okay? Zweitens, die Deckhengst-Geschichte? Das ist bloß was, was die Typen sich hier immer wieder erzählen. Hat es in Wirklichkeit nie gegeben.« Cale hielt inne. Ließ seine Bierflasche ein paarmal auf dem Tresen tanzen. »Wahrscheinlich sollte ich lieber die Klappe halten, aber scheiß drauf. Wes kann ja nicht mehr sauer auf mich sein. Hammermäßige Geschichte, viel besser als der Deckhengst-Quatsch. Angelst du?«

»Manchmal. Öfter, als ich jünger war.«

»Wes war ein großer Angler. Eigentlich angelt kaum einer im Musselshell River, aber er kannte ein paar Stellen, da hat er riesige Forellen rausgezogen. Ernsthaft, manche waren so lang wie mein Bein.«

»Das behaupten immer alle. Ich hab aber noch nie eine Forelle gesehen, die so lang wie mein Bein war.«

»Wenn ich es dir doch sage. Er hat ja auch nicht viele gefangen, aber wenn, dann waren sie gewaltig. Glaub mir oder lass es bleiben, ist mir egal. Um die Größe der Fische geht es auch gar nicht. Eine der Stellen, wo Weston immer geangelt hat, war auf jeden Fall mitten im Land der Hoot-Kolonie. Er ist einfach hier in Two Dot an der Brücke reingesprungen und kilometerweit stromabwärts gewatet. Den Hoots geht angeln am Arsch vorbei, soweit ich weiß, also hängen die Forellen da alle ab und sterben an Altersschwäche.

Im Sommer bevor Wes aufs College wollte, ging er eigentlich jeden Tag angeln. Wenn er seine Arbeit auf der Farm erledigt hatte, war er am Fluss. Früh am Morgen. Manchmal blieb er sogar noch draußen, als es schon dunkel war. Ich habe ihn kaum noch gesehen, und Bilder von den Forellen, die er gefangen hat, hat er mir auch nicht gezeigt. Irgendwann habe ich es dann aus ihm rausgekitzelt. Er hat gesagt: *Lach nicht, aber ich bin in der letzten Zeit ziemlich viel bei Sarah Jane.* Und ich frage: *Wer zum Teufel ist Sarah Jane – ist das so ein Szenewort für irgendwas? Nimmst du Meth, Alter?* Aber nein. Sarah Jane war ein Hoot-Mädchen. Ich hab ihn natürlich ewig aufgezogen damit, aber er hat nicht gelacht. Er meinte, er war eben da ganz hinten im Hoot-Land an einem schönen, warmen Frühlingstag angeln, und als er um eine

Flussbiegung kommt, liegt da ein Mädchen auf nem Felsen und liest, blond und splitternackt. Sie hat sich erschrocken und geschämt, also hat sie sich schnell was übergeworfen, aber sie haben sich ein bisschen unterhalten, und den Rest kannst du dir wohl vorstellen. Das war Sarah Jane. Sie war erst sechzehn, und doch hat sie Wes irgendwie in einen Trottel verwandelt.«

»Die war eine von den Hutterern? Und hat sich nackt gesonnt?«

»Hab ich mir auch gedacht. Ich habe sie nie kennengelernt, aber sie war wohl nicht so das Standard-Hoot-Mädchen. Sie hatte da ihren geheimen Platz, wo keiner von der Kolonie sie erwischen konnte, ein Steilufer, um das sie irgendwie immer herumgeklettert ist. Da kam man nur vom Fluss her hin.«

»So was Spannendes hab ich beim Angeln nie gesehen.«

»Tja, ich auch nicht. Weston war immer schon der große Glückspilz. Bloß dann irgendwann mal nicht mehr. Aber damals war er Hals über Kopf verknallt. Bevor er nach Austin abfuhr, haben wir mal einen Abend zusammen Bier getrunken, und er meinte, er denkt darüber nach, auf das alles zu scheißen und nicht zu fahren. Er meinte, er und Sarah Jane würden einfach eine Zeit lang zusammen durchbrennen und gucken, wie sich alles entwickelt. Ich weiß noch genau, was ich ihm gesagt habe: *Wes, guck mich an. Das ist eine Scheißidee. Du denkst gerade nur noch mit dem Schwanz. Du gehst gefälligst aufs College. In Austin warten tausend Mädchen auf dich, und wenn du da bist, kommt dir das hier alles ziemlich dämlich vor.* Und irgendwann meinte er dann: *Hast ja recht. Ich weiß selber nicht, wie ich auf den Trichter gekommen bin. Natürlich fahre ich.* Dann ist er los. Und schau, was dann passiert ist.«

Cale hatte ein Glas poliert, aber nun verharrte das Tuch in

seiner Hand, und er blickte über Augusts Schulter zur Tür, als erwartete er, dass jemand hereinkam.

»Das Leben von jedem, den du kennenlernst, kann von deinen Worten aus den Angeln gehoben werden. Hast du darüber schon mal nachgedacht? Du sagst eben ein paar Sätze, und dein bester Freund stirbt. Wir laufen einfach den ganzen Tag herum, bombardieren Menschen mit Worten und säen Unheil aus. Er könnte jetzt irgendwo ein hübsches, kleines Häuschen mit Sarah Jane haben und seiner Familie mit den Rindern helfen. Glücklich und verliebt. Das ist das Paralleluniversum, in dem ich den Mund nicht aufgemacht habe.«

August folgte Cales Blick und sah sich um, aber niemand war an der Tür. Sie schwiegen eine Weile, dann leerte August sein Bier. »Hast du vielleicht in der letzten Zeit die weiteren Aussichten gesehen?«, fragte er. »Weißt du, ob es noch eine Weile so mild bleiben soll?«

Cale räumte Augusts Geschirr ab und brachte ihm das Wechselgeld auf den Zwanziger, den er hingelegt hatte. »Nein, keine Ahnung. Aber du weißt ja, was man über das Wetter in Montana sagt: Wenn es dir nicht passt, warte eben zehn Minuten.«

»Das sagen sie doch auf der ganzen Welt übers Wetter.«

»Ich hab mal von einer Gegend in Afrika gehört, da hat es seit hundert Jahren nicht geregnet.«

»Okay?«

»Da sagen die das bestimmt nicht übers Wetter.«

»Okay, der Punkt geht an dich. Wir sehen uns.«

Als August an der Tür war, ging einer der Keno-Automaten mit wildem Geblinke los. Die grauhaarige Frau davor riss die Arme hoch, die Fäuste geballt. »Sadie, du Glückskuh!«, rief ihre Freundin. »Diese Woche räumst du schon zum zweiten Mal ab! Warum hasst Gott mich?«

—

Nachdem August beim Feeds ’n Needs mehrere Kanister Unkrautvernichter abgeholt hatte, hielt er bei der Martinsdale Carnegie Library und ließ sich einen Büchereiausweis ausstellen. Die Bibliothekarin schrieb die Angaben von seinem Führerschein auf ein Stückchen grünes Papier, das sie dann durch ein Laminiergerät jagte. Sie schnitt die Kanten nach und schob ihm die Karte mit leicht gerümpfter Nase rüber. Den ganzen Morgen über hatte er Ancient mit seiner alten Ballenpresse geholfen. Die spritzte in der letzten Zeit mit Hydraulikflüssigkeit um sich, und die Heuernte stand bevor. Hauptsächlich arbeitete Ancient, und August holte ihm Werkzeug, hielt dies und das und leuchtete im Zwielicht der Werkstatt geölte Einzelteile mit der Taschenlampe an. Ancient hatte eine CD in der alten Stereoanlage dort. Jimmy Buffett in Dauerschleife. Auch wenn er selbst nicht unter der Maschine lag und schraubte, saute August sich trotzdem irgendwie von oben bis unten mit Öl und Hydraulikflüssigkeit ein. Seine Jeans hatten lange, dunkle Streifen, und die Finger bekam er selbst nach mehrmaligem Schrubben mit Handwaschpaste nicht sauber, und unter jedem Nagel blieben schwarze Sicheln. Und am allerschlimmsten: Er hatte jetzt einen Buffett-Ohrwurm mit hallender Steel Drum und allem.

Als er sich ein bisschen umgesehen hatte, suchte er sich einen großen Band im Bereich »Regionales« aus: *Die Hutterer: Geschichte eines Volkes.* Bevor er ging, setzte er sich an einen der öffentlichen Rechner und ging ins Internet. Er fand das Triebtäterregister des Staats Montana, gab die Adresse der Virostok Ranch ein und sah weniger als eine Minute später ein Bild von Kim Meyers. Dunkellilafarbene Tränensäcke, die

Haare kürzer und wasserstoffblond. Unter dem Bild standen ein paar Zeilen.

> Sechsunddreißigjährige Frau. Täterstufe 1. Gemeldete Straftat (Idaho):
> Sexuelle Handlungen mit Minderjährigen. Opfer: fünfzehnjährige Jugendliche. Fahrzeug: Subaru Forester Bj. 1999.

Weiter unten auf der Seite standen Definitionen.

> Anmerkung: 46-23-509 MCA legt fest, dass Triebtätern die Stufe 1, 2 oder 3 zugeordnet wird. Unter diesem Gesetz gelten die folgenden Definitionen der Täterstufen:
> Stufe 1: Das Risiko einer Wiederholungstat ist gering.
> Stufe 2: Das Risiko einer Wiederholungstat ist moderat.
> Stufe 3: Das Risiko einer Wiederholungstat ist hoch, es besteht eine Bedrohung der öffentlichen Sicherheit, und der Gutachter schätzt den Täter als gewaltaffin ein.

August scrollte durch die Liste aller Täter im Meagher County. Kim war die einzige Frau inmitten einer traurigen Reihe wuchernder grauer Bärte, hängender Schultern und Unterkiefer. Ein Mann war etwa in Augusts Alter. Kahlrasierter Kopf, eine Brille, die die Augen körperlos und schwimmend erscheinen ließ.

> Desmond Swandel. Einundzwanzigjähriger Mann. Täterstufe 2. Gemeldete Straftat (Montana, Yellowstone County): Sexuelle Handlungen mit Minderjährigen. Opfer: achtjähriger Junge. Fahrzeug: Ohne.

August sah sich Desmond Swandel so lange an, dass ihm

dessen schlechte Rasur auffiel. Unten am Kinn stand noch ein Fleck mit rötlichen Stoppeln. August schloss den Browser, lieh das Buch aus, bedankte sich bei der Bibliothekarin und fuhr am Fluss entlang nach Hause. Er hatte das Fenster unten, um den Büchereigeruch aus der Nase zu bekommen, und er hörte die prähistorischen Rufe der Kanadakraniche, die sich auf den ergrünenden Feldern in Paaren zusammengefunden hatten.

—

In der Stallwohnung klingelte das Telefon, und August ließ sich etwas Zeit, bevor er ranging.

»Störe ich gerade?«, fragte sein Vater.

»Nein, eigentlich nicht. Ich will mir nur langsam mal etwas zu essen machen.«

»Irgendwie erwische ich dich immer beim Essen.«

»Macht nichts.«

»Was gibt's denn?«

»Ramen-Nudeln.«

»Im Ernst?«

»Ich tue mir ein bisschen Gemüse und Krabben dazu.«

»Na, das ist immerhin schon mal besser als pur. Die Kochkünste hast du dann wohl von mir geerbt.«

»Ich habe den ganzen Tag Zäune gebaut. Mir ist gerade ziemlich egal, was es gibt.«

»Brauchst du mir nicht zu erklären. Das kenne ich nur zu gut. Wenn Lisa nicht wäre, würde ich dich wahrscheinlich nach deinem Rezept fragen. Neulich hat sie Bœuf Stroganoff gekocht. Wann hast du das zum letzten Mal gegessen? Das vergisst man manchmal, aber wenn man es mal wieder isst, merkt man wieder, wie lecker es ist.«

»War nie so meins.«

»Nein? Warum nicht?«

»Es ist grau. Graues Essen mag ich nicht.«

»Hmm. Das von Lisa ist eher hellbraun. Das würdest du mögen.«

»Glaub nicht.«

»Na. Ich habe letzte Woche eine von den Narzissen deiner Mutter hochkommen sehen. Und letzte Nacht gab es wieder fünf Zentimeter Schnee. Typisches Märzwetter. Du weißt ja, was man sagt: Am Anfang wie ein Löwe, am Ende wie ein Lamm.«

»Ich glaube, hier bei uns wird das Wetter vielleicht irgendwann im Juni mal lammfromm.«

»Bei euch da draußen ist wohl alles immer größer und härter, was? Apropos Frühlingsgefühle, du hast schon lange nicht mehr von deiner Freundin erzählt. Was ist denn da los?«

»Sie studiert an der Ostküste. In den Frühjahrsferien kommt sie aber zurück. Wir telefonieren dauernd.«

»Ach, diese Fernbeziehungen, ich weiß ja nicht. Aber vielleicht ist es auch eine Chance. Meiner Meinung nach solltest du als Jungspund dich ruhig mal ein bisschen austoben. Dann hast du es auch etwas leichter, wenn du dich irgendwann bindest. Aber wirklich nur etwas. Leicht ist das natürlich nie, solange du noch Blut in den Adern hast. Die Misere des Mannes in der modernen Welt.«

»Was denn?«

»Sich binden.«

»Soweit ich weiß, leben wir in der freien Welt. Hier zwingt dich keiner zu irgendetwas.«

»Kann sein. Aber wir stehen an der Schwelle zu einer neuen Menschheit. So kommt es mir vor. Bald haben die Frauen in der Gesellschaft das Sagen, und ich weiß nicht mal, ob das so schlecht ist, bloß dass du und ich dann ganz und gar überflüssig sind.«

»Inwiefern?«

»Wir betreten das Zeitalter der Kooperation. Das Zeitalter des Teamwork. Das Zeitalter der Gefühle und der Gleichberechtigung. Dass überhaupt noch Jungs auf die Welt kommen, lassen sie nur zu, weil es da draußen Länder gibt, die noch nicht so weit entwickelt sind, dass sie unbedingt etwas gegen Krieg hätten. Solange irgendwo Leute in Lehmhütten geboren werden und irgendetwas wollen, was ihnen nicht gehört, braucht man Jungs, um die Gewehre zu halten. Vom Helden zum notwendigen Übel zum Überbleibsel unserer barbarischen Vergangenheit – das ist das Schicksal des Mannes im Laufe der Zeitalter.«

»Du hast mir mal gesagt, eine gute Frau ist auf Erden die einzige Hoffnung auf Rettung für einen Mann.«

»Das klingt ja nun nicht gerade nach mir.«

»Bin mir ziemlich sicher. Ist aber auch egal.«

»Ich kann es ganz einfach sagen: Männer machen die Welt kaputt. Frauen können die Welt retten, machen dabei aber die Männer kaputt. Verstehst du?«

»So einigermaßen.« Sie verstummten einen Augenblick, dann sagte August: »Letzte Woche haben sie an dem kleinen Flugplatz hier oben Windgeschwindigkeiten von 114 km/h gemessen. Auf der 89 ist ein Wohnmobil umgekippt und hat sich zweimal überschlagen, aber es ist wohl keiner gestorben. Das war fast Hurrikan-Stärke.«

»Damit es als Hurrikan gilt, muss es doch andauern, oder? Ich meine, eine Bö reicht da nicht. Ist natürlich trotzdem ein anständiger Sturm.«

»Ich weiß nicht. Kann sein. Das mit der Hurrikanstärke

haben sie in den Nachrichten gesagt, das habe ich mir nicht ausgedacht.«

»Nein, natürlich nicht. Sag ich auch gar nicht. Ich war mir bloß gerade nicht sicher, was genau es für einen Hurrikan braucht. Krabben, sagst du? Wäre ich ja nie drauf gekommen, die selber zu den Nudeln zu tun. Hast du wahrscheinlich gefroren gekauft, ja?«

»Genau.«

»Aber vorgekocht, oder?«

»Durchgegart.«

»Gepult?«

»Der Schwanz ist noch dran.«

»Taust du sie dann vorher auf, pulst den Schwanz ab und gibst sie dann zu den Nudeln, oder wirfst du sie gleich gefroren mit rein?«

»Meistens lasse ich das Wasser kochen, dann werfe ich den Brokkoli rein, die Karotten und so weiter und eben auch die Krabben. Gefroren. Das geht gut. Den Schwanz pult man dann eben beim Essen ab.«

»Das klingt ziemlich einfach. Und gesund, würde ich sagen. Vielleicht probiere ich das aus, wenn ich mal wieder Strohwitwer bin. Okay. Dann lasse ich dich mal loslegen. Du hast bestimmt Hunger. War schön, mal wieder mit dir zu reden.«

—

Ende Juni, die Wolken malten Fleckenmuster auf die Hügel. August fuhr bei Tim im Pick-up mit runter nach Wilsall zu ihrem ersten Rodeo des Jahres. Tim warf August einen Kurzen Jim Beam rüber und reichte ihm eine Dose Budweiser. »Zügig runter damit, Kumpel«, sagte er. August kippte den Whiskey und nippte am Bier. Er schaute Tim an. Der war komplett rausgeputzt. Sauberer Sommer-Stetson. Blassrosafarbenes Hemd mit Perlmuttknöpfen in frischgebügelte Wrangler gesteckt. Seine Stiefel schimmerten frei von Matsch und Mist. »Du trinkst nichts?«, fragte August.

»Später. Und wie. Aber ich bin ja nicht der, der sich mal ein bisschen entspannen muss.«

»Was?«

»Genau. Mach dich locker.«

»Wieso? Wovon redest du überhaupt?«

Tim lachte, fuhr von der Straße auf eine flache, steinige Weide und parkte. Er drückte am CD-Player herum, und dann lief Johnny Cash mit *Cocaine Blues*. Tim drehte laut. »Los geht's«, rief er und sprang nach draußen. »Tim Duncans Fünf-Minuten-Tanz-Crashkurs. Fangen wir an!«

»Ich tanze nicht. Lass mal stecken.«

Tim hakte die Daumen in die Gürtelschlaufen und wippte auf den Hacken. »Dann gehst du ab hier zu Fuß. Wenn du mit mir zum Rodeo fährst, dann tanzt du. So sieht's aus. Hier geht es um meine Ehre. Ich habe ein Mädchen aus Bozeman, das kommt mit einer Freundin, und ich habe ihr versprochen, dass ich einen großen, gutaussehenden Cowboy mitbringe, der mit der anderen gerne mal ein bisschen übers Parkett fegt. Wie stehe ich denn da, wenn du da bloß die ganze Zeit am Rand herumlungerst wie der letzte Depp? Aber ruhig Blut, du musst da keinen Foxtrott oder Tango oder was weiß ich veranstalten. Die Mädels wollen bloß ein bisschen herumgewirbelt werden.« Tim tippte mit dem Stiefel auf dem Boden und pfiff schief mit dem Song mit. »Keine Angst. Das ist ganz einfach.«

»Ich hab keine Angst. Das ist doch dämlich.«

August stand Tim gegenüber, der ihn jetzt bei der Hand nahm und ihn heranzog. »Okay. Ich bin jetzt du. Das heißt, ich führe. Der Mann führt. Was du genau machst, spielt kaum eine Rolle, Hauptsache du machst es mit Nachdruck. Es geht um einfachen Western Swing oder Jitterbug oder wie du es nennen willst. Geht am besten bei den schnelleren Songs, macht richtig was her, du wirbelst die Dame herum, und das wollen die ja alle. Also, so geht die einfache Drehung. Dreh dich, du Depp! Okay, hast du gemerkt, dass ich meine rechte Hand an deiner scharfen Taille gelassen habe, während du gewirbelt bist? Das ist wichtig. Tanzen ist Vorspiel, Kleiner. Da führt kein Weg dran vorbei; deshalb ist es nicht aus der Mode gekommen und wird es auch nie. Ich lasse die Hand genau da an deiner Hüfte, und während du dich drehst, wandert sie über den Bauch auf den unteren Rücken, und da bleibt sie dann. Genug Druck, dass die Dame es spürt, aber nicht so viel, dass du auf einmal der eklige Grapscher bist. Nach der Drehung bist du nah dran. Twostep. Die Beinarbeit kann am Anfang ein bisschen schwierig sein, aber es geht *kurz, kurz, laaang*. Also, zwei kurze links, ein langer rechts. Siehst du, ich weiß, wie man führt, also folgst du fast wie von selbst. Wenn du das so hinkriegst wie ich, machst du es der Dame ganz einfach.

Noch ein paar Kleinigkeiten. Bei der Brezel werden die Mädels ganz feucht. Selbst wenn es schiefläuft, und ihr euch komplett verheddert, dann lacht ihr eben zusammen drüber. Sieht kompliziert aus, aber eigentlich ist nicht viel dabei. Ich führe meine linke Hand hinter meinen Rücken. Siehst du, dass ich über die Schulter hinschaue? Dann weiß das Mädchen, dass sie die Hand nehmen soll. *Greif zu, du Kasper!* Okay, und jetzt führe ich die Hand hoch und drüber. Nicht loslassen, verdammt! Noch mal. Okay, gut festhalten, sie kommt hoch, drüber, und du drehst dich, gut. Pass bloß auf die Ellenbogen auf und mach ein bisschen langsamer als die

Musik. Das ist wichtig. Du siehst oft irgendwelche Wichser aus Bozeman oder Billings, die die ganze Zeit Vollgas geben, scheißegal welcher Song, und das Mädchen herumreißen wie eine Stoffpuppe. Mach langsam und kontrolliert. Zieh sie heran. Okay, schön, und jetzt zurück auf Anfang. Gut. Dreh mich raus. Perfekt, jetzt nimmst du die da und führst mich durch die Brezel. Sauber, Kollege! Du bist ein Naturtalent.«

»Ach, Klappe«, sagte August, ließ Tims Hände fallen und trat zurück. »Da sind schon drei Wagen vorbeigefahren und haben uns hier herumhampeln sehen.«

»Was hast du eigentlich für nen Stock im Arsch? Genauso hat mein Dad meinen Brüdern und mir tanzen beigebracht. Ist doch nicht anders als fahren lernen. Allgemeinbildung. Okay, das reicht dann; den Rest kriegst du schon spontan raus. Ihr Leute aus Michigan seid schon schräg. Du erinnerst mich an einen Typen an der Highschool, der von der Upper Peninsula hergezogen war, Gerald Priest hieß der. Wenn er sich bei irgendetwas unsicher war, hat er immer gesagt: *Tja, Tim, ich weiß nicht, weißte?* Da musste ich mich jedes Mal kaputtlachen. An den habe ich ewig nicht mehr gedacht. Was wohl aus ihm geworden ist. Ich glaube, bei der Abschlussfeier war er noch, dann ist er verschwunden. *Weißt du, ich weiß nicht, weißte?* Ich könnt mich wegschmeißen.«

Willsall wurde belagert von Pick-ups. Kreuz und quer geparkte Viehanhänger rund um den Rodeo-Platz. An der Bank Bar standen die Gäste mit Bier oder roten Mixgetränke-Bechern in der Hand bis auf die Straße. Tim rollte langsam und mit offenen Fenstern durchs Getümmel. »Mann, guck dich doch nur mal um«, sagte er. »Siehst du die ganzen Ärsche? Die Shorts sehen ja wie aufgesprüht aus. Wie kommen die da überhaupt rein? Es wird ein guter Abend, Kumpel.«

Tim parkte, sie ließen die Ladeklappe runter, setzten sich hin, tranken Bier aus der vorher bestückten Kühlbox und beobachteten die Prozession junger Frauen in engen Levi's, Sommerkleidern und Cowboystiefeln.

»Kriegen wir denn überhaupt noch einen Platz?«, fragte August. »Es wird bestimmt ziemlich voll.«

»Wovon redest du? Wir haben doch hier unseren Platz.«

»Gehen wir denn gar nicht zum Rodeo?«

Tim riss die Augen auf. »Im Ernst? Willst du echt zugucken, wie irgendwelche Kerle sich vom Bullen werfen lassen, wo wir doch hier in der ersten Reihe sitzen und freien Blick auf die Parade haben?«

August lachte. »In Livingston war ich mal beim Rodeo. Ist wirklich nicht das Spannendste auf der Welt.«

»Eben. Du bist wie ich, du arbeitest auf einer Ranch. Du willst deine Freizeit nicht darauf verschwenden, dir irgendeinen strassbesetzten Abklatsch unseres Alltags anzugucken.«

Wie auf Abruf kam ein Mann mit tellergroßer goldener Gürtelschnalle vorbei. Bei jedem Schritt schepperten die Sporen an seinen Stiefeln. Tim und August starrten ihn wortlos an, und als er vorbei war, trank Tim einen Schluck Bier und rülpste. »Zu perfekte Vorlage«, sagte er. »Da sag ich lieber gar nichts.«

»Ich geh mir Rodeos anschauen, wenn sie einen Zaunpfahl-Einramm-Wettbewerb ausrichten«, sagte August.

»Genau. Oder einen fürs Ausmisten. Aber bis dahin bleiben wir schön hier draußen sitzen und genießen die Aussicht. Und wenn die Party losgeht, spazieren wir gemütlich in die Bar, bevor da die Hölle losbricht.«

Als das Rodeo schließlich vorbei war, hatten August und Tim sich schon einen guten Platz an der Bar gesichert, nah an der

Tanzfläche und an der Bühne, auf der die Band sich gerade warmspielte. Die Leute kamen herein, und ein dumpfes Tosen erfüllte den Laden. Tim bestellte ihnen beiden Kurze und Bier, und kurz nachdem sie ihre leeren Gläser auf den Tresen geschlagen hatten, löste sich neben ihnen eine Gruppe Frauen aus der Menge. Tim kannte anscheinend einige von ihnen, und bald führte er eine kleine Blonde mit großer Oberweite auf die Tanzfläche. Eine große Brünette mit einem Streifen Sommersprossen über Wangen und Nasenrücken schaute August an, lächelte und streckte mit einem Schulterzucken die Hand aus.

August versuchte, sich Tims Anweisungen in Erinnerung zu rufen, aber *kurz, kurz, laaang* ging im Getümmel der Tanzfläche sofort verloren. August zog das Mädchen an sich, sie fühlte sich heiß an, seine Hand auf ihrem unteren Rücken, er konnte die beiden Muskelstränge spüren. Sie tanzten langsam im Kreis, und als er sie in die Drehung schickte, sah er das Weiß ihres Lächelns, die langen Haare, die ihr über das Gesicht schlugen; hatte inmitten des Bier-Schweiß-Gestanks der Bar ihr Zitrus-Shampoo in der Nase. Er bekam Ellbogen in den Rücken, Hüte und Haare wirbelten kaleidoskopisch herum. Er zog das Mädchen wieder heran, schob die Füße hin und her, und zu seiner Überraschung tat sie es ihm weitgehend gleich. Sie kam mit dem Mund an sein Ohr, um die Band zu übertönen. »Ich bin Maya. Danke, dass du mit mir tanzt. Ich mache das unheimlich gerne, bin aber nicht besonders gut.«

»Ich bin August«, sagte er. Dann führte er sie wieder in eine Drehung, und das Reden war vorbei. Vor dem Ende des Songs brachte ihr Zufallskurs über die Tanzfläche sie in die Nähe von Tim und seiner Partnerin. Tim führte die Blonde durch eine trickreiche Figurenreihe – ihr Gesicht war rot und glücklich, die Arme der beiden verknotet, ihr Lachen einträchtig. Als der Song aufhörte, ließ Tim seine Partnerin so tief in eine Fallfigur sinken, dass ihr Kopf beinahe den Boden berührte, dann schwang er sie wieder hoch. Sie hüpfte sofort auf ihn, schlang die Beine um seine Hüfte und die Arme um den Hals. Auf dem Rückweg zur Bar stieß er dauernd Leute an, weil er mit dem Gesicht tief in ihrem Ausschnitt vergraben nichts sehen konnte.

August tanzte mit der sommersprossigen Maya; er tanzte mit Christi, Tims Partnerin; er tanzte mit einer ganzen Reihe von Frauen, deren Gesichter und Körper ineinander verflossen. Der Saal war schwül, und ihm lief der Schweiß an den Schläfen herab. Er machte die paar Figuren, die Tim ihm beigebracht hatte, und ein paar weitere schaute er sich von anderen Paaren ab. Die Band hielt alles in Schwung, und mit kaum genug Zeit, um zwischendurch an der Bar etwas zu trinken, wechselte er von einer Partnerin zur nächsten. Meistens wurde er von den Frauen aufgefordert.

Als die Band aufhörte zu spielen, saßen Tim und Christi tief in ein Gespräch versunken an der Bar. August bestellte sich noch ein Bier, setzte sich endlich hin und war nach gefühlten Stunden wilder Verausgabung dankbar für die Pause. Die Leute gingen langsam und die Barkeeper riefen die letzte Runde aus. August spürte eine warme Hand im Nacken, und Maya ließ sich auf den Hocker neben ihm sinken. Vorher hatte sie ein an der Taille geknotetes Karohemd getragen, aber jetzt hatte sie nur noch ihr Tanktop und ihre Levi's an. Ihre Arme waren genauso sommersprossenüberzogen wie ihr Gesicht. Ihr Top hatte unten am Rücken einen dunklen Fleck, wo ihr Schweiß es unter den Händen der vielen Tanzpartner durchgeweicht hatte.

»Puh«, sagte sie. »Ich bin ganz ausgetanzt.« Sie lachte und

nickte in Richtung von Tim und Christi. »Die beiden verstehen sich ja gut, wie es aussieht.« Sie wandte die Augen wieder August zu und lächelte. »War schön, mit dir zu tanzen«, sagte sie. »Ich hätte dich ja noch mal aufgefordert, aber immer wenn ich dich gesehen habe, warst du schon belegt.«

August zuckte die Schultern. »Bei mir hättest du dich sowieso bald gelangweilt. Ich kenne nur so zwei, drei Figuren. Ich hab die bloß immer in unterschiedlicher Reihenfolge durchgezogen und gehofft, dass der Song vorbei ist, bevor man merkt, dass ich keine Ahnung habe.«

Maya lachte, und dann lag ihre Hand auf seinem Arm. »Ich kenne das. Hast du schon mal ein älteres Paar tanzen sehen? Manchmal sind die so gut, als könnten sie die Bewegungen des anderen perfekt voraussehen.«

»Dauert bestimmt ewig, bis man das kann.«

»Wahrscheinlich. Aber ich stelle mir gerne vor, dass manche von diesen Oldtimern so angefangen haben wie wir.«

»Es muss doch irgendwann langweilig werden, wenn man Jahre über Jahre bloß mit demselben Partner tanzt.«

»Nicht, wenn man mit dem Partner immer wieder etwas Neues ausprobiert. Und vielleicht legt man ab und zu eine Pause ein und erlaubt sich ein Tänzchen mit jemand anderem, nur um sich zu versichern, dass es mit dem alten Partner doch am schönsten ist.« Sie lehnte sich rüber, trank einen langen Schluck von seinem Bier und sah ihm dabei die ganze Zeit in die Augen.

Schließlich zogen Tim und Christi die Köpfe auseinander, kamen rüber, und bald saßen sie alle zusammen auf der Ladefläche von Tims Pick-up. Nur noch ein paar Stunden bis Sonnenaufgang, die Luft kühl, gelegentliche Rufe vom harten Kern, der noch um die Bar herumstand. Tim hatte Decken mitgebracht, und die Mädchen waren dick eingemummelt. Sie tranken die restlichen Biere aus der Kühlbox, und bald verabschiedeten Tim und Christi sich in die Kabine. Maya stand auf, hob die Arme wie Flügel und ließ sich auf August nieder. Sie legte den Kopf an seine Brust. Von drinnen kicherte es leise, dann änderte sich die Tonart und der ganze Pick-up fing an unverkennbar zu wackeln.

Maya schnaufte. »Na, das hat ja wirklich nicht lange gedauert«, sagte sie. »Christi ist so eine Schlampe!« Maya rieb sich an ihm, und August fummelte an ihrem Gürtel, ihrem Reißverschluss. Sie machte es ihm nicht gerade leicht, sagte aber auch nicht, dass er aufhören solle. Als er ihr die Jeans runterzog, half sie etwas, und sie lachten beide, als die Hose sich an den Knöcheln verfing. Dann folgte ihr Slip, und er ging runter, fing mit der Zunge an, wie Julie es immer gemocht hatte, ganz langsam am Anfang. Mayas Becken bewegte sich, aber wo Julie in Fahrt gekommen war, wurde Maya wieder langsamer. Irgendwann regte sie sich nicht mehr, also gab August sich noch mehr Mühe. Er ließ die Hand nach oben wandern, bis er die weichen Konturen ihres Halses spürte; er packte zu. Sie krächzte erschrocken, riss seine Hand weg und wand sich davon. »Was war das denn?«, zischte sie. »Mach das nicht noch mal. Darauf steh ich gar nicht.« Er versuchte es noch eine Weile, aber es war vorbei. Ihre Beine waren jetzt steif, sie machte keinen Mucks, und schließlich rollte er sich weg und blieb auf dem Rücken liegen.

Christis dumpfes Stöhnen drang aus der Kabine. Maya ächzte und drehte sich von ihm weg auf die Seite. Bis auf das weiche Quietschen der Stoßdämpfer war es leise. »Ich weiß wirklich nicht, wie es für manche so einfach sein kann«, sagte sie. »Tut mir leid. Ich kann das einfach nicht, wenn ich mich nicht ganz wohlfühle. So ist das eben bei mir.«

»Ist gut. Ich bin sowieso müde.«

»Ich auch. Du kannst aber gerne den Arm um mich legen, wenn du möchtest.«

Bald schnarchte Maya leise, aber stockend, und August schlief unter ihr der Arm ein. Der Himmel war klar, und August suchte nach einem Sternbild, das so blöd aussah, wie er sich vorkam.

Er war wach, als der Tag anbrach. Er befreite sich von Maya und stieg vorsichtig von der Ladefläche. Als der Koch kam, um den Willsall Diner aufzumachen, saß er schon auf der Veranda.

»Kaffee?«, sagte er.

»Ja, das wollen alle in dieser verkaterten Stadt«, sagte der Koch. »Bleib sitzen. Es dauert noch ein paar Minuten.«

Als August mit zwei dampfenden Styroporbechern zum Pick-up zurückkam, saß Tim an der Ladekante, und die Mädchen waren weg. Tim hatte irgendwo noch ein Bier gefunden und trank es, ohne sein Grinsen zu verbergen.

»Auch eins?«, fragte er.

»Bah! Dann kotze ich dir gleich vor die Füße.«

»Wie du willst. Ist aber echt das Beste. Hast du etwa einen kleinen Kater, Junge?«

»Kann sein.«

»Also, mir geht's toll.« Tim brüllte und streckte sich. »So ein schöner Morgen.«

»Du hast bestimmt noch einen im Tee.«

»Gut möglich. Mann. Was für eine Nacht! Rodeo-Saison. Die beste Jahreszeit. Bis September steigt so eine Party jetzt bestimmt zweimal im Monat. Halt dich fest, Partner, das wird ein Höllenritt. Und, wie war es so mit deiner Mayra?«

»Maya.«

»Maya. Was ist das überhaupt für ein Name? Aber scharf

war die auf jeden Fall. Wie ist es gelaufen? Hat sie die Sommersprossen überall?«

»Wir haben nur ein bisschen rumgemacht. Nettes Mädchen.«

»Braves Mädchen, meinst du?«

»In etwa.«

»Na, das muss nichts Schlechtes sein. Du hast auf jeden Fall schon mal Vorarbeit geleistet. Bei den Braven muss das schon sein. So läuft das Spiel. Und mit dem Tanzen hatte ich doch recht, oder?«

»Ist okay.«

»Bloß okay? Du hast die Mädels da gestern herumgewirbelt wie ein junger Gott. Ich hab mich fast gewundert, dass die nicht reihenweise übers eigene Höschen gestolpert sind, so schnell wie die runterkamen.«

»Nicht ganz.«

»Nee, du warst super. Ganz im Ernst, das ist doch auf jeden Fall besser als ewig mit denen reden müssen, um das Eis zu brechen oder? Ich meine, du hattest da gestern Abend bestimmt zwanzig attraktive, leicht verschwitzte junge Frauen in den Händen, und wie viele Sätze musstest du dafür sagen?«

August lachte und nickte. »Da hast du recht. So leicht habe ich es sonst nicht.«

»Dann gestatte mir bitte ein fettes: Siehste! Ich habe da eine ganze Theorie. Allein daran, wie ihr miteinander tanzt, kannst du schon so ziemlich sagen, wie der Sex mit einer ist. Wenn alles ganz verkrampft und abgehackt ist, dann läuft es später genauso. Aber wenn ihr von Anfang an den Groove habt, dann klappt es genauso schön, wenn es in die Horizontale geht. Tims Theorie der Anziehung. Nicht vergessen.«

»Du und Christi, ihr habt dann wohl ziemlich gut getanzt.«

Tim trank sein Bier aus und ließ sich rückwärts auf die Ladefläche fallen. »Weißt du, wer ganz und gar kein braves Mädchen ist?«

»Ich kann es mir vorstellen.«

»Brav ist sie wirklich nicht, aber womöglich perfekt. Little Timmy ist verliebt.«

—

August zog den letzten Draht mit dem Spanner straff, wickelte das Ende zweimal um den Eckpfahl und schlug es mit einer Krampe fest. Mit der Zange drehte er das lose um das feste Ende, und als das saß, nahm er den Drahtspanner ab, und der Zaun war fertig. Er zupfte ein paarmal mit dem Handschuh am oberen Draht, und er federte zufriedenstellend. August peilte am Zaun entlang. Trotz des unebenen Bodens standen seine Pfähle weitgehend gerade und in einer Linie.

Ancient war unten in Billings Teile für die Ballenpresse besorgen und Kim besuchen. Es war nicht mal Mittag, und August war mit der Arbeit fertig. Er warf die Ausrüstung in die Milchkiste, die hinten auf das Quad gebunden war, und fuhr wieder den Hügel hinab nach Hause. In seinem Zimmer stand er vor der offenen Tür des kleinen Kühlschranks und trank Orangensaft aus der Packung. Er spülte seinen Kaffeebecher, Löffel und die Schale vom Frühstück, trocknete alles ab und räumte es weg. Im kleinen Schrank stand ein Besen, mit dem er nun den Küchenfußboden fegte. Hinterher begutachtete er den Inhalt der Kehrschaufel – vernachlässigbar – dann legte er sich zehn Minuten in seine Koje und betrachtete die Unterseite der oberen Federkernmatratze. Stille oben und Stille unten, Stille links und rechts. Er stemmte sich hoch und fuhr in die Stadt.

Im Feeds ’n Needs schaute er sich die bescheidene Auswahl an Angelausrüstung an. Er entschied sich für einen Zwei-Meter-ultra-light-Ugly-Stik und eine Zebco 202. Er suchte sich noch eine kleine Plastik-Sortierbox und ein paar Spinner von Mepps und Blue Fox aus, eine Kühltasche mit Tragegurt und am Ende spontan noch einen breitkrempigen Strohhut.

Der Mann an der Kasse hatte einen grauen Vollbart mit einem braunen Kautabakspeichelfleck im Mundwinkel. »Geht’s angeln?«, fragte er, hob seinen Kaffeebecher an die Lippen und machte keine Anstalten, Augusts Waren abzurechnen.

»Hab drüber nachgedacht«, sagte August.

»Wo geht’s hin?«

»Wahrscheinlich bloß ein bisschen im Musselshell River rumprobieren.«

»War mal gut. Aber da bist du wohl zwanzig Jahre zu spät.«

»Ja?«

»Das liegt an den Beregnungsanlagen, die die Rancher heute benutzen, und dem Zeug, dass sie gegen die Heuschrecken auf die Felder sprühen. Die Leute erzählen mir, das Zeug ist nur für die Insekten giftig, und dann sage ich, na, rate mal, was die Forellen fressen?«

»Verstehe.«

»Nicht gerade eine populäre Meinung hier in der Gegend, aber die Kuhzaren und ihre Helfershelfer machen uns in diesem Staat die Angelgewässer kaputt. Dabei wissen sie noch gar nicht, dass ihre Tage gezählt sind.«

August schob seine Sachen auf dem Tresen herum. Sah die Kasse an. Wippte vor und zurück. »Ach ja?«, fragte er.

»Absolut. In fünfzehn, zwanzig Jahren ist es gar nicht mehr möglich, Rinder so grasen zu lassen. Bald sind wir ein Land der Vegetarier. Nicht weil wir wollen, sondern weil wir nicht anders können.«

»Meinen Sie wegen der Erderwärmung?«

»Nun, nicht direkt, aber im Endeffekt schon. Nur die Elite kann sich dann überhaupt noch Rindfleisch aus Montana leisten. Der Rest von uns muss dann gucken, wo er bleibt. Ich sage ja nicht, dass es die große Apokalypse wird, aber ein bisschen was von Weltuntergang wird die Lage wohl schon haben.«

»Klingt ja schlimm.«

»Noch scheint alles normal, aber bald ist es so weit.« Der Mann fuchtelte mit dem Finger im Kreis herum. »Sei froh, dass du hier draußen wohnst. Es geht noch viel schlimmer. Stell dir mal vor, du bist in New York.«

»Kann ich gar nicht.«

»Das wird tausendmal so schlimm wie der 11. September. Ich bereite mich vor. Wenn ich einkaufen fahre, nehme ich immer so ein Dutzend Konserven extra mit. Unter dem Haus habe ich einen großen Rübenkeller, die Regale voller Bohnen, Wasser, Decken, Kerzen und so weiter.«

»Kann nie schaden, vorbereitet zu sein.«

»Ganz genau. Eine schöne Rute hast du dir ausgesucht. So ein Ugly Stik ist stabil. Da hast du lange Spaß dran. Kann ich dir einen Tipp geben?«

»Klar.«

»Vergiss den Musselshell River. Fahr zum Martinsdale Reservoir und geh an der Südseite am Schilf lang, dann zur Mitte hin auswerfen. Da gibt es eine schöne Kante, wo die Regenbogenforellen am tiefen Wasser stehen. Der Staat setzt jedes Jahr zehntausend von denen rein, und meistens hat man seine Höchstmenge in einer Stunde gefangen.« Der Mann nahm den Ugly Stik in die Hand und ließ ihn ein paarmal wackeln. »Oh ja, damit wirfst du die Spinner eine Meile weit. Ich bin richtig neidisch. Ich sitze hier drinnen fest. Würd lieber selber angeln. Die ewige Geschichte bei mir. Tust du mir einen Gefallen?«

»Was denn?«

»Komm noch mal vorbei und erzähl mir, wie es war. Wenn es gut läuft, fahre ich vielleicht selber mal am Wochenende hoch. So ein frischer Bericht ist viel wert.«

»Okay«, sagte August. »Mache ich.«

Auf dem Weg aus der Stadt hielt August noch beim Qwikstop. Der Schlacks mit dem FUCK-LOVE-Tattoo auf den Fingerknöcheln stand an der Kasse. Er war wohl mit Tim zur Schule gegangen und fragte nie nach dem Ausweis. August kaufte ein Sixpack und eine Packung Eis. Er bestückte seine Kühltasche mit Pabst, packte das Eis außen darum und verließ Martinsdale in Richtung Two Dot. Die Heufelder hatten ein reifes Grün und strahlten eine feuchte Hitze aus, die er riechen konnte. Noch in derselben Woche würden sie mit dem Mähen anfangen, also war es wohl sein letzter freier Tag für einige Zeit. Unweit der Brücke bei Two Dot parkte er am Straßenrand. Die Sonne warm im Nacken spulte er die Schnur auf, montierte einen silbernen Blue Fox, hängte den Drilling in den Hakenhalter und kurbelte, bis die Schnur sich straffte. Er setzte seinen neuen Hut auf, hängte sich die Kühltasche über die Schulter und stieg die steile Uferböschung hinab.

Unten am Wasser waren die Steine von einer getrockneten Schlammschicht überzogen, und die tiefen Äste der Weiden und Erlen waren mit grauem Schlick und Blättern verkrustet, wo sich das Wasser nach der Schneeschmelze wieder zurückgezogen hatte. August ging am Ufer stromabwärts, aber als das Gestrüpp zu dicht wurde, musste er den Fluss entlangwaten. Unter Wasser waren die Steine glitschig, und seine alten Turnschuhe boten kaum Halt. Er ging langsam weiter, während die runden Kiesel ihm unter den Füßen rutschten und rollten. An einer vielversprechend tiefen Stelle klappte er den Fangbügel auf und warf Richtung anderes Ufer aus. Er hatte schon lange nicht mehr geangelt, und das merkte er. Er nahm den Finger zu spät von der Schnur, sodass der Köder ihm vor die Füße klatschte und sich auf der Rolle ein silbernes Gewirr zurückgepeitschten Monofils zeigte. Während er die Schlingen aus der Schnur zupfte, bevor sie sich zu einem unlösbaren Knoten festzogen, kam es ihm vor, als wären seine Finger dicker geworden, seit er es das letzte Mal gemacht hatte. Die Hand passt sich dem meistgehaltenen Werkzeug an. Er konnte den ganzen Tag eine Zaunzange und einen Drahtspanner schwingen, aber der frische Kork der Angelrute fühlte sich nun fremd an, die leichte Sechs-Pfund-Monofilschnur so schwer zu greifen wie Spinnfäden.

Nachdem er das Gewirr aufgelöst hatte, warf August ein paarmal anständig aus, und der Köder glitt durch die tiefe Stelle; in der straffen Leine spürte er dessen Flatterpuls unter dem Finger. Nach einem halben Dutzend Mal Auswerfen und Einholen gab August auf und zog weiter flussabwärts. Er kam unter einer tiefen Holzbrücke durch, und Geschwader von Klippenschwalben schossen aus ihren Matschklümpchennestern. In der Ferne konnte er die Dachkante eines Außengebäudes der Hutterer ausmachen, und er zögerte kurz, ging dann aber doch weiter. Er machte an verschiedenen tiefen Stellen Halt, um zu angeln, hatte aber kein Glück. Die Sonne begann jetzt, sich gen Westen zu senken, der heißeste Teil des Tages, und August war froh über seinen Hut. Er stapfte durch das Ufergras, die Heuschrecken sprangen auf und flogen davon, ihre schwarz-gelb gestreiften Flügel schnarrten. Vielleicht anderthalb Kilometer nach der Brücke der Hutterer schoss das Ufer in die Höhe, und die gelbe Sandsteinklippe zwang August, ein Stück zurückzugehen und dann wieder durch den Fluss zu waten. Hier floss das Wasser schnell und hüfttief. Bei jedem Schritt drohte die Strömung ihn von den Füßen zu reißen, und schließlich verlor er tatsächlich den Halt. Halb schwimmend, halb stolpernd wurde er um eine Biegung und auf einen schrägen Kiesstrand gedrückt, der geschützt unter einem Felsvorsprung lag.

Er zog sich aus dem Wasser, sein T-Shirt und seine Jeans klebten ihm am Körper. Er merkte zu spät, dass die beiden letzten Biere aus der Kühltasche gefallen waren und davontrieben, gefolgt von vier zerdrückten leeren Dosen, alle in einer Reihe wie eine kleine Alu-Entenfamilie. August ließ die Rute und die Tasche fallen und nahm den triefnassen Hut ab. Die Klippe erhob sich an die zehn Meter hoch über ihm, die Felswand war leicht konkav und stand oben etwas hervor. Der Fuß der Felswand war ein paar Meter vom Wasser entfernt, und dort lagen größere Sandsteinbrocken durcheinander. Der kleine Strand war auf drei Seiten vom Wind geschützt; die Sonne, die über den Hügeln tiefer sank, schien ihre Energie zu fokussieren, der cremefarbene Fels warf ihr Licht und ihre Wärme zurück. August zog sich das T-Shirt über den Kopf und strampelte sich aus der Jeans. Er ging vorsichtig den steinigen Strand hinauf, um seine Sachen zum Trocknen auf die Felsen zu legen, und dann fand er hinter einem davon eine blaue Plastikplane.

Darunter lagen ein Polster wie von einem Liegestuhl, ein Daunenkopfkissen und ein säuberlich zum Rechteck gefaltetes weißes Laken. Als August all das zur Seite schob, sah er einen Getreidesack. Darin befanden sich eine nachgemachte Ray-Ban-Sonnenbrille; mehrere Tuben Blistex Lippenbalsam LSF 15; ein kleines Fläschchen Babyöl, schmierig und halb leer; zwei Packungen Marlboro Light, eine ungeöffnet, die andere mit nur noch wenigen Zigaretten; ein lilafarbenes Bic-Feuerzeug; und ein kleines, schwarzes Plastikradio mit ausziehbarer Antenne, die Batterien leer.

August klappte das Polster auf und legte sich hin, den Kopf auf das Kissen. Aus dem Augenwinkel sah er ein einzelnes langes, blondes Haar auf dem weißen Baumwollbezug, und er nahm es und hielt es vor den Himmel. Die Sonnenstrahlen erleuchteten es; es schimmerte wie klarer Honig. Er führte es sich an die Nase, aber natürlich duftete es nicht. Ein einzelnes Haar reichte nicht, um Shampoo-, Rauch-, Schweiß- oder Parfumgeruch zu bewahren. Wahrscheinlich auch zwei oder drei oder vier nicht. Aber wenn man genügend Haare sammelte, hatte man irgendwann etwas erkennbar Menschliches.

August pustete das Haar weg und griff nach den Zigaretten. Nach ein paar Versuchen zündete das Feuerzeug, und als er sich mit einer muffigen Marlboro Light zurücklehnte, spürte er es schon kribbeln, wo die starke Sonne ihm langsam die blasse Brust und die Glieder verbrannte. Er versuchte erfolglos, Ringe zu blasen. Er versuchte, ein bisschen zu schlafen, konnte aber nicht. Er wünschte, er hätte sein Bier nicht verloren. Als er sich noch eine Marlboro herausfischte, merkte er, dass hinter den Zigaretten etwas steckte. Ein Polaroid-Foto von einem Pärchen, anscheinend in seinem Alter. Sie saßen genau hier auf einem der Sandsteinfelsen, beide sonnengebräunt und blond, und schauten mit zusammengekniffenen Augen in die Kamera, die der junge Mann am langen Arm hielt. Den anderen Arm hatte er um die Schulter des Mädchens liegen, sie waren beide oben ohne; wahrscheinlich nackt – auch wenn die Unterkörper nicht im Bild waren, wirkten die Gesichter wie die von Nackten. Die langen Haare der Frau fielen ihr bis über die kleinen Brüste. Ihre steifen Nippel teilten den goldenen Fluss auf beiden Seiten, waren blassrosa und zeigten leicht nach außen. Der Junge hatte zottelige Haare, zerzaust, als hätte er gerade den Hut abgenommen oder als wäre sie ihm mit den Fingern hindurchgefahren. Sie lächelten übertrieben für die Kamera. Sie hätten freiliebende Hippies sein können, ein Bild von Woodstock oder ein kalifornisches Surferpärchen um 1960.

August sah sich das Bild noch lange an. Er versuchte sich vorzustellen, wie er selbst so einen Moment erlebte, in solcher Gelassenheit mit einer Frau.

Er schnippte den Zigarettenstummel in den Fluss und zog sich die immer noch feuchten Klamotten wieder an. Er packte wieder alles in den Getreidesack, faltete das Polster und legte die Plane über das Ganze, wie er es gefunden hatte. Dann steckte er sich das Foto in die T-Shirt-Tasche, wo es bei den vielen Flussquerungen auf dem Rückweg zum Wagen nicht nass werden würde.

—

»Das willst du tragen?«

August schaute runter auf sein Hemd. »Na und?«

»Das ist wie bei den Tropenvögeln, Alter. Du kannst doch nicht in so einem grauen Sackhemd zum Rodeo. Dein Federkleid muss was hermachen. Moment. Bin gleich wieder da.«

August ließ den Motor laufen, während Tim zurück ins Haus ging. Kurz darauf kam er wieder heraus, blieb aber auf der Veranda vor der offenen Fliegengittertür stehen. August hatte die Fenster unten und hörte Tim mit jemandem im Haus reden. »Ich hab doch gesagt, ich komme rechtzeitig wieder, also komme ich auch. Mann! Lass mich in Ruhe!«

Er schlug die Tür hinter sich zu und schüttelte mit einem Grinsen den Kopf, als er von der Veranda stieg. Er schwang sich in den Pick up und warf August ein Hemd auf den Schoß. August hielt es hoch. Es war ein Seidenhemd mit Perlmuttknöpfen und blau-weißem Paisleymuster. »Willst du mich verarschen?«, fragte August. »Das ist doch von einem Clownskostüm.«

»Das ist genau das Richtige für dich, glaub mir. Dann musst du dir die Rodeohäschen mit Zähnen und Klauen vom Leib halten. Die Arme sind mir zu lang, und du siehst ja selbst, was ich für Muskeln habe. Wenn ich die ein bisschen anspanne, reißen mir da alle Knöpfe ab. Das hat Wes gehört – besser du ziehst es an, als dass es da im Schrank vermodert. Kannst dich später bedanken. Komm, wir machen uns vom Acker, bevor mein Alter wieder mit seiner Scheiße anfängt.«

Das Rodeo war in Gardiner, und August fuhr Richtung Süden, während Tim für sie beide Bier aufmachte. Der zweispurige Highway war verstopft von Wohnmobilen und Wohnwagengespannen, die Touristen in Mietwagen in fast jeder schlecht einsichtigen Kurve zu überholen versuchten.

»Das mit dem Überholen habe ich nie verstanden«, sagte August. »Man bringt sich dabei fast um, und dann hängt man doch wieder hinter dem nächsten Wohnwagen. Guck dir das Arschloch im BMW da vorne an. Wetten, der ist keine fünf Minuten vor uns in Gardiner.«

»Es geht eigentlich gar nicht darum, schneller anzukommen«, sagte Tim. »Sondern darum, nach deinen eigenen Regeln anzukommen. Der Kampf gegen die träge Menge. Diese Wohnmobile machen mich ganz verrückt. Und du fährst wie ein Opa.«

»Reisen statt rasen«, sagte August und prostete Tim zu.

Als sie nach Gardiner kamen, schob sich eine dichte Fahrzeugkolonne Richtung Rodeoplatz. Der BMW, der vorher nur knapp einem Frontalzusammenstoß entgangen war, war jetzt vier Wagen vor ihnen. Eine kleine Herde zotteliger Wapitis stand auf dem Football-Feld der Highschool, und die Leute knipsten durch die offenen Autofenster Fotos. August fand endlich einen freien Parkplatz und bugsierte den Pickup hinein. Tim ließ die Ladeklappe runter, holte die Kühlbox rüber, und sie machten es sich zum Vorglühen gemütlich.

»Ziehst du jetzt langsam mal das Hemd an oder was?«, fragte Tim.

August zuckte die Schultern. »Passt das überhaupt?«

»Du hast die gleiche Statur wie mein Bruder, bevor er an die Uni gegangen ist und sich den Erstsemesterspeck angefressen hat. Probier es doch einfach an.«

»Ich weiß ja nicht.«

»Ach, weil er tot ist? Du hast Schiss, das Hemd von nem Toten anzuziehen, oder?«

»Ein bisschen. Was, wenn ich es einsaue oder es ein Loch kriegt oder was weiß ich?«

»Das ist ein Hemd und keine Reliquie. Wes hatte Tausend von den Scheißteilen. So ein Typ war er auch. Hat sich unheimlich gerne rausgeputzt. Ich habe bestimmt schon zwanzig davon weggeschmissen. Meinetwegen kannst du mit dem Ding auch in eine Messerstecherei geraten. Jetzt zieh das Scheißhemd endlich an und mach dich locker!«

August zog es sich an und knöpfte es zu. Dann strich er es sich an der Brust glatt. »Ein Seidenhemd hatte ich noch nie.«

»Reinstecken, du Ketzer!«

August gehorchte, und Tim gab ihm ein Bier. »Mein Bruder wäre stolz. Und deine Kleine haut es von den Socken, wenn sie dich sieht.«

»Meine Kleine?«

»Mayra.«

»Maya?«

»Genau, die.«

»Die kommt?«

»Klar doch.«

»Woher weißt du das?«

»Ich hab mit Christi geredet. Sie will in die zweite Runde, wer kann es ihr verdenken? Auf jeden Fall hat Maya nach dir gefragt. Du hast dir wohl nicht ihre Nummer geben lassen? Anfängerfehler, Kumpel. Oder du stellst dich dumm wie ein Fuchs. Wenn eine weiß, dass du sie magst, ignoriert sie dich wie nix.«

»Dumm wie ein Fuchs«, wiederholte August. »Ja, das war's bestimmt.«

»Ganz egal, ich bin da auf jeden Fall für einen zielorientierten Ansatz. Sie steht auf dich, und sie ist rattenscharf. Nachdem du sie letztes Mal mehr oder weniger hast hängenlassen, musst du diesmal mit ein bisschen mehr Nachdruck rangehen. Der alte Trick, sich unnahbar zu geben, funktioniert nicht ewig – irgendwann gibt das Mädchen dann auf und macht sich an den Nächsten ran. Das hat Wes mir damals geraten. Es gibt immer noch einen anderen Typen, also setz dir bloß nicht in den Kopf, dass du was Besonderes bist. Männer sind austauschbar. Wie in der Evolution. In der Jagdsaison. Wie beim NFL Draft.«

»Wie in der Jagdsaison?«

»Genau. Wieso darfst du jeden Tag deine Höchstmenge an Fasanenhähnen, Erpeln und so weiter schießen, aber die Weibchen sind immer tabu?«

»Weil Jäger nun mal Trophäen wollen?«

»Na ja, vielleicht bei Wapitis, aber bei allem anderen spielt das doch keine Rolle. Es werden da draußen einfach nicht so viele Männchen gebraucht. Genetisch gesehen. Ein Schwanz kann tausend Gebärmütter versorgen. Dieser Tatsache sind sich die Damen von Natur aus bewusst, deshalb müssen sie sich nicht ewig die Allüren von einem Scheißtypen antun. Alles klar?«

»Interessante Theorie.«

»Bleib einfach in meiner Nähe, Kleiner. Dann kannst du eine Menge lernen.«

August zog sich am Kragen und streckte einen Arm aus. »Ich komme mir dämlich vor in dem Ding.«

»Klappe. Du bist ein stolzer Pfau; schlag einfach dein Rad. Hier kommen auch schon die Damen.«

Christi trug ein über dem Bauch hochgeknotetes Herrenhemd von Wrangler und Jeansshorts, die so kurz waren, dass deutlich die Falte zu sehen war, wo ihr Hintern auf den Oberschenkel traf. Maya trug ein blassgelbes Sommerkleid, das ihre Hüften umschmeichelte und am Oberschenkel ausgestellt war, ihre Beine waren lang und nackt. Und frei von Sommersprossen, wie August auffiel. Tim pfiff leise, nahm Christi auf den Arm und küsste sie.

Maya schüttelte den Kopf und verdrehte die Augen, bevor sie hochsprang und sich neben August an die Ladekante setzte. Sie rieb den Stoff am Ärmel seines Hemds zwischen den Fingern. »Wow!«, sagte sie.

»Ich weiß. Verdammt albern. Tim hat es mir aufgezwungen.«

»Nein, das ist doch der Hammer. Seide, oder?«

»Leider ja.«

»So geschmeidig. Das fühlt sich bestimmt toll an. Du siehst auf jeden Fall toll aus. Schön, dich zu sehen, übrigens.«

»Du siehst auch toll aus.«

Maya lachte und warf sich dramatisch die Mähne über die Schulter. »Na, wenn bei uns nicht alles toll ist!« Sie warf einen Blick zu Tim und Christi rüber, die engumschlungen neben dem Pick-up standen, sich ins Ohr flüsterten und lachten. Tim hatte die Hände fest um Christis halbnackte Pobacken geschlossen.

»Wenn auch nicht so toll wie bei den beiden, wie es aussieht. Und bietest du mir jetzt langsam mal ein Bier an?«

Der Tanz nach dem Rodeo fand in der Blue Goose statt. Die Menge quoll durch die offenen Türen bis auf die Straße, und August und Tim folgten den Mädchen hinein. Am Bühnenrand zog Christi einen silbernen Flachmann aus der engen Gesäßtasche, schraubte den Deckel ab, trank einen großen Schluck und gab die Flasche weiter. Der Flachmann war körperwarm, und der Whiskey brannte. August hustete, gab Christi die Flasche zurück, und schon fasste Maya ihn bei der Hand und zog ihn auf die Tanzfläche.

Es war so voll, dass richtiges Tanzen kaum infrage kam. Maya drückte sich an ihn, und sie bewegten sich im Kreis. Er versuchte, sie in die Drehung zu schicken, aber es war kein Platz, und sie kam lachend zu ihm zurück, als sie von der Wand aus Körpern abprallte. Sie hatte ihren Oberschenkel zwischen seine geschoben, und er spürte, wie sich ihre Brüste an seine Rippen pressten.

Als der Song endete, sagte Maya, sie müsse auf Toilette, und verschwand durch die Menge. August sah sich nach Tim und Christi um, aber die waren nirgends zu sehen. Er arbeitete sich zur Bar durch, und als er dort endlich einen Platz fand, klemmte er inmitten einer Gruppe von Typen in ungefähr seinem Alter, Sommer-Stetsons, frischgebügelte Jeans und ein Stiefelglanz, an dem er sich noch nie auch nur versucht hatte. Ihre Hemden waren ein Aufruhr der Farben. Das hätte er vorher niemals gedacht, aber sein blau-weißes Paisleymuster war neben ihnen geradezu unauffällig. Sie unterhielten sich übers Rodeo. Ein Bullenreiter sei abgeworfen worden und ungünstig gelandet. Man habe es bis auf die Tribüne knacken hören, als ihm die Beine brachen.

»Hast du das von deinem Platz aus auch gehört?«, fragte ein Kerl in magentafarbenem Hemd mit aufgestickten Sternen über den Taschen. Als August verstand, dass er angesprochen war, schüttelte er den Kopf. »Wenn ich zum Rodeo gehe, gehe ich eigentlich nicht zum Rodeo«, sagte er. »Ich gehe bloß in die Bar.« Darüber lachten alle, und sie bestellten Kurze, die der Barkeeper auf dem Tresen aufreihte: Jägermeister, schwarz und bösartig im Glas. Einer der Typen drückte August einen in die Hand, und sie kippten sie runter. August spürte, wie der Jägermeister sich ungut über den Whiskey legte. Er versuchte erfolglos, die Aufmerksamkeit eines der Barkeeper auf sich zu ziehen, um ein Bier und ein Glas Wasser zu bestellen. Im Spiegel hinter der Bar sah er Maya durch die Menge kommen. Er drehte sich um und wollte vorschlagen, dass sie zusammen frische Luft schnappen gingen, als er sie nach einer Hand greifen und das magentafarbene Hemd auf die Tanzfläche führen sah.

August sah einen Moment zu. Maya hatte ihr Bein zwischen die Beine von Magentahemd geschoben. Sie waren auf Tuchfühlung, fanden aber etwas offene Fläche, und er schickte sie in die Drehung, wandte sich selbst um und fing ihre Hände in einem Move, den August nicht kannte, hinter dem Rücken wieder auf. Er brauchte gar nicht weiter hinzuschauen, um zu wissen, dass Magentahemd ein viel besserer Tänzer war. Maya strahlte. Ihre Sommersprossen schimmerten, ihr Haar schlug ihr wild durchs Gesicht, ihr Rock wirbelte hoch, als sie sich drehte, dass kurz ein weißer Slip zu erahnen war.

»Mann, Trey hat aber eine Wilde erwischt«, sagte einer der Typen und nickte in Richtung Maya.

August wandte sich wieder der Bar zu. »Wer trinkt noch ein paar Kurze mit mir?«, fragte er.

Als August Magentahemd schließlich schlug, war die Blue Goose schon lange ein Gruselkabinett aus Gesichtern und Hüten, Gürtelschnallen und Barhockern geworden; er war schon auf Klo kotzen gewesen. Er spülte sich am Waschbecken den Mund aus und wischte sich das Gesicht mit Papiertüchern ab. Er stolperte durch die Menge und sah Maya vor dem Tresen an Magentahemd lehnen. Er hatte den Arm um sie gelegt. Er sagte ihr etwas ins Ohr, und sie lachte, und August riss ihn an der Schulter herum. Magentahemd sagte etwas wie: »Mann, pass doch auf!« August sah Mayas überraschtes Gesicht, und dann versuchte er, Magentahemd mit allem, was er hatte, am Kopf zu erwischen.

August konnte nicht mehr gut zielen, und seine Faust prallte nur seitlich von Magentahemds Hinterkopf ab und schoss ihm den Hut weg. Magentahemd ging trotzdem zu Boden, benebelt, auf allen vieren, und August wollte ihn in den Schwitzkasten nehmen, als ihn jemand von hinten schlug. Er krachte in Magentahemd, und sie übereinander. Er sah das Blassgelb von Mayas Kleid sinken, und dann war da nur noch ein Geprügel gesichtsloser Gliedmaßen, frei fliegender Fäuste. Ihn erwischte ein Knie im Gesicht, und sofort lief ihm das Blut aus der Nase. Seine Augen wurden nass und trüb. Jemand schlug ihm immer wieder in die Rippen, dann war er wieder weg, und August kriegte den Unterarm um den Hals von Magentahemd, und er spürte durch die

Seide deutlich die Bartstoppeln auf dessen Unterkiefer, und er versuchte tiefer runterzukommen, als ihn Hände an den Schultern packten und zurückzogen und Tims Stimme sagte: »Wir sind hier fertig. Schluss jetzt, August, du Wichser!«

Er ließ sich von Tim auf die Füße stellen, und zusammen stolperten sie über umgeworfene Barhocker und vergossene Drinks nach draußen, während August sich übers Gesicht wischte und Blut spuckte.

Sie saßen in Augusts Pick-up, Tim am Steuer. »Na, das war ja mal eine Western-Nummer«, sagte Tim. »Du bist hackedicht, oder?«

August sagte nichts. Er presste das Gesicht ans kühle Glas des Fensters.

»Ich war nur eben mit Christi draußen eine rauchen, und als wir wieder reinkommen, ist eine Massenschlägerei im Gange. Was hat das Arschloch denn überhaupt zu dir gesagt?«

»Keine Ahnung. War alles blöd. Maya war da, und dann hab ich ihm eine gelangt.«

»Ach so. So läuft der Hase. Ich hatte die beiden noch tanzen sehen. Ich würde dir ja gerne sagen, dass sie bestimmt beeindruckt ist, dass du dich um sie prügelst, aber leider glaube ich das nicht, Hoss.«

»Das war dämlich.«

»Du wolltest dem Typen wohl den Kopf abquetschen. Ein Haufen Frat Boys. Der, der da von hinten auf dich eingeprügelt hat – den hab ich gut erwischt. Der sucht wahrscheinlich noch nach seinen Zähnen.« Tim nuckelte an den blutenden Knöcheln seiner rechten Hand. »Okay, ich würde sagen, wir machen uns jetzt mal vom Acker, bevor die Arschlöcher uns suchen. Oder die Bullen kommen. Schlüssel?«

»Ich kann fahren.«

»Ich glaube nicht.«

»Alles gut.«

»Schlüssel.« Tim streckte ihm die offene Handfläche entgegen. »Komm schon, her damit, Rocky.« August gab ihm den Schlüssel, und sie wollten gerade losfahren, als die Mädchen vor den Scheinwerfern auftauchten. Maya stand am Fenster. »Was ist eigentlich dein Problem, August?«, fragte sie.

»Tut mir leid«, sagte August. »Keine Ahnung.«

»Ich glaube, hier sind alle ein bisschen besoffen«, sagte Tim.

»Ich nicht. Guck dir mal mein Bein an.« Maya hob den Rock, und selbst im schwachen Schimmer der Straßenlaternen war schon der große blaue Fleck auf ihrem Oberschenkel zu sehen. »Seit wann ist denn bitte ein Tanz Grund für eine Prügelei? Bist du zwölf? Sag was!«

»Tut mir leid. Keine Ahnung.«

»Mann. Du bist doch total bescheuert.« Maya wandte sich um, stapfte davon und schleifte Christi mit.

Tim fuhr sie beide entlang der verschlungenen Straße durch den Yankee Jim Canyon, der Fluss unterhalb war ein tosendes Gewaber felsgespickter Stromschnellen. An den Kurven tauchten im Scheinwerferlicht weiße Gedenkkreuze auf – ein tödlicher Straßenabschnitt –, und Tim lenkte mit zwei Fingern. Irgendwo hatte er noch ein Bier gefunden, das er zwischen den Beinen eingeklemmt hielt, wenn er nicht gerade einen Schluck nahm. Keine Musik, nur das Rauschen der offenen Fenster. August tastete seine Nase von beiden Seiten ab und spürte das verkrustete Blut.

»Ziemlich kaputt, oder?«, fragte Tim.

»Keine Ahnung. Kommt mir gar nicht gut vor.«

»Wenn was kaputt ist, merkst du es ziemlich schnell. Ich glaube, du musst mal zur Achsvermessung.«

»Was?«

»Dein Wagen. Der zieht nach links. Der muss mal eingestellt werden.«

»Kann sein.«

»Wann hast du denn das letzte Mal die Reifen durchgetauscht?«

»Keine Ahnung.«

»Manchmal machen sie das beim Ölwechsel gleich mit. Wann war denn dein letzter?«

»Keine Ahnung.«

»Weiß ich gerade nicht.«

»Legst du die Quittung nicht ins Handschuhfach? Das muss doch rauszukriegen sein.«

»Tim, ist mir gerade echt scheißegal.«

»Okay, meinetwegen. Ich will hier nur ein bisschen das Gespräch am Laufen halten.«

»Wegen mir nicht.«

»Okay.«

Sie schwiegen einige Meilen. Dann sagte August: »Hast du schon mal einen Bisonsprung gesehen?«

»Ich dachte, wir unterhalten uns nicht.«

»Sag.«

»Worüber soll der Bison denn springen? Ob ich mal einen Bison über einen Zaun habe springen sehen?«

»Nein, ich meine einen alten Bisonsprung der Indianer. Eine Stelle, wo sie die Tiere von der Klippe gejagt haben. Ich habe mal einen bei meiner alten Arbeit hinten in den Hügeln gefunden. Ein Riesenhaufen kaputter Schädel und so weiter. Man konnte genau sehen, wo sie über die Kante gekommen sind und wo sie dann unten auf die Felsen aufschlugen. Muss ein krasser Anblick gewesen sein. Wie so eine ganze Herde da rüberkommt.«

»Ja? Und?«

»Und das ist alles. Ich musste nur gerade daran denken. Die Bisonherden haben einen Leitbullen, und die Indianer mussten eigentlich nur den scheuchen, und die anderen Tiere folgen ihm einfach über die Kante.«

»Blöde Tiere, wenn du mich fragst. Rinder könntest du bestimmt nicht so über eine Klippe treiben. Und die sind schon verdammt dämlich, das will also was heißen.«

»Ich hab mir gedacht, dass mitten in dem panischen Gerenne die Bisons ja irgendwann merken müssen, was los ist. Die meisten rasen einfach blindlings hinterher, aber wenn genug von ihnen ins Nichts gesprungen sind, sagt doch irgendwann mal einer weiter hinten: *Moment, ich seh doch, was hier los ist. Vielleicht dreh ich lieber mal ein bisschen ab.* Also wechselt er die Richtung, und ein paar von den anderen folgen ihm, und auf einmal sind sie alle hinter ihm, und er führt sie in Sicherheit. Und da der alte Leitbulle gerade unten in der Schlucht liegt und geschlachtet wird, übernimmt der neue dann seinen Posten?«

»Ich glaube nicht, dass Bisons Wahlen durchführen oder so. Also ja, wahrscheinlich ist der jetzt die Nummer eins.«

»Und irgendwann in der Zukunft trifft die Herde wieder auf die Indianer, und die Herdenpanik geht los und der neue Leitbulle macht genau das Gleiche wie der vor ihm. Okay? Es ist ein reiner Kreislauf der Herdenpaniken. Ein Tier folgt dem anderen von der Klippe oder in Sicherheit, das spielt eigentlich gar keine Rolle. Keine Helden. Wir laufen bloß alle den ganzen Tag durch die Gegend, mal hier, mal dort lang, aber immer dem Arsch vor uns hinterher. Genau wie mit den Frauen. Wenn du gerade meinst, du bist der Leitbulle, wird dir plötzlich der Boden unter den Füßen weggezogen. Man könnte ja meinen, daraus lernen wir, aber eigentlich hat es keine neue Idee mehr gegeben seit Adam mit Eva. Am besten wäre es doch, seine Tage für sich zu verbringen, und dann, wenn es Zeit ist, zum Sterben raus in die Prärie zu gehen.«

»Klingt einsam.«

»Aber wenigstens würdevoll.«

»Jetzt wird es aber verdammt metaphysisch. Dich hat das heute ziemlich mitgenommen, was?«

»Tut mir leid, dass ich dein Hemd vollgeblutet habe.«

Tim schaute zu August rüber. Er knipste die Innenbeleuchtung an und schüttelte den Kopf. »Es ist ruiniert. Wie konntest du nur?«, sagte er. »Das war meine letzte Verbindung zu meinem geliebten toten Bruder, und jetzt habe ich kein einziges Erinnerungsstück mehr. Ich habe jeden Abend vor dem Schlafengehen beim Beten daran gerochen.« Er schaltete das Licht wieder aus und lachte. »Keine Helden? Darauf kommst du jetzt erst? Willkommen auf dem Planeten, wo wir anderen schon ewig leben, Kumpel.«

—

Es war früher Abend, als August das Quad in die Werkstatt fuhr. Er hatte draußen auf der Anhöhe über dem Ranchhaus neue Zaunpfähle eingeschlagen. Jimmy Buffett plärrte aus der fliegenschissübersäten Stereoanlage. *To be a cheeseburger in paradise / I'm just a cheeseburger in paradise.* Ancient hockte unter dem Gehäuse der Rundballenpresse.

»Scheiße«, rief er. »Verdammte Scheißmutter. Geh dadrauf, du verficktes Mistding!« Er zog den Kopf hervor, nickte August zu und schmiss seinen Schraubenschlüssel so kraftvoll, dass er hohl an die Blechwand gegenüber knallte. Er wischte sich die Stirn am Ärmel ab. »Wie ist es heute bei dir gelaufen?«, fragte er leise.

»Ganz okay«, sagte August. »Morgen noch eine Handvoll Pfähle einrammen, dann kann ich den Draht ziehen.« August füllte den Tank des Quads auf. Ancient beobachtete ihn und zog beim Anblick seiner immer noch geschwollenen Nase und Wange die Augenbrauen hoch, sagte aber nichts. »Ist ein steiler Hang da oben«, sagte August. »Ich hab das Gefühl, mein eines Bein wäre kürzer als das andere.«

»Ja«, sagte Ancient. »Das kommt einem dann so vor.« Er war wieder unter der Ballenpresse verschwunden, kam plötzlich mit einem anderen Schraubenschlüssel heraus, den er genauso behandelte wie den vorigen. Das Werkzeug fiel von der Wand gegenüber klimpernd auf den Boden, und Ancient schüttelte den Kopf. Wischte sich mit einem Lappen das Öl von den Fingern. Er schlug auf einen Knopf an der Stereoanlage, und Buffett verstummte. »Wenn das mal nicht der dämlichste Song auf der Welt ist. Du siehst aus, als könntest du ein Bier gebrauchen, und meine Lebenserwartung sinkt schon, wenn ich die Presse hier nur anschaue. Ich kann gerade nicht mehr nüchtern sein. Komm, wir fahren in die Stadt.«

Beim Fahren schlug Ancient sich die Kautabakdose ans Bein und stopfte sich einen großen Priem hinter die Unterlippe. »Das Gras sieht okay aus«, sagte er und deutete mit dem Kopf auf das feucht schimmernde Feld. Im Nebel der Berieselungsanlage war ein Regenbogen zu sehen. »Können fast schon mit dem Mähen loslegen.«

»Sieht so aus.«

»Warst du schon mal im Big Hole Valley? Unten bei Wisdom?«

»Wisdom?«

»Ja, so heißt das Kaff. Wisdom. Da gibt's fast nichts. Eine Bar. Vielleicht eine Post. Heu machen sie da noch wie früher, mit der Beaverslide. Hast du das mal gesehen? Das ist abgefahren. Die haben da so eine Holzkonstruktion, eine große Schräge mit Fahrstuhl-Plattform. Manche von den alten Haudegen spannen da noch die Pferde vor den Zugrechen. Dann wird das Heu auf der Plattform nach oben gefahren, das macht auch ein Pferdegespann per Seilwinde. Wenn das Heu oben ist, fällt es vornüber auf den großen Haufen. Oben haben sie noch ein paar Leute mit Heugabeln, die verdichten und ausgleichen.«

»Also keine Ballen?«

»Nee. Bloß ein Riesenhaufen, vielleicht zehn Meter hoch. Klappt natürlich nur in ganz trockenen Gegenden, sonst schimmelt einem das alles weg. Aber stell dir mal vor – keine verdammten Ballenpressen mehr, die einem das Leben zur Hölle machen.«

»Müsstest dich aber wieder um die Pferde kümmern.«

»Manche treiben das Ganze auch einfach mit dem Traktor an.«

»Warum bauen wir uns dann nicht selber so ein Ding und probieren es mal aus?«

Ancient lachte und schüttelte den Kopf. »Das wär mal was. Wie die ganzen alten Säcke hier gucken würden, wenn ich einfach einen Riesenheuhaufen mache.«

»Trocken genug ist es hier doch, oder?«

»Ja, aber wenn im Winter die Stürme kommen, ist von dem Haufen ziemlich schnell nichts mehr übrig.«

»Daran hatte ich nicht gedacht.«

»Trotzdem ein schöner Gedanke. Einfach die Pferde einspannen und loslegen. Allerdings bräuchte man dann vier Leute und zwei Tage für ein Feld, das ein Einzelner mit Traktor und Ballenpresse mal eben in ein paar Stunden fertig machen kann.« Ancient parkte gegenüber der Mint und stellte den Motor ab. Der Diesel tickte. »Die gute alte Zeit«, sagte er und schüttelte den Kopf. »Nostalgie ist auch nicht mehr, was sie mal war.«

Ancient trank seine Biere doppelt so schnell wie August. Er steckte fünf Dollar in den Keno-Automaten und gewann fünfzig, also kippten sie Kurze Whiskey. Er schmiss die Jukebox an und kam zurück zu seinem Hocker neben August. »Am helllichten Tag gesoffen habe ich schon ewig nicht mehr«, sagte er. »Ich weiß gar nicht, wann das letzte Mal war. Auf jeden Fall vor Kim.«

»Wie läuft es da eigentlich? Mit Kim?«

Ancient zuckte die Schultern. »Sie ist unten in Billings. Hat es sich in den Kopf gesetzt, dass sie hier oben nicht leben kann, zu klein, nichts für sie zu tun.«

»Hat sie das denn nicht vorher gewusst? Du hast hier eine Ranch. Ist ja nicht so, als hättest du ihr das verheimlicht.«

»Das stimmt. Gegen die Ranch hat sie auch nichts. Als wir uns kennengelernt haben, sind wir hier überall wandern gegangen, und sie hat gar nicht mehr davon aufhören können, wie schön es hier ist und wie gerne sie so weitab von allem anderen leben würde. Die Ranch mag sie. Und mich eigentlich auch. Die Ranch und ich, wir sind nicht das Problem.«

»Was denn dann?«

Ancient nahm den Hut ab und kratzte sich am Kopf, setzte sich wieder, ließ seine Flasche ein paarmal auf dem Tresen kreisen. »Es gibt hier in der Gegend ein paar Leute, die sich nicht um ihren eigenen Scheiß kümmern können. Leute, die aus diesem oder jenem Grund ein Hühnchen mit mir zu rupfen haben, und statt das von Mann zu Mann mit mir zu regeln, ziehen sie lieber über meine Verlobte her, werfen fiese kleine Zettel in den Briefkasten und so weiter.«

»Zettel im Briefkasten?«

»Genau, kannst du dir das vorstellen? Wer will sich denn da noch Mann nennen, wenn er herumschleicht und Leuten irgendwelche Scheißzettel in den Briefkasten wirft?«

»Was denn für Zettel?«

Ancient schaute August an und kniff die Augen zusammen. »Du willst mir also erzählen, du hast keine Ahnung, wovon ich rede, ja? Du hast also überhaupt nichts über Kim gehört? Du hängst doch mit Timmy rum. Da fällt es mir verdammt schwer zu glauben, dass er nicht irgendeinen Scheiß erzählt hat.«

August pulte das Etikett von seinem Bier. »Keine Ahnung.«

»Wovon?«

»Keine Ahnung.«

»Ich aber. Und wenn du hier so tust, als wüsstest du von nichts, macht mich das nur sauer. Sag mir einfach, was du gehört hast, dann können wir da weitermachen.« Ancient hatte die geballten Fäuste auf den Oberschenkeln liegen. Er lehnte sich auf dem Barhocker zurück und nahm die Augen nicht von August.

»Tim hat mir irgendwann gesagt, ich soll mir mal das Triebtäter-Register von Meagher County angucken. Das ist alles.«

»Er hat dir gesagt, du sollst gucken, aber nicht, warum?«

»Er meinte, er will ja nicht hinter dem Rücken von jemandem tratschen.«

»Also hast du nachgeguckt.«

August zuckte die Schultern.

»Hast du nachgeguckt oder nicht? Sag es einfach.«

»Ja, habe ich.«

»Du warst neugierig.«

»Kann sein.«

»Klar, wenn dir einer sagt, du sollst mal ins Triebtäter-Register gucken, aber nicht warum – klar guckst du dann nach. Das ist nur menschlich. Hey.« Ancient beugte sich rüber und schlug August mit der flachen Hand aufs Bein. »Ich bin nicht sauer auf dich. Du bist ein guter Kerl und kümmerst dich um deinen eigenen Scheiß, das weiß ich doch. Aber du hast da im Register gelesen, was du eben gelesen hast, und jetzt hast du Fragen.«

»Du musst mir nichts sagen.«

Ancient trank sein Bier aus und knallte die Flasche wieder auf den Tresen. »Das weiß ich selbst. Du brauchst mir nicht zu sagen, was ich dir sagen soll und was nicht.«

»Alles klar.«

»Genau, alles klar. Gibst hier den Mr Cool und tust so, als hättest du nicht nach dem Perversen auf der Liste gegeifert. Hast du dich gewundert, dass es Kim war? Hättest du gedacht, dass ich es bin?«

»Ich hab überhaupt nichts gedacht. Tim kam doch damit an.«

»Das glaube ich dir gerne. Der kleine Scheißer. Ich weiß nicht, wer es war, Tim oder sein Vater, aber einer von den beiden garantiert. Ich tippe eher auf Big Tim, weil der verschlagen ist und den ganzen Tag im Internet irgendwelche Verschwörungstheorien liest, statt sich um seine Ranch zu kümmern. Der hat von Rindern keinen Schimmer. Hatte er noch nie. Ich habe ihm die Weide zu einem fairen Preis abgekauft, ehe die Bank sie ihm wegnimmt, und jetzt tut er so, als hätte ich sie ihm gestohlen. Und auf einmal findet Kim so einen anonymen Zettel im Briefkasten. Der sie eine Perverse nennt, eine Pädophile, Kampflesbe und was weiß ich. Sie ist doch überhaupt hergezogen, damit sie die ganze Scheiße hinter sich lassen kann. Sie dachte, hier könnte sie einfach ihr

Leben leben, und die Leute würden sie in Ruhe lassen. Weißt du, was sie gemacht hat? Ihr großes Verbrechen? Ach, ich sag es dir einfach. Sie war Referendarin an einer Highschool …«

»Ist mir echt egal. Ich will das gar nicht wissen.«

»Das willst du nicht wissen?« Ancient lachte und schüttelte den Kopf. »Das könnte ich sogar fast glauben. Du arbeitest jetzt schon eine ganze Weile bei mir, und ich weiß so ziemlich überhaupt nichts über dich. Ich habe so das Gefühl, dass es dir so lieber ist, und das soll mir nur recht sein. Aber Kim und ich sind anständige Leute, und du musst jetzt den Hintergrund von der ganzen Sache wissen, ob du willst oder nicht, denn ich erzähle ihn dir jetzt, und du hörst mir zu. Kim war Referendarin. Dreiundzwanzig Jahre alt, an einer Highschool in Boise. Sie hat auch beim Mädchen-Volleyballteam geholfen, und eins von den Mädchen hat sich in sie verguckt. Fünfzehn oder sechzehn Jahre alt, vorletzte Highschool-Klasse.

Also, Kim ist die Erste, die zugibt, dass sie sich da nicht gerade schlau angestellt hat, okay? Sie weiß, sie hat Mist gebaut, aber meine Güte, jetzt ist sie für den Rest ihres Lebens als Gefahr für die Allgemeinheit gebrandmarkt. Sie und das Mädchen sind sich also nähergekommen und haben ein paarmal zusammen geduscht oder so. Spielt eigentlich keine Rolle. Dann hat Kim gemerkt, dass die Sache zu weit gegangen ist, und hat einen Schlussstrich gezogen, aber die Kleine ist komplett durchgedreht. Hat sich als verschmähte Geliebte aufgespielt. Hat angefangen, Kim rund um die Uhr anzurufen oder bei ihr zu Hause aufzukreuzen, und als Kim sie immer wieder weggeschickt hat, kam sie bei ihren Eltern angeschissen und hat gesagt, ihre Lehrerin hätte sie in der Dusche begrapscht, und dann kam natürlich eins zum anderen. Willst du mir sagen, dass eine dreiundzwanzigjährige Frau, die sich mit einer mehr als einverstandenen Fünfzehnjährigen zusammen einseift, dasselbe ist wie irgendein krankes Schwein, das seine zehnjährige Nichte missbraucht? Das ist doch lächerlich. Und dann kommt so eine fiese Sackratte wie Duncan und steckt dir seine Zettelchen in den Briefkasten, wenn du eigentlich nur noch deine Ruhe willst? Ich kann es ihr gar nicht übelnehmen, dass sie abgehauen ist. Okay, die Drinks gehen auf mich.« Ancient schaute auf die Uhr. »Wenn wir uns beeilen, ist der Feeds 'n Needs noch offen. Ich hab da noch was, was ich schon lange besorgen wollte.«

Auf der kurzen Fahrt durch die Stadt fragte Ancient: »Weißt du noch, als du meine Kettensäge in den Fluss fallen gelassen hast?«

August schüttelte den Kopf.

»Nein? Daran erinnerst du dich nicht?«

»Ich habe es etwas anders in Erinnerung.«

»Wie sagt man noch gleich? *Die Geschichte besteht aus den Erinnerungen der Sieger?* Oder so ähnlich. Im eigenen Kopf sind wir wohl alle andauernd die Sieger.«

»Du hast mich auf einen wackligen Baum mitten im Fluss geschickt, ich bin ausgerutscht und habe mir fast den Fuß abgesägt.«

»Jetzt stell dich nicht so an. Ich will dich doch bloß ein bisschen ärgern. Das Ding war sowieso uralt.«

Im Feeds 'n Needs kaufte Ancient sich eine brandneue Stihl MS 311 mit Fünfundvierzig-Zentimeter-Schwert. Eine Ersatzkette und ein solider, orangefarbener Koffer waren dabei. Der Verkäufer gab ihm noch einen Kanister Benzin, eine Sicherheitsbrille und Ohrstöpsel dazu. Es war derselbe Alte mit dem Tabakfleck im Bart, und als er August erkannte, zeigte er auf ihn und sagte: »Der Angler kehrt zurück. Wie war dein Glück?«

»Nicht so toll. Bin leer ausgegangen.«

»Hast du am Martinsdale Reservoir vom Schilf an der Südseite ausgeworfen, wie ich es dir gesagt habe?«

»Ich bin bloß runter zum Musselshell River gegangen.«

»Na, Mist. Kein Wunder.« Er schüttelte den Kopf, grinste und zwinkerte Ancient zu. »Da will man der Jugend helfen, stößt aber auf nichts als taube Ohren. Man gibt ihm einen heißen Tipp, und er geht angeln, wo es keine Fische gibt.«

Ancient unterschrieb die Quittung und hob seine Säge hoch. »Das ist mir auch immer am liebsten. Dann wird man nicht so oft geweckt.«

»Ihr kennt ja den alten Spruch: Gib jemandem einen Fisch, und er hat einen Tag zu essen. Lehre jemanden das Fischen, und er ist für den Rest seines Lebens ein Penner.«

»Der ist gut«, sagte August.

Tabakbart hängte sich vor August die Daumen in die Gürtelschnallen, wandte sich aber an Ancient. »Der hier hält wohl nicht viel von meinem Humor.«

»Nimm es nicht persönlich«, sagte Ancient. »Ich habe ihn vielleicht einmal lächeln sehen. Glaube ich zumindest.«

Auf dem Parkplatz verstaute Ancient die Säge und den Kanister auf der Ladefläche seines Wagens, schlug die Klappe hoch und klatschte in die Hände. »Das nenn ich mal einkaufen«, sagte er. »Rein und wieder raus. Ein Kauf, mit dem man zufrieden sein kann. Hat einen Haufen Geld gekostet, aber von der Säge habe ich bestimmt fünfzehn Jahre etwas, wenn ich dich nicht ranlasse.« Ancient lachte. »Dein Gesicht! Das ist einfach zu leicht.«

Auf der Heimfahrt war es dunkel, der Halbmond hing

über dem Tal, und die Berieselungsanlagen versprühten silbernen Schimmer. Ancient ließ das Fenster runter, holte tief Luft und blies sie mit einem langen Pfeifen wieder raus. »Mann!«, rief er. »Wenn man eine neue Kettensäge hat, will man am liebsten sofort etwas umsägen. Ich habe auch schon eine wunderbare Idee.«

Ancient bog auf den Dry-Creek-Schleichweg ein, sie rumpelten über ein Viehgitter von der befestigten Straße, und der hinten leichte Wagen ruckelte über die Wellblechpiste. Sie näherten sich der Duncan Ranch, und als das erste Schild sich weiß in den Scheinwerferkegeln abzeichnete, wurde Ancient langsamer, parkte und sprang nach draußen. August drehte sich nach ihm um. Ancient hatte die Säge draußen und kippte den Benzinkanister; sein Gesicht strahlte rot im Schein der Rücklichter. Er riss zweimal am Seil, stellte den Choke ein, riss noch einmal, und die Säge schnarrte los. Er ließ sie ein paarmal aufheulen, bevor er in den Graben stieg. Die Säge ließ sich von dem dicken Kantholz des Schilderpfahls kaum bremsen.

»Ha-haa!, das ist mal eine scharfe Säge«, brüllte er. »Komm! Rutsch mal hinters Steuer und fahr mich weiter. Ich bin hinten. Wir holen die Scheißteile alle runter.« Ancient warf das Schild auf die Ladefläche und setzte sich an die Kante; die Säge ließ er neben sich im Leerlauf. August fuhr, und so ging es weiter – Ancient sprang immer wieder ab, sägte, und der Schilderhaufen auf der Ladefläche wuchs – bis sie an der Einmündung der Duncan-Auffahrt waren.

Ancient ließ August mit dem Heck an die Auffahrt fahren, bevor er die Schilder von der Ladefläche auf einen am Ende hüfthohen Haufen schob und trat. Ancient legte die Säge wieder in ihren Koffer und leerte dann den Benzinkanister auf die Schilder. Er stellte den Kanister zurück und holte ein

Streichholzbriefchen aus der Tasche. Als er das angerissene Streichholz auf den Haufen fallen ließ, schlug wummernd eine orange-blaue Flamme hoch. Vom Wagen aus konnte August gerade so die Buchstaben auf dem obersten Schild erkennen – KEIN GENOZID AN WEISSEN! –, bevor die Farbe Blasen schlug und schmolz.

Ancient schwang sich ins Führerhaus, August gab Gas, und das Feuer verschwand im Rückspiegel. Ancient sagte nichts, und August roch das Kettensägenbenzin. Als sie zu Hause waren – der Motor tickte, das Haus stand leer und schwarz vor ihnen –, lachte Ancient endlich. Er nahm den Hut ab, kratzte sich am Kopf und machte die Tür auf. Mit einem Fuß auf dem Trittbrett hielt er inne.

»Ich hatte Kim und mir für die Flitterwochen Tickets nach Jamaika gekauft. Im Herbst hätten wir fliegen sollen.«

»Jamaika?«

»Als wir uns kennenlernten, hat sie mal erzählt, dass sie da hinwollte. Sie ist eine große Kaffeeliebhaberin. Da machen sie den besten der Welt. Blue Mountain. Und, ob du es glaubst oder nicht, ich bin dem Marihuana nicht ganz abgeneigt. Davon haben sie da natürlich auch das beste. Und die Strände. Ich wollte immer schon mal tauchen gehen.«

»Meinst du, ihr fahrt noch?«

»Schwer zu sagen.«

»Waren bestimmt teuer, die Tickets.«

»Ich habe eine Reiserücktrittsversicherung abgeschlossen. Das hatten sie mir empfohlen. Ganz besonders, weil es um die Flitterwochen ging. Die Frau im Reisebüro meinte, das wäre schlau, weil *eben immer mal etwas passiert.* Ich habe sie gefragt, was sie damit meint, und sie sagte, es kommt vor, dass es sich jemand anders überlegt. Und natürlich Hurrikane. Ich habe mir dann eingeredet, ich hätte sie wegen der

Hurrikane abgeschlossen. Wahrscheinlich hat sie die genau deswegen genannt. Niemand will daran denken, dass die Flitterwochen vielleicht ausfallen. Wenn man sich gegen so was versichert, kann man ja gleich einen Ehevertrag aufsetzen. Man weiß, dass es schlauer wäre, aber irgendwie ist es auch die Ansage zum Scheitern. Auf jeden Fall, wenn Timmy dich nach den Schildern fragt, sag ihm ruhig, dass ich das war.«

»Ich sage gar nichts.«

»Du musst wegen mir nicht lügen.«

»Okay.«

»Mann. Da habe ich heute Abend wohl etwas zu weit aufgedreht. Das könnte ich unter Umständen irgendwann mal bereuen. Big Tim ist bei so was nicht so der nachsichtige Typ.«

—

August füllte sich eine große Schale mit Toppas und goss Milch dazu. Die Sonne ging gerade unter, und er setzte sich zum Essen auf seine kleine Betonterrasse und schaute zu. Es wurde dunkel, die ersten Sterne kamen hervor wie Nadelstiche, kleine Löcher, ein in den schwarzen Himmel geschossenes Schrotmuster. August schlürfte die Milch aus und ging nach drinnen, seine Mutter anrufen.

»Augie!«, rief sie. »Wie schön, deine Stimme zu hören. Ich habe gerade an dich gedacht.«

»Das sagst du immer.«

»Weil es immer stimmt.«

»Denkst du wirklich so oft an mich oder nur zufällig immer gerade dann, wenn ich anrufe.«

»Das ist wie atmen. Wahrscheinlich geht es allen Müttern so.«

»Das heißt?«

»Ich denke nicht unbedingt gezielt an dich; das passiert einfach die ganze Zeit im Hintergrund. Einatmen, ausatmen. So.«

»Schon ein bisschen gruselig.«

»Und genau das ist doch im Kleinen das Leid aller Mütter. Ich weiß wirklich nicht, warum wir uns das überhaupt noch antun. Aber was soll's. Wie sind die Hamburger geworden?«

»Hamburger?«

»Als wir das letzte Mal miteinander sprachen, hast du gesagt, du machst Hamburger.«

»Ach ja. Waren ganz okay. Nicht so lecker wie die von dir.«

»Genau. Werden sie auch nie. Vergiss das bloß nicht. Was machst du sonst so?«

»Eigentlich nur arbeiten.«

»Deines Vaters Sohn. Manchmal glaube ich, er arbeitet bloß so viel, weil es einfacher ist, als sich zu überlegen, was er denn lieber machen würde. Da musst du auch aufpassen.«

»Ich war angeln.«

»Ach? Das ist doch schön. Haben sie angebissen?«

»Nicht so recht. War aber schön, draußen.« Es war einen Augenblick still. Dann hörte August es klicken, ihr Feuerzeug, und das kräftige Einatmen, als sie an ihrem Swisher-Zigarillo zog. »Also«, sagte sie. »Ich habe dich aus dem Grunde angerufen, dass Art mir einen Heiratsantrag gemacht hat, ich wollte dir nur eben Bescheid geben. Ich habe natürlich ja gesagt.«

»Du hast mich nicht angerufen«, erwiderte August. »Ich habe dich angerufen.«

»Wir machen es nicht kirchlich. Er ist auch nicht religiös, und wir haben das Ganze ja beide schon einmal hinter uns. Wir gehen nur zum Amt, und hinterher ein bisschen feiern. Eigentlich stelle ich mir nur ein kleines Essen vor.

Nur du, ich und Art. Er würde dich wirklich gerne etwas besser kennenlernen, und ich bin mir sicher, dass ihr euch gut versteht, wenn du ihn nicht gerade vollständig ignorierst. Und – ganz aufregend – Art will mit mir verreisen. Das Wort Flitterwochen klingt natürlich ein bisschen albern, aber was soll's. Griechenland, hat er vorgeschlagen, und ich muss sagen, die Vorstellung gefällt mir. Er interessiert sich sehr für Geschichte. Und ich mich für Strände, Baklava und Spanakopita. Da wären wir also beide glücklich. Ich bin schon ewig nicht mehr verreist.«

»Urlaub. Schön, wenn man welchen kriegen kann.«

»Tu nicht so, als wäre deine blinde Arbeitswut eine Tugend. Dein Vater war auch so, und das hat mich immer auf die Palme getrieben. Als ich ein bisschen jünger war als du, habe ich in Frankreich und Deutschland studiert. Das könntest du auch, wenn du dich reinknien würdest. Und überhaupt – ich bin alt, ich habe mir einen Urlaub verdient.«

»Na, hoffentlich schließt ihr eine Reiserücktrittsversicherung ab.« Er hörte sie ausatmen und konnte sich genau die verästelten Fältchen um ihre Lippen vorstellen, als sie sie schürzte, während der Zigarillo zwischen ihren Fingern weiterqualmte. Sie lachte. »Eine Reiserücktrittsversicherung? Warum sagst du das?«

»Die Tickets sind doch bestimmt teuer. Und manchmal passiert eben irgendwas.«

»Welches Irgendwas meinst du denn?«

»Ich weiß nicht, Mom. Vielleicht ein Hurrikan. Und wie lange bist du überhaupt mit dem Kerl zusammen? Das kommt mir schon ein bisschen drastisch vor.«

»Das ist am Mittelmeer, Schatz. Da gibt es keine Hurrikans. Und in meinem Alter fällt es immer schwerer, etwas zu tun, was jemand in deinem Alter drastisch nennen würde, also nehme ich das mal als Kompliment. Und bei dir? Gibt es da oben ein paar interessante Cowgirls?«

»Mom!«

»Was denn? Du und deine ewige Geheimniskrämerei. Ab und zu könntest du mir ruhig mal etwas aus deinem Leben verraten.«

»Was denn? Ich wache auf, ich arbeite, und zwar den ganzen Tag, dann komme ich wieder nach Hause und gehe pennen. Das ist so ziemlich alles.«

»Das glaube ich dir nicht. Selbst dein Vater konnte immer nur soundso lange durchackern, bis er ein bisschen Dampf ablassen musste. Mit einer Kellnerin oder einer Friseurin oder Lisa dem Milchmädchen oder mit was weiß ich wem.«

»Oh Gott, Mom!«

»Tja, tut mir leid. So ist es nun mal gelaufen. Ich bin ihm eigentlich gar nicht mehr böse. Wir haben einfach zu jung angefangen. Und wir hatten auch unseren Spaß zusammen. Ich will doch nur, dass du dein Leben aufs Vollste lebst und dir nicht aus den falschen Gründen selbst Steine in den Weg legst. Okay? Aber bitte nicht gleich die erste Ranchertochter schwängern, die dir über den Weg läuft! Solche Gedanken halten deine Mutter nachts wach.«

»Vielen Dank. Ein wertvoller Rat. Von fruchtbaren Ranchertöchtern fernhalten. Wird gemacht.«

»Wir sind mitten in deiner Highschool-Zeit umgezogen; ich weiß, dass das nicht leicht für dich war. Du bist nicht mit einem Mädchen auf den Abschlussball gegangen. Du hast nie eins mit nach Hause gebracht. Und dann ist das alles mit ihr gewesen. Ich mache mir gar keine Sorgen, aber ich, ich weiß nicht. Ich finde nur, du bist so ein anständiger, ganz zu schweigen gutaussehender junger Mann, und du hättest einer Frau viel zu bieten. Ich hoffe, dass du da oben etwas erlebst. Auf dem College, hättest du Hunderte …, ach, du weißt ja, wie ich dazu stehe. Ich halte jetzt die Klappe.«

»Ich habe neulich tanzen gelernt.«

»Du nimmst mich auf den Arm.«

»Im Ernst. Mein Freund Tim hat es mir beigebracht. Wir sind zu einem Rodeo gefahren, und er hat mir gesagt, wenn ich nicht tanze, steht er blöd da, also hat er mir vorher ein paar Sachen gezeigt, und es war eigentlich ganz witzig. Gar nicht so schwierig. Ich habe mit Ranchertöchtern aller Farben und Formen getanzt.«

»Das freut mich. Du bist bestimmt ein toller Tänzer. Dein Vater war selbst recht leichtfüßig unterwegs, ob du es glaubst oder nicht. Als wir uns kennengelernt haben, sind wir am Wochenende oft zu Polka-Partys in Grand Rapids gefahren. Bei ihm haben die Mädchen um den Block Schlange gestanden. Da bin ich richtig nervös geworden.«

»Polka-Partys?«

»Genau. Hauptsächlich ironisch, aber trotzdem. Wilde Zeiten. Ich bin auf jeden Fall froh, dass du Leute kennenlernst und dich unters Volk mischst. War das denn so schlimm? So ein kleiner Einblick in dein Leben reicht doch schon, dass ich mir viel weniger Sorgen mache.«

»Brauchst dir überhaupt keine Sorgen zu machen. Mir geht es gut.«

»Einatmen, ausatmen, Schatz. Ich höre auf, mir Sorgen zu machen, wenn ich aufhöre zu atmen.«

—

August stand in einem Bewässerungsgraben und zerrte ein abgerissenes Stück orangefarbener Plane aus dem Schlamm, als Ancient auf Chief angeritten kam. Er beugte sich vor und schaute mit zusammengekniffenen Augen zu August runter. »Hättest Gummistiefel anziehen sollen«, sagte Ancient. »Jetzt hast du den Rest des Tages die Suppe in den Schuhen.«

»Hab keine Gummistiefel.«

»Leih dir nächstes Mal gerne meine aus.«

»Ich hab Größe siebenundvierzig.«

»Okay, dann haben wir ein Problem.«

»Der Schlamm stinkt wie die Pest.«

»Und wie. Ich weiß nicht, wie viele Stunden meines Lebens ich mit der dämlichen Plane verschwendet habe. Früher haben wir einfach immer alles geflutet. Irgendwann stellen wir auch hier auf Berieselung um. Wenn das Geld da ist. Effizienter so, da führt kein Weg dran vorbei.« Chief stand dumpf da und schlug nur gelegentlich mit dem Schweif nach einer aufdringlichen Fliege. Ancient schob sich den Hut hoch und seufzte. »Jawohl, langfristige Pläne haben es in sich«, sagte er. »Wenn man Land hat, denkt man voraus, wägt die gewünschten Verbesserungen gegen die ab, die einem zu Lebzeiten noch etwas einbringen. Und von da ist es nicht mehr weit bis zu Gedanken ans Vermächtnis. Man erbt das Land und merkt bald, wie wenig man in der Zeit bewegen kann, die einem zugestanden wird.«

August hatte die zerrissene Plane jetzt auf der Böschung. Er war über die halbe Wade matschverklebt. »Ja?«, grunzte er. »Vermächtnis?«

»In der Tat. Drei Generationen Virostoks genau hier«, sagte er und ließ eine Hand kreisen. »Drei Generationen, und manchmal denke ich, dass wir allen Anstrengungen zum Trotz nichts als einen kleinen Kratzer in eine winzige Stelle der Weltenhaut haben reißen können. Da könnten noch drei Generationen kommen, und wir hätten immer noch nicht tief genug gegraben, um eine nennenswerte Narbe zu hinterlassen. Als mein alter Herr noch gelebt hat? Da habe ich nicht ein einziges Mal über so was nachgedacht.« Ancient hob die Nase und schnüffelte demonstrativ. »Ich liebe den Duft der Pappeln im Frühling.«

Jetzt hatte August die neue Plane an Ort und Stelle und verankerte die Querverstrebung in der Erde, damit sie sich nicht löste, wenn er das Wehr aufmachte und das Wasser in den Graben laufen ließ.

»Ich bin allergisch auf Pappeln«, sagte er und stampfte den Boden fest.

»Mein Vater hatte auch ganz schlimm Allergien. Das Heu hat ihm zu schaffen gemacht, Katzen auch, er hat immer ganz rote Augen gekriegt, geröchelt, gehustet und geniest.« Hinten am Sattel hatte Ancient eine kleine Kühltasche festgebunden, nach der er sich jetzt umdrehte. Er öffnete den Reißverschluss, zog zwei kalte Dosen Pabst heraus und streckte August eine entgegen. »Wird heiß hier draußen«, sagte er. »Mach mal Pause, wir trinken einen.«

August schlug sich den Dreck von den Handschuhen, lehnte sich auf den Spaten, räusperte sich und spuckte sich vor die Füße. »Klingt gut«, sagte er. »Aber wenn ich jetzt eins trinke, werde ich bloß müde. Ich muss noch die drei Planen auf der Ostseite einsetzen.«

»Ist doch nur ein Bier.« Ancient warf die Dose, sodass August sie fangen musste, ob er wollte oder nicht. »Mein alter Herr hat heute Geburtstag. Er wäre vierundachtzig geworden. Deshalb führe ich das alte Gerippe hier auch mal wieder spazieren.« Er klopfte Chief auf die Hüfte, der ließ sich aber nichts anmerken und rupfte weiter am Grabenrand lange Grasbüschel ab.

August knackte die Dose auf, es schäumte heftig und lief ihm übers Handgelenk. Er trank einen Schluck, rammte den

Spaten in die weiche Erde und lehnte sich an das geparkte Quad.

»Hast du den da oben schon gesehen?«, Ancient zeigte auf einen flachen Hügel hinter dem Feld, einen knappen Kilometer entfernt. »Den Wacholder, der da an der Kante aus dem Fels kommt?«

August hielt sich die Hand über die Augen. »Der kleine knorrige, der da so ganz alleine steht?«

Ancient nickte. »Genau der. Da wollte mein Vater seine Asche begraben haben, unter dem Baum.«

»Asche begraben?«

»Ja. Die meisten, die sich kremieren lassen, wollen ihre Asche verstreuen lassen, ich weiß. Aber er wollte eben, dass seine Asche begraben wird. Ich glaube, ihm hat die Vorstellung nicht gefallen, dass seine Überreste einfach sonst wohin gepustet werden. Wollte, dass alles an einem Ort bleibt. Ich komme also zum Bestatter, und sie haben die Asche in so einem kleinen Pappkarton. Sie wollten mir alle möglichen Urnen und so weiter andrehen, aber ich habe nein gesagt. Mein Vater hatte eine Thermoskanne. So eine große von Stanley, total verbeult. Ich wüsste nicht, dass er sie auch nur einmal ausgespült hätte. Das Ding hat er überallhin mitgeschleppt. Also habe ich den Pappkarton mit nach Hause genommen, mir einen Trichter aus der Werkstatt geholt und die Asche vom Alten in die Thermoskanne gekippt. Deckel fest zugedreht, und Chief und ich sind mit ihm den Hügel hoch zu dem Wacholder geritten. Ich hatte eine Schaufel dabei, dachte ja, ich begrabe die Thermoskanne, aber als ich ganz oben bin, sehe ich, dass der Baum aus einer Spalte im rohen Fels kommt. Es ist der einzige Baum weit und breit, weil da sonst nichts als Sandstein ist, bis auf die eine Spalte, wo er sich mit seinen Wurzeln festgekrallt hat. Also habe ich die Kanne am

Ende in die Spalte geklemmt und ein paar Steine drum herum gesteckt. Sitzt ganz gut. Jedes Jahr an seinem Geburtstag reite ich hoch und schaue nach.«

August wischte sich mit dem Ärmel den Schweiß von der Stirn und richtete seine Mütze. »Da ganz oben und dann noch unter Felsen geht da keiner dran.«

»Glaub nicht. Die Thermoskanne mit der Asche vom Alten wird mich und meine Zeit sicher überdauern. Falls ich mal Kinder habe, dann auch die.«

»Die Stanley-Flaschen sind bombenfest. Was haben sie in Physik immer gesagt? Materie kann weder geschaffen noch vernichtet, sondern nur umgewandelt werden. Oder?«

»Kommt mir bekannt vor. Wenn man das auf einen Menschen anwendet, ist man fast versucht, von Unsterblichkeit zu sprechen.«

»Oder von ewiger Gefangenschaft«, sagte August.

Ancient leerte sein Bier und zerdrückte die Dose am Sattelknauf. »Das kommt wohl bloß darauf an, auf welcher Seite vom Bett man am Morgen aufgewacht ist, würde ich sagen.«

»Das stimmt wahrscheinlich.«

Sie sagten eine Weile nichts, und in dieser Stille ließ Chief einen fahren. Ancient lachte und schüttelte den Kopf. »Das hält Chief also von unserer Philosophiererei. Hast du ausgetrunken? Gib mir die Dose wieder. Okay. Ich muss nun mal weiter. Ich reite dann jetzt da hoch, lehne mich eine Weile an den Wacholder und sinniere über die Ewigkeit, lasse den Blick über meine Ländereien schweifen. Gute Arbeit, weiter so.«

Später am Abend machte August Tacos. Er rührte eine Packung fertig gekauftes Tacogewürz in eine Pfanne Rinderhack und wartete, dass es braun wurde. Er hackte eine kleine weiße Zwiebel und legte einen Stapel weicher Maistortillas in die Mikrowelle. Es war ein milder Abend, und August hatte das Fenster der Stallwohnung offen, weil er hoffte, das Kojotenrudel heulen zu hören, das anscheinend regelmäßig in den flachen Hügeln hinter dem Haus jagte. Als das Fleisch fertig war, löffelte er es auf die Tortillas, sprenkelte die Zwiebel darauf und aß über dem Herd, sodass wieder in der Pfanne landete, was herunterfiel. Er hatte vergessen, Salsa oder Käse zu kaufen, und die Tacos waren trocken und fade. Er aß, weil er Hunger hatte, und als er satt war, fragte er sich, was er aus dem restlichen Fleisch in der Pfanne noch machen konnte. Schließlich kratzte er das missratene Zeug in den Müll. Als er vor dem offenen Fenster abspülte, hörte er eine unverständliche, leise Stimme aus Richtung Paddock.

Er öffnete die Tür langsam, wischte sich die Hände an den Jeans trocken und trat barfuß auf die kleine Terrasse. Von der Ecke des Stalls konnte er das andere Ende des Paddocks sehen. Dort saß Ancient auf der oberen Zaunstange mit dem Rücken zu August. Er hatte ein weißes Unterhemd und Jeans an. Er ließ die Schultern hängen, der Rücken war unnatürlich gekrümmt, dass sich der puckelige Grat seiner Wirbelsäule abzeichnete. Die Mondsichel warf ein Zwielicht über den Hof, alles war matt und schwarz-weiß, außer der Wodkaflasche – auf einem Zaunpfahl neben Ancients rechter Hand –, die glomm, als wäre sie von innen erleuchtet. Chief stand bei ihm, und Ancient streichelte ihm über die Nüstern.

Ancient redete, aber August verstand nichts. Das Pferd wieherte seltsam grollend und reckte den Kopf nach der Apfelhälfte in Ancients ausgestreckter Hand. Es folgte zufriedenes Pferdekauen, dann schnaubte Chief und schüttelte die Mähne. Ancient kippte die Flasche so, dass es aus Augusts Blickwinkel aussah, als wäre der Mond darin gefangen und als wäre Ancients Trinken nichts als der Versuch, ihn zu erreichen – als könnte er den Mond in den Mund nehmen, wenn er ihn endlich herangeschluckt hatte, und ihn dann wieder an seinen rechtmäßigen Platz am Himmel spucken.

—

August war für den Tag fertig mit der Arbeit. Er trank auf der Terrasse Bier, als sein Vater anrief.

»Taut es da bei euch so langsam mal?«, fragte sein Vater.

»Ja, es ist ganz schön in der letzten Zeit.«

»Bist du erkältet? Du hörst dich an, als hättest du die Nase dicht.«

»Allergie, glaube ich. Die Pappeln am Fluss schicken ordentlich Pollen in die Luft.«

»Nimmst du ein Antihistamin?«

»Bisher nicht.«

»Mach das mal lieber. Du kriegst die Vierundzwanzig-Stunden-Tabletten einfach so im Laden. Generika, die sind nicht teuer.«

»Ich schau mal.«

»Wir haben hier nicht den Regen bekommen, den es im April normalerweise gibt. Ich mache mir ein bisschen Sorgen, was das für den Sommer heißt. Andererseits habe ich auch schon einen warmen, trockenen April erlebt, und dann hat es Mai und Juni durchgeregnet; das weiß man nie.«

»Ja, das kann man vorher nicht ahnen.«

»Ich habe die Scheune und den Melkstall neu gestrichen. Das habe ich wohl vor deiner Geburt das letzte Mal gemacht.«

»Welche Farbe.«

»Scheune rot. Melkstall weiß.«

»Also haargenau wie vorher.«

»Genau wie vorher. Nur ein bisschen aufgefrischt. Es was Lisas Idee. Das Weiß an den Fenstern und Türen der Scheune strahlt wieder richtig. Ich fand es vorher eigentlich nicht schlimm, aber jetzt, wo es fertig ist, weiß ich, was sie meinte. Sie sagt, wenn die Arbeitsumgebung hübsch anzuschauen ist, dann geht einem alles ein bisschen lockerer von der Hand. Das mag wahr sein oder auch nicht. Aber eins kannst du mir glauben: Wenn deine Freundin glücklich ist, hast du auf jeden Fall ein leichteres Leben.«

»Ich habe neulich mit Mom telefoniert. Sie sagt, ihr Freund hat ihr einen Antrag gemacht. Sie wollen heiraten. Hat sie dir das schon gesagt?«

Eine Pause. Ein tiefes Pfeifen. Ein leises Lachen. »Nein, meine Einladung ist wohl in der Post verloren gegangen.«

»Sie hat gesagt, sie gehen nicht in die Kirche oder so. Bloß zum Amt, und dann hinterher ein bisschen feiern. Sie sagt, ich soll zum Essen kommen und ihren Freund kennenlernen.«

»Natürlich.«

»Wir sind bald mitten in der Heuernte. Da schlägt Ancient die Hände über dem Kopf zusammen, wenn ich einen freien Tag haben will.«

»Für einen Abend wird er dich schon loslassen.«

»Aber du weißt doch, wie das mit dem Heu ist. Manchmal muss man eben ranklotzen, bis es fertig ist, sonst hat man die ganze Scheiße im Regen liegen.«

»Ach, das brauchst du mir nicht zu sagen. Einmal, als ich in deinem Alter war, habe ich meinem Vater beim Heumachen auf einem Feld geholfen, das wir drüben in Mecosta gepachtet hatten. Wir hatten das ganze Feld gemäht und gerade erst mit dem Ballen-Pressen angefangen. Wir hatten so eine alte Rundballenpresse von John Deere, und die Hydraulikpumpe für den kleinen Arm, der das Garn rausgibt, hat gesponnen. Wir haben daran herumgedoktert, und irgendwann war mein Vater so sauer, dass wir für den Tag Schluss gemacht und gesagt haben, wir kümmern uns am Morgen drum. Wir hatten gerade mal zwei Ballen von dem Feld fertig, das über vierzig hergibt. Und in der Nacht hat es angefangen zu regnen und knapp drei Wochen nicht mehr aufgehört. Alles ist verfault, wo es lag. Ich glaube, darüber war mein Vater bis zu seinem Tod verbittert. Wir hätten die Pumpe einfach immer wieder nachfüllen und es mühselig fertig machen können. Eine teuer gelernte Lektion. Ich wusste gar nicht, dass es mit deiner Mutter und dem Typen so ernst geworden ist. Kommt mir ehrlich gesagt ein bisschen plötzlich vor.«

»Die sind schon über ein Jahr zusammen.«

»So lange? Ist er ein anständiger Kerl? Was hältst du von ihm?«

»Ich kenne ihn kaum. Sie hat ihn in der Bücherei kennengelernt.«

»Arbeitet er auch da?«

»Nein, ich glaube, er ist drüben an der Uni. Er musste nur oft in die Bücherei oder so.«

»Na dann. Also, ich habe mir mal die weiteren Aussichten bei euch angesehen, und der Sommer soll wohl ein bisschen kühler als im Durchschnitt werden, mit durchschnittlichem bis leicht überdurchschnittlichem Niederschlag.«

»Ja?«

»So stand es da. Solange ihr euer Heu rechtzeitig reinkriegt, wird es dann wohl ganz schön und nicht zu heiß. Aber man weiß eigentlich nie. Solche langfristigen Vorhersagen haben schon manchmal so falschgelegen, dass es gar nicht mehr lustig war. Ich wusste gar nicht, dass die beiden überhaupt zusammenwohnen.«

»Tun sie auch nicht. Soweit ich weiß. Auf jeden Fall nicht die ganze Zeit. Er hat eine Bude in Bozeman.«

»Verkauft sie ihre dann und zieht bei ihm ein?«

»Echt keine Ahnung.«

»Wahrscheinlich behält sie die einfach und vermietet sie. Oder je nachdem, wie seine ist, ziehen sie vielleicht beide zu ihr und vermieten seine. So würde ich das machen. Mieteinnahmen sind nie schlecht. Okay, schön, mal wieder mit dir zu reden, Junge. Halt die Ohren steif.«

»Gute Nacht, Dad.«

—

Es war gegen Mittag, und August fuhr mit dem Quad zum Essen nach Hause. Er stand gerade am Waschbecken, aß ein Schinken-Käse-Sandwich und trank eine Cola, als er den Pritschenwagen die Auffahrt hochrasen, dem Paddock ausweichen und dann querfeldein über die Weide hinter dem Haus rauschen sah.

Es war ein älterer Chevy mit einem grünen HANGING R-Logo auf der Seite. August ging nach draußen und um die Werkstatt, von wo aus er sehen konnte, dass der Wagen nahe dem Zaun oben auf dem Hügel stehen geblieben war. Ein Mann war ausgestiegen und machte hinten irgendetwas. Der Mann stieg wieder ein, schwenkte den Wagen bergab und gab Gas. Der Pritschenwagen stockte kurz, dann rauschte er los, und irgendetwas blitzte silbern hinterher. August brauchte einen Augenblick, aber dann verstand er, dass der Wagen einen seiner neuen Eckpfähle angebunden hatte. Der Fahrer röhrte den Hügel herab und schleifte dreißig Meter Zaun hinter sich her. T-Pfosten sprangen und fielen; die großen, druckbehandelten Eckpfähle prallten gegen Felsen, die Drähte sangen wütend, kreischten und knallten. Der Pritschenwagen kam schnell auf den Hof zu, und August, der immer noch sein Sandwich hielt, versteckte sich in der Werkstatt. Durch das Fenster beobachtete er, wie der Pritschenwagen unter Schotterknirschen in der Auffahrt hielt. Der Mann sprang raus, sein Bart war dicht und grauschwarz. Er war klein und stämmig, trug Baseballmütze, Jeans und schmutzig weiße Turnschuhe. Ohne Eile ging er hinter den Wagen und löste eine Abschleppkette vom Eckpfosten. Die Kette warf er auf die Ladefläche, dann wischte er sich die Hände an den Jeans ab und schwang sich zurück ins Führerhaus. Er fuhr wieder weg, und August schaute zu, wie die chaotische Staubwolke seinem Weg bis zur Straße folgte. Vom Telefon der Stallwohnung aus rief er Ancient an. Beim ersten Mal meldete sich die Mailbox. Beim zweiten Mal hinterließ er eine Nachricht.

»Hier ist August. Ich weiß nicht, ob du noch in Billings bist oder schon auf dem Rückweg oder was. Ich bin auf der Ranch. Ich glaube, Tim Duncan, Big Tim, war gerade mit seinem Laster hier und hat den ganzen Zaun rausgerissen, den ich den Hügel rauf hinter der Werkstatt gezogen habe. Hat ihn an seinen Wagen angehängt und mitgeschleift. Weiß nicht, was ich jetzt machen soll. Ich bleibe jetzt erst mal hier und warte, ob du zurückrufst. Okay, bis dann.«

Es war schon lange dunkel, als August Ancients Wagen die Auffahrt hochkommen und weiter am Haus vorbeirollen hörte. August ging nach draußen und sah Ancients Rücklichter den ruckeligen Feldweg zur oberen Weide hinaufschaukeln. Als der Wagen anhielt und die Tür aufging, sah August Ancient vor die Scheinwerfer treten. Dort blieb er angestrahlt stehen, die Hände auf den Hüften, und begutachtete die Stelle, wo der Zaun fortgerissen worden war. In der Senke am Bach sangen die Kojoten. Ancient legte den Kopf in den Nacken und heulte, woraufhin die Tiere verstummten. Als er noch einmal heulte, antwortete ein einzelner Kojote, dann noch einer. Ancient machte weiter, bis es klang, als ob sich das ganze Rudel zu wildem Geheul hochgeschaukelt hatte. August legte sich wieder hin, konnte die Kojoten aber noch eine ganze Weile hören. Hin und wieder hatte er selbst versucht, mit den Kojoten zu heulen wie Ancient, aber er hatte nie den richtigen Ton getroffen, war sich blöd vorgekommen und hatte aufgehört.

—

August hatte die Kaffeemaschine an einer Zeitschaltuhr hängen, und er wachte langsam auf, während der Topf sich gluckernd füllte. Er zog die Jeans von gestern an, die schon Tage vorher hätten gewaschen werden sollen, und schenkte sich einen Becher ein. Er ging draußen pinkeln, barfuß, das Gras taufeucht, während das Tageslicht gerade erst erstarkte. Drinnen schob er zwei Scheiben Brot in den Toaster und schaltete das kleine Radio an, das er auf der Arbeitsplatte stehen hatte. KPIG aus Billings kam relativ rauschfrei rein. Die Wetteransage machte so früh am Morgen eine Computerstimme. Mehr Sonne, keine Wolken. Keine Überraschung. Der erste Song nach dem Wetter war John Mellencamps »Jack and Diane«, und August schmierte sich Erdnussbutter auf sein Toast – vermisste die Marmelade – und aß es trocken, aber klebrig an der Spüle. Er hatte dort das Polaroid-Foto vom Musselshell River an die Wand gepinnt, und Mellencamp sang von *two American kids growing up in the heartland*, als August sie genau ansah. Jack und Diane. *Two 'merican kids doin' the best they can*. Er goss sich den restlichen Kaffee in seinen Reisebecher, schaltete das Radio aus, zog seine Stiefel über und ging das Quad auftanken. Er hatte einen weggeschleiften Zaun zu reparieren.

Noch ein Nachmittag in der Sonne. Etwas wiederaufzubauen war nie so befriedigend, wie etwas neu zu bauen. Der erste Zaun hatte gerader gestanden, aber am Ende war er zufrieden. Als er am Abend wieder den Hügel hinabkam, parkte Kims Subaru in der Auffahrt. Ancients Wagen war weg, aber im Haus brannte das Licht. August brachte das Quad in die Werkstatt. Er ging gerade über den Hof zur Stallwohnung, als Kim auf die Veranda trat und ihn heranwinkte. Sie trug einen Overall und gelbe Putzhandschuhe und hatte ein rotes Paisleytuch um den Kopf gebunden. »Hey, August«, sagte sie, lächelte und zog einen Handschuh aus, um ihm die Hand zu geben. »Wie läuft's?«

»Gut. Alles in Ordnung. Bin gerade fertig für heute.«

»Schön. Also, ich bleibe heute Abend da. Ich musste ein paar Sachen holen kommen, da habe ich mir gedacht, ich putze das Haus mal wieder anständig. Wenn man Ancient eine Weile alleine lässt, sieht es schnell aus, als wäre eine Bombe eingeschlagen. Er musste hoch nach Helena zu einem Züchter, sich einen Bullen anschauen, den er vielleicht leihen will. Er kommt irgendwann morgen wieder. Das soll ich dir ausrichten.«

»Klingt gut.«

»Hey, könntest du mir vielleicht kurz helfen? Ich wollte meinen Crosstrainer oben auf dem Auto festmachen. Der ist ein bisschen sperrig, aber eigentlich nicht superschwer. Kannst du gerade mal beim Verzurren anpacken?«

August folgte ihr ins Haus, und zusammen trugen sie das Gerät, mussten an der Tür etwas rangieren, bekamen es aber schließlich auf das niedrige Dach des Subaru gehievt. Sie hatte Ratschengurte dabei, und August verzurrte das wuchtige Ding. Als er fertig war, schubste er es einmal kräftig, aber es bewegte sich nicht. »Das wird wohl halten«, sagte er. »Ich würde aber auf dem Highway nicht unbedingt Vollgas fahren.«

»Mache ich nicht, keine Sorge. Danke für deine Hilfe. Ich koche gleich Abendessen. Du willst wahrscheinlich erst mal duschen, aber komm doch hinterher gerne rüber.«

»Ach, ist schon okay«, sagte August. »Du musst dir wegen mir keine Umstände machen. Ich habe in meiner Bude selbst was da.«

»Das macht keine Umstände. Ich koche ja sowieso. Wir müssen doch beide etwas essen; warum sollen wir das jeder für sich machen, wenn wir teilen können? So in einer Stunde ist es fertig.«

Zum Abendessen gab es verbratene Hühnchenbrust ohne Haut. Halbrohe Ofenkartoffeln. Grüne Bohnen aus der Dose.

»Danke, Kim«, sagte August. »Das Hühnchen ist toll.«

»Sehr gerne. Ich mariniere es immer in Wish-Bone-Italian-Dressing. Das ist das Geheimnis. Das verleiht ihm einen ganz besonderen Geschmack, finde ich.«

»Darauf wäre ich nie gekommen.« Sie saßen einander am großen Esstisch gegenüber. Um sie herum war das Haus still, leer, die Schatten sammelten sich. Sie hatte den Kronleuchter runtergedreht. »Ein bisschen stimmungsvoller«, hatte sie mit einem Lachen gesagt. Sie öffnete eine Flasche Wein, und das Zimmer lag im Zwielicht. Er hätte es lieber heller gehabt.

»Also«, sagte sie. »Wie gefällt es dir hier oben bisher? Ich habe dich ja eine Weile nicht gesehen.«

»Gut. Schöne Landschaft.«

»Dagegen habe ich nichts einzuwenden. Die Landschaft ist makellos. Hast du auch schon ein paar der Leute von hier kennengelernt?«

Er kaute sein Hühnchen. Kaute weiter. Schluckte und spülte mit Wasser nach. »Ein paar«, sagte er. »Größtenteils sind sie wohl ganz nett. Manche bleiben lieber unter sich. Alle haben viel zu tun.«

»Gut möglich. Es ist schon seltsam; so leer und weit es hier oben ist, kann es einem doch manchmal etwas voll vorkommen. Ich habe mich gewundert, wie gut mir Billings gefällt. Ich werde jetzt nicht in die Einzelheiten zwischen mir und Ancient gehen. Die interessieren dich sicher sowieso nicht. Aber wenn ich hier oben wohnen bliebe, müsste ich über hundert Kilometer zum nächsten Yogakurs fahren oder um eine anständige Pizza zu kriegen oder ein Konzert zu sehen. Alles ist so weit weg.«

»Das hat auch sein Gutes. Kein Stau. Man braucht die Türen nicht abzuschließen.«

»Natürlich. All das gefällt mir doch auch. Als ich hergezogen bin, habe ich ja gerade nach so einem einsamen Ort gesucht, an dem ich einfach mein Leben leben kann. Und dann habe ich Ancient kennengelernt, und er ist auf gute Art und Weise anders als manche der Leute hier. Aber er ist doch einer von ihnen. Bewunderst du ihn? Ist nur eine Frage. Ich bin neugierig, was du von ihm hältst.«

»Ancient ist in Ordnung. Ich mag ihn gerne. Kennt sich mit den Rindern aus. Weiß, was er tut.« August aß, so schnell er konnte. Er wollte, dass das hier, was auch immer es war, endlich vorbei war. Er sehnte sich nach der einfachen Leere seiner Stallwohnung.

»Sicher, aber was hältst du von ihm als Mensch? Ist er jemand, den du dir jemals zum Vorbild nehmen würdest?«

August sagte nichts. Er zuckte die Schultern und konzentrierte sich auf seine Kartoffel.

»Tut mir leid. Wahrscheinlich ist das keine faire Frage. Er ist dein Chef. Was soll man da sagen?« Kim hatte ihr Weinglas schon mehrfach aufgefüllt. Ihr Hühnchen war noch weitgehend intakt. »Wechseln wir das Thema«, sagte sie fröhlich. »Sag mal, warst du schon einmal verliebt?«

Augusts Instinkte drängten ihn, mit den Schultern zu zucken und nichts preiszugeben. Auszuweichen und sich aus diesem Abendessen herauszustammeln, aus dem Zimmer, aus dem Verhör dieser plumpen Frau. Er hatte den ganzen Tag gearbeitet und war müde. Stattdessen legte er Messer und Gabel laut auf den Teller. »Ja, war ich«, sagte er. »Und du?« Er sah sie zum ersten Mal direkt an. Irgendetwas in seinem Gesicht ließ ihr Lächeln verschwinden. Sie nippte an ihrem Wein.

»Erzähl mir von ihr«, sagte sie.

August wurde sich seiner auf der Tischdecke ausgebreiteten Hände sehr bewusst. Tief gebräunt. Am Daumen trocken gesprungen. Dreck unter den Nägeln, dicke Adern zu den Handgelenken. Die sah er an, als er weitersprach. »Sie war eine Freundin meiner Mutter. In meinem letzten Jahr an der Highschool.«

»Also war sie deutlich älter als du?«

»Siebenundzwanzig. Zehn Jahre älter als ich damals.«

»Wie war sie so? War sie schön?«

»Sie ist groß. Blond. Nicht dünn. Aber auch nicht dick. Viel an ihr dran, aber geschmeidig.«

»Ich glaub, ich weiß. Ich kenne den Typ. Und sie hat dir das Herz gebrochen, ja?«

»Kann sein.«

Kim nickte, als hätte das etwas bestätigt, was sie sowieso

schon angenommen hatte. »Bist du schon so weit, dass du trotzdem dankbar für die Erfahrung bist? Schließlich warst du jung und hast etwas gelernt. Sie hat dir etwas beigebracht, oder?«

August schaute über ihre Schulter. Durch das Fenster hinter ihr sah er das Hoflicht angehen und grünlich schimmern. »Sie hat mir etwas über sich beigebracht. Das ist alles. Und bisher wüsste ich nicht, inwieweit mir dieses Wissen für die Zukunft nutzen soll. Sie ist ja weg. Deshalb ist das Wissen nutzlos.«

Sie hatten die Flasche ausgetrunken, die Gläser waren leer, das Essen kalt. »Was meinst du damit? Glaubst du nicht, dass sich alle Frauen grundsätzlich ähnlich sind?«

»Kann ich nicht sagen.«

»Vielleicht hast du noch nicht genug Erfahrungen gemacht, um deine Schlüsse zu ziehen.«

»Sie ist nicht wie du. Das weiß ich.«

Kim lachte trocken. »Ich bin nicht nur eine, ich habe auch selbst Erfahrungen mit Frauen gemacht. Männer tun gerne so, als gäbe es da irgendein großes Mysterium, aber das stimmt nicht. Hast du schon mal vom sogenannten heiligen Weiblichen gehört?«

August zuckte die Schultern. »Nein.«

»Das ist im Grunde die Theorie, dass alles Leben auf Erden durch die weibliche Form fließt. Und dass Frauen dem Heiligen näher sind als Männer, weil sie gebären können. Angeblich geht es da um die Stärkung der Frauen, aber ich garantiere dir, dass sich das Ganze ein Mann ausgedacht hat. Männer wollen sich einreden, dass eine Frau die Essenz des Universums verkörpert, da steigern sie sich ganz fürchterlich rein. Die wenigsten Frauen würden es zugeben, nicht einmal sich selbst gegenüber, aber tief im Inneren wissen wir, dass das Quark ist. Eine Frau ist wie ein Knoten. Ein Knoten ist nicht heilig. Ein Knoten ist weder tiefgründig noch böse noch tugendhaft, denn er ist verschlungen. Löst man ihn auf, verschwindet er.«

»Und?«

»Ich sage bloß, dass du sie vergessen musst. Wenn nicht, dann klebt sie wie schwarze Farbe an deinen Händen und besudelt für den Rest deines Lebens alles, was du anfasst.« Sie räusperte sich und stand auf, wobei ihr Stuhl laut über die Fliesen rutschte. »Hilf mir mal abräumen. Heute kein Nachtisch, tut mir leid.«

Er kratzte mit ihr die Reste in den Müll und ließ sie in der leeren Küche zurück, wo sie an der Arbeitsplatte lehnte, die Arme vor der Brust verschränkt.

—

Auf dem Rückweg von der Stadt hielt August am Stand der Hutterer-Farm, der gerade für die Saison aufgemacht hatte. Es war eine kleine, weiße Sperrholzbude mit überstehendem Wellblechdach. Hinter einem niedrigen Tresen standen Regale mit Gläsern: Apfelkraut und Erdbeer-Rhabarber-Marmelade, eingelegter Spargel, eingelegte grüne Bohnen, eingelegte Gurken. Backwaren, Kuchen, Weißbrotlaibe. Die großen Plastikeimer für die Erzeugnisse, die noch nicht erntereif waren, standen noch gestapelt neben einem handgeschriebenen Schild: SELBSTBEDIENUNG. GELD IN KASSETTE LEGEN. FÜR BROILER AUF KOLONIE KOMMEN. KEIN SONNTAGSVERKAUF.

August stand da und betrachtete die Gläser mit Marmeladen und Eingemachtem. Traubenkirschenmarmelade. Die hatte er noch nie gesehen. Es war ein warmer Tag, und die

Kuchen schienen unter der Frischhaltefolie zu schwitzen. Er suchte sich ein Weißbrot aus, ein Sauerteigbrot, ein Glas Apfelkraut und eins mit Traubenkirsche. Während er im Portemonnaie nach passendem Kleingeld suchte, kam ein Hutterer-Mädchen aus der Kolonie und zog einen Metallwagen hinter sich her. Sie hob eine große Kiste mit Backwaren heraus. Sie lächelte August zu und fing an, die Regale aufzufüllen. August beobachtete sie, blonde Haare, ein paar Strähnen waren dem gepunkteten Kopftuch entkommen. Ein dunkelgrünes Kleid mit schwarzer Schürze, barfuß, die Sohlen schmutzig, als sie sich auf Zehenspitzen nach dem oberen Regalboden streckte. Sie summte vor sich hin.

»Die Traubenkirschenmarmelade«, sagte August. Seine Stimme hallte laut unter dem Blechdach wider. Das Mädchen wandte sich erschrocken um. »Wie ist die so?«, fuhr er leiser fort.

»Wie?«, fragte sie.

»Wie schmeckt die?«

»Sie ist süß«, sagte sie. »Traubenkirschen sind sehr sauer, also geben wir viel Zucker dazu.«

Sie hatte einen kaum wahrnehmbaren Akzent. Deutsch, nahm August an. Über dem rechten Nasenloch hatte sie einen kleinen Leberfleck. Er schätzte, dass sie vielleicht vierzehn oder fünfzehn war. »Okay«, sagte er. »Und das Apfelkraut? Wie schmeckt das?«

Sie sah ihn mit hochgezogenen Augenbrauen an. »Sie haben noch nie Apfelkraut probiert?«

»Wenn, dann ist es lange her.«

»Das ist süß«, sagte sie. »Wir kochen viele Äpfel mit Zimt und Zucker ein. Das mag jeder. Sie sicher auch.«

»Okay. Dann nehme ich von jedem eins und noch die Brote hier.«

Sie lächelte kurz. Zeigte auf das Schild und tippte auf die Geldkassette mit Schlitz, die am Tresen festgenietet war. »Werfen Sie das Geld einfach hier rein und bedienen Sie sich«, sagte sie.

August hatte das Portemonnaie draußen. »Könnte ich vielleicht irgendwie Wechselgeld kriegen? Ich habe nur einen Zwanziger da.« Wie zum Beweis wedelte er ein bisschen mit dem Schein.

Sie zog einen Schlüssel aus der Schürze und öffnete die Kassette. An dem Tag hatte es offensichtlich noch nicht viele Einnahmen gegeben, denn darin lag ein einsamer Zwanziger. »Der hilft wohl nicht viel. Ich könnte schnell zurück zum Haus laufen?«

»Ich will dir keinen Stress machen. Ich kann ja einfach noch ein bisschen mehr mitnehmen. Vielleicht noch ein paar Marmeladen. Ich kann ja meiner Mom welche schenken, alleine schaffe ich die bestimmt nicht.«

»Das ist doch schön. Marmelade ist immer ein tolles Geschenk.« Sie widmete sich wieder ihrer Arbeit, sortierte die Kuchen und nahm einen aus dem Angebot, der ihren Ansprüchen wohl nicht genügte.

»Und Erdbeer-Rhabarber? Ist die gut?«, fragte er.

Sie drehte sich nicht um. »Ja, sehr. Die sind eigentlich alle lecker.«

»Welche ist denn deine Lieblingssorte?«

Sie summte wieder, und ihre Antwort kam kurz und melodisch. »Erdbeer-mit-Butter-auf-Sauerteigtoast«, sang sie und lachte. »Das ist toll zum Nachtisch.«

August lachte mit. Er nahm sich ein Glas Erdbeer und noch eins mit Apfelkraut und stellte sie neben seine Brote. Ermutigt fragte er jetzt: »Bist du vielleicht mit einer Sarah Jane verwandt?«

Sie hatte einen Besen dabei und fegte Blätter und Gras aus dem Stand. Sie hielt inne und summte nicht mehr. »SJ?«, fragte sie.

»Ja. SJ. Ich war bloß neugierig. Ein Freund von mir hat sie gekannt, glaube ich. Vor ein paar Jahren. Sie hat doch hier gewohnt, oder?«

Das Mädchen schaute in seine Richtung, ihn aber nicht direkt an, mit leicht geschmälerten Augen über seine Schulter in die Ferne. »SJ ist meine zweitälteste Schwester«, sagte sie.

»Ich hab mir doch gedacht, dass ihr euch ähnlich seht«, sagte August. »Deshalb habe ich gefragt.«

»Woher wissen Sie, wie sie aussieht?«

»Ein Foto. Das hat mein Freund mir gezeigt.«

»Kein Bildnis.«

»Hmm?«

Das Mädchen fegte hastig. Rammte den Besen so heftig in die Ecken, dass Borsten abbrachen. »Du sollst dir kein Bildnis machen«, sagte sie. »Entschuldigung.« August trat zur Seite, damit sie an ihm vorbeifegen konnte.

»Wohnt sie noch hier?«

Das Mädchen schüttelte kurz und nachdrücklich den Kopf. Hörte auf zu fegen, um die Geldkassette zuzuschlagen und abzuschließen. »Arm River«, sagte sie. »Oben in Saskatchewan. Ich habe sie fast zwei Jahre nicht mehr gesehen. Und sie ruft selten an.«

»Hat sie Kinder?«

»Was interessiert Sie das?«

»Ich frage für meinen Freund. Der wollte das wissen.«

Sie fegte wütend weiter. Strohborstensplitter schossen umher und machten mehr Dreck, als sie wegfegte. »Sie ist doch erst seit letztem Monat verlobt. Wie soll sie denn da schon

Kinder haben? Hat es mir nicht einmal selbst gesagt, sondern bloß einen Brief geschickt. Brauchen Sie noch etwas? Sonst würde ich hier gern fertig kehren.«

August sammelte seine Marmeladen und Brote auf und ließ sich nach draußen fegen.

—

Es war später Nachmittag, und die Sonne hing in einem bösartigen Winkel fest. August brachte seinen beinahe täglichen Kampf mit den Bewässerungsgräben zu Ende, das T-Shirt klebte ihm schweißnass am Rücken. Ancient kam mit dem Quad und half ihm, das letzte Stück Plane an seinen Platz zu bringen. »Scheißhitze heute«, sagte Ancient. Er hatte einen Grashalm zwischen den Zähnen und sah zu, wie das Wasser stieg. »Habe vorhin hinter dem Haus eine Klapperschlange totgehauen. Lag fett da, voll ausgebreitet mitten auf dem Weg zum Schuppen. Hat sich nicht mal geregt, als ich rangekommen bin und ihr eins mit der Schaufel übergebraten habe. Als wäre ich ihr egal gewesen. Riesenvieh. Hab das hier abgeschnitten.« Ancient griff in die Tasche und zeigte August auf der Handfläche die segmentierte Rassel, die fast so lang wie sein kleiner Finger war.

»Mann«, sagte August. »Die war aber wirklich groß.«

Ancient schüttelte die Rassel und steckte sie wieder in die Tasche. »Vielleicht mache ich mir einen Schlüsselanhänger draus oder so. Manche Leute sagen, dass so eine Rassel Glück bringt. Mein Alter ist mal gebissen worden. Sein Bein ist angeschwollen wie ein Baumstamm. Er wollte es aussitzen, aber ich habe ihn nach Billings geschickt, dass er sich eine Spritze geben lässt. Er hat die ganze Zeit genörgelt, wie teuer das ist, und am nächsten Morgen war er schon wieder bei Tagesanbruch mit den Pferden unterwegs. Harter Hund. So was gibt's heute echt nicht mehr.« Er räusperte sich. »Du bist die letzten Monate ja eigentlich die ganze Zeit bei mir gewesen. Sag mal ganz ehrlich: Meinst du, ich habe ein Alkoholproblem?«

August wischte sich die Stirn mit dem Ärmel ab und setzte sich die Mütze wieder auf. »Was soll das überhaupt heißen?«, fragte er. »Ein Alkoholproblem.«

»Genau. Das habe ich Kim auch gefragt. Ich habe gesagt, vielleicht trinke ich gerne mal was, aber deshalb ist es doch nicht gleich ein Problem. Sie steht auf Yoga, okay? Sie sagt, sie praktiziert das. Tja, dann habe ich ihr gesagt, dass meine Praktik eben Trinken ist. Etwas, was ich ausübe. Nichts, was mein Leben bestimmt. Sie meint, mein Verhalten wäre unberechenbar geworden, und wenn ich will, dass sie wiederkommt, muss ich zu mindestens einem Treffen der Anonymen Alkoholiker gehen. Das ist ihre Bedingung.«

»Nur eins?«

»Das sagt sie. Aber ich kriege so das Gefühl, dass wir da ein Spiel spielen, und sie denkt sich gleichzeitig die Regeln aus. Ich gehe zu einem Treffen der Anonymen Alkoholiker, und dann? Man weiß nicht, wohin das führt. Meinst du auch, ich habe mich unberechenbar verhalten?«

»Willst du denn, dass sie wiederkommt?«

»Natürlich. Darum geht es doch überhaupt. Du weichst meiner Frage aus. War ich unberechenbar?«

»Tu es doch einfach. Wenn es sie glücklich macht. Eine gute Frau ist auf Erden für einen Mann vielleicht die einzige Hoffnung auf Rettung.«

Ancient sah August an. Blinzelte.

»Hab ich mal wen sagen hören.«

Ancient lachte, spuckte seinen Grashalm in den Graben und stieg auf das Quad. »Den muss ich mir erst mal eine

Weile durch den Kopf gehen lassen«, sagte er. Er betrachtete August einen langen Augenblick. Schüttelte den Kopf. Startete das Quad und fuhr los.

—

August fuhr aus der Stadt den Schleichweg nach Hause. Es war früher Abend, und er hatte ein Grillhähnchen von der IGA dampfend in einer Papiertüte neben sich auf dem Sitz stehen. Dazu hatte er Kartoffelsalat, einen Pfirsich-Eistee und einen Six-Pack Budweiser besorgt. An der Duncan Ranch fuhr er langsamer. Neue Schilder standen da, die Farbe schimmerte noch in frischem, dringlichem Schwarz. Sie waren wie vorher auf Kanthölzern angebracht, aber irgendetwas sah anders aus, also fuhr August noch langsamer und reckte den Kopf aus dem Fenster. An jedem Kantholz war hinten ein kettensägentötender T-Pfosten aus Metall angebracht.

August fuhr nach Hause und setzte sich zum Essen auf die Terrasse. Er las in seinem Buch über die Hutterer und beschmierte mit seinen hühnchenfettigen Fingern die Seiten. Es kam ihm nicht wie ein Buch vor, das man unbedingt von vorne bis hinten in richtiger Reihenfolge lesen musste, also schlug er es an einer zufälligen Stelle auf und fing an. Er erfuhr, dass die Hutterer strenge Pazifisten waren und dass im Ersten Weltkrieg zahlreiche Hutterer-Männer eingesperrt worden waren, weil sie sich nicht zur Musterung gemeldet hatten. Zwei Brüder, Joseph und Michael Hofer, wurden in Leavenworth so schwer misshandelt, dass sie starben. Danach kam ein langes Kapitel über verschiedene traditionelle Viehzuchtverfahren der Hutterer. Das war eher trocken, also ließ August das Buch bald auf die Terrasse fallen und knabberte weiter an seinem Hühnchen.

Er hatte die Füße auf die Balustrade gelegt und trank das letzte Bier, als es laut schnaufte wie ein sturer Motor, der nicht starten wollte, dann hörte er Hufe scharren und Holz splittern. Als August gerade aufstand, kam Chief um die Werkstattecke. Er war aus seinem Paddock ausgebrochen, schielte, und ihm lief zäher Schnodder aus den Nüstern. Er machte einen letzten Schritt, dann stürzte er, die Beine verknotet, und rutschte durch das Gras am Rand des Hofs. Er hob noch einmal den Kopf, die Muskelstränge am Hals traten hervor wie Seile unter der Haut, als er sich wieder aufrichten wollte und scheiterte. August spürte es durch die Stiefelsohlen wummern, als der Kopf auf den Boden schlug. Die Seiten regten sich noch einmal, dann lag er still da, nur noch ein brauner Haufen im Gras, unzweifelhaft tot.

Am nächsten Tag lieh Ancient einen kleinen Bagger aus und schleifte Chief auf die Weide. Bevor er anfing, das Loch auszuheben, ging er zum Kadaver, sah eine Weile auf ihn hinab und setzte sich dann auf die große Hüfte des Pferdes. August stand mit dem Spaten bereit und tippte sich ein paarmal mit dem Blatt auf den Stiefel. Er wartete.

Ancient nahm die Mütze ab, hielt sie in beiden Händen und senkte den Kopf leicht. »Chief war ein gutes Pferd«, sagte er. »Eigentlich habe ich mich für Pferde nie groß interessiert, aber Chief war in Ordnung. Das letzte Pferd meines Vaters. Meinen Vater habe ich schon begraben, und jetzt begrabe ich sein Pferd, und anscheinend war es das jetzt wirklich. Jetzt ist mein alter Herr wirklich tot, denn solange es noch ein Tier gab, das er ausgebildet hatte, hat ein Teil von ihm noch fortgelebt. Aber jetzt bringen wir Chief unter die Erde, und zurück bleibt nur Ancient, der arme Waisenjunge. Aber die Show geht wohl weiter. Kein Grund zu jammern.«

Ancient stand auf, zog sich die Mütze wieder auf den

Kopf und schlug sich auf die Oberschenkel. Er lachte und stieß Chiefs Bein mit dem Stiefel an. »Vielleicht sorgt das Universum ja so dafür, dass wir munter voranschreiten. Immer wenn in deiner Nähe ein Mensch oder ein Tier stirbt, musst du dich um die Leiche kümmern, bevor sie anfängt zu stinken. Gäbe es diesen Verfall nicht, würde man die Toten einfach stapeln, und die Lebenden würden sich schnell von ihnen versklaven lassen. Erinnerungen sind ja so schon schlimm genug. Dann wollen wir es mal hinter uns bringen.«

August stand mit dem Spaten bereit, aber er konnte nicht viel helfen. Die Baggerschaufel kratzte und schlug Funken, und August stieg der Ozongeruch der verschrammten Felsen aus dem Loch in die Nase. Er lehnte sich auf den Spaten, und als sich eine Elster auf Chiefs Flanke setzte, stampfte er auf, damit der Vogel weiterflog. Als das Loch ausgehoben war, hakte Ancient die Baggerschaufel um Chiefs langen Rücken und zog ihn über die Kante hinein. August spürte Chiefs letzten Aufprall durch den Grund hallen, dann fing Ancient an, den losen, felsigen Erdboden wieder ins Grab zu schieben.

Als das Loch zugeschüttet war, fuhr Ancient ein paarmal mit dem Bagger auf dem Grab hin und her, um es zu verdichten, und bald blieb nur noch ein Fleck zerwühlter Erde, der innerhalb einiger Tage nicht mehr vom Rest der Weide zu unterscheiden sein würde. Ancient fuhr den Bagger zurück zum Hof und auf den Anhänger, wo August ihm half, die Sicherheitsketten um die Raupen zu legen.

»Ich habe das Ding nach Stunden gemietet«, sagte Ancient. »Wahrscheinlich könnte ich noch ein paar Kleinigkeiten damit erledigen, wo ich ihn schon mal hier habe, aber danach ist mir gerade wirklich nicht. Ich bringe ihn direkt zurück. Hast du schon gegessen?«

August schüttelte den Kopf, und sie fuhren in die Stadt.

Sie lieferten den Bagger bei Northern Rental ab und gingen zum Essen in die Mint.

Ancient trank Whiskey und rührte seinen Hamburger kaum an. August blieb beim Bier; er war auf einmal völlig ausgehungert und aß nach seinem Burger noch Ancients halben auf.

»Wie läuft's mit Kim?«, fragte August. »Geht mich ja nichts an. Ich hoffe nur, es läuft gut.«

Ancient zog eine Pommes durch den Ketchup. Kaute und nippte. »Ist okay, dass du fragst. Ich habe dich in der letzten Zeit ziemlich oft hängenlassen, und das tut mir leid. Du machst gute Arbeit. Und wenn ich weg bin, mache ich mir keine Sorgen, dass etwas liegenbleibt. Ich hab Glück gehabt, als ich dich angeheuert habe, und du sollst wissen, dass ich das so sehe. Deinen Vater kenne ich zwar nicht, aber ich gehe mal davon aus, dass er dir beigebracht hat, was arbeiten heißt. Hoffentlich bedankst du dich ab und zu bei ihm. Wenn ich ihn jemals treffe, mache ich das auch gerne selbst. Auf jeden Fall. Sie hat da unten jetzt einen Job. Sie arbeitet als Rezeptionistin in einer Kieferorthopädie-Praxis. Wenn ich runterfahre, gehen wir zur Paarberatung. Sie wohnt immer noch bei ihrer Schwester, also gehen wir zu Beratung, und hinterher gehen wir essen oder was, und dann pennen wir auf dem Schlafsofa bei ihrer Schwester im Keller. Ich habe für ein Leben genug von Billings gesehen. Da riecht es die ganze Zeit nach brennendem Öl, und die Straßen sind voll mit Pennern, Säufern und anderen Kaputten.«

»Ihr geht zur Paarberatung?«

»Ja. Unsere Gespräche drehen sich immer nur im Kreis, und wir bezahlen jemanden fürs Zuhören. Aber sie hat jetzt den Job dort, das kann man wohl nur als den nächsten Schritt nach draußen ansehen. Deine Eltern sind doch getrennt, oder?«

»Schon lange.«

»Woran lag es? Wenn ich fragen darf.«

»Mein Vater hat was mit einem Mädchen angefangen, das er als Hilfe im Stall angeheuert hatte. Damals war sie jünger als ich jetzt. Gerade mit der Highschool fertig. Eigentlich hat sie sogar schon vorher für ihn gearbeitet, also wer weiß.«

»Das muss für deine Mutter schlimm gewesen sein.«

»Na ja, sie kann auf ihre Art auch schwierig sein. Ihre Familie hatte Geld. Die Leute von meinem Vater eher weniger. Immer wenn er sich etwas nicht leisten konnte, was sie wollte, konnte sie mit ein, zwei Anrufen schnell an das Geld kommen. Das hat ihm sicher keinen Spaß gemacht. Sie haben sich wegen des Sofas gestritten, das sie gekauft hatte – gediegene Polsterung, schweineteuer. Er hat die Stiefel hochgelegt, wann es ihm gepasst hat, also gab es Flecken, und eines Tages hat sie mich helfen lassen, es nach vorne auf den Hof zu schleifen. Dann hat sie es abgefackelt, und es stand ein paar Tage verkohlt und rauchend da, bis er es endlich zerhackt und fortgeschafft hat. Danach hat er sich zum Fernsehen lange auf den Boden gelegt. Meine Mutter guckt kein Fernsehen. Das ist ja eigentlich nur eine Kleinigkeit, aber über die Jahre schaukelt es sich hoch. Es gab nie das eine große Problem. Keine Ahnung. Immerhin haben du und Kim keine Kinder.«

Ancient schüttelte den Kopf, die Augen in gespieltem Staunen aufgerissen. »Ich glaube, so viele Worte hab ich noch nie auf einmal aus deinem Mund kommen hören.« Er lachte. »Aber wenn man in das Alter von Kim und mir kommt, ist das mit den Kindern die wichtigste Frage. Ich will Kinder, glaube ich. Ein Kind hält Leute zusammen und gibt ihnen einen Grund, sich besser zu benehmen, als sie es sonst vielleicht tun würden. Ohne Kind ist es zu leicht, einfach seine Sachen zu packen und runter nach Billings zu fahren, um da Yogakurse zu machen und sich einen Job als Rezeptionistin zu suchen.« Ancient leerte seinen Whiskey und bestellte noch einen.

Es war schon lange dunkel, als Ancient nicht allzu sicher von seinem Hocker rutschte und seine Schlüssel aus der Jeanstasche fischte. »Soll ich fahren?«, fragte August auf dem Weg zum Wagen.

»Scheeeiiiße«, sagte Ancient und schwang sich hinters Lenkrad. Er brauchte zwei Anläufe, um den Schlüssel ins Zündschloss zu kriegen, und als der Motor losgurgelte, zögerte er, bevor er den Gang einlegte. »Ich fahr wohl lieber hintenrum«, sagte er.

Als sie aus der Stadt fuhren, sagte August: »Ist jetzt eine Weile her, dass wir das Heu gemäht haben. Wie sieht es denn mit der Ballenpresse aus?«

»Das Hauptproblem bei der Presse ist, dass sie ein Scheißhaufen Schrott ist. Hat nur Mucken gemacht, fast seit mein Alter sie gekauft hat. Ich hab jetzt aber ne neue Spannrolle und nen neuen Keilriemen eingebaut. Also bin ich einigermaßen zuversichtlich.«

»Soll ich es morgen mal versuchen?«

»Ja, wir versuchen es mal. Weißt du, was eine neue Ballenpresse kostet?«

»Nicht wenig, nehme ich an.«

Ancient wollte etwas sagen, unterbrach sich aber. Er hatte den Schleichweg am Dry Creek genommen. Sie rumpelten über den Schotterweg, und dann blühten Duncans Schilder weiß in den Scheinwerferkegeln auf. Ancient fuhr langsamer.

»Willst du mich verarschen? Anscheinend hat er auch noch ein paar neue dazugestellt. GUTE ZÄUNE – GUTE NACHBARN. LÄCHELN, SIE WERDEN GEFILMT. *Gute Zäune – gute Nachbarn?* Im Ernst? Ist das nicht aus irgendeinem Gedicht?«

»Glaub schon.«

Ancient ließ den Motor laufen. »Ich hab Kim erzählt, dass Big Tim gekommen ist und den Zaun ausgerissen hat, und sie hat gesagt, jetzt sind wir quitt, und ich soll es auf sich beruhen lassen. Du hast gemeint, er ist hochgefahren, hat den Zaun ausgerissen und ist wieder weg, oder? Du hast ihn nicht irgendwie bei Chief rummachen sehen oder so?«

»Nein. Überhaupt nicht.«

»Das kommt wohl hin. Zäune sind eine Sache; ein Pferd töten ist etwas ganz anderes. Und Chief war wirklich steinalt. Misstrauisch bin ich trotzdem. Wenn ich bloß die Kettensäge dabeihätte. Die Schilder sind so dummdreist, das macht mich wahnsinnig.«

»Die Säge würde es wahrscheinlich sowieso nicht bringen.«

»Was?«

»Ich bin hier neulich tagsüber vorbeigekommen, und er hat T-Pfosten hinten an den Kanthölzern. Hat wahrscheinlich gehofft, dass du es versuchst, und dir die Säge kaputt machst.«

»Im Ernst?«

»Ja, hinter dem Holz sind Zaunpfosten aus Metall.«

Ancient schüttelte den Kopf. »Woher nimmt dieses Arschloch die ganze Zeit? Wie viele Tage hat er daran gearbeitet? Und wofür? Damit sich ein paar Leute scheiße fühlen, die hier vorbeikommen? Kim sagt immer, dass sie unter anderem die Engstirnigkeit der Leute hier stört, und ich will ihr dann erklären, dass Menschen eben Menschen sind, egal wo, aber wenn man so was hier sieht, muss man doch zugeben, dass sie irgendwie recht hat. Es ist ein hartes Leben hier draußen, also kümmern sich alle nur darum, dass ihre eigenen Leute durchkommen, und manchmal kommt einem das allein schon wie eine Ungerechtigkeit vor, aber irgendwann sind wir alle nur noch Ratten, die um sich beißen, um ihre innere Biestigkeit auszuleben. Aber da liegt Kim falsch, der und ich sind nicht quitt. Erst kam der Zettel im Briefkasten, mit dem alles angefangen hat, dann hab ich ihm die Schilder abgesägt, dann hat er unseren Zaun abgerissen, und meinen Berechnungen nach liegt er damit um eins vorne.« Ancient schaute zur Seite und trommelte mit den Daumen auf dem Lenkrad. »Es gibt Leute, denen würde ich den einen Punkt zugestehen. Aber Big Tim ist keiner von denen.«

Er rollte runter in den flachen Graben und fuhr dann rückwärts an einen Eckpfosten des Zauns heran. Er legte die Parkstellung ein und sprang aus dem Wagen. August drehte sich um und sah Ancient zu, der im roten Schimmer der Rücklichter werkelte. Er hatte einen Abschleppgurt aus dem Werkzeugkasten geholt, schlang ihn um den Pfosten und bückte sich dann, als er das andere Ende um die Anhängerkupplung legte.

»Gute Zäune – gute Nachbarn, am Arsch!«, sagte er, stieg wieder ein, ging auf Fahrstellung und beschleunigte aus dem Graben.

Im Rückspiegel sah August den Eckpfosten rucken und dann springen. Er hörte den bis aufs Äußerste gedehnten Stacheldraht kreischen und schließlich tödlich peitschen, als er riss. Mehrere der Schilder kippten um und fegten hinterher. Ancient fuhr an die Zufahrt der Duncans, und August nahm an, dass er anhalten und den Abschleppgurt lösen würde, aber er fuhr weiter auf die Lichter des Hauses in der Ferne zu.

»Anscheinend ist jemand zu Hause«, sagte August.

Ancient starrte mit zusammengebissenen Zähnen nach vorne. »Das will ich hoffen«, sagte er. »Ich hätte gleich als Allererstes herkommen sollen, und jetzt ist es aus dem Ruder gelaufen. Aber hiernach ist es vorbei, auf die eine oder auf die andere Art.«

Ancient gab Gas, und die Schilder splitterten und sprangen hinter ihnen her. Er fuhr halb um den Wendekreis vor dem Haus der Duncans und parkte. Der eben noch hinter ihnen aufgewirbelte Staub holte sie ein und waberte vor den Scheinwerfern wie brauner Nebel. Ancient stemmte die Fäuste in die Hupe und machte die Tür auf. Vor dem Aussteigen wandte er sich August zu. »Tut mir leid, dass ich dich da reinziehe. Das ist nicht deine Sache, aber ich wäre dir doch verbunden, wenn du aufpassen könntest, dass mich keiner von hinten niederschießt.« Und dann war er draußen und stapfte auf die Veranda zu, wo sich vor ihm schon die Haustür öffnete.

Big Tim stand im Gegenlicht des Eingangs. Er war barfuß mit Jeans und weißem Unterhemd. Der Bart hing ihm über die Brust, und sein Haaransatz hatte sich zur Schädelmitte zurückgezogen; die restlichen Haare waren ein lichter, dünner Wirrwarr auf seinem Kopf. Seine Arme hingen seitlich herunter, und in jeder Hand hielt er etwas tief neben den Beinen. Ancient war kurz vor der Veranda, und August stieg aus. Unter dem Sitz lag ein Montierhebel, den nahm er in die Hand und lehnte sich im Schatten an den Wagen.

Ancient blieb am Fuß der Verandatreppe stehen und hakte die Daumen in die Gürtelschnallen. »Reden wir mal über Zäune, Nachbar«, sagte er.

Big Tim trat nach draußen, und August konnte immer

noch nicht erkennen, was er in den Händen hielt. Seine Stimme war leise und ruhig. »Ich habe dich kommen sehen, und ich weiß, dass du ein tiefliegendes Problem hast, Ancient. Ich habe vor seinem Tod einmal mit deinem Vater über dich gesprochen, und er hat mich gebeten, ein Auge auf dich zu haben. Ich glaube, er hat sich Sorgen gemacht.«

Ancient schüttelte den Kopf und spuckte aus. »Lass meinen Vater da raus. Und jetzt Schluss mit der Scheiße, Tim. Du bist nie darüber hinweggekommen, dass du mir die Weide hast verkaufen müssen, und deshalb wolltest du meine Verlobte fortjagen, weil du ein engstirniger, undankbarer Hinterwäldler mit nichts als Verschwörungstheorien im Kopf bist.«

»Die einzige Frage ist doch«, sagte Big Tim, »wie tief dein Problem liegt. Es ist jetzt an die Oberfläche getreten, aber wie weit zurück liegt der Ursprung?« Big Tim kam über die Veranda, seine Fußsohlen flüsterten über die Bretter. Er hob die Arme, und in jeder Hand hielt er ein langes, dünnes Stück schwarzes Holz oder Metall. Zylindrische, L-förmige Stangen, nicht dicker als Auto-Antennen. Er hatte jede Hand zur Pistole geformt, die Stangen lagen schwankend auf den ausgestreckten Zeigefingern. Im Gleißen der Scheinwerfer warfen die Stangen lange Schatten; Tim war nun auf Armlänge an Ancient herangekommen und näherte sich langsam weiter.

»Ich bin seit meiner Jugend Rutengänger«, sagte Big Tim. »Vor deiner Geburt kam einmal dein Vater zu mir, weil sein alter Brunnen austrocknete, und an einem Nachmittag habe ich die Quelle für euren neuen Brunnen aufgespürt, aus dem du bis zu diesem Tage trinkst, wusstest du das? Wusstest du, dass du mir dein täglich Wasser verdankst, Junge?«

»Hau mir mit dem beknackten Hokuspokus ab und rede gefälligst normal mit mir«, sagte Ancient und wich einen kleinen Schritt zurück.

»Ich kann dein Problem ergründen, Ancient. Quellen unter der Erdoberfläche sind nicht viel anders als jene unter der Haut eines Menschen. Wenn du es zulässt, werden meine Ruten den Ursprung deines Schmerzes finden, auf dass wir deinen Heilungsprozess angehen können.«

»Es tut mir ja leid, dass dein Junge gestorben ist. Wirklich. Aber das ist doch kein Grund, so abzudrehen. Schau dich doch mal an, Mann! Und geh mir mit den Dingern da weg. Tim, ich warne dich.«

»Zum Teil ist es der Alkohol. Das weiß ich auch ohne die Ruten. Ich rieche deine Fahne bis hier. Aber trinken ist nur ein dummer Versuch, den Schmerz zu lindern. Lass mich mein Werk tun, Junge.«

»Ich bin nicht dein Junge, du Wahnsinniger. Wenn du mich anrührst, bereust du es, Tim. Hau mir mit den Dingern ab.«

Tim trat auf die Veranda. Er trug Karo-Boxershorts und ein weißes T-Shirt. Er hatte seine Marlin .22er in der Hand; der Lauf zeigte auf den Boden. »Dad?«, fragte er.

August löste sich vom Wagen, und aus den Augenwinkeln sah er Big Tim die Arme nach Ancient ausstrecken und die Ruten zwischen ihnen pendeln lassen.

»Dad?« Tim stieg von der Veranda.

»Ganz ruhig«, sagte Big Tim, und dann berührten die beiden Ruten Ancient gleichzeitig direkt unter dem Brustbein. August sah Ancients Faust fliegen und Big Tims Unterkiefer treffen, und dann waren sie am Boden. Die Winkelruten schepperten auf die steinige Auffahrt.

»Dad!«, brüllte Tim hob das Gewehr, während er auf die beiden Männer zukam. Big Tim und Ancient rangen miteinander, Staub stieg auf, ihre Glieder waren nicht mehr zuzuordnen. Tim sah August und blieb stehen.

»Nimm das runter«, sagte August, der immer noch den Montierhebel in der Hand hielt.

»Sonst machst du was?«, fragte Tim. »Willst du mit dem Ding auf mich losgehen? Was machst du überhaupt hier? Dad!«, rief er. »Was ist hier los?« Er hatte die Waffe irgendwo zwischen August und die Männer am Boden gerichtet.

»Komm schon«, sagte August. »Ich will hier niemandem etwas antun.«

August behielt Tim im Auge, aber gleichzeitig sah er, wie Ancient sich auf Big Tim rollte. Er setzte sich rittlings auf ihn und schlug Big Tim langsam und gezielt ins Gesicht, Big Tims Arme unternahmen schwache Abwehrversuche. Tim ging ein paar Schritte näher heran, das Gewehr im Anschlag. »Ancient!«, brüllte er. »Ancient, lass ihn, du Schwein!« Und August kam, holte mit dem Montierhebel aus. Das spürte Tim, er wandte sich um, und das kleine schwarze Auge der .22er richtete sich auf August, und er blieb stehen. Es gab noch ein feuchtes Wummern von Faust auf Fleisch, und dann eine Bassline.

Taxi!
… driver … take me … ride?

Eine schmale Gestalt kam die Verandastufen herunter, oben ohne – ein blasser Rumpf, Hüftknochen, die über dem Bund einer glänzenden Lederhose hervorstachen, ein wuchtiger Ghettoblaster auf der Schulter, der ein orangefarbenes Stromkabel hinter sich herzog, ein seltsam stockender, stolzer, springender Gang, ein Tanz. Die Musik war extrem laut, »Lady Cab Driver« von Prince, aber irgendwo gab es einen

Wackelkontakt, und der Song sprang immer wieder. August sah die schwarzen Haare der Gestalt auf einer Seite lang herunterwallen, während sie auf der anderen raspelkurz rasiert waren. Avery. Die Augen geschlossen und nickend tanzte er auf die beiden Männer am Boden zu, ein schwungvoller Schritt zurück, zwei geschlurft vor. Alle hielten inne, als sie ihn ungläubig anstarrten.

Er nahm das Kabel in die Hand und wirbelte es im Takt. Er sang mit, stieß das Becken vor, machte den Moonwalk. Ancient rollte sich von Big Tim herunter auf die Knie, keuchte, die Augen im Zwielicht weit aufgerissen. Big Tim setzte sich auf; er hatte Blut im Gesicht. Tim hatte die Gewehrmündung in den Boden gedrückt und rieb sich das Kinn. Avery drehte eine Pirouette, während der Song immer wieder sprang.

… brother, handsome … tall
… bored … believe … war
… for me, that's who …

Er sah niemanden an, hielt die Augen geschlossen und übertönte Prince' Falsetto mit seiner verzweifelten Stimme, schrie hinaus in die Schwärze hinter den Scheinwerferkegeln. Und dann griff er hoch, drückte einen Knopf am Ghettoblaster, und die Musik hörte plötzlich auf. Er öffnete die Augen und ließ den Blick über sie alle wandern.

»Ihr seid doch bescheuert«, sagte er leise. Er klemmte sich den Ghettoblaster unter den Arm, ging wieder über die Veranda ins Haus und schlug die Tür hinter sich zu.

III

August schwitzte in der Two Dot Bar und wartete auf seinen Hamburger. Er hatte den ganzen Tag Heu gemacht, und obwohl er auf dem Barhocker saß, konnte er immer noch den Traktor unter sich dröhnen spüren. *Mit Rückenschmerzen von der Feldarbeit.* Er war kaputt, und dabei hatte er nicht mal zwischendurch einem Lerchenstärling das gebrochene Bein geschient. Wo war Paul Harvey mit seinem Lob der Farmer, wenn man ihn brauchte? Vor August stand ein Bier auf einer Serviette, und der Abend war warm, also hatte Theresa die Tür offen stehen. Im Spiegel hinter der Bar sah er Tim kommen. Einen Moment an der Schwelle einhalten, bevor er sich ans andere Ende der Bar setzte. Er bestellte sich einen Kurzen Jim Beam und ein Pabst Blue Ribbon zum Nachspülen, und während Theresa ihm einschenkte, saß er mit steifem Rückgrat auf seinem Hocker und starrte stur nach vorne. Er kippte den Whiskey und stellte das Glas leise auf dem Tresen ab. Es war leise in der Bar, die Jukebox still, die Fernseher stumm geschaltet, nur ein Scheppern von Pfanne auf Kochplatte kam aus der Küche.

»Damals im Schnee, als du mich ein Phantom genannt hast«, sagte August, »was hast du da gemeint?«

Tim erwiderte Augusts Blick im Spiegel. »In dem Moment hatte es etwas zu bedeuten«, sagte er. »Jetzt weiß ich nicht mehr.«

Tim leerte sein Bier mit drei großen Schlucken. Er legte das Geld auf den Tresen und stellte das leere Schnapsglas darauf. »Stimmt so, Theresa«, sagte er. Dann stand er auf, setzte sich wieder den Hut auf und ging hinaus in den Abend.

—

August lag in der frühen Dunkelheit wach in seinem Stockbett und wartete darauf, dass die Kaffeemaschine losgurgelte. Als das Gluckern anfing, stemmte er sich aus dem Bett, aß an der Spüle eine Schale Toppas und sah zu, wie das Licht über den Hang auf der anderen Seite der Weide kroch. Er schmierte sich einen Toast dick mit Apfelkraut. Er hatte den Radio-Wetterbericht an. Es sollte ein ruhiger Vormittag werden, mit zunehmenden Winden am Nachmittag. Zwanzigprozentige Wahrscheinlichkeit eines Gewitters. Während er sein Toast aufaß, rief Ancient an.

»Ich bin noch in Billings«, sagte er. »Ich wollte eigentlich früh wieder da sein, aber mir ist was dazwischengekommen.« Er schwieg einen Augenblick und lachte dann. »Um ehrlich zu sein, gehe ich später zu einem Treffen der Anonymen Alkoholiker. Wir hatten ja neulich davon geredet. Du hast mir nicht bestätigen wollen, dass ich mich nicht unberechenbar verhalten habe. Da ist mir ein Licht aufgegangen. Ich mache jetzt einen trockenen Monat. Nicht mal Bier. Nicht dass ich meinen würde, dass ich so ein Treffen brauche, aber ich gehe, weil ich es versprochen habe. Auf jeden Fall bin ich wohl erst am Abend wieder da. Eben kam der Wetterbericht. Am Nachmittag soll es vielleicht Regen geben.«

»Das habe ich auch gehört.«

»Meinst du, du kannst heute das letzte Heu alleine pressen?«

»Klar, warum nicht?«

»Das Stück am Fluss hast du ja sowieso schon quasi alleine gemacht. Das kriegst du hin. Wenn es hängenbleibt, lass ihn rückwärts und wieder vorwärts laufen, bis es sich löst, und wenn das nicht klappt, stell auf langsam und popel das mit dem Besenstiel raus, wie ich es dir gezeigt habe.«

»Ich weiß.«

»Und alles ordentlich schmieren.«

»Mach ich.«

»Das Bodenfeuchte-Messgerät liegt in der Kabine. Prüf den ersten Ballen und danach alle paar Mal wieder. Dreißig Prozent wollen wir haben, ja?«

»Meinst du nicht zwanzig?«

»Ganz genau. Hab dich nur geprüft. Gut aufgepasst. Du hast das im Griff. Wenn irgendetwas ist, ruf mich an. Und weißt du was?«

»Was denn?«

»Wenn du das fertig hast, kannst du dir den Nachmittag freinehmen. Wahrscheinlich wird es heiß. Fahr an den Stausee oder so. Ich habe neulich mit dem alten Brody im Feeds 'n Needs gesprochen, und er hat gesagt, er hat einen Eimer voll da rausgezogen. Oder was weiß ich, mach nen Mittagsschlaf und hol dir in Ruhe einen runter, wie du willst. Mal bisschen abspannen eben. Klingt das okay?«

»Klingt gut.«

»Alles klar. Ich weiß deine Arbeit zu schätzen. Bis heute Abend.«

August füllte seine Thermoskanne und ging in die Werkstatt. Die Ballenpresse war schon angekoppelt, und er schmierte ein paar Minuten die Mechanik und fädelte neues Garn ein. Sie waren mit dem zweiten Schnitt fertig, und nur auf einem der kleinen Felder neben dem Haus mussten noch die Ballen gepresst werden. August startete den John Deere und fuhr raus zur Straße. Das kurze Stück bis zur Einfahrt fuhr er am Rand auf der weißen Linie, dann bog er auf das gemähte Feld ein.

Der erste Ballen wurde fest und symmetrisch. Beim Messen kam er auf siebzehn Prozent Feuchte, und August gab ihm einen stolzen Klaps, bevor er sich wieder in die Kabine schwang. Er behielt die Aufnahme im Auge, und als die Presse blockierte, hielt er an, ließ den Rotor kurz rückwärts laufen, dann ging es wieder. Auch die drei nächsten Ballen kamen sauber und fest heraus. August beobachtete, wie sich über den niedrigen Hügeln Richtung Fluss dunkle Wolken bildeten. Er hatte schon über die Hälfte geschafft, und es sah aus, als würde er gerade rechtzeitig fertig werden.

Der Wind nahm zu, Heustaub blies durch das offene Fenster herein, und die Kabine fing an zu duften. August war fast bereit, den nächsten Ballen abzulegen, als es inmitten des Traktorlärms knallte, die Presse etwas kippte, wankte und hinter ihm hereierte. August hielt an. Er ließ den Traktor im Leerlauf und sprang raus. Die Lage war sofort klar. Die Rundballenpresse war auf einer Seite schwer abgesackt, ein Reifen vollständig geplatzt, die Seitenwand zerfetzt, sodass die Maschine nur noch auf der Felge stand. August betrachtete die gesättigten Wolken, die immer noch in einiger Entfernung hingen. Den geplatzten Reifen. Die Heuschwaden, die noch auf dem Feld lagen. Der Wind fasste den Schirm seiner Mütze und warf sie auf den Boden. August sammelte sie wieder auf, stellte das Band enger und zog sie sich fest über. Er stellte den Traktor ab und joggte das kurze Stück zurück zum Hof, um seinen Pick-up zu holen, und fuhr ihn aufs Feld neben die lädierte Ballenpresse. Er holte den Wagenheber hinter dem Sitz hervor, fragte sich kurz, wo er ihn ansetzen sollte, und entschied sich schließlich für eine flache Stelle nahe der Achse.

Er löste die Radmuttern mit einiger Schwierigkeit; sie waren festgerostet und regten sich alle erst nach mehreren wüsten Tritten auf den Montierhebel. Als sie nur noch handfest saßen, drehte er den Wagenheber hoch. Der Boden war weich, und während August den Griff drehte, sank der Heber unter dem enormen Gewicht tiefer in die Erde ein. August wechselte die Position und kurbelte weiter. Endlich hob sich die Ballenpresse mit jeder Drehung minimal. Als zwischen dem platten Reifen und dem Boden zwei Finger breit Luft war, schraubte August die Radmuttern ab. Er legte die Muttern in seine Mütze, damit sie nicht ins Gras rollten.

Als er versuchte, das Rad von der Nabe zu ziehen, tat sich nichts, auch hier war alles festgerostet und mit mehreren Schichten angetrocknetem Schmierfett überzogen. Aus einer prekären Hocke zog August noch einmal kräftig und rutschte weg. Die Ballenpresse wankte im Wind, der Wagenheber schlug um, und dann war alles unten. August wusste, dass er unter Schock stand, weil er eigentlich gar nichts spürte. Er war immer noch auf den Knien, und seine linke Hand steckte zur Hälfte unter dem platten Reifen, und als er blöd versuchte, sie rauszuziehen, bewegte sie sich nicht. Das ganze Gewicht der Ballenpresse lag auf seiner Hand, mit nichts als einer Schicht verschlissenem Gummi zwischen Fingern und Metallfelge, und das Hellgrau seines Handschuhs wurde bereits matschrot, wo sich das Blut sammelte.

Als er das sah, drehte sich ihm sofort der Magen um, aber Schmerzen spürte er immer noch nicht, bloß den gewaltigen Druck und ein Wummern in den Ohren. Mit der rechten Hand grub er in der Erde, versuchte, Platz zu schaffen, zerrte an Graswurzeln und Steinen, aber die Ballenpresse senkte sich mit jedem panischen Kratzen tiefer in den Boden, sodass er der Befreiung kein Stück näher kam.

Er bekam den umgekippten Wagenheber zu fassen. Er versuchte, ihn mit einer Hand anzusetzen, aber für die abgesackte Presse war er nun zu hoch eingestellt. Mit stark zitternder Hand kurbelte er, im Gras unter dem Reifen hatte sich eine unfassbar große Blutlache gesammelt, und jetzt musste August wirklich kotzen. Er roch sauer gewordenes Apfelkraut und das Blut und auch das gemähte Gras, und endlich bekam er den Heber an seinen Platz.

Mit der Umdrehung, die seine Finger freigab, kam der Schmerz, als wäre ein Damm gebrochen. Schwarze Nadelstiche wirbelten ihm vor Augen, er hielt sich die verletzte Hand an die Brust, ohne sie anzuschauen. Durch die ungepressten Heuschwaden stolperte er zu seinem Pick-up, lehnte sich an die Stoßstange und zog sich das T-Shirt über den Kopf. Er schob die verletzte Hand durch ein Armloch und wickelte den Stoff darum, so gut es mit abgewandten Augen ging. Das T-Shirt war aus weißer Baumwolle, und während es rot aufblühte, fuhr er Richtung Stadt und konzentrierte sich aufs Atmen.

Am Krankenhaus ließ er sich aus dem Wagen rutschen und schleppte sich über den flachen Parkplatz, als würde er über die schleimigen Steine des Musselshell River waten. Er stemmte die Flügeltüren mit der Schulter auf, und knallrote Blutspritzer markierten seinen Weg über die Fliesen des Warteraums. Er ließ sich auf den ersten Stuhl sinken, an dem er vorbeikam. Als die Rezeptionistin ihn sah, ließ sie ihr Klemmbrett fallen und griff nach der Sprechanlage.

—

August lag im Haus seiner Mutter im Bett, als Tim vorbeikam. August hatte gerade die zweite Operation am Ringfinger hinter sich. Der Experte in Billings hatte gehofft, dass er verheilen würde, hatte sich nach ein paar Wochen aber eingestehen müssen, dass die Verletzungen zu schwer waren und dass er, wie schon der kleine Finger, am zweiten

Gelenk amputiert werden musste. Augusts Hand war dick verbunden, und er trug sie in einer Schlinge, um sie ruhigzuhalten.

Seine Mutter hatte sich kümmern wollen, aber auf sein Drängen hin übernachtete sie jetzt wieder bei Art. Die beiden hatten beschlossen, die Hochzeit auf Anfang November zu verschieben, und sie wollten sich alle einmal zum Abendessen treffen, wenn es August wieder besser ging. Art hatte einen Sohn, der zur Hochzeit aus Kalifornien anreisen wollte. Er war etwa in Augusts Alter, und vielleicht könnten sie ja mal zusammen angeln gehen oder so. Auf jeden Fall sollte es mindestens ein kleines Abendessen geben. Sie alle zusammen. Das alles zeichnete sich schemenhaft am Horizont ab. August schaute Fernsehen und schlief, stand nur zum Pissen auf oder um ein Glas Wasser zu trinken. Die Schmerzmittel ließen alles weit weg und zusammenhanglos erscheinen. Zum Beispiel war Tim einfach da, saß rittlings auf dem Stuhl gegenüber von Augusts Bett, und sie unterhielten sich. August konnte sich nicht erinnern, dass es geklingelt hätte oder dass er ihn hereingelassen hätte. Tim hatte eine kleine Igloo-Kühlbox mit einem Zwölferpack Bierdosen auf Eis dabei, und er tat so, als würde er August eine zuwerfen, aber dann lachte er, öffnete die Dose und reichte sie ihm.

»Die haben dich wahrscheinlich mit allem Möglichen vollgepumpt«, sagte er. »Bier hilft da meistens etwas, einen klaren Kopf zu kriegen.«

Tim machte sich auch ein Bier auf und prostete August zu. »Wann reißt du dich denn mal ein bisschen zusammen und kommst wieder zum Arbeiten hoch?«

August nippte an seiner Dose. Seine Zunge fühlte sich dick an, aber das Bier war kalt und schmeckte gut. »Bin gestern erst wieder aus dem Krankenhaus gekommen«, sagte er. »Sie mussten noch mal ran und noch ein Stück vom Ringfinger abnehmen, weil da alles im Arsch war.«

Tim sah August mit hochgezogenen Augenbrauen an. Er schüttelte den Kopf. »Immerhin bist du kein Linkshänder. Zahlt das geizige Arschloch Ancient dir wenigstens die Rechnungen?«

August zuckte die Schultern. »Ich bin noch über meine Mom versichert. Die hat eine gute Versicherung. Das ist also nicht das Problem.«

»Was ist mit deinem Arbeitsausfall? Bezahlt er dich weiter?«

»Keine Ahnung. Er war neulich hier, da war ich aber ausgeknockt. Er hat mir ein paar von den Sachen aus meiner Bude dagelassen.«

»Okay, wenn ich mal ein ernstes Wörtchen mit ihm reden soll, sag einfach Bescheid. Der ist so falsch, der versucht garantiert, dich abzuzocken. Er hat dich da den ganzen Frühling und Sommer für zwei schuften lassen, dann verletzt du dich, weil er sich nicht um seine Geräte kümmert, und haut dich dann noch übers Ohr.«

»Es war ein Unfall. Außerdem weiß ich auch gar nicht, ob ich überhaupt wieder hochkomme und für ihn arbeite.«

»Nicht? Was machst du denn dann?«

»Tja, ich weiß nicht, weißte?«

»Auf jeden Fall bist du mit den Schmerzmitteln schon mal witziger. Hand-Model kannst du jetzt wohl nicht mehr werden. Aber mal im Ernst, wenn du schon zwei Finger verlierst, dann am besten die. Hätte ja auch der rechte Daumen sein können. Das wäre viel schlimmer. Spürst du immer noch, wo die Finger waren? Wie heißt das noch? Phantomschmerz, oder?«

»Nee. Ich hab im Moment noch genug echte Schmerzen,

dagegen kommt der Phantomschmerz nicht an. Ich kann mich ja schon mal darauf freuen.«

»Freuen kannst du dich übrigens auf noch etwas. Warte mal, ich hab was für dich. Ich hab es noch nicht mit reingebracht, weil ich nicht wusste, wie fit du bist, aber jetzt würde ich sagen, bei dir ist alles in Ordnung, und du spielst bloß ein bisschen den sterbenden Schwan. Moment. Bin gleich wieder da.«

Als Tim von seinem Wagen zurückkam, hatte er unter jedem Arm ein zappelndes, gescheckktes Fellbündel. Er setzte sie beide aufs Bett, wo sie sich sofort auf August stürzten und ihm das Gesicht abschleckten, wobei das eine so begeistert wedelte, dass es von der Matratze fiel.

»Das sind Mini-Aussie-Border-Collie-Mischlinge«, sagte er. »Hab ich aus dem Tierheim unten in Billings. Die Frau da hat gesagt, sie kommen aus Fort Smith vom Crow-Reservat. Ein Hund vom Reservat ist meiner Meinung nach immer am besten, weil er spürt, vor was für einem Leben du ihn gerettet hast, deshalb macht er alles für dich – aus Dankbarkeit. Ein paar von den Alten da draußen essen noch Hunde. Kein Witz. Es sind natürlich beides Weibchen, denn man will wirklich nicht mit einem Tier mit Eiern klarkommen müssen, wenn man selber welche hat. Mir gefällt ja die da mit den verschiedenfarbigen Augen ganz gut, aber du darfst zuerst aussuchen.«

»Mann, Tim! Du kannst mir doch nicht einfach einen Hund besorgen, ohne mich vorher zu fragen.«

»Ich hab mir schon gedacht, dass du das sagst, und genau deshalb habe ich dich nicht gefragt. Ich weiß mittlerweile, dass du jemand bist, den man immer erst zu allem überreden muss. Wie beim Tanzen. Weißt du noch? War am Ende gar nicht so schlecht, was? Es geht doch darum: Du brauchst einen Hund, und die beiden hier werden mal richtig tolle. Guck doch mal, wie sie dich anschaut! Es ist ein Zeichen von Intelligenz, wenn sie den Kopf so auf die Seite legen. Sie will herausfinden, was du für einer bist.«

»Ach ja?« August zog die kleine strampelnde Hündin an seine Seite und kraulte sie hinter den Ohren. Sie knurrte quietschig und schnappte nach seinem Daumen. »Dann sind wir ja schon zwei.«

Tim hob die andere hoch und hielt sie sich vors Gesicht. Sie leckte ihm die Nase ab. »Ich glaube, ich muss jetzt doch sagen, dass das hier meine ist. Tut mir leid, aber wir haben uns schon angefreundet.« Er hatte sie jetzt mit dem Bauch nach oben auf seinem Schoß liegen und kraulte sie. »Chica, habe ich mir als Namen überlegt. Was hältst du davon?«

»Chica«, wiederholte August. »Ja, hört sich gut an.«

Tim legte sie wieder aufs Bett, und die beiden Welpen fingen sofort an zu toben, kauten einander an den Füßen, Ohren und Schwänzen. »Siehst du, wie die kleinen Scheißer abgehen?«, fragte er. Er machte sich noch ein Bier auf und schlürfte den Schaum von der Dose. »Das war mal eine Szene neulich Abend bei uns vor dem Haus, oder?«, sagte er. »Der alte Avery hat uns allen die Show gestohlen.«

»Der ist wirklich ne Nummer.«

»Wird bestimmt mal Millionär und zieht nach Kalifornien oder Frankreich oder so. Würde mich nicht im Geringsten überraschen. Und ich bleibe einfach hier, und das ist okay, weil ich hierher passe. Wenn man dahin passt, wo man geboren wird, hat man Glück, das erspart einem eine Menge Stress. Ach, und weißt du noch, der Brief, wegen dem Ancient bei meinem Vater rumgeheult hat? Dass Kim ne Perverse ist und so weiter?«

August nickte.

»Vor etwa fünf Jahren, noch vor der Sache mit Wes, hat mein Alter sich mit uns hingesetzt und gesagt, dass er weiß, dass wir wahrscheinlich nicht unbedingt alle unser Leben lang Rancher bleiben wollen, wenn es ihn mal nicht mehr gibt, denn er wusste ja, wie es läuft. Er meinte, er will nicht, dass wir uns nach seinem Tod in die Haare kriegen, also wollte er alles regeln, solange er noch im Vollbesitz seiner Kräfte ist. Er hat das Land gleichmäßig aufgeteilt und hat uns dann aussuchen lassen, Weston durfte als Erster, weil er der Älteste war, dann ich, dann Avery.

Wes hat das Stück mit dem Haus genommen. Guter Brunnen und Nebengebäude und so weiter, also war das wahrscheinlich schlau, aber ich war froh, weil ich das sowieso nicht wollte. Ich wollte das Stück unten am Musselshell River. Da gibt es einen kleinen Hügel, auf dem ich mir irgendwann ein Haus bauen wollte. Unten am Fluss ist das Gras gut, und oben hat man meiner Meinung nach die schönste Aussicht weit und breit. Das war meins. Und weil ich das wusste, war mein Arbeitstag auf einmal ganz anders, weil ich mein Stück Land hatte, mit dem ich irgendwann tun konnte, was ich wollte. Familienbesitz ist eine Sache, etwas nur für sich selbst zu haben, eine ganz andere. Es würde meins sein, ohne irgendwelche Bedingungen. Ich hatte mir schon den Bauplatz für mein Haus ausgesucht, und dann, nach der Sache mit Weston, musste mein Vater mein Landstück verkaufen. Das ist jetzt schon wieder ein paar Jahre her, in denen ich jeden Tag daran vorbeifahre und weiß, dass es mal mir gehört hat, aber jetzt nicht mehr. Das ist mir übel aufgestoßen, das kann ich nicht anders sagen.«

»Also hast du Kim den Zettel geschrieben.«

»Sieht so aus. Aber eigentlich war er nicht an Kim gerichtet. Sondern über Kim an Ancient.«

»Ich glaube nicht, dass sie noch heiraten. Es läuft wohl nicht so gut bei denen.«

»Das will er bestimmt auf mich schieben, aber eine Ehe, die an so einer Kleinigkeit in die Brüche geht, hat einfach nicht sein sollen. Wahrscheinlich bedankt er sich irgendwann bei mir, dass ich ihn vor dem Desaster bewahrt habe.«

»Vielleicht kann er dasselbe über dich sagen.«

»Was soll das heißen?«

»Er hat das Stück von eurem Land gekauft, und jetzt hast du es nicht mehr wie eine Bestimmung über dir hängen. Wenn euer Vater stirbt, können du und Avery den Rest verkaufen, und auf einmal seid ihr frei. Dann kannst du nach Austin ziehen. Wohin du willst. Vielleicht hat Ancient dir ja in Wirklichkeit eine Last von den Schultern genommen.«

Tim lachte. Kraulte einen der Welpen am Schwanzansatz. »Ich weiß ja nicht. Da brauche ich noch ein bisschen, bis ich bei der Theorie ganz durchsteige. Austin.« Er schüttelte den Kopf. »Mann! Die haben einen Stadtteil, da steht ein Taco-Wagen am anderen. Eigentlich nicht nur Tacos, ganz verschiedenes Essen, aber alles in so Imbisswagen. An einem Nachmittag habe ich da sechs verschiedene Taco-Sorten probiert und drei Mädchen händchenhaltend in abgeschnittenen Jeans und Oberteilen aus Bandanas herumlaufen sehen.«

»Bandanas?«

»Ja, wie so Stofftaschentücher. Die hatten die irgendwie zusammengebunden. Dass gerade so eben die interessanten Stellen verdeckt waren. Eine Blonde, eine Brünette und eine Rothaarige. Wie drei Engel für Charlie oder so. Die Tacos waren auch verdammt lecker. Viel besser als alles, was man hier so kriegt.«

»Na also.«

»Genau. Na also. Chica und ich machen Texas unsicher.«

Er hob die kleine Hündin hoch und rieb seine Nase an ihrer. »Einfach zusammen losfahren.« Er setzte das Tier wieder ab, trank sein Bier aus, streckte sich und rülpste. »Na, ich mache mich wohl mal wieder vom Acker. Du siehst ja sowieso aus, als ob du jeden Moment wieder einpennst.«

»Nee, alles okay. Gib mir lieber mal noch ein Bier. Und ich wollte dir noch was geben, was ich neulich gefunden habe. Schlag mal das Buch auf dem Schreibtisch auf. Das Lesezeichen meine ich.«

Tim nahm *Die Hutterer: Geschichte eines Volkes* und zog die Augenbrauen hoch. Er schlug das Buch auf und hielt das Polaroid-Foto am langen Arm vor sich. Er führte es näher an die Augen und dann wieder weiter von sich. Er schluckte und lehnte das Kinn auf die Faust. »Alter!«, sagte er.

»Das habe ich unten am Musselshell River zwischen ein paar anderen Sachen eingepackt gefunden. Zigaretten und so weiter, bis auf das hier nichts besonders Interessantes. Ein Bildnis. Sie hieß, heißt, Sarah Jane«, sagte August.

»Die meisten nennen sie SJ«, erwiderte Tim.

»Du hast sie gekannt?«

Tim nickte und trank einen Schluck. »Weston hat sie mal zum Abendessen mit nach Hause gebracht. Keine Ahnung, wie sie damit bei den Älteren durchgekommen ist. Bei der Beerdigung war sie auch. Ist ganz nach vorne gegangen und hat vor der rappelvollen Kirche meinen Vater gedrückt. Geheult wie nix. Nach dem Gottesdienst ist sie zu mir gekommen. Hat mir erzählt, dass Weston wollte, dass sie für ihn die Kolonie verlässt. In den Semesterferien im Frühjahr war er da und hat gesagt, wenn sie die Kolonie verlässt, geht er nicht wieder nach Austin; dann schaffen sie es irgendwie zusammen. Er wollte dort nicht mehr hin, er wollte bei ihr sein. An der Uni hat er es sowieso nicht so recht gepackt. Aber sie konnte einfach nicht. Sie kannte kein anderes Leben. Sie hätte alles, was sie hatte, für ihn aufgeben müssen, und am Ende hat sie es einfach nicht übers Herz gebracht.

Also ist er zurück nach Austin gefahren, und wir wissen alle, wie das ausgegangen ist. Und über all das heult sie sich da im Gemeindesaal bei mir aus. Hat gesagt, vielleicht ist es ihre Schuld. Er hätte zu ihr gemeint, er will lieber sterben als ohne sie sein. Das klang mir eigentlich überhaupt nicht nach Wes, aber am Ende hat man doch keine Ahnung, wie einer bei seiner Freundin so ist, nicht mal der eigene Bruder. Wie er sonst im normalen Leben ist, hat nichts damit zu tun. Aber sie sehen hier schon wirklich glücklich aus, oder?« Tim hielt das Bild noch einmal hoch und blinzelte.

»Das Buch ist auch ganz interessant«, sagte August. »Wusstest du, dass die Hutterer eigentlich gar nichts gegen Fotos haben, solange sie nicht gestellt sind? Nur das Posieren allein stört sie. Bildnisse. Oben in Kanada wollen sie einklagen, dass sie sich nicht mehr für den Führerschein fotografieren lassen müssen.«

»Aber dann sieht man sie wieder im Feeds 'n Needs mit dem Handy telefonieren und Doritos knabbern. Ich verstehe das alles nicht. Die haben auch sonst den modernsten Scheiß. Traktoren mit GPS. Mein Vater sagt, Steuern müssen sie auch keine zahlen. So läuft das bei denen. Die haben ihr Unternehmen als Religionsgruppe, als Kirche angemeldet. Alles nur Beschiss, wenn du mich fragst.«

»In dem Buch ist viel von Eigennutz die Rede.«

»Und?«

»Es ist bei denen verpönt, nur im eigenen Interesse zu handeln, das gilt schnell als Egoismus. An erster Stelle soll die Gemeinschaft stehen.«

»Und wie läuft das so? Ich meine, wenn die Gemeinschaft

immer zuerst kommt, handelt sie doch auch im eigenen Interesse.«

»Aber wie soll eine Gemeinschaft egoistisch sein? Sie besteht doch aus mehreren Leuten.«

»Jede Gemeinschaft hat einen Chef. Die Hoots haben ihre Älteren, und auch von denen muss einer der Oberchef sein. Und wenn auch nur inoffiziell. Ich glaube nicht, dass es irgendwo eine vollkommen gleichberechtigte Gemeinschaft gibt. Das haben die Hippies versucht und sind damit auf die Schnauze gefallen.«

Er tippte mit der Kante des Fotos auf den Schreibtisch und schüttelte den Kopf. »Mein Bruder und seine untypische Hoot-Freundin. Die könnten auch einfach irgendein Pärchen sein, wenn man sie einfach so da sitzen sieht. Zwei gutaussehende Leute. Weston, du alter Trottel! Die Welt lag dir zu Füßen. Du hättest alles haben können. Wärst du nicht mein Bruder gewesen, hätte ich dich wahrscheinlich gehasst.«

—

Dieses Jahr gab es kein großes Mastengerüst. Nur ein normales Lagerfeuer, ein kleiner Haufen Kiefernstämme brannte am Fluss. August unterhielt sich mit ein paar seiner alten Freunde, als einer von hinten kam, ihn in den Schwitzkasten nahm und in die Rippen schlug, bevor er ihn lachend losließ. Es war Veldtkamp. Er hielt eine Flasche Jack Daniel's am Hals, und seine Zähne und Augen schimmerten feuchtweiß im Feuerschein.

»Alter!«, sagte er. »Wen haben wir denn da? Ich dachte, du wärst komplett verschwunden. Ich hab gehört, dir ist bei nem Unfall die Hand abgehackt worden. Hast du da jetzt nen Haken dran oder was?«

August musterte Veldtkamp misstrauisch. Er hatte die Gewohnheit angenommen, die linke Hand in der Jeanstasche zu lassen. Die Fäden waren erst vor Kurzem gezogen worden, und die Stümpfe am kleinen und am Ringfinger waren noch rot und wund. Und an der äußersten Spitze trocken und schuppig. Wenn er mit ihnen an irgendetwas stieß, schoss ihm ein kribbelnder Schmerz bis in den Ellenbogen. Der Arzt hatte gesagt, das werde mit der Zeit nachlassen – die Nerven würden absterben und sich an den neuen Endpunkt anpassen. Er holte die Hand heraus und hielt sie hoch. »Nur Teile von zwei Fingern«, sagte er. »Eigentlich keine große Sache.«

»Na, guck mal einer an. Mister Stummelfinger. Wie hast du das denn geschafft?«

»Nur ne blöde Sache mit den Maschinen. Ballenpresse ist vom Heber gerutscht. Ich war selber schuld.«

»Hätte wohl auch schlimmer kommen können. Da hätte ja auch die ganze Hand oder ein Bein ab sein können.«

»Genau.«

»Hättest enden können wie Ramsay. Verbrennungen an siebzig Prozent des Körpers.«

»Es könnte wohl alles immer noch schlimmer kommen.«

»Selbst bei Ramsay. Man meint vielleicht, es geht nicht schlimmer, als mit siebzig Prozent Verbrennungen zu sterben, aber dann gibt's bestimmt auch Leute, die kriegen achtzig Prozent ab. Oder?«

»Sicher.«

Veldtkamp reichte August die Flasche und sah zu, wie August einen langen Schluck nahm und sie ihm hustend wiedergab. »Gut was los heute«, sagte Veldtkamp. »Aber nichts gegen letztes Jahr. Letztes Jahr war krank. So ist das wohl, wenn einer stirbt. Die Party wird jedes Jahr ein bisschen kleiner, bis es sich irgendwann nicht mehr lohnt, weil einfach nicht mehr genug Leute da sind, die sich an ihn erinnern.«

»Letztes Jahr *war* krank«, sagte August.

Veldtkamp schraubte den Deckel wieder auf die Flasche und stellte sie ab. Er kam so nah heran, dass August seine Whiskeyfahne roch. »Was soll das heißen?«, fragte er.

»Was wir getan haben.«

»Was haben wir denn getan?« Er trat noch einen Schritt näher, und seine Brust stieß an die von August. »Was haben wir getan?«

»Oh-oh«, sagte jemand am Rand der Party. Die vereinzelten Gespräche waren verstummt.

»Was haben wir denn getan, habe ich gefragt!« Veldtkamp stieß August wieder mit der Brust, der wich einen Schritt zurück.

»Das brauche ich dir nicht zu sagen«, erwiderte August.

»Ich weiß, dass wir getrunken und das Leben eines guten Freundes gefeiert haben. Daran erinnere ich mich.«

»June«, sagte August. »Daran erinnere ich mich.«

»Du weißt doch nichts von ihr! Davon, was sie wollte. Nichts. Du machst was daraus, was es nicht war. Und das sagt mehr über dich aus als über sie.«

»Ich weiß, was das war.«

»Einen Scheiß weißt du! Niemand hat irgendwen zu irgendwas gezwungen. Du warst doch dabei. Und jetzt willst du dich hier als Heiliger aufspielen.«

»Ich will mich als gar nichts aufspielen. Ich sage bloß, dass es krank war.«

Veldtkamp hatte die Faust in Augusts T-Shirt gekrallt und schob ihn rückwärts. August schlurfte und versuchte, nicht zu stolpern. Veldtkamp knallte ihn an eine Pappel. Sie blieben eine lange Weile Auge in Auge stehen. Dann ließ Veldtkamp ihn los, schüttelte den Kopf und wandte sich ab. Er hob die Whiskeyflasche wieder auf, bevor er am Rande des Feuers in der Dunkelheit verschwand.

Jemand lachte, und jemand anders rief: »Können wir nicht alle Freunde sein?«

August folgte Veldtkamp und fand ihn an seinem Pick-up, wo er mit der Flasche zwischen den Beinen an der Ladekante saß.

»Kann ich mich dazusetzen?«, fragte August.

Veldtkamp zuckte die Schultern, und August stemmte sich neben ihm hoch. Von dort hörte man die Musik der Party, das Stimmengewirr und sah die Silhouetten der Leute vor dem Feuer.

»Ich habe im Herbst nicht viel vom Football mitgekriegt«, sagte August. »Aber ein paar Spiele habe ich mir im Fernsehen angeschaut. Ich habe die Augen nach dir offengehalten.«

Veldtkamp lachte. »Tja, da hättest du lange suchen können. Wenn sie nicht zufällig gerade in der Rhino Bar gefilmt hätten. Da oben ist es für mich dann doch nicht so toll gelaufen.«

»Wegen der Sache mit mir und dem Wagen? Mit deinem Bein?«

Veldtkamp schüttelte den Kopf. »Nee. Das weniger. Davon hatte ich eine Knochenstauchung und eine Innenbandzerrung. Aber nach ein paar Wochen war ich wieder fit. Also, ich hab natürlich ein paar Leuten hier erzählt, dass es daran lag. So getan, als wäre ich in die All-American-Auswahl gekommen, wenn du mir nicht übers Bein gefahren wärst. Das war natürlich nur Gelaber. College Football ist was anderes. Es fühlt sich ganz anders an. Alle sind schneller. Alle sind stärker. Schnell genug und stark genug wäre ich vielleicht sogar noch gewesen, aber am Ende war es Kopfsache. In der

Highschool wusste ich, dass ich schneller und stärker bin, also habe ich auch so gespielt. Dieses Selbstvertrauen hatte ich an der Uni einfach nicht mehr, weil ich nicht großartig anders war als die anderen. Ergibt das Sinn? Ich wusste nicht mehr, dass ich der Größte bin, also konnte ich nicht wie der Größte spielen. Manche können so groß spielen, wie sie eben sind, aber ich war nur gut, wenn ich größer war. All das habe ich beim Training ziemlich schnell kapiert. Ich hab nicht für ein einziges Spiel die Ausrüstung angelegt oder bin mit zum Auswärtsspiel gefahren. Ich hätte wahrscheinlich dranbleiben können und dann in ein, zwei Jahren mal ein bisschen spielen dürfen, aber da habe ich mir gesagt, scheiß drauf. Mein Alter hat die Firma und kann da Hilfe gebrauchen. Kein Weltuntergang. Könnte schlimmer sein.«

»Weißt du noch beim Training, wenn Coach uns immer die eine dämliche Übung hat machen lassen – Bull in the Ring?«, fragte August. »Da hast du mich mal heftig umgehauen. Ich war in der Mitte, habe mit den Füßen getrippelt, in alle Richtungen geschaut, und Coach ruft dich auf, ich hab noch gedacht, *oh Scheiße, jetzt kommt Veldtkamp*, und als ich mich umdrehe, bist du schon da und ich liege platt auf dem Rücken und sehe Sterne. Da ist Coach vielleicht abgegangen. Ich glaube, der fand's geil, wie wir uns gegenseitig umgenietet haben.«

»Ich träume davon. Ein paarmal pro Woche sehe ich die Welt im Schlaf noch durch das Gitter vorm Gesicht. Ich bin immer mitten im Spiel und komme nicht vorwärts. Das Feld ist rutschig, und ich kriege die Stollen nicht in den Boden. Ich strample wie ein Irrer, und dann wache ich auf. Wenn June bei mir übernachtet hat, hat sie sich immer kaputtgelacht.«

»Ich hatte eigentlich gedacht, dass sie vielleicht hier ist«, sagte August.

Veldtkamp ließ sich rückwärts auf die Ladefläche fallen. »Ich glaube nicht, dass wir Miss June in der nächsten Zeit hier zu sehen kriegen werden. Sie studiert an der Ostküste. Macht gerade ein Praktikum oder so. Ist diesen Sommer nicht nach Hause gekommen.«

»Brown University?«

»Genau. Sie hat ihre Einschreibung aufgeschoben, als das letztes Jahr alles passiert ist. Mit ihrem Vater und so weiter. Wir waren fast jeden Tag zusammen, bis sie weg ist, und wir haben gesagt, wir halten den Kontakt, und vielleicht komme ich sie besuchen, und wir schauen, ob wir es irgendwie hinkriegen.« Veldtkamp lachte. »Scheiße. Nach einer knappen Woche da hat sie mich angerufen. Hat mir klipp und klar gesagt, dass es als Fernbeziehung nicht läuft. Ich hab ihr gesagt, ich komme hinterher. Suche mir da einen Job, was weiß ich. Sie hat gemeint, das ist keine gute Idee.

Jetzt ... jetzt gehe ich eben arbeiten und komme wieder nach Hause. Am Wochenende besaufe ich mich. Dasselbe macht mein Dad seit dreißig Jahren, und sie ist da draußen an der schicken Uni, und ich stehe eben auf und arbeite und komme wieder nach Hause. Einmal hat sie mir gesagt, ich hätte die höchste Bewegungsintelligenz, die sie je bei einem Menschen gesehen hat. *Bewegungsintelligenz*. Nicht zu fassen. Sie hat mich quasi einen Sportlerdeppen genannt, bloß in nett. Und jetzt hat sie wohl irgendein anderes Arschloch. Da draußen an der Brown University. Das habe ich in ihrer Stimme gehört, als wir das letzte Mal miteinander geredet haben. Sie war unerreichbar weit weg. Als ob sie so glücklich war, dass sie irgendwo in einem Ballon über mir geschwebt hat und mir alles mit dem Megafon zurufen musste. Wenn ein Mädchen dir sagt, es ist vorbei, und dabei so unheimlich glücklich klingt – was Schlimmeres gibt es nicht.«

»Vielleicht hattest du das verdient.«

Veldtkamp setzte sich plötzlich auf und lehnte sich so weit rüber, dass er mit der Nasenspitze nur noch Zentimeter vor August war. »Meinst du, du hast mir irgendeine magische Kraft voraus, richtig und falsch zu unterscheiden? Wenn dir die ganze Sache so leidtat, vielleicht hättest du dich dann von mir vermöbeln lassen sollen, statt mich über den Haufen zu fahren, wie ne Pussy. Den anderen hat es leidgetan, und die haben sich gestellt.«

»Kann sein. Und wer vermöbelt dich dann?«

»Das mache ich schon selber genug.«

»Hast du dich jemals entschuldigt? Das habe ich mich immer gefragt.«

Veldtkamp schüttelte den Kopf. »Man kann nur Probleme mit reden lösen, die auch durch reden entstanden sind.«

Da schlug August zu. Der Winkel war so aus dem Sitzen nicht ideal, aber er traf und spürte die Lippen unter den Fingerknöcheln aufplatzen. Veldtkamp fiel von der Ladefläche, war aber sofort wieder auf den Beinen, eine Blutspur am Kinn, packte August am Stiefel und zerrte ihn auf den Boden. Veldtkamps Zähne grinsten rot und seine Fäuste fanden Augusts Gesicht wie niederstürzende Felsen. August versuchte, Veldtkamp das Knie in den Schritt zu rammen, aber der drehte sich nur ein bisschen und prügelte weiter. August riss die Unterarme vors Gesicht und konnte ein paar Schläge abblocken, bevor jemand Veldtkamp fortschleifte. Leute standen herum, Gesichter tauchten im aufgewirbelten Staub auf und verschwanden wieder. Schon jetzt waren Augusts Augen zu Schlitzen zugeschwollen. Ein heißer Blutpfropf kroch seine Kehle runter, und er schluckte. Veldtkamp stemmte sich hoch, und August glaubte schon, dass er wieder auf ihn losgehen würde, aber er stieg über Augusts Beine zum Wagen.

August hörte ihn gurgeln und ausspucken. Er ließ sich neben August auf den Boden sinken und stellte die Flasche Jack Daniel's neben Augusts heile Hand.

Niemand sagte etwas, und als alle sahen, dass die Aufregung vorbei war, verzogen sie sich wieder Richtung Feuer. Es gab ein lautes Lachen, und jemand drehte die Musik auf. Veldtkamp lehnte sich mit einem Ächzen zurück. »Hast mich ordentlich erwischt«, sagte er, tastete sich mit dem Finger im Mund herum und spuckte aus. »Ich glaube, du hast mir die Zähne fast ganz durch die Lippe getrieben, du Wichser. Mal sehen, ob das genäht werden muss.«

August versuchte aufzustehen, aber es ging nicht, und er fiel zurück. Schließlich kam Veldtkamp wieder hoch und half August auf. Sie setzten sich zurück an die Ladekante, Blut auf den T-Shirts, Dreck auf den Jeans, und schauten zu, wie vor ihnen die Party erstarb. »Ich weiß selber, dass es traurig ist«, sagte Veldtkamp. »Aber ich würde eine Menge für ein letztes Training geben. Highschool-Training, nicht College. Nur wir Jungs wieder nach der Schule auf dem Feld. Coach, der sich dumm und dämlich grölt und uns immer wieder ums Baseball-Feld jagt. Bull in the Ring. Alles.« Er schraubte den Deckel ab, trank mit Schmerzgrimasse und hielt August die Flasche entgegen. Als der den Kopf schüttelte, zuckte Veldtkamp die Schultern und nahm selbst noch einen Schluck. »Unser Freund Ramsay«, sagte er. »Der hat's richtig gemacht. Jung sterben, dann ist man ein fossilisierter Held. Und wir anderen können weiter hier unten durch die Scheiße stapfen.«

—

Augusts Mutter kam nach Hause und machte ihm Schweinekoteletts – in der Gusseisenpfanne gebraten, in Kräutern und

Butter schwimmend. Dazu servierte sie dünn geschnittene, in Schweineschmalz gebratene Kartoffeln und einen welken Spinatsalat, in dem August nur stocherte. Sie saß ihm am Tisch gegenüber, trank ein Glas Eistee und räusperte sich mehrmals laut, ohne etwas über sein verblassendes blaues Auge auf beiden Seiten zu sagen. Wenn sie ihr Glas in die Hand nahm, klirrte ihr neuer Verlobungsring laut an den Rand. Mehrmals erwischte er sie dabei, wie sie das Ding ansah, wenn sie meinte, er merke es nicht. Dabei schürzte sie die Lippen leicht. Der Ansatz eines finsteren Blicks oder ihres eigentümlichen Grinsens, das war schwer zu sagen.

August aß sein Kotelett auf und putzte die Kartoffeln weg. Er wischte sich den Mund ab, leerte sein Glas Wasser und gab den Knochen dem Welpen, der ihn die ganze Zeit angebettelt hatte. Die Hündin zog sich unter den Tisch zurück, und bald erfüllte das Kratzen ihrer spitzen Zähnchen den Raum. Er hatte sie Sally genannt.

August spülte ab und ging hoch in sein Zimmer, um die Unterlagen zu holen, über denen er den ganzen Nachmittag gebrütet hatte. Seine Mutter saß am Tisch und hörte Radio, und er legte den Stoß ausgedruckter Seiten zwischen sie. »Ich werde daraus nicht schlau«, sagte er. »Ich glaube, ich brauche deine Sozialversicherungsnummer. Die von Dad auch. Das ist ein Antrag auf Studienförderung.«

Sie setzte sich etwas gerader hin. »Ach? Na, lass mich mal meine Brille holen«, sagte sie. »Und eben einen Kaffee kochen.« Das Letzte kam aus der Küche – sie stand schon an der Spüle und ließ Wasser in die Kanne laufen –, und sie sang fast.

—

Als sein Vater anrief, staunte August gerade über den reichhaltig bestückten Kühlschrank. Seine Mutter brachte immer wieder etwas mit, obwohl er ihr oft gesagt hatte, dass es nicht nötig war.

»Wie geht's dir?«, fragte sein Vater.

»Ganz okay. Hier ist es heute heiß. Vielleicht springe ich nachher mal in den Fluss.«

»Hört sich gut an. Der Indian Summer ist immer etwas Tolles. Wir hatten hier diese Woche einen ziemlichen Kälteeinbruch. Kaum zu glauben, aber man hat schon das Gefühl, dass der Herbst in der Luft liegt.«

»Letzte Woche haben sie Schnee über zweitausend Meter angesagt. Kam dann doch nicht, aber trotzdem. Einen Tag lang war es kalt.«

»Spürst du das in den Fingern? Den Wetterumschwung? Der Bruder von meinem Vater hatte die Daumenspitze im Spaltgerät verloren, und er konnte es da immer spüren, wenn das Barometer umschlug. Ich habe gehört, das kommt ziemlich oft vor.«

»Nein. Es fühlt sich nur die ganze Zeit komisch an. Es tut weh, aber auch noch etwas anderes. Keine Ahnung. Schwer zu erklären.«

»Na, hoffentlich kümmert sich deine kleine June gut um dich und hilft dir, wo es nötig ist.«

»Das ist wohl vorbei.«

»Oh? Was ist denn passiert? Ich hatte den Eindruck, dass es zwischen euch ernst wird.«

»Es war ungefähr so, wie du gesagt hast. Sie war an ihrer Uni und hatte immer zu tun. Dann hat sie mich angerufen und gesagt, es läuft nicht mehr mit der Fernbeziehung. Wahrscheinlich hat sie einen anderen kennengelernt. Mir kommt es vor, als ob sie da draußen glücklich ist, sie ist zwar hier aufgewachsen, aber ihr gefällt es hier nicht so gut wie mir. Aber ich freue mich, dass sie glücklich ist.«

»Ach, schade. Aber sieh es doch so: Jetzt bist du frei, kannst dich austoben, dich unters Volk mischen, das hättest du sowieso die ganze Zeit machen sollen. In Ketten kannst du dich auch später noch legen lassen. Mein Rat lautet: Halt dich ran. Und geh aus dem Haus. Stell dich jeden Tag einer neuen vor, alt, jung, hübsch, hässlich, ganz egal. Damit du dich einfach daran gewöhnst, mit ihnen zu reden. Am Anfang merkst du nicht viel davon, aber mit der Zeit gibt's dann einen Schneeball-Effekt, und du bist komplett ausgebucht. Wenn es losgeht, kommen alle auf einmal angerannt, so ist das dann. Halt die Ohren steif.«

»Okay, mache ich.«

»Wie läuft's mit dem Hund?«

»Gut. Sie macht einen schlauen Eindruck. Und keinen Ärger.«

»Was machst du mit ihr, wenn du an der Uni bist?«

»Ich hab mir gedacht, sie pennt dann eben im Pick-up. Das ist sowieso ihr Lieblingsplatz. Ich glaube, sie weiß dann, dass ich nicht weit weg sein kann.«

»Kaut sie?«

»Nee.«

»Bellen?«

»Nee. Hat mir auch kaum mal in die Bude gemacht. Sie dackelt mir einfach hinterher und guckt mich an. Wer weiß, vielleicht wird sie ja noch irgendwann schwierig, wenn sie älter wird, aber bisher glaube ich, dass ich Glück hatte.«

»Hört sich so an. Aber wahrscheinlich ist es nicht bloß Glück. Ich habe so eine Theorie über Hunde. Mir scheint es, dass die mehr oder weniger die Persönlichkeit vom Herrchen oder Frauchen annehmen. Ich kann mir einfach nicht vorstellen, dass du einen aufgekratzten Köter hättest oder einen panischen oder sonst wie bekloppten. Du bist zu gelassen, als dass der Hund sich bei dir irgendwelche großen Verrücktheiten abgucken könnte.«

»Mal sehen.«

»Ich sag ja nur, ich glaube, du bist auf dem richtigen Weg. Du hast auf jeden Fall alles besser im Griff als ich in deinem Alter. Du arbeitest hart und hast nicht nur Blödsinn im Kopf. Bin stolz auf dich, Junge.«

»Danke. Wie ist es denn bei euch so? Geht es Lisa gut und so?«

»Der geht's gut. Uns geht es größtenteils gut. Am Wochenende fahren wir ans Wasser. Sie hat uns da ein Ferienhäuschen gemietet, und wir wollen einfach ein bisschen ausspannen. Obwohl sie bestimmt schon so einiges für uns geplant hat. Das Mädchen hat immer etwas vor. Das merke ich jeden Tag.«

»Hast du den Wetterbericht gehört? Soll es bei euch schön werden?«

»Ganz gut. Sonntag leicht bewölkt, aber Freitag und Samstag durchgehende Sonne und kaum Wind. Ich hätte hier natürlich tausend Sachen zu erledigen, aber ich habe mich von Lisa breitschlagen lassen. Sie lässt ihren Bruder und einen Cousin kommen, um unsere Tiere zu versorgen. Zwanzigprozentige Sturmwahrscheinlichkeit am Sonntag, aber so ein Sturm am See ist nicht das Schlimmste. Ich weiß noch, als ich mit dir und deiner Mutter einmal da war, und es war jeden Tag stürmisch. Große Wellen und das Wasser wärmer als die Luft.«

»Das weiß ich auch noch. Wir hatten solche Luftmatratzen, mit denen wir rausgepaddelt und dann auf den Wellen zurückgesurft sind. Und ein Lagerfeuer am Strand haben wir gemacht.«

»Ganz genau. Ich glaube, du hast bestimmt ein Dutzend S'mores gegessen und bist dann auf einer Decke im Sand eingeschlafen.«

»Daran habe ich schon ewig nicht mehr gedacht.«

»Ist ja auch schon lange her. Lisa hätte es wahrscheinlich am liebsten heiß und sonnig, damit sie an ihrer Bräune arbeiten kann oder was weiß ich. Aber mir ist es eigentlich egal. Wenn es Sturm gibt, besorge ich mir wieder so eine Luftmatratze und gehe bodysurfen wie damals. Ich kann dir ja erzählen, wie es läuft. Und, wo ich dich gerade dranhabe – es tut mir leid, was mit deiner Hand passiert ist. Du steckst es ja anscheinend gut weg, aber ich wollte es gesagt haben.«

»Hätte auch schlimmer ausgehen können.«

»Stimmt. Natürlich. Trotzdem, ich fühle mich da aus irgendeinem Grund ein bisschen verantwortlich. Du bist jetzt zwar ein großer Kerl und ich bin zweitausend Kilometer weit weg, aber irgendwie bin ich mit schuld. Manchmal muss ich an dich denken, da draußen in Montana, alleine auf dem Feld, unter der Ballenpresse, und das gefällt mir überhaupt nicht. Ich kann mir nicht helfen, irgendwie auf Umwegen liegt es daran, wie ich mit dir als Kind war, dass du unter der Maschine gelandet bist, so kommt es mir vor. Vielleicht ist das lächerlich. Aber so sehe ich das.«

»War nicht deine Schuld. Du hast nichts falsch gemacht.«

»Wenn du hier gearbeitet hättest, wäre das nicht passiert. Das willst du wahrscheinlich nicht hören, aber ich muss es doch sagen.«

August schwieg einen Augenblick. Er war mit dem Telefon nach draußen gegangen und hatte sich auf die Stufen gesetzt. Sally hatte sich neben sein Bein gelegt, und er kraulte sie hinter den Ohren, während sie in der Hitze hechelte. Von dort konnte er den grauen Dunst des Feuers sehen, das schon seit Wochen in der Bridger Range brannte. In den Nachrichten hatten sie gesagt, Häuser seien nicht bedroht, also behielten die Feuerwehrleute es einfach nur im Auge – ließen es ausbrennen oder zuschneien.

»Ich habe meinen alten Job auf der Heart K Ranch wieder«, sagte er. »Ich habe mir meinen Stundenplan so gelegt, dass ich nur drei Tage die Woche Uni habe. Dann kann ich mindestens zwei Tage arbeiten; am Wochenende auch, wenn ich will. Vor ein paar Tagen war ich draußen, und wir haben einen Teil der Herde auf eine tiefer gelegene Weide getrieben. Ich hatte Sally dabei, und die ist gerannt wie verrückt, weil sie mit den älteren Hunden mithalten wollte, die sie da haben. Man konnte richtig sehen, wie sie zuschaut und sich überlegt, was sie machen soll. Hinten auf dem Quad mitfahren kann sie schon super. Hält die Nase in den Wind und lässt die Ohren flattern. Total witzig.«

»Versteh mich nicht falsch. Ich weiß ja, dass du rausmusst, ein bisschen was von der Welt sehen. Ist ja klar, dass du nicht dein ganzes Leben einfach nur hier auf dem Hof verbringen willst. Aber es wird mal deiner sein. Das weißt du, oder? Es ist natürlich keine Ranch. Aber es ist dein Hof, und später wirst du damit machen können, was du willst.«

Sie hatten zwei Stunden Zeitunterschied, und August nahm an, dass sein Vater für den Tag mit der Arbeit fertig war. Dass er auf der Veranda saß, Stiefel aus, dreckige weiße Socken, und eine Citronella-Kerze gegen die letzten Mücken des Sommers anzündete. »Hast du in den Bauernkalender geguckt, was sie für den Winter voraussagen?«, fragte August.

Eine lange Stille folgte, dann ein langgezogenes Ausatmen. »Nein, ich habe noch nicht reingeschaut. Ganz so genau kommt es ja doch nie hin.«

»Wahrscheinlich nicht. Ist aber immer ein Thema.«

»Als ich deine Mutter kennengelernt habe und ihr irgendwas vom Wetter erzählen wollte, hat sie mir einfach den Mittelfinger gezeigt, bis ich wieder die Klappe gehalten habe. Unglaublich, wie schwer es sein kann, sich etwas anderes einfallen zu lassen. Irgendwann habe ich es wohl einfach nicht mehr versucht. Wahrscheinlich war das ein Großteil des Problems.«

»Das kommt wohl hin. Neulich habe ich etwas Gutes gehört: *Wherever you go, you always take the weather with you.* Da musste ich an dich denken.«

»Das ist wirklich gut. Gefällt mir. Ich weiß, dass du das verstehst, auch wenn deine Mutter es nie konnte. Meistens ist für mich das Wetter das einzige Thema, über das sich Worte zu verlieren lohnt. Von wem ist das?«

»Das kam in einem Song vor. Jimmy Buffett.«

»Jimmy Buffett? Im Ernst?«

»Ja.«

Augusts Vater lachte, und August riss es mit. Er lachte so laut, dass Sally aufsprang und ihn mit aufgestellten Ohren ansah. Sein seltsames Verhalten dauerte so lange an, dass sie schließlich glaubte, ihm fehle etwas, woraufhin sie ihre Sorge hinausbellte.

—

Auf dem Weg zur Heart K Ranch hielt August am Diner, um sich seine Thermoskanne mit Kaffee füllen zu lassen. Das Feuer draußen in der Bridger Range brannte immer noch, und am Morgen war die Sonne mordlüstern rot durch den Rauch gestiegen. Als er noch auf der Virostok Ranch gewesen war, hatten sie ihre Eier immer bei den Hutterern gekauft.

Mehrmals hatte er sich fürs Frühstück ein Ei in die Pfanne geschlagen, nur um zu sehen, dass der Dotter eine wässrige, blutige Masse war. So hatte die Sonne im Dunst des Buschfeuers ausgesehen, fand er. Zu dieser Jahreszeit waren alle in Wartehaltung. Der Sommer hielt sich noch, war aber schon dünn und blass geworden. Die Wolken trugen einen metallischen Geruch mit sich. Jeden Tag hörte er Kettensägen kreischen, wenn die Leute vom Forest Service aus Windbruch Feuerholz machten.

Der Diner war voll mit den üblichen Frühaufstehern. August ließ den Pick-up laufen, und Sally steckte den Kopf aus dem offenen Fenster und beobachtete ihn gebannt durch die Tür des Diners. Er hatte seine Thermoskanne wieder zugeschraubt, die zwei Dollar bezahlt und wollte gerade gehen, als er sie sah. June saß in einer Ecknische, das Gesicht zu ihm, aber den Kopf gesenkt, ein halbgegessener Pfannkuchen neben dem Buch, das sie las. Sie hatte die blonden Haare zum Pferdeschwanz gebunden. Sie trug eine große Schildpatt-Brille und ein lockeres, blaues Top, dessen einer Träger heruntergerutscht war.

Ohne darüber nachzudenken, ging er zu ihr an den Tisch. Als er merkte, dass er immer wieder den Deckel der Thermoskanne festschraubte und wieder löste, zwang er sich aufzuhören. Er stand vor ihr, und sie hob den Blick vom Buch. Sie betrachtete ihn, ohne etwas zu sagen, dann nahm sie die Gabel in die Hand, klemmte ein Stück Pfannkuchen ab, ließ es im Sirup kreisen, kaute. Beobachtete ihn die ganze Zeit. August fragte sich, warum sie so früh auf war. Er fragte sich, ob sie nicht schlafen konnte. Hatte sie die Uni geschmissen? War sie nur zu Besuch da? Er stand da, sein Gesicht wurde heiß, die verstümmelte Hand ungeschickt in die Hosentasche gepresst.

»Kann ich dich zum Frühstück einladen?«, sagte er. Sofort wusste er, dass es das Falsche war. Er hätte einfach nur hallo sagen sollen. Er hätte sie fragen sollen, was sie lese. Etwa Blödes über das Wetter sagen sollen, über den Rauch des Feuers, über irgendetwas. Aber jetzt waren die Worte draußen, und er konnte sie nicht zurück den Hals runterstopfen.

Ihr Gesicht zeigte keine Regung. Sie nippte an ihrem Kaffee. »Nein«, sagte sie.

August wusste, dass er gehen sollte. Er knirschte mit der Hacke auf dem Boden und senkte den Kopf.

»Wie ist dein Sommer so?« Er sagte es zu laut. Er stand am Tisch über ihr, und er spürte, dass die anderen Gäste hinsahen. Er hätte sich gerne dazugesetzt, aber es war unmöglich zu fragen.

»Mein Sommer war schön«, sagte sie.

»Meiner läuft auch okay«, sagte er. »Ich hatte einen Unfall. Ein paar Finger verloren.« Er hatte die Hand jetzt aus der Tasche gezogen. Er schaute darauf hinunter, als würde er sie zum ersten Mal sehen.

Sie zog die Augenbrauen hoch.

»Stört mich gar nicht mehr so.«

»Ach. Schön.« Sie hatte ein schmales Lächeln im Gesicht, schaute an ihm vorbei, über seine Schulter aus dem Fenster.

»Das ist meine Hündin Sally«, sagte er.

»Süß.«

»Ja.« Stille, dann ließ in der Küche jemand einen Teller fallen. Ein halblautes Fluchen. June sah ihn an, und er wusste, dass er jetzt etwas sagen musste. Etwas Echtes. Aber es gab nichts zu sagen. All die Worte auf der Welt und keine Kombination ergab einen Sinn. Er setzte zum Gehen an. Dann platzte es aus ihm heraus: »Bist du hier irgendwann mal von der Eisenbahnbrücke gesprungen?«

Ihre Augen kehrten zu ihm zurück. Das Lächeln war weg. »Wolltest du noch etwas? Denn eigentlich lese ich hier gerade.«

»Tut mir leid«, sagte er. »Ich gehe schon.« Und dann rannte er nach draußen zu seinem Pick-up. Blind fuhr er die Schleichwege. Rauschte zu schnell um die Kurven, schlitterte über die Waschbrettpiste. Wenn es jedem auf der Welt so ginge, dachte er, dann wäre es nicht so schlimm, dann könnte er es als Realität des Menschseins hinnehmen, aber soweit er es verstand, ging es allen anderen gut, und nur er konnte keine Möglichkeit finden, richtig zu leben. Die meiste Zeit wollte er seine eigene Gesellschaft nicht, aber ihm fiel kein guter Ausweg ein.

—

Es war Anfang Oktober, als sein Vater anrief und es ihm erzählte.

»Deine Mutter weiß es natürlich schon. Wir machen es im gegenseitigen Einverständnis; jeder kriegt den Anteil, der ihm zusteht. Das hat mich ziemlich überrascht – wir bekommen mehr, als ich erwartet hätte. Die Amish kaufen alles, ob du es glaubst oder nicht. Bar. Die freuen sich, dass hier schon zwei Häuser stehen. Ich glaube, aus dem alten Haus machen sie ihre Schule für die Gegend. Zum Glück habe ich es nicht abgefackelt, was?«

»Du verkaufst es?«, fragte August und gab sich Mühe, nicht zu überrascht zu klingen. »Alles? Warum denn? Also, was machst du denn dann?«

Sein Vater lachte. »Tja, stell dir vor, auch ein Kerl wie ich kommt mal auf Ideen, die nicht unbedingt etwas mit dem Melken zu tun haben. Weißt du noch, wie ich dir letzten

Monat erzählt habe, dass ich mit Lisa an den See fahre? Wir sind hoch nach Traverse City und haben ein Häuschen direkt am Wasser gemietet. Ich will es nicht verschweigen, wir beide hatten zuletzt so unsere Schwierigkeiten, aber irgendetwas da oben, das Wasser, der Sand, keine Ahnung, hat uns wieder frischen Wind gebracht. Im Alltagstrott legt man schnell mal die Scheuklappen an und schuftet. Das macht man als Mann so, weil man so erzogen wurde, aber das Leben ist kurz, oder? Da hast du mich ein bisschen inspiriert.«

»Ich? Wie das denn?«

»Einfach, wie du in deine eigene Richtung losmarschiert bist und dich nicht mehr umgeguckt hast. Da habe ich mir gesagt: *Schau mal an, mein Sohn hat keine Angst, sich an neue Umstände anzupassen, der lässt sich nicht an irgendeine steife Vorstellung fesseln, was er zu tun und zu lassen hat. Der lebt einfach in den verdammten Rocky Mountains.*«

»Aber ich dachte, du bist gerne Farmer.«

»War ich auch. Bin ich. Ich werde es bestimmt hier und da mal ein bisschen bereuen, aber gestern habe ich die Kühe alle abholen lassen und mich richtig gewundert, wie erleichtert ich war, als die Lastwagen abgefahren sind. Heute Morgen habe ich bis halb acht ausgeschlafen. Das war eine Offenbarung.«

Was ist mit Skylers Grab?, wollte August fragen. *Was ist mit der frischen Milch aus einem Einmachglas in der Milchkammer? Was ist mit den Ringkämpfen auf dem Heuboden und den Spielen der Tigers im Radio und den Glühwürmchen und dem Eistee?* »Die Häuser haben doch Strom und fließend Wasser und so weiter«, sagte er. »Was machen die Amish denn damit?«

»Ich habe absolut keine Ahnung. Die kaufen hier in der Gegend einen Haufen alte Farmen auf. Die können sich sicher alles so herrichten, wie sie es brauchen. Ich weiß ja, dass sie schon lange den kleinen Laubwald im Blick haben. Wahrscheinlich sägen sie ein paar von den Eichen ab und bohren die Zuckerahorne an. Deswegen belagern die mich schon seit Jahren, aber ich habe sie nie rangelassen. Jetzt können die bis zum Bart im Sirup baden, wenn sie wollen. Fleißiges Völkchen. Eigentlich bin ich froh, dass das Ganze an die geht und weiter als Farm betrieben wird. Besser als an irgendein Arschloch, das doch wieder nur einen Trailerpark daraus macht. Davon gibt es hier schon mehr als genug.«

»Es kommt mir so plötzlich vor. Du hast ein paar Tage Urlaub gemacht, und schon hast du beschlossen, die Farm zu verkaufen? Ich meine, was machst du denn jetzt?«

August hörte eine Stimme im Hintergrund, Lisa sagte etwas. »Schöne Grüße von Lisa«, richtete sein Vater aus. »Und, ja, es wirkt vielleicht plötzlich, aber ich habe schon lange mit dem Gedanken gespielt, dann sind ein paar Sachen passiert, und jetzt ist es so.«

»Was denn für Sachen?«

»Zum einen ist mir klar geworden, dass du keine große Lust hast, den Laden hier zu übernehmen, und das werfe ich dir gar nicht vor, wirklich nicht. Heutzutage ist Milchfarm ein ziemliches Verlustgeschäft. Ehrlich gesagt weiß ich nicht, ob es jemals so viel besser war, aber heute muss man wachsen oder man wird verdrängt. Ich habe die Zeichen gesehen. Das ist also das eine.«

»Und was für Sachen noch?« Da lag etwas bei seinem Vater in der Stimme, ein Unterton, den er nur selten gehört hatte, als wäre jedes Wort gesättigt von einem Glück, das jederzeit zwischen den Silben hervortriefen konnte. Sein Vater konnte seine Begeisterung kaum verbergen. August hörte etwas, Gerangel, Lisas Lachen. Seinen Vater, der vom Telefon abgewandt etwas sagte, was klang wie: »Mann, so langsam wirst du schwer.« August wollte auflegen. Er wollte dieses Gespräch mit seinem Vater nicht führen, während Lisa zuhörte.

»Was denn noch für Sachen?«, hakte er nach.

»Wir sind wie gesagt nach Traverse City hochgefahren. Es war toll.«

»Da oben ist es wunderschön«, sagte Lisa aus dem Hintergrund. »Traumhaft. Wenn wir uns eingelebt haben, musst du uns unbedingt mal besuchen kommen, Augie.«

»Was hat das denn alles mit dem Verkauf der Farm zu tun?«, fragte August. »Ihr habt da ein Wochenende Urlaub gemacht, und jetzt wollt ihr da einfach so hinziehen?«

»Na, lass mich doch ausreden«, sagte sein Vater. »Wir waren da oben, und Lisa – du weißt ja, dass sie gerade ihre Ausbildung zur Tierarzthelferin fertig hat – Lisa ist einen Nachmittag losgezogen und hat sich ein bisschen umgehört und gleich ein Angebot von dem schicken neuen Tierheim da bekommen. Traverse City schwimmt heutzutage im Geld. Die Leute, die da ihr Wochenendhaus haben, wollen keine einsamen Streuner oder traurigen kleinen Kätzchen sehen, die draußen schlafen müssen. Also kommt Lisa zurück und spricht Klartext mit mir. Sie nimmt den Job an und sie weiß nicht, wie so eine Fernbeziehung funktionieren soll. Sie hat mir quasi ein Ultimatum gestellt.«

»Stimmt doch gar nicht!« Lisa kicherte. August wollte, dass das Ganze endlich vorbei war.

»Nein, du hast recht, ein Ultimatum war es nicht. Aber ich hatte eben das Gefühl, ich bin an einem Punkt ankommen, wo ein paar Entscheidungen getroffen werden müssen. Ich habe ihr gesagt, sie soll mir zwei Wochen Bedenkzeit geben, und die hat sie mir fairerweise auch gelassen.«

»Sagst du es ihm jetzt endlich mal?«, fragte Lisa.

»Was denn?«, erwiderte August. »Wovon zum Teufel redet ihr beiden? Ihr verkauft die Farm, weil ihr einen Kurzurlaub gemacht habt? Das kapiere ich einfach nicht.«

Sein Vater hörte auf zu lachen und Lisa verstummte. Sein Vater räusperte sich. »Ich hatte sowieso schon überlegt zu verkaufen, und dann kam Lisa eines Tages nach Hause und hat mir gesagt, dass sie schwanger ist, und in dem Moment war für mich die Entscheidung gefallen. Das ist alles. Es war nicht geplant, das gebe ich zu, aber in etwa sechs Monaten hast du ein Geschwisterchen, und wir sind überglücklich. Was sagst du dazu?«

»Was?«, fragte August. »Moment mal, was? Im Ernst?«

»Ja«, quietschte Lisa. »Im Ernst! Ist das nicht toll?«

»Ist doch toll«, sagte sein Vater. »Wir sind hier im siebten Himmel.«

—

August nahm sich eine Woche frei. Seine Mutter mietete einen Umzugswagen, und sie fuhren vor Sonnenaufgang los, August schlürfte verpennt am Steuer Kaffee, während seine Mutter am Radio herumdrückte. Sally schlief zusammengerollt zwischen ihnen auf dem Sitz. Den Großteil des Morgens schwiegen sie, bevor seine Mutter irgendwo in der sonnenverbrannten Fläche Ostmontanas gähnte und sich streckte und ihm das Bein tätschelte. »Irgendwie ist das doch schön«, sagte sie. »Vielleicht ein bisschen bittersüß, aber es hat doch eine gewisse Symmetrie.«

August schaute kurz zu ihr rüber. Sie hatte den Kopf ans Glas gelehnt und sah hinaus in die vorbeiziehenden Hügel voller Wüstenbeifuß. »Was denn für eine Symmetrie?«, fragte er.

»Es ist doch wie unsere erste Fahrt hier raus, der Umzugswagen, das gleiche Gefühl, dass etwas zu Ende geht. Bloß dass du diesmal fährst. Ich bin älter geworden, gebe die Rolle der Fürsorglichen ab und nehme langsam die Rolle der Umsorgten an.«

»Ich glaube, ganz so weit ist es noch nicht«, sagte August. »Irgendwann werde ich müde, dann fährst du.«

»Das mag sein, aber mir geht es um die größere Symbolik. Der junge Sohn fährt seine alternde Mutter quer durchs Land, um die wenigen wertvollen Überbleibsel des zerrütteten Heims abzuholen, bevor es verkauft wird und das Kapitel unwiderruflich abgeschlossen ist.«

»Du bist zwar die Bibliothekarin, aber ich bin mir ziemlich sicher, dass im wirklichen Leben keine Metaphern passieren. Ja, ich fahre dich, aber das ist kein Symbol für irgendwas. Ich mache es einfach. Es passiert.«

Sie löste den Blick von den Feldern und wandte sich ihm zu. Sie lächelte. »Ich bin deine Mutter«, sagte sie. »Ob du es willst oder nicht, habe ich dich als Figur im Roman meines Lebens geschaffen. Jedes Kind existiert zumindest teilweise, um den Handlungsstrang der Eltern fortzuführen.«

»Wieso soll ich denn eine Figur sein? Wir leben doch alle einfach nur unser Leben.«

Seine Mutter schürzte nachdenklich die Lippen. Ein paar Kilometer später sagte sie: »Du hast nicht entschieden, wann und wo und unter welchen Umständen du auf die Welt gekommen bist, oder?«

»Nein.«

»Warum gehst du dann davon aus, dass es solche Entscheidungsfreiheit auf einmal gibt, wenn du da bist? Aus nichts kann man nichts machen – das geht gegen die Gesetze der Physik. Solange man sich seine Eltern nicht aussuchen kann, gibt es keine wahre Freiheit auf Erden, das kannst du mir glauben.«

»Meinst du das Baby von Dad und Lisa? Geht es gerade darum?«

Sie lachte und wühlte in der Handtasche nach ihren Swisher-Zigarillos. Sie ließ das Fenster runter und zündete sich einen an. Den Rauch blies sie hinaus in den lauten Luftstrom. »Was hältst du denn davon, dass du ein Geschwisterchen bekommst?«, fragte sie.

»Halbgeschwisterchen.«

»Das kannst du so sehen, wenn du denn möchtest. Ich freue mich sogar für ihn. Er wollte immer schon mehr Kinder, aber deine Geburt hatte mich irgendwie ausgelaugt. Ich hatte es nicht in mir, das noch einmal durchzustehen. Ich war von der Welt darauf konditioniert, deswegen ein schlechtes Gewissen zu haben, und das hatte ich auch lange, aber mittlerweile bin ich darüber hinweg. Wenn das Kind achtzehn wird, ist dein Vater schon knapp siebzig.« Sie schüttelte den Kopf und hustete. »Nein, danke, mein Lieber!«

Sie kamen am späten Nachmittag an, und sofort fiel August auf, dass die Farm irgendwie nackt war. Die Weiden entlang der Zufahrt waren immer noch zertrampelt und voller Fladen, aber leer. Zum ersten Mal, seit er denken konnte, war nicht eine Holsteinkuh zu sehen. Seine Mutter holte tief Luft und ließ sie langsam wieder heraus. »Da sind wir«, sagte sie.

August streckte sich nach der langen Fahrt und sah Sally zu, die an der Weide entlangstöberte und aufmerksam nach den verschollenen Rindern suchte. »Für dich gibt es hier keine Arbeit, Sal«, sagte August. »Mach langsam.«

Die Ahorne und Eichen waren schon bunt geworden, aber es war ein ungewöhnlich warmer Tag für die Jahreszeit. Sein

Vater kam in Jeans und T-Shirt die Stufen herunter und ging barfuß über das Gras. Er gab August die linke Hand, sodass der es ihm unwillkürlich gleichtat. Sein Vater packte ihn am Handgelenk und hielt sich die Hand vor die Augen. Als er sie wieder losließ, hob er seine eigene und winkte mit dem kleinen Finger, der seit einem lang vergangenen Unfall in einem seltsamen Winkel abstand. Er knuffte August in die Schulter. »Ich sage, trau niemals einem Mann, der nicht mindestens einen kaputten Finger hat«, sagte er. »Ein Zeichen ehrlicher Arbeit. Schön, dich zu sehen, Junge.«

August spürte seine Mutter hinter sich, und er trat einen Schritt zur Seite.

»Dar«, sagte sie.

»Bonnie«, sagte er. Sie umarmten sich kurz, dann trat sein Vater einen Schritt zurück, beugte sich runter und kraulte Sally. Sie hatte sich zu seinen Füßen hingesetzt und schlug mit dem Schwanz auf den Boden. »Und du bist wohl Sally«, sagte er. »Ist sie gut mit der langen Fahrt klargekommen?«

»Sie hat fast die ganze Zeit geschlafen«, sagte August. »An den Tankstellen ist sie ein bisschen mit mir herumgerannt.«

Sein Vater kratzte Sally noch einmal forsch hinter den Ohren und stand mit knackenden Knien auf. Er nickte in Richtung des Umzugswagens. »Das Ding säuft bestimmt ganz schön, was? Fünfzehn, sechzehn Liter auf hundert, so in der Größenordnung?«

»Bin mir nicht ganz sicher, aber das kommt wohl etwa hin.«

»Auf jeden Fall über zwölf. Die schluckt ja schon meiner auf dem Highway. Habt ihr Hunger? Ich habe Kartoffelsalat und alles für Sandwiches da. Und Tee gekocht.«

Als er seinem Vater zum Haus folgte, fragte August sich, ob er ihn schon jemals so gesehen hatte, barfuß auf dem Rasen oder mitten am Tag im T-Shirt. Dreitagebart. Eine neue Brille hatte er auch. Mit dickem, schwarzem Rahmen, wahrscheinlich von Lisa ausgesucht. Er sah aus wie ein Professor mittleren Alters, der sich am Wochenende zu Hause ein bisschen gehenlässt. Es war, als hätte er nicht nur die Kühe abholen lassen, sondern den Farmer gleich mit.

Sie machten sich in der Küche Sandwiches und sprachen darüber, welche Möbel seine Mutter mitnehmen wollte, und welche ihr nicht besonders am Herzen lagen. Dann setzten sie sich auf die Veranda, Pappteller auf den Beinen, während Sally herzerweichend schaute.

»Also«, sagte seine Mutter und erhob ihr Eisteeglas, »ich würde sagen, es ist Zeit für Glückwünsche. Bekommen wir denn auch die werdende Mutter zu sehen?«

»Danke. Wir sind ganz aus dem Häuschen. Aber nein, Lisa kommt nicht. Sie ist schon oben in Traverse City. Sie wollte sich auf der neuen Stelle schon mal in Ruhe einarbeiten, bevor sie in den Mutterschutz geht. Wir haben uns da oben ein Häuschen gemietet, und sie lebt sich ein. Wenn ich hier alles fertig habe, fahre ich hinterher.«

»Suchst du dir da auch eine Stelle?«, fragte August.

Sein Vater lachte und warf Sally einen Chip zu. »Ich habe mich da mal ein bisschen umgeschaut. Ich glaube, ich kaufe einen kleinen Schneeräumbetrieb.«

Seine Mutter schnaufte. »Du willst Gehsteige schippen?«

»So ähnlich. Vielleicht eine Nummer größer. Ihr wisst doch, dass sie da oben immer diese schlimmen Stürme kriegen, Lake Effect, ja? Den ganzen Winter über kommt das Zeug dick runter, und nur zwei Leute bieten Räumdienst für Privathaushalte an. Der eine von denen wird jetzt langsam alt und will sich verabschieden. Er hat eine anständige Kundenliste, ein halbes Dutzend Räumfahrzeuge und eine Handvoll

Fahrer. Wir verhandeln gerade. Aber ich glaube, wir werden uns einig.« Er warf Sally noch einen Chip zu, und August wedelte mit der Hand vor ihm herum.

»Lass das!«, sagte er. »Die braucht sie nicht.«

Sein Vater tat so, als würde er noch einen hinwerfen, aß ihn dann aber selbst. »Auf jeden Fall klotze ich dann den Winter über hart ran und kann es im Sommer ruhiger angehen lassen«, sagte er. »Mich um das neue kleine Äffchen kümmern natürlich, und dich vielleicht mal besuchen kommen, August. Endlich mal die Rocky Mountains sehen.«

»Klar«, sagte August. »Klingt gut.«

Der Schatten der alten Weißeiche vor dem Haus streckte sich langsam dem Abend entgegen. Ein paar hartnäckige Mücken kamen, und sein Vater zündete eine Zitronengras-Kerze an. August wurden die Augenlider schwer. »Traverse City also«, sagte seine Mutter und zündete sich an der Kerze einen Zigarillo an, »ob die da wohl noch das Kirschfest haben?«

»Bestimmt. Das gibt es doch schon ewig.«

»Weißt du noch, der Straßentanz?«

»Lang ist es her.«

»Aber doch eine schöne Erinnerung, oder?«

»Natürlich. Von denen schwirren da draußen noch viele herum.«

Seine Eltern unterhielten sich, und August nickte weg. Er schreckte hoch, als er langsam vom Stuhl kippte. Er stand auf und streckte sich. »Ich bin fertig«, sagte er. »Gute Nacht.« Er ging die Stufen hinunter und pfiff Sally auf. »Ich habe dir oben in deinem Zimmer dein Bett gemacht«, sagte sein Vater.

»Und ich schlafe unten im alten Haus«, sagte seine Mutter. »Das andere Zimmer ist natürlich frei.«

August stand auf dem Hof und sah, wie die Quecksilberdampflampe über dem Scheunentor anging. »Wann hast du eigentlich meinen alten Pick-up das letzte Mal gestartet, Dad?«, fragte er.

»Ist schon etwas her. Sollte aber laufen. Benzin ist drin.«

»Okay. Dann bis morgen früh.«

August holte sich Bettzeug aus dem alten Haus und ging zur Maschinenhalle. Beim zweiten Anlauf gurgelte der Ford Ranger los, und im Vorbeifahren hupte er seinen Eltern zu, die noch auf der Veranda saßen. Er fuhr gemütlich die Schleichwege zum Brockway Lake. Das Wasser war spiegelglatt, ein paar Nachtschwalben jagten tief. Er legte sich die Decken und Kissen auf der Ladefläche zurecht, während Wolken aufquollen und den Himmel verdeckten. Grauer Nebel stieg aus dem See auf und umhüllte den Pick-up. August lag auf dem Rücken, die Decke bis ans Kinn gezogen. Sally wühlte sich an seiner Hüfte mit darunter, und er vergrub die Finger in der dicken Fellfalte unter dem Halsband. Die Möglichkeit, dass das neue Kind seines Vaters niemals an diesen See kommen würde – niemals auf dem Heuboden vom Ballenstapel springen würde, niemals auf die Buchen hinten am Zaun klettern würde –, hatte vage, aber bedeutsame Konsequenzen für die Beziehung, die August zu diesem Kind haben würde. Wie er es sah, baute Geschwister-Sein genauso auf geteilten Kindheitsorten auf wie auf geteilten Eltern. Er würde seinem Geschwisterchen natürlich eine Chance geben, aber er musste davon ausgehen, dass es schwerwiegende Auswirkungen auf die Entwicklung hatte, wenn man in einer Stadt voller Segelboote und Ferienhäuser aufwuchs.

Er kam langsam zu der Überzeugung, dass jede Kindheit aus einer eigentümlichen Kombination von Problemen bestand und dass leben, wie es alle nannten, nur der Versuch war, im Nachhinein zu entschlüsseln, was zum Teufel mit einem passiert war. Alles in allem nahm er an, dass seine Eltern ihr Bestes getan hatten. Vorher am Haus, als er gegangen war, hatte er damit gerechnet, dass seine Eltern es ihm gleichtun würden. Aber bei der Abfahrt hatte es im Rückspiegel noch so ausgesehen, als hätten sie die Stühle etwas näher aneinandergerückt. Er fragte sich, ob sie immer noch da saßen und über was zum Teufel sie jetzt redeten, wo er weg war.